FILHAS DE ESPARTA

Tradução © 2022 by Book One
Todos os direitos de tradução reservados e protegidos pela Lei
9.610 de 19/02/1998. Nenhuma parte desta publicação, sem auto-
rização prévia por escrito da editora, poderá ser reproduzida ou
transmitida sejam quais forem os meios empregados: eletrônicos,
mecânicos, fotográficos, gravação ou quaisquer outros.

Tradução	*Lina Machado*
Preparação	*Tainá Fabrin*
Revisão	*Silvia Yumi FK* *Aline Graça*
Arte, projeto gráfico, capa e diagramação	*Francine C. Silva*
Tipografia	*Adobe Garamond Pro*
Impressão	*COAN Gráfica*

Dados Internacionais de Catalogação na Publicação (CIP)
Angélica Ilacqua CRB-8/7057

H534f	Heywood, Claire
	Filhas de Esparta / Claire Heywood; tradução de Lina Machado. – São Paulo: Excelsior, 2022.
	352 p.
	ISBN 978-65-87435-93-0
	Título original: *Daughters of Sparta*
	1. Ficção inglesa 2. Mitologia grega 3. Troia, Guerra de I. Título II. Machado, Lina
22-3847	CDD 823

CLAIRE HEYWOOD

FILHAS DE ESPARTA

EXCELSIOR

BOOK ONE

São Paulo

2022

Para minha irmã, Lauren

– Pois não há nada neste mundo tão cruel e tão desavergonhado quanto uma mulher que caiu em tal culpa como a dela...
... seu crime abominável trouxe desgraça sobre ela e todas as mulheres que vierem após ela – até mesmo as boas.

– Homero, *Odisseia*

– Ela, a ruína tanto de Troia quanto de sua própria pátria...

– Virgílio, *Eneida*

PRÓLOGO

ESTAVA ESTÁTICA, COM AS MÃOS ENSANGUENTADAS. Quando fechou os olhos, ainda conseguia ver. Apertou as pálpebras com mais força, soltou sua respiração trêmula no silêncio. E ainda assim conseguia ver. Branco transformado em vermelho. Olhos mortos.

Ela mergulhou as mãos trêmulas na água, gavinhas de sangue se espalharam instantaneamente naquela tigela outrora imaculada. Agora os antebraços, chegando aos cotovelos, até que a tigela ficou escura e preenchida e escura mais uma vez. Mesmo depois que seus braços ficaram alvos, depois que a água escura foi levada embora e o tremor parou, em sua mente o vermelho permaneceu.

Como chegara a esse ponto? Como qualquer mal acontecia? Era obra dos deuses? Um castigo por algum outro mal? Ou eles ficavam sentados lá no alto, impassíveis, assistindo a uma pedra bater em outra e depois em outra? Rostos sem expressão piscando com a poeira da avalanche.

PARTE 1

Klitemnestra

– KLITEMNESTRA! Cuidado, menina! Seu fuso está sacudindo demais!

Klitemnestra voltou a focar os olhos ao ouvir seu nome. Diante dela, o fuso oscilava, a lã cuidadosamente fiada se desenrolando depressa. Ela a parou com a mão.

– Isso não é do seu feitio, Nestra – retrucou Thekla, voltando para o próprio trabalho.

A ruga na testa de sua ama permaneceu, mas pelo menos ela voltou a chamá-la de Nestra. Klitemnestra nunca gostou de seu nome completo, era grande demais, complicado demais; porém, gostava ainda menos dele em uma língua ferina. Fora sua irmã, Helena, que passou a chamá-la de Nestra quando era jovem demais para conseguir pronunciar tudo, e ficou assim desde então.

Helena estava sentada ao lado dela agora. Elas estiveram trabalhando juntas a tarde toda, e o braço de Klitemnestra estava começando a doer de segurar a roca. A irmã cantava uma canção para si mesma enquanto observava o fuso girar em seu fio, e, embora Helena tivesse uma voz doce, sabia apenas metade da letra e ficava repetindo o mesmo verso. Klitemnestra gostaria que ela parasse.

O aposento das mulheres era escuro, as paredes sem adornos, o ar pesado e parado. Como era um dos cômodos mais internos do palácio, não tinha janelas por onde a luz do dia pudesse entrar, nem qualquer brisa fresca para quebrar a estagnação. Era verão, e o ar quente ficava ainda mais quente devido às muitas mulheres que ocupavam o recinto, mais as lamparinas e tochas que iluminavam suas cabeças escuras e mãos brancas e trabalhadoras.

O vestido de lã de Klitemnestra grudava no suor de suas costas, enquanto ela olhava por cima do ombro em direção ao canto mais iluminado do aposento. Ali estavam os teares, três grandes armações de madeira com tecidos semiacabados estendidos sobre elas. Apenas dois estavam sendo trabalhados no momento, pelas mais habilidosas das escravas domésticas.

Com admiração e inveja, Klitemnestra observou enquanto elas conduziam as lançadeiras de um lado para outro, produzindo seus engenhosos padrões fio a fio. Era como assistir a uma dança hipnotizante ou tocar um instrumento complexo.

– Sabe – veio a voz de Thekla –, poderíamos começar a trabalhar com o tear em breve.

– Sério? – perguntou Klitemnestra, tirando os olhos das mãos dançantes.

– Você tem onze anos agora. Em alguns anos estará casada, e que tipo de esposa será se não souber tecer?

– Eu gostaria muito – ela respondeu com um aceno de cabeça agradecido. Trabalhar no tear com certeza parecia mais interessante do que fiar.

Helena parou de cantar.

– Posso tecer também?

Klitemnestra revirou os olhos. Helena sempre queria fazer o que a irmã estivesse fazendo, mesmo sendo dois anos mais nova. Ela não havia demonstrado o menor interesse no tear até agora.

– Acho que você ainda é um pouco jovem, senhora Helena. Mas terá sua chance em breve.

Helena fez um beicinho exagerado e voltou enfaticamente para sua fiação. Klitemnestra sabia que, no entanto, ela logo esqueceria que devia ficar emburrada e, dito e feito, seu rosto se suavizou quando sua atenção foi absorvida mais uma vez pelo movimento do fuso.

As três continuaram trabalhando por um tempo até que Thekla declarou:

– Acho que é trabalho suficiente para um dia. Por que não vão pegar algo para comer?

Klitemnestra parou de fiar.

– Não podemos ir lá fora brincar um pouco antes do jantar? Ainda não está escuro. Não suporto ficar dentro de casa o dia todo.

– Ah, por favor, podemos? – pediu Helena.

Thekla hesitou.

– Acho que sim – suspirou. – Mas devem levar uma escrava com vocês. Para que não fiquem sozinhas.

– Mas estaremos juntas! – protestou Klitemnestra. – Não é divertido com alguém vigiando.

Ela deu a Thekla um olhar suplicante, mas o rosto da ama era inabalável.

– Está bem – respondeu com um bufo indignado. – Vamos levar Agatha.

A garota estava entre ela e Helena em idade, e era uma companheira de brincadeiras melhor do que qualquer uma das acompanhantes de cara azeda que Thekla poderia ter escolhido para elas.

A ama não parecia convencida, mas assentiu com a cabeça.

– Agatha! Vamos brincar lá fora, venha conosco – chamou Klitemnestra do outro lado do quarto antes que Thekla pudesse mudar de ideia. A escrava se aproximou delas devagar, com a cabeça baixa, enquanto Klitemnestra pegava a mão de Helena e se dirigia para a porta. As três já estavam no meio do corredor quando Thekla as chamou.

– Mantenham-se perto do palácio! E não fiquem fora por muito tempo ou ficarão bronzeadas como pastoras de cabras! E então quem iria querer casar com vocês?

As três meninas deixaram o palácio e desceram a colina até a campina, Klitemnestra seguindo na frente. A grama estava alta, as sementes secas esbarrando em seu vestido, enquanto ela a atravessava. As árvores esparsas farfalhavam acima de suas cabeças, e ela estava contente com a brisa fresca em seus braços depois de tanto tempo dentro dos aposentos femininos. Uma vez que estavam longe o suficiente do palácio para não serem observadas, ela parou.

– De que vamos brincar? – ela perguntou às outras duas.

– Vou ser uma princesa – determinou Helena, sem hesitar. – E Agatha pode ser minha aia.

Agatha assentiu timidamente.

– Mas você *é* uma princesa – retrucou Klitemnestra, exasperada. – Não quer fingir ser algo diferente? Como uma feiticeira, um pirata ou um monstro?

– Não. Eu sempre sou a princesa.

– Tudo bem, tudo bem. Então serei o rei – suspirou Klitemnestra. Ela tinha aprendido que era mais fácil fazer a vontade de Helena. Caso contrário, ela começaria a chorar.

Helena bufou.

– Você não pode ser rei, Nestra. Você é uma garota! – Helena olhou para Agatha, incentivando-a a participar da piada.

Agatha soltou uma risadinha silenciosa, mas apertou os lábios quando Klitemnestra lhe lançou um olhar de desprezo. Agatha olhou para os pés.

– Tudo bem então. Você pode ser a princesa, Helena. Agatha, você será a aia. E eu serei a ama. – Ela pensou por um segundo. – Mas sou uma ama que sabe fazer poções mágicas – acrescentou.

– Do que estão brincando?

A voz soou vinda de trás delas. A voz de um menino. Klitemnestra virou-se para ver quem havia falado.

O menino andava na direção delas pela grama alta, agora a apenas alguns passos de distância. Era um pouco mais velho que elas – alto, mas sem a primeira barba. Ele tinha cabelos longos e escuros e um sorriso que deixou Klitemnestra subitamente tímida. Ela o vira chegar ao palácio com o pai dele há alguns dias. Algum tipo de visita diplomática, supôs, ou talvez apenas de passagem. As pessoas iam e vinham o tempo todo, a caminho das montanhas ou vindas da costa. A lareira de seu pai estava sempre acesa, mas era raro receber um convidado tão jovem. Normalmente, os únicos meninos nobres nas redondezas eram os próprios irmãos, os gêmeos Castor e Pólux, mas eles eram velhos demais para brincar com ela e Helena. E Thekla dissera que era inapropriado que princesas brincassem com meninos escravos. Mas certamente elas podiam brincar com esse garoto? Ele era um hóspede.

– O-olá – cumprimentou Klitemnestra, a língua de repente desajeitada na boca. – Estávamos prestes a brincar de princesa. – Ela se encolheu com o quão infantil aquilo parecia e acrescentou apressadamente: – É bem bobo, na verdade, mas Helena queria brincar. Podemos fazer outra coisa se você quiser participar.

Lá estava aquele sorriso de novo.

– Não, brincar de princesa está bom.

Klitemnestra estava preocupada que ele estivesse rindo delas, mas pelo menos ele queria brincar.

– Qual é o seu nome? – perguntou ela.

– Teseu. Meu pai e eu estamos de visita, viemos de Atenas.

– Teseu – repetiu. – Está certo, bem, Helena ia ser a princesa, e Agatha, ela é apenas nossa escrava, ela seria a aia. E eu sou uma ama que sabe fazer poções. O que você quer ser?

– Eu serei um rei estrangeiro. Um grande guerreiro.

Klitemnestra sorriu, satisfeita por ele parecer estar entrando no espírito.

– Bem, que tal você naufragar em nossa costa, e então eu irei encontrá-lo e curá-lo com uma poção e…

Mas Teseu não parecia estar ouvindo. Ele virou as costas para ela e, em vez disso, estava observando Helena.

– Você realmente parece uma princesa, minha senhora – declarou ele, com uma reverência exagerada. – Você tem o cabelo mais brilhante que já vi.

Ele levantou a mão, como se fosse tocá-lo.

– É como fogo. E sua pele é tão branca, como a de uma verdadeira dama. Aposto que será tão bonita quanto a própria Hera quando tiver desabrochado por completo.

Helena deu uma risadinha, mas Klitemnestra ficou irritada. As pessoas sempre comentavam sobre o cabelo de Helena. Ela não enxergava o que havia de tão especial nele. E sua própria pele era tão alva quanto a de Helena. Além disso, ela estava mais perto do "desabrochar completo". O peito de Helena era reto como o de um menino.

Ela tentou trazer a atenção dele de volta para o jogo.

– De qualquer forma, eu estava pensando que você poderia naufragar…

Teseu interrompeu:

– Que tal se eu tiver acabado de chegar de uma batalha e tenho uma ferida que precisa de ervas para curá-la. Você tem que ir buscar as ervas.

– Está bem. – Klitemnestra sorriu, feliz por ele ter dado a ela um papel importante. – Vou fazer isso.

Ela se afastou um pouco dos outros, indo em direção ao rio, imaginando que se aventurava pelas montanhas em busca de ervas raras. Ela podia ouvir Helena dando ordens a Agatha, enquanto se abaixava para colher uma planta com pequenas flores brancas. Seguiu um pouco mais adiante, até que a correnteza do rio substituiu os comandos e risadinhas de Helena. Klitemnestra se abaixou para lavar as mãos na água limpa, mas a gordura da lã grudou em sua pele, persistente como sempre. Não havia muitas plantas interessantes à beira do rio, mas mesmo assim ela colheu algumas flores silvestres e gramíneas.

Perguntou a si mesma se teria que fingir colocar um cataplasma na ferida de Teseu. O pensamento a deixou nervosa, mas animada também. Ela nunca havia tocado um menino antes, além dos irmãos, e eles não contavam.

Quando estava convencida de ter encontrado ervas mágicas suficientes, Klitemnestra juntou os caules com uma mão e voltou para o meio da campina. Contudo, quando se aproximou do lugar onde havia deixado os outros, algo pareceu estranho. E então ela percebeu: não conseguia mais ouvir a voz de Helena. Ela apertou o passo. Ao se aproximar, descobriu que também não conseguia ver Helena.

Nem Teseu. Nem Agatha. Ela examinou a campina, estreitando os olhos à luz do sol poente.

Começou a correr. O pânico se avolumava em sua garganta agora. Estúpida, estúpida! Nunca deveria ter deixado Helena. Se alguma coisa tivesse acontecido a ela, seria culpa sua. Elas deviam cuidar uma da outra. E se um lobo tivesse aparecido? Ou um javali? Eles geralmente não se atreviam a chegar tão perto do palácio, mas não era impossível. Ou, e se eles tivessem sido capturados? Levados por traficantes de escravos ou algum vagante estrangeiro que aproveitou a oportunidade. Teseu não tinha idade suficiente para enfrentar homens adultos.

Ela achou que já devia estar de volta ao lugar onde os havia deixado. Ainda nenhum sinal. Continuou correndo. De repente, seu pé ficou preso em alguma coisa e ela caiu na grama.

– Ai! – veio uma voz baixinha.

Klitemnestra sentou-se e viu no que tinha tropeçado.

– Agatha? O que está fazendo deitada na grama? Onde está Helena?

A escrava segurava a barriga, onde Klitemnestra a havia chutado. Estremecendo, ela respondeu:

– Ela está brincando com Teseu. Ele disse que a estava sequestrando e me esfaqueou, no jogo, quero dizer, e que eu estava morta agora e tinha que me deitar e ficar quieta. Eu os ouvi fugir, mas não sei para onde foram. Eu estava morta.

O estômago de Klitemnestra se apertou.

– Sua estúpida! Não pode deixar Helena ficar sozinha com um *garoto*! – se levantou de um salto. – Nós vamos ter tantos problemas – gemeu, quase para si mesma.

Os olhos de Agatha se arregalaram e ficaram temerosos. Lágrimas começaram a brilhar neles.

– Desculpe, senhora, sinto muito – implorou ela, com a voz embargada. – Eu estava com medo dele.

– Pedir desculpas não adianta – retrucou Klitemnestra. – Precisamos encontrá-los – colocou as mãos em concha em volta da boca. – Helena! – Ela tomou ar mais uma vez. – HELENAAAA!

Esquadrinhou a campina, virando-se até completar um círculo.

Não havia sinal deles, ou para onde poderiam ter ido. Começou a correr, melhor procurar em algum lugar do que em lugar nenhum, mas parou depois de apenas alguns passos.

– Não adianta corrermos atrás deles. Acabaremos perdidas também, e ninguém saberá o que aconteceu. Precisamos contar ao meu pai.

Lágrimas corriam livremente pelas bochechas de Agatha agora.

– Mas vamos ter problemas – ela choramingou.

– É tarde demais para isso. Vamos! – Klitemnestra agarrou o pulso dela e correu em direção ao palácio, arrastando Agatha atrás de si.

☽

Klitemnestra estivera trancada em seu quarto pelo que pareceram horas, embora conseguisse dizer, devido à luminosidade, que o sol ainda não havia se posto, então não podia ter se passado muito tempo. Ela queria que alguém lhe dissesse o que estava acontecendo. Helena fora encontrada? Ela estava bem? Ela nem tinha a companhia de Agatha, para ter com quem compartilhar a ansiedade. A culpa. O pai mantivera a escrava consigo, quando trancou Klitemnestra. Ele havia ficado tão zangado quando lhe contaram. Não, não com raiva. Com medo, talvez. Ela nunca tinha visto o pai com medo antes. Ele enviara Castor e Pólux a cavalo, e também metade da guarda do palácio a pé, para procurar Helena e o garoto.

O tempo passou. Klitemnestra mexia no cabelo, puxando-o, prendendo-o em nós. Sentou-se curvada na beira da cama, pensando em todas as coisas que poderiam ter acontecido. Mesmo que Helena e Teseu estivessem a salvo, Helena ainda estava sozinha com um garoto. Klitemnestra sabia o que os meninos faziam com as meninas. O que os homens faziam com as mulheres. Thekla explicara tudo a ela quando perguntara por que as ovelhas subiam umas em cima das outras. E se isso acontecesse a Helena... Bem, ela nunca conseguiria um bom casamento. Klitemnestra sentiu-se mal. Ela havia falhado com a irmã. Geralmente era tão responsável. Helena era jovem e às vezes tola, mas Klitemnestra sempre esteve lá para mantê-la a salvo. No entanto, havia sido tão tola hoje. Por que ficara tão desesperada para que Teseu gostasse dela? Ele era apenas um garoto estúpido. Helena significava mais para ela do que qualquer menino. Mais do que qualquer pessoa.

Ela começou a chorar. Lágrimas silenciosas e furiosas. Furiosas com Teseu. Furiosas com a tola e bela Helena. Furiosas consigo mesma.

Então, ouviu a trava da porta sendo levantada. Enxugou rapidamente as lágrimas do rosto e se levantou. Esperava do fundo do coração que Helena estivesse prestes a entrar no quarto.

Mas, quando a porta se abriu, foi Agatha quem entrou cambaleando, empurrada pelas costas. Ela soltou um ganido lamentável, e então a porta se fechou atrás dela. Seu rosto estava manchado de lágrimas, os olhos, vermelhos e inchados. Ela cambaleou alguns passos e parou, como se não conseguisse continuar. Ficou paralisada, firmando-se contra a parede com uma das mãos.

– Agatha? – perguntou Klitemnestra com cautela. Ela conseguia ver que algo estava errado. A escrava chorara quando contaram ao pai o que havia acontecido. Lágrimas irritantes e assustadoras para as quais Klitemnestra não tinha tempo. Contudo, o medo que enchera os olhos da menina havia sido substituído por algo mais perturbador agora. Um vazio. Klitemnestra deu um passo em sua direção. E mais outro. Apenas quando chegou ao lado dela, viu. Iluminadas pela luz bruxuleante da lamparina, as costas estreitas de Agatha estavam listradas com cortes. Faixas de um vermelho nauseante irrompiam por seu vestido branco retalhado, sua pele branca retalhada. Então, ela havia sido espancada. Era disso que tinha tanto medo.

– Ah, Agatha – arfou Klitemnestra. Ela se moveu para abraçá-la, mas parou quando viu a garota se encolher. – Sinto muito. Eu deveria ter dito a ele que era minha culpa também...

– Ele sabe que foi sua culpa – explicou Agatha, com um tom embotado. – Foi por isso que ele me mandou para cá. Para que você visse.

Klitemnestra encarou-a, confusa.

– Ele não podia espancar você – murmurou Agatha. – Ficaria com cicatrizes.

De repente, a compreensão se abateu sobre Klitemnestra, e ela abaixou a cabeça. O pai a estava punindo através de Agatha. Seu estômago se revirou com o pensamento. Ele provavelmente bateu nela com mais força apenas para se fazer entender. Ela precisava *ver* a dor. O pai não era um homem cruel, mas podia ser frio quando necessário. E a segurança dos filhos era muito importante para ele.

Ela queria abraçar Agatha, banhar suas feridas, mas tinha medo de machucá-la ainda mais.

– Sabe alguma coisa sobre Helena? – perguntou baixinho.

Agatha balançou a cabeça, os olhos baixos.

Mais tempo passou. Às vezes, Agatha choramingava, fora isso, porém, a câmara estava silenciosa. As duas estavam sentadas na cama de Klitemnestra, esperando. O sangue de Agatha pingava nas cobertas, manchando-as, mas Klitemnestra não se importava. Ela segurou a mão trêmula de Agatha nas suas.

Houve um barulho vindo do corredor. Os olhos de Klitemnestra dispararam para a porta. *Por favor, que sejam boas notícias. Por favor, que ela esteja salva.*

Quando a porta se abriu, era o pai que estava parado na luz que entrava.

– Nós a encontramos – declarou ele, mas não estava sorrindo. Sua testa estava enrugada, seu rosto cansado. Seu olhar pousou em Agatha e se desviou de novo. Ele parecia triste. Ele deu um passo para o lado, e lá estava Helena, com os olhos brilhantes como sempre, embora um pouco encabulada. Ela marchou para dentro do quarto, e o pai se retirou, fechando a porta atrás de si.

Assim que a porta se fechou, Klitemnestra se pôs de pé em um salto e abraçou a irmã.

– O que aconteceu? Aonde você foi? Você está bem? – ela observou Helena de cima a baixo, procurando por sinais de ferimentos.

– Estou bem. Teseu e eu estávamos apenas brincando. Não sei por que todo mundo ficou tão assustado – ela jogou o cabelo para trás dos ombros. – Ele me sequestrou, encontramos uma caverna rio abaixo e nos escondemos lá.

– Mas... ele tocou em você, Helena? – perguntou Klitemnestra.

– Tocar-me? Era isso que papai queria saber também. Ele me sacudiu com força quando me perguntou. Doeu – esfregou o braço, franzindo a testa.

– Mas ele fez isso, Helena? Ele tocou em você?

Helena revirou os olhos.

– Sim, ele me tocou. Ele segurou minha mão quando fugimos de Agatha. E então, quando estávamos na caverna, ele acariciou meu cabelo, e... e ele me beijou – contou ela, com um sorriso tímido. Ela corou, mas havia algo mais em sua expressão também. Klitemnestra achou que parecia orgulho.

– Ele te beijou?! E... e foi isso? Nada mais aconteceu?

Helena pareceu mais preocupada agora, vendo a preocupação no rosto da irmã.

– Bem, ele me pediu para cantar para ele, e eu dancei também, e então Pólux nos encontrou – ela começou a ficar chateada. – Isso foi tudo. Ele era bonzinho. Ficava dizendo como eu era bonita. E agora papai o mandou embora. Aposto que levará séculos até que haja outro menino com quem brincar.

– Verdade, Helena? Foi só isso que aconteceu? – insistiu Klitemnestra.

Helena assentiu.

– Então está tudo bem – suspirou de alívio e se permitiu sorrir. – No fim das contas, não aconteceu nada de ruim – ao dizer isso, porém, lembrou-se de Agatha sentada atrás de si. Não tinha certeza se Helena havia notado que a menina estava lá.

2

Helena

FORA UM DIA CHATO. NA VERDADE, FORA UM MÊS chato. Desde que Teseu e seu pai haviam voltado para Atenas, todos os dias haviam sido iguais. O mesmo de sempre. Fiando e fiando a lã até que parecia que seus olhos estavam girando em sua cabeça. E hoje tinha sido ainda pior, porque ela não tinha Nestra para lhe fazer companhia. A irmã estava finalmente sendo ensinada a usar o tear, e então Helena ficou presa com Thekla o dia todo. A ama ficava contando histórias, mas já tinha ouvido todas antes. Eram histórias para bebês. Thekla não percebia que ela já era crescida? Queria ouvir histórias de adultos. Histórias reais. Sobre perigo e traição, vingança e amor. Principalmente sobre amor. Nestra lhe contava essas histórias às vezes, mas ela apenas as inventava.

Pelo menos a tarde estava chegando ao fim, Helena achava que devia estar. Ela estava nos aposentos femininos há horas. Com certeza o sol ia se pôr em breve.

– Posso parar? – perguntou a Thekla.

A testa da ama se enrugou, enquanto ela considerava os modestos feixes de lã fiada empilhados na cesta de Helena.

– Sim, suponho que seja o suficiente por hoje.

Helena olhou para o canto, onde a irmã estava sentada diante de um tear. Uma escrava estava ao lado dela, dando instruções. Helena abriu a boca.

– Sua irmã está ocupada – advertiu Thekla. – Não a incomode.

A velha ama olhou para o guarda que estava do outro lado da porta principal. O pai de Helena passara a postar um ali.

– Pode perguntar ao guarda se ele vai observar você lá fora. Pode levar Agatha se quiser.

Helena fez uma careta. Agatha não era mais divertida. Estava ainda mais quieta agora do que antes e sempre tinha muito medo de se meter em encrencas.

– Não quero brincar com Agatha – respondeu Helena, mas baixinho. A escrava estava do outro lado da sala, e não queria que ela ouvisse.

– Bem, por que não vai ficar com seus pais? Eles ainda podem estar no Salão da Lareira a essa hora. Tenho certeza de que gostariam de vê-la.

Helena hesitou. Ela gostava de sentar no colo do pai. Ele a abraçava, a fazia rir e lhe contava sobre todas as coisas que estavam acontecendo no palácio. Mas se a mãe estivesse lá… Helena sempre se sentia desconfortável perto dela. Não que a mãe fosse cruel com ela. Nunca fora. E, às vezes, podia ser muito amorosa. Outras vezes, porém, era fria e distante. Fingia que não tinha visto Helena, quando passavam uma pela outra no palácio, mesmo que Helena tivesse cruzado o olhar com o dela, enquanto o da mãe se desviava. Às vezes, ela saía de um cômodo quando Helena entrava, dizendo que estava cansada ou que não se sentia bem. Alguns meses antes, Helena encontrara a mãe em seu lugar habitual junto à lareira, com Nestra sentada ao lado dela. Elas estavam fiando a lã juntas, conversando e rindo. Helena queria muito se juntar a elas, mas quando a mãe a viu, rapidamente largou a lã e deu uma desculpa e saiu. Foi como um soco no estômago. Por que a mãe não podia ficar com ela como ficava com Nestra? Era como se houvesse algo em Helena que a repelisse.

Decidindo arriscar, em vez de aguentar mais uma hora das histórias de Thekla, ela pôs a roca de lado e se dirigiu para a porta onde o guarda estava. Talvez o pai estivesse no Salão da Lareira, afinal. Conforme ela passou pelo guarda e seguiu pelo corredor, ele a seguiu automaticamente. A princípio havia sido irritante não poder andar pelo palácio sozinha como costumava fazer, mas se acostumara a ter uma sombra seguindo-a.

Ela logo estava do lado de fora do salão, que ficava bem no coração do palácio, perto do pátio central. Parou sob a varanda antes de entrar e espiou pela porta entreaberta. Na extremidade da sala, o trono do pai estava vazio. O coração de Helena se apertou um pouco. Ali, ao lado dele, estava a mãe, em sua cadeira ricamente esculpida, o fogo da lareira ardendo com intensidade diante dela, no centro do salão. A única outra figura presente era uma das aias da mãe. As duas mulheres estavam sentadas em silêncio, fiando.

Helena não queria parecer tola diante do guarda por dar meia-volta e retornar pelo caminho por onde tinha vindo. E, além disso, a mãe podia estar de bom humor hoje. Ninguém poderia dizer. Então ela respirou fundo e entrou.

A mãe ergueu o olhar, enquanto Helena dava a volta na lareira circular aproximando-se dela. E a mãe *sorriu*. Helena soltou um suspiro de alívio e sorriu de volta, acelerando o passo.

– Helena, venha e sente-se junto ao fogo comigo – chamou a mãe, enquanto Helena se aproximava. Um pedido tão simples, mas que deixou seu coração mais leve. Isso era tudo o que queria. A mãe era tão bela, tão graciosa. Helena queria apenas passar tempo com ela, agradá-la, ser como ela.

Havia vários bancos nas laterais do salão; Helena pegou um baixo e o puxou até ficar ao lado da mãe. Deixou algum espaço entre elas, porém, não querendo abusar da sorte.

Helena soltou outro pequeno suspiro, conforme seus ombros relaxavam, e seus lábios se abriam em um sorriso satisfeito. O Salão da Lareira era seu cômodo favorito no palácio. O fogo no centro significava que estava sempre iluminado e quente, mesmo à noite, e, durante o dia, os raios do sol se derramavam pelo buraco quadrado no teto, iluminando os afrescos brilhantes que percorriam as paredes. Cenas de caça, de homens em um banquete, de mulheres usando saias suntuosas, todos trazidos à vida em um turbilhão de azul, amarelo e vermelho. Helena preferia os animais, o leão, o javali e as corsas graciosas, pela forma como saltavam e se contorciam, selvagens e belos.

A mãe continuou fiando, em silêncio. Ela passava com delicadeza a rica lã púrpura da roca para o fuso, espalhando-a por seus dedos longos e pálidos. Helena se lembrou do toque daqueles dedos em sua pele. O frescor reconfortante deles, a aspereza dos anos trabalhando a lã. As mãos de uma mulher nunca paravam. Até mesmo uma rainha tinha que fiar, tecer e costurar. Mas era a rainha que fiava a lã mais fina, que tecia o tecido mais importante. O tecido do rei.

– O que vai fazer com isso? – perguntou Helena, olhando timidamente para a mãe.

– Um manto para seu pai. Um rei precisa de um belo manto quando vai para a guerra.

Guerra? O medo disparou no peito de Helena.

A mãe deve ter visto isso em seu rosto, porque comentou:

– Não se preocupe, filha. Seu pai só precisa ajudar um dos amigos. Ele não ficará longe por muito tempo. E os deuses vão mantê-lo a salvo.

Ela sorriu de modo tranquilizador para Helena, mas parecia não acreditar nas próprias palavras.

– Quando ele vai embora? – perguntou Helena.

– Assim que tiver reunido seus homens. E assim que eu terminar o manto dele – acrescentou ela com outro pequeno sorriso.

– Então deve parar! – Helena gritou com determinação. – Pare de fiar. Não teça o manto para ele, assim ele não vai poder partir!

A mãe riu baixinho.

– Não é assim que funciona, Helena. Ele ainda irá, com ou sem manto. Mas queremos que ele esteja agasalhado em sua jornada, não é? E que ele tenha uma aparência esplêndida, assim todos dirão: "Eis um grande rei".

Helena assentiu, mas estava com medo. Ela podia ser jovem, mas sabia como as guerras funcionavam. Os homens iam e não voltavam.

– Agora veja, Helena, seu cabelo está uma bagunça – a mãe repreendeu. – Quem o arrumou para você esta manhã não o apertou o bastante. Está soltando todo em cima – ela gesticulou para a aia atrás dela, que se levantou de um salto. – Não pode andar por aí assim. Que tal deixar Melissa refazê-lo para você?

Helena sabia que ela estava tentando mudar de assunto, mas assentiu em obediência. Ela não reconheceu a aia; devia ser nova no palácio. Era jovem e de aparência comum, com um rosto redondo e um sorriso gentil. Helena endireitou as costas e logo sentiu os dedos da aia trabalhando para desfazer seu penteado.

– Olá, senhora Helena – veio uma voz alegre por cima do ombro. – É um prazer finalmente conhecê-la. Meu nome é Melissa. Por favor, me avise se eu puxar demais.

Helena achou seus modos um pouco atrevidos demais para uma escrava, mas gostou bastante. Tantas delas nunca falavam nada. Pareciam fantasmas.

A mãe ainda estava fiando lá à esquerda de Helena. Ela quase podia ver o fuso coberto de púrpura, que pairava no limite de sua visão. Manteve a cabeça parada voltada para a frente, no entanto, para que a aia pudesse trabalhar.

Apesar do medo pelo pai, Helena estava feliz. Ela podia sentir a presença da mãe ao seu lado enquanto ficavam em um silêncio confortável.

Melissa agora tinha acabado de soltar seu cabelo e começou a passar um pente de dentes finos por ele. O pente fez sua cabeça formigar, ao roçar seu couro cabeludo.

– Ah, você tem um cabelo tão lindo, senhora Helena – ela suspirou. – Acho que sua mãe deve ter sido visitada pelo próprio Zeus para dar à luz uma criança com tanto fogo dentro de si.

Houve um movimento súbito à esquerda de Helena, depois uma batida e um ganido agudo atrás dela. Helena se virou. Melissa estava caída no chão, segurando a cabeça, com medo e confusão em seus olhos arregalados. Helena ergueu o olhar e viu a mãe de pé acima da escrava, tremendo enquanto massageava a mão. A expressão dela era estranha. Em algum lugar entre a fúria e a dor.

– Saiam – a voz de sua mãe estava baixa e rouca. – Vocês duas. Saiam.

Helena estava apavorada. Nunca vira a mãe assim antes. Ficou de pé e saiu correndo do salão, antes que a escrava tivesse tempo de se levantar. Nunca mais viu Melissa novamente.

☽

Naquela noite, Helena ficou acordada na cama. Ela havia repassado o que acontecera no Salão da Lareira várias vezes em sua mente, tentando entender. Tudo o que conseguia pensar era que devia ter algo a ver com seu cabelo. Fora isso que aborrecera a mãe. Quando Melissa comentou sobre o quanto seu cabelo era lindo.

Talvez mamãe estivesse com ciúmes, pensou Helena. Fazia sentido. A rainha Leda era famosa por sua beleza, mas seu cabelo não era nada de especial. Era escuro feito breu, igual ao do pai de Helena, igual ao dos irmãos e ao de Nestra. Igual ao da maioria das pessoas do palácio. Mas o cabelo de Helena… *reluzia*. Tal qual o fogo. Tal qual o ouro. Todo mundo sempre comentava. Era especial, um presente dos deuses. Como Melissa dissera pouco antes… Sim. Fazia sentido. A mãe estava com ciúmes. Talvez Helena pudesse tentar cobrir o cabelo. Talvez então a mãe a amasse igual amava Nestra e os gêmeos. Mas por que deveria se esconder? A ideia a deixou subitamente irritada. Por que precisava barganhar pelo amor de sua mãe, quando os irmãos o recebiam de graça? Ela não podia evitar se era a mais bonita.

Outra coisa ocupava os pensamentos de Helena também. O pai estava indo para a guerra. A ideia fez seu estômago parecer que estava cheio de chumbo. Ela se perguntou se Nestra sabia. *Eu devia contar para ela*, pensou. A irmã deveria saber. Além disso, não queria pensar nisso sozinha.

– Nestra? – chamou baixinho na escuridão. A cama da irmã estava a poucos metros de distância. – Nestra, está acordada?

– Sim – a irmã sussurrou de volta.

– Descobri uma coisa hoje. Algo ruim – Helena fez uma pausa. – Papai vai para a guerra.

– Eu sei – replicou Nestra.

– Você sabe? – perguntou Helena, sentando-se.

– Eles estão se preparando há semanas, não percebeu?

Helena estava um pouco irritada. Pensara que ao menos uma vez sabia mais do que a irmã.

– Mamãe está fazendo um manto púrpura para o papai – contou, embora soubesse que não era uma informação importante. Apenas queria mostrar que sabia algo que Nestra não sabia.

– Hum – foi tudo o que a irmã disse em resposta. – Perguntei a Thekla, e ela confirmou. Mas ela falou que ele não deve se ausentar por mais que alguns meses.

– Não está preocupada com ele? – questionou Helena.

– Claro que estou. Mas ele é forte e inteligente. Já esteve na guerra antes. Um bom rei sempre ajuda seus amigos – sua voz, no entanto, soava como se estivesse vacilando um pouco. Continuou: – Thekla... Thekla falou que, se a guerra correr bem, se os homens provarem seu valor, ele pode começar a procurar pretendentes. Já comecei a sangrar, mas ela diz que papai não vai querer que eu me case logo. Ele precisa encontrar o homem certo, para garantir que Esparta esteja forte.

Helena ficou em silêncio por um momento. Mudanças demais estavam acontecendo. O pai ia para a guerra. Nestra ia se casar. Todo mundo ia deixá-la. Ela desejou que a mãe estivesse indo embora em vez do pai... Não, que coisa horrível de se pensar. Ela amava a mãe. E Nestra, na verdade, não iria embora. Ela ainda estaria ali. Era a herdeira de Esparta, então seu marido teria que vir morar ali com ela, até que se tornassem os novos rei e rainha.

Era ela, Helena, que teria de partir. Isso era o que ela de fato temia, percebeu. Uma vez que Nestra estivesse casada, seu próprio casamento logo seguiria. E então ela realmente estaria sozinha.

– Com quem você acha que vai se casar? – perguntou Helena por fim, voltando a se deitar.

– Bem... Com quem der os presentes mais grandiosos, suponho. Ou o melhor guerreiro. Nosso pai decidirá quem é o homem mais digno de governar.

– Sim, mas com quem você *quer* se casar? – pressionou Helena. – Como acha que seu marido vai ser? Você deve ter pensado nisso.

Passaram-se alguns segundos antes de Klitemnestra responder.

– Alguém gentil, espero eu. E sábio. E um bom pai.

– Espero que meu marido seja bonito – declarou Helena, imaginando como ele seria. Seus olhos seriam escuros ou verdes como os dela? – Alto e bom em correr, cavalgar e lutar. E gentil, claro. Ele tem que ser gentil comigo.

– Pela vontade dos Deuses, nós duas teremos bons maridos. E muitas crianças fortes e saudáveis – replicou a irmã.

– Sim – concordou Helena. Ela *queria* se casar. Queria se tornar uma mulher. Ela queria administrar a própria casa e ser consorte de um homem poderoso. Contudo, não queria deixar seu lar.

– Estou com medo, Nestra – segredou ela baixinho. – Não quero ir morar em outro lugar.

– Talvez você não precise – veio a voz de sua irmã da escuridão. – Papai pode arranjar um marido para você que venha morar aqui conosco. Então poderemos ser uma grande família e criar nossos filhos aqui juntas. Não seria maravilhoso?

Helena não respondeu. Era verdade, o pai podia fazer isso. Mas sabia que ele teria que fazer o que fosse melhor para Esparta. E ela também.

Na ausência de uma resposta de Helena, Klitemnestra continuou:

– Não se preocupe com o futuro, Helena. Nunca se sabe o que vai acontecer. Mas nós vamos ficar bem. Nosso pai vai se assegurar disso. Tudo vai ficar bem.

É fácil para você dizer isso, pensou Helena enquanto caía em um sono inquieto. *Você é a herdeira.*

3

Klitemnestra

O pai estava voltando para casa. Ele enviara seu arauto para anunciar a chegada do exército a Lacônia, e era esperado em Esparta nesta mesma tarde. Klitemnestra sentia que podia finalmente começar a relaxar. Seu pai estava são e salvo. A campanha foi um sucesso, declarou o arauto, da mesma maneira que a anterior e a que ocorreu antes. E, no entanto, toda vez que o pai partia, o estômago de Klitemnestra dava um nó formando uma bola, apertando-se cada vez mais, conforme as semanas passavam. Cada vez que ele partia, ela sabia que talvez ele não voltasse. Era um pensamento que não conseguia afastar da mente. O que faria sem ele? O que Esparta faria? A mãe estivera fazendo sacrifícios aos deuses durante todo o verão, pedindo o retorno seguro do rei. Parecia que os deuses finalmente ouviram.

Um grande banquete estava sendo preparado no palácio, para dar as boas-vindas aos guerreiros. O aroma de carne assada chegara ao Salão da Lareira, onde Klitemnestra estava com a mãe e a irmã, esperando. Castor e Pólux também estavam lá, jogando dados em uma mesa no canto. O pai decidira que eles eram jovens demais para se juntar a ele na campanha, tendo apenas dezoito anos, e, em vez disso, deixou-os para defender o palácio.

Embora Klitemnestra tivesse ficado preocupada com o pai, à medida que a duração da guerra aumentava, ela também se sentia agradecida e culpada. Quanto mais tempo ele passasse na guerra, mais seu casamento seria adiado. Não que ela tivesse medo de se casar, mas sabia que tudo mudaria quando o fizesse. Ela e Helena não poderiam mais passar todos os dias juntas, e sua liberdade de passear ao ar livre seria ainda mais restrita do que era agora. A mãe quase nunca saía do palácio. E havia outras coisas que vinham com o casamento também... Coisas para as quais ela não tinha certeza se estava pronta. Quando chegasse a hora, porém, faria tudo o que lhe fosse exigido. Ela estava determinada a ser a melhor esposa que já existira, a merecer louvores por sua lealdade, prudência, castidade, obediência e, se os deuses assim desejassem, seus muitos filhos fortes.

Havia momentos em que se sentia frustrada por ter nascido menina. Ela queria liberdade. Queria autoridade. Ela queria fazer outra coisa além de trabalhar a lã o dia inteiro. Cavalgar e caçar, viajar e debater, como via seus irmãos fazerem. Competir e ganhar prêmios, compor canções e não apenas dançar ao som delas, falar e ser de fato ouvida. Contudo, cada vez que sentia essas frustrações aumentando, ela as reprimia. Ela precisava aceitar aquilo que não podia ser mudado. Então, mordia o lábio, trabalhava duro em sua tecelagem, assentia de forma obediente e sorria lindamente. Se os deuses decidiram que ela seria mulher, seria a melhor mulher que era capaz de ser.

E esse momento estava se aproximando depressa. Já tinha idade para casar agora e, sendo a herdeira de Esparta, esse fato não teria passado despercebido aos solteiros da Grécia. Era um prêmio valioso, e haveria muitos nobres querendo conquistá-la. Em breve, cumpriria o propósito para o qual estivera se preparando desde que tinha idade suficiente para segurar um fuso, o propósito para o qual o pai, a mãe e Thekla a haviam preparado: perpetuar sua casa e a linhagem de seu pai, assegurar o futuro de Esparta. Era uma grande responsabilidade e, no entanto, a despeito de si mesma, a ideia causava uma vibração de excitação no seu peito.

Um barulho veio do outro lado do corredor. Um movimento de pés sobre pedra, o rangido profundo das grandes portas de madeira. Klitemnestra agarrou o fuso com força, quando o arauto do pai apareceu entre eles. Ele respirou fundo e se dirigiu ao salão.

– O senhor Tindáreo, rei de Esparta, chegou.

)

A festa já durava algumas horas, durante as quais o Salão da Lareira ecoou com risos, canções e histórias de bravura. Os guerreiros mais nobres estavam ali celebrando, junto com o rei e sua família, enquanto o restante dos homens e da criadagem do palácio se fartavam lá fora, no pátio. Era uma tarde quente de verão, e o brilho do sol poente ainda pairava no céu. A carne já havia sido toda consumida, mas o vinho ainda fluía. Até à Klitemnestra fora permitido tomar uma caneca e ela bebeu com cuidado, inspirando a doce fragrância de ervas. A irmã estava sentada ao seu lado, rindo, enquanto um dos cães do palácio lambia a gordura de carne de seus dedos.

Klitemnestra esquadrinhava o salão, seus pensamentos ainda ocupados com um assunto acima de todos os outros. *Será que um desses homens é meu futuro marido?* Eles eram todos guerreiros experientes, além de ricos. Talvez o pai escolhesse um pretendente de Lacônia, alguém que o impressionara durante a campanha. Ela estudou cada um dos rostos iluminados pelo fogo da lareira, alguns, marcados e cansados, outros, luminosos e expressivos, e se perguntou se estava olhando para a face do seu futuro.

Seus pensamentos foram interrompidos por uma mão sobre seu ombro. Ela se sobressaltou um pouco e ergueu o olhar para ver o pai de pé ao seu lado.

– Klitemnestra – ele pronunciou o nome dela com uma seriedade incomum. – Preciso conversar com você.

O coração dela ser acelerou. *É agora*, pensou. Ela tentou não deixar transparecer sua agitação, levantando-se com calma da cadeira e alisando as saias antes de segui-lo pelo corredor.

Ele a conduziu através da festança no pátio até o silêncio do corredor que levava ao quarto dela. E ali ele parou. Não havia ninguém à vista; todos estavam no banquete.

– Aqui deve ser longe o bastante – disse o pai. – Apenas pensei que devíamos ter um pouco de privacidade. Não vou mantê-la longe do banquete por muito tempo – o rosto dele parecia estranho, quase nervoso. Não era uma expressão que ela estava acostumada a ver ali.

– O que foi, pai? – ela perguntou, como se não tivesse ideia.

– Você está noiva, minha filha.

Ele escolheu então. Ela inspirou, um pouco decepcionada por ele não ter perguntado sua opinião sobre os pretendentes. Mas talvez isso fosse demais de se esperar. Seu pai era sábio e prudente; ela tinha que confiar que ele havia escolhido o melhor homem.

– De quem? – ela perguntou, tentando manter a voz firme. Ela se sentia de tal forma que parecia que ele conseguiria ver seu coração batendo através do vestido.

– De Agamêmnon, rei de Micenas, o que ele acabou de se tornar – a voz dele soava tensa, e parecia estar evitando o olhar da filha.

– Um rei? – perguntou ela, confusa. – Por que um rei iria querer se casar comigo? Ele já tem um reino. Por que desistir de um pelo outro?

Havia uma sensação ruim crescendo na boca de seu estômago.

– Sinto muito, Nestra – desculpou-se ele, baixinho. Ainda se recusava a olhar para ela.

– Pai? – chamou ela, a voz falhando um pouco. Ela estava ficando com medo.

– Sinto muito, minha filha. Era necessário – ele parecia cansado e triste. Ele levou a mão ao rosto, protegendo-o da vista dela.

– Você vai se casar com o rei Agamêmnon e ir a Micenas para ser sua rainha. Foi decidido. Assim que o reino dele estiver em ordem, ele virá buscá-la. Eu... Eu espero que você seja feliz.

– Mas pai... Eu sou a herdeira. Eu deveria ficar aqui. Para ser rainha de Esparta – ela tentou segurar a mão dele, mas ele a afastou. – Por quê? Por que fez isso?

Lágrimas estavam brotando em seus olhos. Ela mal podia falar devido aos soluços na garganta.

– Não sou boa o suficiente? Eu sempre... Tentei mostrar-lhe que sou digna. Por favor, pai, por favor. Não me mande embora – ela caiu de joelhos e segurou a bainha do manto dele nos punhos, soluçando contra a firmeza de suas pernas – Por favor, pai.

Ele ficou parado, rígido, mas colocou uma mão leve no topo da cabeça dela.

– Está decidido – declarou ele. – Sua irmã... – ele começou, mas parou.

– Helena? – Klitemnestra ergueu os olhos, subitamente zangada. – Você escolheu Helena em vez de mim? É por isso que está me mandando embora?

Ele não falou nada.

– Ela é uma tola. Apenas uma bela tola. E você é um tolo se acha que ela será uma rainha melhor.

– Basta – retrucou o pai, e com isso ela soube que havia ido longe demais. Ele tirou a mão da cabeça dela e arrancou o manto de seus dedos. – Já lhe disse qual é o seu dever. Agora honre seu pai e obedeça.

Ela o encarou, sem palavras, e o olhar dele finalmente encontrou o dela. Era duro, porém, ainda assim, ela também enxergou um pedido de desculpas nele. Se ele lamentava, então por que fazer isso? Por que puni-la, quando tudo o que ela fizera havia sido se esforçar para ser a filha que ele desejou que ela fosse, a filha que Esparta precisava que ela fosse?

– Todos nós devemos fazer coisas que preferimos não fazer – ele suspirou, seu olhar se suavizando um pouco. – Agora, pode se acalmar e voltar para o banquete ou ir para a cama. Como preferir.

E com isso, ele se afastou dela, voltando rumo ao barulho do pátio. Ela foi deixada ajoelhada no chão duro, o peito arfando com soluços raivosos. Assim que recuperou controle suficiente para ficar de pé, dirigiu-se para a câmara que ela e Helena compartilhavam.

Deitou na cama, completamente vestida, a fumaça do Salão da Lareira ainda nas narinas, as palavras do pai ressoando na cabeça. Tudo havia mudado. Toda a sua vida, a vida que havia imaginado para si mesma, se acabara. Ela não criaria os filhos nesses salões. Não cuidaria dos pais à medida que envelhecessem. Ela teria que deixar para trás todos que já conhecera. E a paisagem também, as colinas, o rio, as árvores – os marcos da fronteira de seu mundo. Quanto mais pensava nisso, mais furiosa ficava. Foi uma amarga constatação descobrir que, apesar de todos os seus esforços, apesar de todas as vezes em que se calou, de todos os limites que aceitou, de todos os desejos que reprimiu, ela não podia sequer se agarrar ao futuro ao qual se submetera. Nem mesmo isso lhe pertencia.

Lágrimas escorriam para dentro de seus ouvidos. Ela as enxugou com a manga do vestido e se virou de lado. Do outro lado do quarto estava a cama vazia de Helena. Ela imaginou a irmã ainda sentada no Salão da Lareira, despreocupada como sempre, rindo com sua linda vozinha. Naquele momento odiou Helena por poder permanecer com as coisas que ela mesma perderia. E, no entanto, sabia que não era justo odiá-la. Era certo que uma delas teria que partir. Apenas nunca tinha imaginado que seria ela mesma.

✳

Klitemnestra ficou deitada ali por algum tempo, os soluços indo e vindo. Eles diminuíram, conforme ela se acalmou, dizendo a si mesma que não adiantava chorar, mas então voltavam, quando ela pensava em deixar sua casa, nas pessoas que nunca mais veria, em ficar sozinha em uma terra estrangeira com um marido cujo caráter ela não conhecia.

Finalmente, conseguiu se controlar. As lágrimas não a ajudariam, mas isso não queria dizer que não havia nada a ser feito. Ela não desistiria de seu direito de primogenitura tão facilmente. Suplicaria à mãe. Tinha certeza de que ela desaprovaria a decisão do pai. A mãe havia criado Klitemnestra desde pequena para ser rainha e falava sobre como um dia criariam os filhos dela, juntas, aqui no palácio. A mãe a apoiaria. Ela falaria com o pai, faria com que ele ouvisse a voz da razão. Esse não era o fim. Noivados podiam ser rompidos.

Minha mãe provavelmente está no quarto agora, pensou. Ela nunca ficava até tarde nos banquetes, muitas vezes indo se deitar assim que a boa-educação permitia. Klitemnestra sabia que deveria ir até ela agora, enquanto estava sozinha. Quanto antes melhor. Agamêmnon poderia vir buscá-la a qualquer momento.

Ela saiu da cama e deixou o quarto. Ainda podia ouvir sons de celebração vindos do coração do palácio, mas o corredor estava quieto. O quarto dos pais não ficava longe do seu. Ela seguiu um pouco pelo corredor antes de entrar em outro. No meio do caminho, pôde ver um raio de luz no chão da passagem sombria, vazando por baixo da porta do quarto de seus pais. Ela estava certa; a mãe estava lá. O coração de Klitemnestra palpitou de esperança, e ela foi em direção à luz.

Ao se aproximar, no entanto, ouviu vozes. Vozes exaltadas. Uma era de sua mãe e parecia zangada. A outra voz pertencia a seu pai.

Klitemnestra parou. Se os pais estavam discutindo, este não era o momento certo para conversar com eles sobre seu casamento. E se a pegassem aqui, pensariam que ela estava espiando. Em silêncio, ela se virou e começou a voltar pelo caminho pelo qual tinha vindo.

Mas então ela ouviu o próprio nome. Eles estavam falando sobre ela. Klitemnestra parou de novo. Sabia que devia voltar para seu quarto, mas se a discussão deles a envolvia, tinha o direito de saber, não tinha? E estavam discutindo sobre o noivado dela... A tentação era muito grande. Ela se esgueirou de volta até a luz.

Ela estava diante da porta agora. Estava totalmente fechada, mas na escuridão, ela notou uma brecha na madeira maciça, um pequeno buraco, onde um nó havia caído, brilhando com a luz do fogo que se derramava vinda do outro lado. Ela posicionou um olho ali. Lá estava a mãe, sentada na beira do leito conjugal, com as bochechas rosadas de raiva. O pai estava sentado ao lado dela, parecendo ao mesmo tempo cansado e preocupado, a mão pousada levemente na coxa da esposa. Ela não estava olhando para ele. Parecia que estavam dando uma pausa em sua discussão.

– Tem que ser assim, Leda – argumentou o pai, com um tom calmo e cauteloso.

– Mas não faz sentido – respondeu a mãe, balançando a cabeça. – Por que tornar Helena sua herdeira? Ela não tem nenhum direito real, você sabe que ela não tem. E, de qualquer forma, Klitemnestra é a mais velha. É o direito de primogenitura dela – ela apertou as mãos dele. – E ela se mostrou mais promissora. Ela é inteligente, comedida e obediente. O que ela fez para que a despreze?

Klitemnestra sorriu com as palavras da mãe, o calor se espalhando por seu peito dolorido. Era exatamente como esperava.

– Ela não fez nada – o pai soltou um suspiro profundo. – Descobri coisas enquanto estive fora. Existem… rumores a respeito de Helena. Essas coisas se espalham depressa, e por todo lugar, ao que parece.

O rosto de sua mãe congelou, e o rubor deixou suas bochechas.

– Que rumores?

Klitemnestra se aproximou da porta.

– O menino Teseu, aquele que esteve aqui alguns anos atrás, aquele que… – a mãe dela assentiu com impaciência e ele continuou: – Ele tem falado coisas. Coisas que não são verdadeiras. Ele tem se gabado para quem quiser ouvir, aparentemente.

Teseu? O nome era como uma faca de culpa no peito de Klitemnestra. *Isso tudo é por causa daquilo?* Nunca deveria ter deixado Helena sair de sua vista.

A mãe, por outro lado, pareceu relaxar.

– Bem, se isso é tudo…

– Não é, Leda – o pai tomou as mãos de sua mãe nas dele. Ele estava olhando em seus olhos e ela… Ela parecia assustada, como se soubesse o que estava por vir. O lábio inferior dela se contraiu.

– As pessoas sabem, Leda – revelou ele gentilmente. – Ou pelo menos adivinharam. Estão chamando-a de Helena, a Bastarda.

Klitemnestra teve de tapar a boca com a mão para abafar um arquejo. De todas as coisas que se poderia chamar uma pessoa… Ela se sentiu protetora de repente. Quem eram essas pessoas que podiam falar tais mentiras sobre sua irmã?

A mãe inspirou ruidosamente e fechou os olhos, as lágrimas escorrendo pelo rosto. O pai estava apertando as mãos dela com força.

Ele parecia que ia chorar também. Mas enquanto Klitemnestra observava seus rostos, iguais na tristeza, ela percebeu que não estavam indignados. Suas expressões eram quase de resignação, como se esperassem que esse dia chegasse.

– Sinto muito, meu amor – lamentou ele. – Lamento termos que falar sobre isso. Eu a teria poupado se pudesse – ele levou a mão ao rosto da esposa e delicadamente enxugou uma lágrima.

– Mas você entende agora? Helena nunca fará um bom casamento. Talvez ela nem sequer se case. Não quando as pessoas duvidam de sua virgindade e de sua paternidade. A menos que façamos dela uma pretendente mais atraente. Se a fizermos herdeira de Esparta, eles não se importarão com rumores. Competirão para se casar com ela.

– Mas isso não devia prejudicar Nestra – resmungou a mãe. – Ela não merece isso. Ela merece ser feliz. Minha pobre filha…

– E quanto a Helena? Ela também é sua filha.

– O que tem ela? – a mãe retrucou. Klitemnestra ficou chocada ao ver seu rosto se contorcer de desprezo. – Eu preferia que ela nunca… Eu tentei… Eu tentei… Tomei ervas.

Os olhos da mãe estavam cheios de dor quando ela virou o rosto para longe do marido e olhou, sem enxergar, para a porta.

– Klitemnestra é minha filha verdadeira. *Nossa* filha. Nascida do amor.

Klitemnestra começou a entender o significado das palavras da mãe, mas ainda assim era demais para assimilar, como se as próprias palavras fossem grandes demais, poderosas demais, para se espremerem por aquela pequena brecha na madeira.

O pai parecia magoado. Linhas de tristeza marcavam seu rosto, enfatizadas pela luz da lamparina. Ele tocou com ternura a bochecha da esposa e fez que ela olhasse de novo para ele.

– Você não é uma mulher cruel, Leda. Pense no que está dizendo. Que alegria Helena encontrará na vida se não se casar? Se não tiver filhos? – ele baixou os olhos. – Eu sei que eles machucaram você.

A mãe reprimiu um soluço.

– Eu sei. Mas não foi Helena, ela não machucou você. Não é culpa dela.

A mãe soluçava abertamente agora, o corpo tremendo, envolta pelos braços fortes do marido. Depois de algum tempo, ela recuperou um pouco da compostura. Quando ela falou, porém, sua voz era quase inaudível. Klitemnestra precisou se esforçar para ouvir.

– Eu sei. Eu sei que não é culpa de Helena. É minha culpa. Eu fui descuidada. Mas não suporto olhar para ela, às vezes. Ela me lembra… deles, e do que aconteceu, de como eu desonrei você. De como continuo trazendo desgraça para você – a voz dela falhou mais uma vez e ela balançou a cabeça. – Sinto muito. Eu estraguei tudo naquele dia. E agora a pobre Nestra foi roubada de seu direito de primogenitura por minha causa.

Klitemnestra sabia que não entendia tudo o que estava sendo dito, mas a dor de sua mãe era óbvia. Desejou poder correr e abraçá-la. Dizer a ela que estava tudo bem, que não a culpava.

– Por favor, não, meu amor. Por favor, não diga essas coisas – ele encostou a testa na dela, com as mãos segurando sua a cabeça escura. – Não é verdade. Você sabe que eu não a culpo.

A mãe continuou, com a respiração irregular.

– Eu esperava que uma vez que Helena se casasse, uma vez que ela tivesse ido embora… Mas agora preciso perder a filha que amo e ser assombrada para sempre por aquela que permanecerá.

Tindáreo ergueu o olhar, a cabeça pesada.

– Eu sinto muito. A última coisa que eu queria fazer era lhe causar mais dor. Mas devo fazer o que é melhor… para minhas duas filhas.

A mãe ergueu os olhos para encontrar os dele, mas Klitemnestra não conseguiu ler a expressão dela. Por fim, ela falou:

– Você é um bom homem, Tindáreo – e deixou a cabeça cair sobre o peito dele. O ardor que havia nela antes parecia ter se esvaído, deixando para trás uma súbita e débil aceitação. Um canto pequeno e egoísta do coração de Klitemnestra estremeceu ao ver a mãe desistir. Sua única defensora havia desistido da luta; porém, a mãe parecia tão frágil, tão magoada por seus esforços, que sabia que não podia culpá-la. Os dois ficaram em silêncio por cerca de um minuto, antes que a mãe se endireitasse e dissesse:

– Conte-me mais sobre o noivo de minha filha.

O pai deu um suspiro de alívio.

– Ele é um partido digno de Nestra. Um homem formidável, um grande líder de homens. Ele conquistou um amplo reino e também riqueza, mas isso é apenas o começo. Acredito que ele se tornará um grande senhor da Grécia. Maior do que eu.

Klitemnestra escutava atentamente, ansiosa para ouvir tudo o que podia sobre aquele homem que impressionara tanto seu pai, para que este a entregasse com tanta facilidade. Ela viu a mãe fazer uma expressão de escárnio, os olhos escuros afiados com ceticismo.

– É verdade, meu amor – continuou ele –, enxerguei isso nele. Ele tem sede de poder e os meios para obtê-lo. E é por isso que devemos garantir nossa ligação com a casa dele.

A mãe parecia prestes a interromper, mas o pai pareceu antecipar o que ela ia dizer.

– Ele não aceitou Helena; eu já sugeri. Ele precisa de uma rainha que reforce sua legitimidade, não uma que faça com que seja ainda mais questionada. E precisa de herdeiros agora. Helena não está pronta. Ela ainda não começou a sangrar, não é? – A mãe balançou a cabeça com relutância. – Ele já passou dos trinta, esperou até que tivesse conquistado seu reino para se casar, mas agora precisa de filhos para garantir sua casa.

– Parece que não posso argumentar contra você – replicou a mãe, em tom resignado. – Tudo o que você falou é bastante razoável. Eu não deveria ter esperado menos de você – ela lançou um pequeno sorriso para ele, com um canto da boca.

– Tudo vai ficar bem, você vai ver – disse o pai, retribuindo o meio-sorriso da esposa com um sorriso completo. – Ambas as suas filhas serão rainhas. As esposas mais celebradas e invejadas de toda a Grécia. Enviaremos Klitemnestra a Micenas com toda a cerimônia que ela merece e faremos de Helena a noiva mais desejada de sua geração.

– Atrelando seu reino a ela – retrucou a mãe com um suspiro.

– Não só isso, meu amor, não só isso. Mas com certeza ajudará. Os homens logo esquecem palavras sussurradas quando ouvem o chamado de um trono – ele sorriu, tentando arrancar outro sorriso dos lábios da esposa. – Vamos fazer tudo se virar a nosso favor, você vai ver.

Houve um barulho vindo de algum lugar do lado da porta onde Klitemnestra estava. Não perto, mas próximo demais para ignorar. As pessoas estavam começando a deixar o banquete. Ela precisava voltar para o quarto.

Seus pais ainda estavam conversando, mas ela não podia arriscar ser descoberta. Ela se afastou com cuidado da porta e então caminhou depressa de volta para o cômodo. Quando chegou lá, se enfiou rapidamente na cama.

O coração dela estava acelerado, e não apenas pelo medo de ser pega. Ela tinha ouvido tanto nos últimos minutos, tanta coisa nova e confusa. *Helena, a Bastarda*, o pai havia dito. Klitemnestra ainda não tinha certeza se havia entendido tudo o que ouvira, e uma parte já estava se esvaindo de sua memória, mas sabia o que aquelas palavras significavam. O pai não era pai de Helena. Puxando as cobertas até o queixo, ela se perguntou se Helena sabia. Não. Claro que não. Ela teria dito alguma coisa. Elas contavam tudo uma para a outra. E com certeza os pais não teriam contado a ela, se era para ser um segredo. Helena nunca conseguia manter a boca fechada. *Devo contar a ela?*, pensou Klitemnestra. *Se eu não contar a ela antes de partir, talvez ela nunca saiba.* Mas talvez fosse melhor, pensou enquanto se virava para o outro lado, tentando ficar confortável. Helena amava o pai. Tinha orgulho de ser filha dele. Ela ficaria tão chateada se soubesse a verdade, e que benefício contar traria?

Outra coisa que ouvira a incomodava mais do que a paternidade de Helena. Homens não queriam se casar com Helena por causa de Teseu. Não importava que ele estivesse mentindo. Ele estivera sozinho com ela. Ele podia dizer o que quisesse e as pessoas acreditariam nele. Pensar nisso a deixou com tanta raiva, imaginá-lo se gabando, rindo enquanto arruinava o futuro da irmã. Ela até conseguia escutar, aquela risada despreocupada e descuidada de garotos que sabem que o mundo é deles para fazerem o que bem entenderem.

Ela empurrou as cobertas para longe, de repente afogueada de raiva, e além disso, sob sua raiva contra Teseu havia outro sentimento, mais sombrio e profundo e mais difícil de encarar. *Culpa.* Helena era apenas uma criança; ela não sabia o que estava fazendo. Mas havia sido *seu* trabalho proteger a irmã. Guardar sua virgindade, sua reputação. Helena só teve tanta liberdade porque os pais confiaram em Klitemnestra para ser a guardiã da irmã. E a havia negligenciado. A irmã não faria um bom casamento, por sua causa.

Deitada na cama, sentiu a raiva contra o pai, e contra Helena por roubar seu direito de primogenitura, se desvanecer. Helena precisava mais do que ela. E Klitemnestra estava pagando o preço devido por sua própria falta. Ela não podia desfazer o que havia acontecido, não podia punir Teseu por suas mentiras, mas podia ajudar a reparar o dano que haviam causado. Ela não discutiria mais com o pai. Era assim que as coisas deviam ser.

*

No dia seguinte, Klitemnestra estava de volta ao trabalho no aposento das mulheres. Não dormira muito, tendo ficado acordada a maior parte da noite remoendo o que havia ouvido e imaginando seu novo futuro. Ela ainda estava preocupada agora, enquanto trabalhava no tear.

Notou uma falha no tecido algumas linhas antes. Com um suspiro começou a trabalhar desfazendo o que havia feito, como já fizera mais de uma vez esta manhã. Enquanto fazia isso, sentiu a lenta percepção de que algo havia mudado. E então percebeu. O cômodo que geralmente era tomado pelas conversas tinha ficado em silêncio. Ela se virou no banco para ver que todas as mulheres, exceto Helena, haviam deixado o trabalho de lado e abaixado a cabeça. E então descobriu a causa. Ali, na porta, estava seu pai. Ela achava que nunca o tinha visto nos aposentos femininos antes. Ele encontrou seu olhar.

– Klitemnestra – chamou ele. – Você se incomodaria de falar comigo?

Se eu me incomodaria? Ele era o rei e seu pai. Se quisesse falar com ela, dificilmente ela poderia se opor. Surpresa com o tom conciliador dele, ela deixou o tear e foi até ele, que a conduziu um pouco adiante no corredor e se dirigiu a ela com uma voz suave.

– Eu queria ver se você estava bem, depois do que conversamos ontem à noite. Desculpe-me por incomodá-la. Deve ter sido um choque e sei que está com raiva de mim, mas prometo que encontrei um bom par para você. Rei Agamêmnon…

– Está tudo bem, pai – ela interrompeu. Ele piscou surpreso e ela forçou um sorriso. – Farei o que me pedir. Sei que o senhor está apenas tentando fazer o melhor.

Ele ficou parado um instante, a testa franzida em confusão. Então, ele se abaixou e a abraçou.

– Você é uma garota tão boa, Nestra – sussurrou junto ao cabelo dela. – Sua mãe e eu a amamos muito, e esperamos que seja feliz em seu casamento. – Então ele a soltou e se endireitou. – Estou contente por termos nos reconciliado – disse ele, de volta ao seu tom formal. E com isso ele se virou e se afastou.

Klitemnestra soltou um suspiro lento e trêmulo. Então era isso. Ela retornou ao aposento das mulheres e ao seu tear. Helena observou-a com uma expressão interrogativa quando ela passou, mas Klitemnestra fingiu não ver.

4

Klitemnestra

FAZIA TRÊS MESES DESDE QUE KLITEMNESTRA FICARA sabendo de seu noivado. Ela apreciou cada dia desde então, tentando absorver cada visão, som e cheiro do palácio que havia sido o único lar que conhecera, ciente de que em breve teria que deixá-lo. Ela ficava no aposento das mulheres, apreciando o murmúrio ruidoso e tagarela. Haveria um aposento das mulheres em seu novo palácio, sem dúvida, mas não seria igual. Não teria nenhuma das memórias que este cômodo continha. E nenhuma das pessoas. Não teria Thekla, com os resmungos de desaprovação e as pequenas rugas que se espalhavam de seus olhos quando ela sorria. Nem Agatha, com os olhos tímidos e coração gentil. E nem Helena. Ela sentiria falta da irmã acima de tudo. Conseguia ouvir sua voz alta, cantando do outro lado da sala. Neste momento, soava como a coisa mais doce que ela já tinha ouvido, e o pensamento de nunca mais ouvi-la fez surgir um nó em sua garganta.

Hoje era o dia em que ela conheceria seu noivo. Ele chegaria a Esparta esta noite para a festa de casamento e amanhã a levaria para casa como sua noiva. A irmã sabia de tudo isso, é claro, mas Klitemnestra não achava que Helena realmente entendesse. Ela parecia pensar que não era o fim, que a irmã voltaria para visitá-la. Mas Klitemnestra sabia que era pouco provável que isso acontecesse. Mulheres nobres casadas não viajavam. Ela permaneceria em Micenas pelo resto da vida como administradora da casa do marido. E talvez fosse mais fácil assim. Uma separação definitiva e uma vida nova.

Enquanto ela estava ali refletindo, alguém tossiu educadamente atrás de si. Ela se virou e viu Thekla parada ali.

– Senhora Klitemnestra, é hora de prepará-la para conhecer seu noivo. – A ama sorriu de modo tranquilizador. – Venha comigo.

❋

Klitemnestra foi preparada no quarto da mãe pelas próprias servas da rainha. A mãe também estava lá, orientando-as enquanto trabalhavam. Klitemnestra pensou ter visto os olhos da mãe brilhando uma ou duas vezes, mas fora isso, ela escondeu bem sua tristeza. Leda parecia animada enquanto dava ordens para as escravas que estavam no cômodo – solicitando ocre, mirra, óleo, âmbar – e suas bochechas estavam coradas de orgulho. Afinal de contas, a filha estava se tornando uma mulher.

Quando terminaram, Klitemnestra reluzia. Seu cabelo escuro havia sido oleado e encaracolado e o tecido vermelho do vestido também tinha sido tratado com óleo, fazendo-o brilhar conforme refletia a luz do lampião. O vestido estava mais ajustado ao seu corpo do que de costume e o material era fino, deixando-a envergonhada. Colares de cornalina polida rodeavam seu pescoço, e grossos braceletes de ouro pesavam em seus pulsos. Maquiagem branca havia sido aplicada em seu rosto, pescoço e braços, e seus olhos estavam delineados com kajal preto.

Uma das aias de sua mãe passou-lhe um espelho e ela segurou a superfície polida diante do rosto. Estava linda. A mãe a observava com o que parecia ser um sorriso genuíno em seu rosto. Klitemnestra sorriu de volta.

– Há uma última coisa a fazer, minha filha, antes que esteja pronta – disse a mãe. Ela gesticulou para uma aia, que se aproximou trazendo um tecido delicado. Quando a mãe o ergueu, Klitemnestra viu que era muito fino, tingido de açafrão e delicadamente bordado, com fios de ouro cruzando a superfície como milhares de estrelas cintilantes.

– É um véu. Eu mesma o fiz – contou a mãe, olhando para ele com orgulho. – Você é uma noiva agora, e em breve será uma esposa e rainha. Vai precisar disso. Primeiro para o casamento e depois para preservar sua modéstia. E para manter sua pele tão clara quanto a de sua mãe – acrescentou ela com um sorriso. Ela se aproximou de Klitemnestra e pôs o véu sobre sua cabeça. Então, buscando dentro de um pequeno baú de marfim, tirou um lindo diadema de ouro e o colocou sobre o véu, fixando-o no lugar. A mãe deu um passo para trás, radiante de orgulho. Mesmo através da névoa do véu translúcido, Klitemnestra pensou ter visto lágrimas nos olhos de sua mãe.

– Pronto – declarou a mãe. – Você é uma noiva de verdade agora. Uma mulher de verdade.

Como se fosse uma deixa, a porta da câmara se abriu e uma serva entrou. Ela olhou para Klitemnestra e se dirigiu à rainha.

– Lorde Agamêmnon chegou não faz muito tempo, minha senhora. Ele foi banhado e agora está esperando com senhor Tindáreo no Salão da Lareira. Ele solicita que a princesa Klitemnestra seja trazida até ele para que possa vê-la antes do banquete.

A mãe assentiu, e a criada recuou, fechando a porta atrás de si. As entranhas de Klitemnestra começaram a se contorcer. Não esperava que ele chegasse tão cedo. Pensou que ela e sua mãe teriam tempo para sentar e conversar um pouco.

– Então é isso, minha filha – declarou a mãe, pegando as mãos de Klitemnestra. Ela parecia estar resistindo à vontade de abraçá-la, sem querer borrar a maquiagem em seus braços ou bagunçar seu cabelo e véu cuidadosamente arrumados. – Estou tão orgulhosa de você.

A mãe apertou suas mãos e sorriu, embora houvesse uma contração nos cantos da boca, como se algo nela estivesse resistindo.

– Você deve se lembrar de manter a postura ereta. E não fale a menos que ele lhe pergunte algo. Vamos mostrar a ele que as mulheres de Esparta são as melhores da Grécia.

Klitemnestra forçou sua cabeça cintilante a assentir. Sim, ela seria a melhor noiva que era capaz de ser. Linda e obediente. A melhor esposa, a melhor mãe, a melhor mulher. Esse era o caminho diante dela agora – tudo começava aqui. Tanta coisa estava fora de seu controle, mas isto, *este* era seu poder. Ela deixaria todos orgulhosos.

A mãe soltou suas mãos e a conduziu da câmara até a entrada do Salão da Lareira. Com um último sorriso encorajador, a mãe acenou para o guarda, que abriu a pesada porta de madeira e, lado a lado, elas entraram no salão.

Quando Klitemnestra cruzou a soleira, seu olhar seguiu direto para o trono do pai – e para o homem sentado ao lado dele. A câmara estava vazia, de modo que o homem não podia ser outro senão Agamêmnon.

Ele tinha ombros largos e aparência poderosa. Era musculoso, mas não esguio. Levantou-se da cadeira quando ela entrou, e ela reparou que ele era alto, erguendo-se vários centímetros mais alto que seu pai enquanto esperavam juntos, de pé. Ele tinha cabelos escuros, presos atrás da cabeça, e sua barba era preta. O pai dela havia dito que ele tinha mais de trinta anos, mas Klitemnestra achou que ele não parecia muito mais jovem do que o próprio pai. Mesmo através da malha do véu cintilante, ela podia ver que o rosto dele era duro e envelhecido, marcado por cortes e vincos. No entanto, não chegava a ser feio. Ele tinha um nariz forte e olhar penetrante. Sua expressão permaneceu neutra enquanto ela se aproximava.

– Então esta é minha noiva – declarou ele, sua voz profunda ecoando pelo salão vazio. – Aproxime-se, deixe-me observar você.

Ela deu mais alguns passos em direção a ele, relanceando nervosamente para o pai. Não tinha certeza se ele conseguia ver a expressão dela através do véu, mas ele sorriu, e isso a acalmou. Ela fixou os olhos em frente, fazendo o possível para parecer confiante e modesta ao mesmo tempo.

Agamêmnon parou um momento diante dela, depois começou um circuito lento ao seu redor. Ela podia sentir seu olhar, enquanto ele andava ao redor dela, e desejou que seu vestido não fosse tão apertado, nem tão fino. Ela estava agradecida pelo véu agora. Imaginou que, mesmo através da maquiagem branca, suas bochechas deviam estar ficando vermelhas. E quando ele deu a volta para examinar os quadris, a linha das costas dela, Klitemnestra ficou feliz por ele não poder vê-la ranger os dentes, ou talvez ele gostaria de checá-los também? Por fim, ele reapareceu na frente dela.

– Muito bem. Esparta é realmente a terra das belas mulheres – declarou ele, e soltou uma gargalhada. – E ela é bem madura. Isso é bom. – Ele olhou para o pai dela, que assentiu solenemente.

– Você mesma teceu este tecido? – perguntou ele, olhando para o vestido e o véu dela. Com um susto, percebeu que ele estava falando com ela.

– Ah… não, meu senhor – respondeu ela, um pouco envergonhada. – Mas sei tecer. Eu teci muitos…

– Você sabe dançar? – ele perguntou em seguida, interrompendo-a.

– Sim, meu senhor. Danço bem, segundo dizem.

– Ótimo – ele bradou, batendo palmas com as mãos enormes. – Você vai dançar esta noite no banquete. Mal posso esperar.

– É claro, meu senhor, se assim o desejar – respondeu, sem saber se ele esperava uma resposta.

– Fico satisfeito que minha filha o agrade – veio a voz do pai dela. – Que seu casamento traga alegria para vocês dois e uma união duradoura para Esparta e Micenas.

– Com certeza – confirmou Agamêmnon. – Micenas será para sempre uma fiel aliada de Esparta, da mesma forma que Esparta foi nossa aliada na retomada do trono de meu pai. E estou feliz em aceitar sua filha como minha esposa, para que nossas duas grandes casas se unam. Verá que eu trouxe presentes de noiva generosos e darei muitos mais à minha esposa quando voltarmos para Micenas.

Minha esposa. As palavras soaram estranhas, mas havia uma gravidade nelas que Klitemnestra apreciava.

– Você é muito generoso, senhor Agamêmnon – respondeu o pai dela, inclinando a cabeça graciosamente. – Se estiver satisfeito, vamos começar o banquete de casamento?

– Mas com certeza! – ele respondeu. – Meu estômago está faminto por carne depois da nossa viagem.

E com isso os convidados foram chamados, a carne e o vinho preparados, e as celebrações começaram.

☾

Klitemnestra acordou na manhã seguinte com o cabelo de Helena no rosto. A irmã quis compartilhar sua cama para que pudessem estar próximas em sua última noite ali. Ela pensou que Helena talvez estivesse começando a perceber que elas nunca mais se veriam, uma vez que partisse com Agamêmnon. Enquanto elas ficaram ali deitadas juntas, a respiração suave de Helena estranhamente alta no silêncio, Klitemnestra tirou um instante para apreciar o caloroso conforto do momento. Ela teria um companheiro de cama bem diferente dentro de alguns dias, assim que a procissão nupcial terminasse, e eles chegassem a Micenas como marido e mulher. Mas ela não queria ter que pensar nisso ainda. Ela precisava dar um passo de cada vez, ou temia não ser capaz de avançar.

Ela ficou feliz em deixar o banquete na noite anterior. Parecia que todos a estavam observando e, embora isso a tivesse feito se sentir especial e bonita no começo, tornou-se perturbador. Mesmo com o rosto escondido sob o véu dourado, ela se sentiu exposta. A pior parte foi quando o pai a chamou para dançar bem no meio do salão. Ela não estava sozinha – Helena e algumas outras nobres se juntaram à apresentação – mas todos pareciam estar olhando para ela. O próprio Agamêmnon estava a poucos metros de distância, e os olhos dele não se desviaram do corpo dela em nenhum momento. Ela sentiu o fino tecido vermelho do vestido agarrar-se aos seus quadris, cintura e seios, enquanto se movia ao som da lira e ao ritmo do tambor, e não queria nada mais do que se esconder na multidão, longe dos olhos famintos do homem que seria seu marido.

Uma batida na porta do quarto soou, e uma escrava entrou. Klitemnestra sentou, fazendo com que Helena se mexesse, mas não acordasse.

– O senhor Agamêmnon deseja partir o mais rápido possível, minha senhora – explicou a escrava. – Devo banhá-la e vesti-la.

Klitemnestra assentiu, aliviada ao ver que o vestido que a escrava segurava era de tecido grosso. Pelo menos não se sentiria tão constrangida em sua viagem quanto se sentira na noite anterior. Em seu íntimo, agradeceu aos deuses pelo inverno estar se aproximando.

Quando estava vestida, velada e modestamente adornada com um colar de ametistas, foi conduzida à entrada do palácio. Contudo, antes que atravessasse as enormes portas, sua mãe apareceu, acompanhada por Helena.

– Nestra! – gritou Helena, correndo para abraçá-la. – Fiquei com medo de que você já tivesse ido embora!

– Eu nunca iria embora sem me despedir – declarou Klitemnestra, abraçando a irmã com força.

– Eu queria que você não tivesse que ir embora – reclamou Helena, parecendo que ia chorar.

– Eu também – ela suspirou, beijando o topo da cabeça radiante da irmã. – Eu também, Helena, mas devo ir. – Afastou-se e deu um sorriso corajoso para que Helena não ficasse chateada.

– Mas não entendo o porquê. Você falou que nós duas poderíamos ficar aqui. Você prometeu que criaríamos nossos filhos juntas e…

– Eu sei… Sei que falei isso. Mas as Moiras teceram um futuro diferente para nós. Não podemos nos rebelar contra elas. Será o melhor, você vai ver – explicou ela, apertando as mãos macias de Helena. As palavras eram tanto para si quanto para a irmã.

Helena ficou em silêncio por um momento, encarando os olhos de Klitemnestra.

– Vou sentir sua falta – declarou ela, baixinho.

– Também sentirei sua falta – respondeu Klitemnestra, lutando para manter a voz firme. Elas se abraçaram mais uma vez.

Então, depois que Helena a soltou, seus olhos claros faiscando com as lágrimas, a rainha deu um passo à frente. Segurando as bochechas de Klitemnestra nas mãos e olhando diretamente em seus olhos, ela falou:

– Você é meu maior orgulho, e sempre vou amá-la. – Então ela a abraçou. Foi um abraço desesperado e demorado, e Klitemnestra desejou que durasse para sempre. Aqui, pressionada contra o peito da mãe, embalada em seus braços, sentia-se segura. Quando a mãe finalmente a soltou, ela enxugou o rosto, ajustou o diadema de Klitemnestra e deu um passo para trás.

– Agora, vá, junte-se ao seu marido – mandou.

E com isso as grandes portas foram abertas, e a luz do sol invadiu o átrio. Com as pernas bambas, Klitemnestra deu um passo em direção ao seu futuro.

5

Klitemnestra

A VIAGEM ATÉ MICENAS DUROU TRÊS DIAS INTEIROS. A rota sinuosa pelas montanhas era lenta, e seu avanço era dificultado pelas carroças. Duas delas estavam cheias de presentes dados por seu pai; uma continha seu dote de tecidos finos e joias, a outra estava carregada com os presentes de hóspede concedidos a Agamêmnon: taças de prata e caldeirões de bronze, lanças afiadas e escudos robustos. A terceira carroça era ocupada pela própria Klitemnestra. Estava enfeitada com tecidos macios, tingidos em um púrpura luxuoso, mas seu traseiro ainda doía no final de cada dia.

Ela estava sozinha na carroça, sacolejando a cada desnível da trilha rochosa enquanto seu marido cavalgava na frente. Seus irmãos viajaram com a procissão a princípio, segurando as tochas nupciais e cavalgando um de cada lado dela. Pelo menos então, ela tinha alguém com quem conversar e a companhia de pessoas que conhecia. A presença deles a fazia se sentir mais à vontade. Mas Castor e Pólux os haviam deixado nos limites da Lacônia. Deram meia-volta e retornaram para casa, entregando as tochas sagradas nas mãos dos arautos de Agamêmnon, homens que ela não conhecia. Os arautos haviam se apresentado a ela, mas Klitemnestra não estava prestando atenção. Toda a sua atenção estava voltada para as duas figuras que diminuíam à distância, até que se tornaram dois pontos e então desapareceram por completo. Em seu coração, ela sabia que era a última vez que veria alguém de sua família.

Ela não havia falado nada desde que Castor e Pólux partiram. Ninguém falava com ela, e seria impróprio ela iniciar uma conversa com um homem.

Ela pensou que a viagem poderia ser uma oportunidade para conhecer um pouco o marido, mas ele mal olhara para ela desde que deixaram Esparta. Ele parecia contente em conversar e rir com seus homens. O que Klitemnestra de fato queria era alguma companhia feminina. Antes de partir, perguntou timidamente ao marido e ao pai se poderia levar uma escrava consigo, para atender às suas necessidades quando chegassem a Micenas. Ela queria apenas um rosto familiar, qualquer rosto. Contudo, Agamêmnon descartou a ideia, dizendo que tinha muitas escravas em seu palácio. E então aqui estava ela, uma garota que mal havia completado quinze anos, à deriva em um mar de homens. Seria diferente quando chegassem a Micenas, disse a si mesma. Haveria mulheres e moças de sua idade. Pessoas com quem conversar e rir. Ela seria feliz lá. Estava determinada a ser feliz.

Chegaram a Micenas ao anoitecer do terceiro dia. A primeira coisa que Klitemnestra viu foram as enormes muralhas da cidadela, que eram mais altas e mais grossas do que qualquer outra que já tinha visto. À medida que as carroças se aproximavam, elas pareceram ficar ainda mais altas, erguendo-se da encosta como penhascos de pedra branca, rochas enormes empilhadas umas sobre as outras, tão altas que ela temia que despencassem sobre eles. Sua casa em Esparta mal tinha uma cerca. As tochas nupciais ainda ardiam enquanto a procissão se aproximava, subindo devagar a encosta até a acrópole. Alcançaram o exterior da cidadela e entraram em um curto corredor de pedra, as enormes muralhas elevando-se acima deles de ambos os lados. Acima das cabeças de homens e cavalos, Klitemnestra podia ver o topo de um portão. As portas de madeira estavam fechadas, mas acima do grosso lintel de pedra, ela via duas leoas ferozes, trazidas à vida da pedra fria. Seus rostos brilhavam sobre a procissão, iluminados pela luz bruxuleante das tochas.

Olhando para aqueles rostos de pedra, os assustadores guardiães dos portais de sua nova casa, Klitemnestra quase pulou de susto quando uma voz de repente gritou ao seu lado.

– Senhor Agamêmnon, rei de Micenas, chegou com sua noiva – anunciou o arauto à direita dela.

Por um momento houve silêncio. Então ela ouviu sons de movimento do outro lado do portão. Botas se chocando contra o chão, o baque de madeira, o tinir de metal. Logo os pesados portões foram abertos, e sua carroça deu um solavanco conforme a procissão passou sob o olhar atento das leoas.

Klitemnestra tentou absorver tudo o que podia enquanto atravessavam a cidadela, mas era difícil no escuro e com o véu obscurecendo sua visão. Ela viu silhuetas de homens, parados nas ruas ou pairando às portas das casas, tentando vislumbrar a nova noiva de seu rei. Ela estava satisfeita pelo véu agora, como tinha estado em muitas ocasiões durante a viagem. Não queria que as pessoas vissem o quão assustada estava. Uma rainha não devia sentir medo.

Não demorou muito para que chegassem ao palácio. Mesmo na luz limitada, ela sabia o que era aquilo – a silhueta parecia muito maior do que qualquer outro prédio pelo qual haviam passado. A carroça de Klitemnestra parou ao lado de uma grande escadaria de pedra, e conforme ela a percorreu com a vista, estreitando os olhos para a enorme porta que ficava no final, começou a estremecer. Não notou o marido de pé ao seu lado, até que ele estendeu um braço em expectativa. Ela aceitou com gratidão, mas mesmo assim suas pernas não eram longas o suficiente para evitar um salto deselegante até o chão, e ela agradeceu aos deuses por ter conseguido evitar cair. Seus joelhos pareciam que mal podiam aguentar o próprio peso, enquanto o marido a conduzia para sua nova casa, a mão enluvada em volta de seu pulso, enquanto ela o seguia.

Eles entraram pelas enormes portas para serem recebidos por um grupo de escravos e administradores que aguardavam as ordens de seu mestre que retornava. Klitemnestra podia ouvir música e sentir o cheiro de carne assada. Uma escrava curvou-se diante de Agamêmnon.

– Gostaria que a garota fosse preparada para a cama, meu senhor? – ela perguntou. – Preparamos um banho e perfumes e…

– Não será necessário – respondeu Agamêmnon. A mulher assentiu e recuou.

– Irá participar do banquete antes, meu senhor? – perguntou outro escravo. – Já está em andamento. Os nobres estão no salão, bebendo a saúde do senhor e de sua noiva. Eles estão ansiosos para ver a rainha.

– Não. Eu me juntarei a eles mais tarde, quando o casamento estiver consumado. Poderão ver a flor espartana depois que ela tiver sido colhida.

Klitemnestra engoliu em seco. Aconteceria em breve então. Talvez fosse melhor. A ansiedade a estava deixando enjoada; talvez ela se sentisse mais calma quando estivesse acabado.

Agamêmnon dispensou os escravos e servos e seguiu pelo palácio, ainda conduzindo Klitemnestra atrás de si. Ele não falou, enquanto marchavam por corredor após corredor. O palácio parecia um labirinto, muito maior do que o lar dela em Esparta, mas talvez fosse apenas porque tudo era desconhecido, cada corredor, cada porta que levava a algum lugar desconhecido. Ela começava a pensar que estavam andando em círculos, quando Agamêmnon finalmente parou diante de uma grande porta de madeira, ornamentada com trepadeiras e veados entalhados, e a abriu. Ele entrou e acenou com a mão para que ela o seguisse.

O quarto era espaçoso, com teto alto. As lamparinas já estavam acesas, mas sua luz não era quente, nem convidativa. De alguma forma, dava ao quarto um brilho soturno, como a luz lançada por uma pira para o céu noturno. Klitemnestra sentiu calafrios apesar de suas roupas quentes de viagem. No meio do quarto, havia uma cama enorme, com colunas grossas em cada canto. Estava arrumada com cobertas elegantes, tingidas com um púrpura profundo. Seu leito matrimonial.

Agamêmnon já havia ido até a cama. Ele estava sentado, desamarrando as botas, enquanto Klitemnestra ainda pairava perto da porta.

– Feche a porta, garota – grunhiu Agamêmnon, puxando os cordões de couro com dedos impacientes. Ela obedeceu, lutando um pouco com o peso da porta. Então se virou para encará-lo, esperando a próxima instrução.

– Venha aqui. – Ele acenou. – Não vou devorar você – acrescentou, dando uma risada. Ele não estava sorrindo, no entanto.

Ela se aproximou, tentando parecer graciosa, mas sabia que parecia apenas assustada. Ainda estava usando o véu e conseguia ver o tecido dourado estremecer enquanto seu corpo tremia involuntariamente.

– Assim está melhor – disse ele, quando ela parou à sua frente. – Agora, deixe-me ajudá-la a tirar essas sandálias.

Ainda sentado na cama, ele se inclinou e tirou os pequenos pés dela dos calçados com cuidado. Quando retirou a segunda sandália, no entanto, suas mãos se demoraram no pé dela; então, subiram até o tornozelo. Ele deslizou as mãos lentamente pelas pernas dela, por baixo da saia longa do vestido, chegando acima do joelho. O coração de Klitemnestra estava acelerado, mas ela tentou ficar parada. Não devia recuar. Mas ficou cada vez mais difícil à medida que as mãos dele subiam.

Então ele parou com mãos no meio das coxas dela, e as tirou de debaixo de sua saia. Agamêmnon se levantou, de modo que estava bem na frente de Klitemnestra, com poucos centímetros separando-os. Ele cheirava a suor, poeira e cavalos. Ela inclinou a cabeça para encará-lo, então em um movimento rápido, ele ergueu o véu, e os dois estavam olhando diretamente nos olhos um do outro. Ela tentou manter seu olhar forte e firme. Destemida, mas não desafiadora. Ele sorriu.

– Tão bela quanto sua mãe – comentou. E então, sem aviso, a beijou, com firmeza, bem nos lábios. A barba era grossa e áspera contra o rosto dela.

– Gostou? – perguntou ele. Klitemnestra ficou surpresa com a pergunta. Mas percebeu que havia gostado de certo modo. Nunca tinha beijado um homem antes, nem mesmo um garoto. Agora ela se sentia adulta e bonita. Deu um aceno tímido, sem ter certeza de sua capacidade de falar. Parecia que havia uma pedra em sua garganta.

– Bom – disse ele, e a beijou de novo, com mais suavidade desta vez. – E antes, quando toquei em você. Você gostou?

Klitemnestra estava menos segura quanto a essa resposta. Ela hesitou, com medo de responder errado.

– Seu pai me contou que você é uma garota esperta – continuou ele, sem esperar que ela respondesse. – Você deve saber, então, que o objetivo do casamento é gerar filhos, não sabe?

Ela assentiu.

– E você sabe como as crianças são geradas? – perguntou ele.

Ela assentiu novamente. Ela sabia, ou pelo menos achava que sabia.

– Então você sabe o que devemos fazer agora? – perguntou ele, sua voz mais suave do que ela havia escutado desde que se conheceram.

Ela tentou assentir mais uma vez, porém, o gesto saiu mais como um espasmo de sua cabeça. Era isso, então. Era hora de ela se tornar uma mulher.

6

Helena

DOIS ANOS DEPOIS

A vida de Helena havia sido muito solitária desde que Klitemnestra deixou Esparta. Ela não tinha apenas perdido a irmã, mas sua melhor amiga. Parecia que uma parte de si mesma havia sido levada naquela carroça. Durante meses depois que Nestra partiu, Helena se sentiu perdida, sem ninguém para conversar além de Thekla e sem ninguém com quem passar o tempo além de si mesma. À noite, seu quarto ficava quieto demais sem o som da respiração suave da irmã. Era quando Helena mais sentia falta de Nestra, quando estava deitada sozinha, no escuro. Como ela desejava chamar o nome da irmã, ouvi-la responder e ter uma daquelas conversas que costumavam ter, quando eram apenas as duas, ali no escuro. Conversavam sobre coisas importantes, abrindo seus corações uma para a outra na calada da noite, ou sobre nada de muita importância, rindo baixinho em seus travesseiros, até que uma delas adormecesse.

O pai havia notado sua solidão. Depois de meio ano sem mal ter vislumbre de um sorriso no rosto da filha, ele a presenteou com duas aias. Adraste e Alkipe, duas garotas nobres capturadas durante a campanha micênica, tinham a mesma idade de Helena, e o pai claramente achava que elas seriam capazes de lhe oferecer companhia, além de servi-la. Ele estava certo. As três garotas se tornaram boas amigas, pelo menos, tanto quanto é possível quando duas das amigas devem servir à terceira.

Adraste e Alkipe estavam no quarto de Helena nesse momento, preparando-a para o dia. Alkipe estava terminando o penteado complexo nos cabelos de Helena – algo em que havia se tornado muito habilidosa – enquanto Adraste examinava o conteúdo de uma caixa de joias feita de marfim, procurando alguns adornos apropriados para as vestes de hoje. Helena gostava desse ritual matinal. Ter as próprias aias fazia que ela se sentisse crescida, e conversavam e riam juntas, enquanto ela se arrumava. Não era só isso, no entanto. Havia uma espécie de magia no processo. À medida que cada etapa era completada, cada peça de roupa fina colocada sobre ela, cada peça de ouro ou pedra brilhante presa ao seu corpo, ela se sentia como se estivesse sendo transformada, de Helena, a menina, em Helena, a princesa. Ela sentia que tinha crescido muito nos dois anos desde que Nestra partira, e desejou que a irmã pudesse vê-la agora.

– O que acha desse, senhora Helena? – perguntou Adraste, erguendo um colar de contas de âmbar polidas. – Combinaria muito bem com seu cabelo, mas não acha que é demais? Talvez devêssemos guardá-lo para uma ocasião especial.

– Não, não – respondeu Helena, quando Adraste começou a recolocá-lo na caixa. – Eu gosto dele e não acho que seja demais. Eu *sou* a herdeira – declarou ela com um sorriso.

Adraste sorriu e fez um aceno de cabeça, então gentilmente colocou o colar no pescoço de Helena. Ao fazer isso, Helena ouviu a voz calma de Alkipe atrás de si.

– Nunca entendi isso – ela murmurou enquanto fixava uma flor no cabelo de Helena. – Quero dizer, por que *você* é a herdeira?

Diante dela, Adraste congelou, com os olhos arregalados. Helena abriu a boca para falar, mas Alkipe a impediu, suas palavras saindo em guinchos agudos.

– Desculpe, minha senhora, isso foi tão rude da minha parte! Não quis dizer… Só que… Bem, você tem irmãos é tudo o que eu quis dizer. Não são geralmente os filhos que… É apenas algo que eu me perguntava, só isso.

– Está tudo bem, Alkipe – replicou Helena, virando-se para ela com um sorriso. – Eu entendi o que você quis dizer. Suponho que pareça estranho para você, se não fazem isso em Micenas, mas não acho que seja tão incomum… – Ela se virou, jogando uma mecha de cabelo encaracolado sobre o ombro. – Minha irmã uma vez me contou que é porque Castor e Pólux são gêmeos. Meu pai temia que eles lutassem pelo reino, então arranjou tudo para que nenhum dos dois se torne rei.

– Senhor Tindáreo é um homem sábio – Adraste assentiu, seu rosto pensativo. – Nosso reino foi dilacerado por irmãos brigando pelo trono. Por isso estamos aqui... Não que estejamos reclamando, é claro, minha senhora – ela acrescentou rapidamente. – Estamos felizes em servi-la, e você e seu pai têm sido muito gentis conosco.

– Sim, minha senhora – Alkipe concordou, com uma respeitosa vênia.

Helena deu um leve sorriso em resposta. Ela às vezes esquecia a verdadeira situação de suas aias, a desgraça que as trouxera aqui. Embora soubesse que eram suas escravas, preferia pensar nelas como suas amigas. Era mais fácil dessa forma.

Agora que estava vestida e adornada, Helena foi até o canto de seu quarto para cuidar da última fase de seu ritual matinal. Ali, sobre uma mesa baixa coberta com um tecido fino, estava uma pequena imagem pintada, com a forma de uma mulher de braços levantados. Helena se ajoelhou diante dela e estendeu a mão para Adraste. A garota lhe passou um pequeno frasco de óleo perfumado, e Helena passou um pouco na cabeça da imagem. Havia os vestígios de um rosto pintado na argila, grandes olhos redondos e uma boca sorridente. Foi para onde Helena olhou quando fez a prece:

– Senhora Ártemis, ofereço-lhe esta bênção, para que mantenha minha irmã segura. – Ela havia falado essas palavras todas as manhãs desde que Nestra partira. Então, ungindo a estatueta mais uma vez, acrescentou: – E mantenha o filho dela seguro também, para que ele possa viver e trazer alegria para a mãe. – Vinha acrescentando este segundo pedido há quase um ano. Ela sabia o quão frágil era a vida de uma criança. A própria mãe havia perdido dois bebês para doenças, segundo o que Thekla lhe contara.

Terminada sua oração, Helena se levantou e deixou a câmara, suas aias seguindo obedientemente atrás dela. Elas a acompanhavam para todos os lugares, como uma sombra de duas cabeças. Às vezes era irritante, quando ela só queria ficar sozinha, mas na maioria das vezes gostava. Fazia com que se sentisse como uma verdadeira dama real.

Helena andou com passos calculados pelos corredores, passando o que ela esperava ser um ar de elegância. Não estava com pressa para chegar ao aposento das mulheres. Não podia mais se sentar, rir e fofocar com as amigas, fiando despreocupadamente. Agora estava sendo ensinada a tecer, e não era boa nisso. Exigia muita concentração e ela errava várias vezes. Então Thekla vinha ver seu progresso e fazia aquele som de *tsc* dela. Por mais crescida que se sentisse, com suas aias e suas joias e os seios enfim brotando sob o vestido, Thekla sempre conseguia fazê-la se sentir como uma garotinha.

Elas haviam chegado ao Salão da Lareira a essa altura. Não precisavam ter vindo por esse caminho, mas Helena esperava que a mãe estivesse lá e que pudesse se sentar com ela, duas damas reais juntas. Mas hoje, como em todos os outros dias, ela acabou decepcionada. Helena tinha a impressão de que mal vira a mãe em dois anos. Desde que Nestra partira, Leda passou a ficar em seus aposentos quase todos os dias. Ela aparecia, às vezes, quando a ocasião pública exigia, mas quando o fazia parecia pálida e sem vida. Helena mal conseguia se lembrar de ver a mãe sorrir, e era como um verme roendo seu coração. Era como se não importasse para a mãe que ainda tivesse uma filha morando ali em Esparta. Não, Helena sabia que não era suficiente. Ela não era a filha *certa*. Tivera esperanças de que a partida de Nestra pudesse fazer com que ela e a mãe ficassem mais próximas, que pudesse haver mais espaço no coração de sua mãe, que a perda compartilhada as unisse. Mas tinha piorado. Helena sentia como se tivesse perdido a mãe, assim como a irmã, e de alguma forma essa perda era mais difícil, pois o fantasma ainda permanecia para assombrá-la.

Ela estava atravessando o pátio quando uma voz a chamou. A voz de seu pai.

– Helena! Espere, Helena.

Ela se virou para a fitar e sorriu. Pelo menos o pai não havia mudado com a partida de Nestra, exceto por estar um pouco mais grisalho do que dois anos antes. Ele sempre tinha um sorriso para Helena, e ela o bebia como néctar divino.

– Preciso falar com você – declarou ele, seu tom sério, mas não grave. Helena suspeitou que sabia do que se tratava, e sentiu uma excitação vertiginosa brotar dentro de si. – Por que não vem se sentar comigo? – Ele gesticulou para dentro do salão, para seu trono ao lado da lareira.

Quando se sentaram, Helena remexendo as mãos em antecipação, o pai declarou:

– Você vai se casar, Helena.

Ela soltou o ar que estava segurando devagar. Era isso que estava esperando que ele dissesse, e de fato estivera aguardando há alguns meses.

Afinal, ela estava com a mesma idade que Nestra tinha quando se casou. Agora era sua vez.

– Mas não vou ter que partir, vou? – ela deixou escapar, quando a possibilidade surgiu em sua mente. – Ainda sou a herdeira, não sou? Portanto vou ficar aqui em Esparta com você?

– Claro, claro. Você vai ficar aqui, não se preocupe com isso – confirmou ele. – Não importa com quem se case, ele virá morar aqui com você.

– Não importa com quem? – ela perguntou, um pouco confusa. – Então o senhor ainda não escolheu?

– Não, minha querida. Vamos esperar para ver quem é o melhor pretendente – explicou ele, com a sombra de um sorriso brincando em seus lábios.

A expressão de Helena ainda estava confusa, então ele prosseguiu.

-- Vai haver um torneio, por assim dizer. Os solteiros mais cobiçados da Grécia virão todos para cá a fim de competir pela sua mão. Eles chegarão nas próximas semanas. Mandei anunciar que você está pronta para o casamento, e agora eles virão de todos os lugares. Todos esperando provar que são o melhor homem e ganhar você como prêmio.

– Competindo por *mim*? – ela perguntou, incrédula.

– E por que não? – respondeu o pai com um sorriso. – Você é herdeira de um reino próspero. E eles ouviram falar de sua grande beleza.

Helena corou. Gostou bastante da ideia de homens competindo por ela. Imaginou as façanhas que eles realizariam, os presentes que trariam, e um largo sorriso se espalhou por seu rosto.

– Há uma coisa que preciso contar para você, Helena – o pai disse –, antes que tudo comece.

O sorriso dela diminuiu um pouco e ela acenou para que ele continuasse.

– É só que, ah… os pretendentes, ou pelo menos alguns deles… acreditam que você é filha de Zeus.

– O quê? – ela riu. – Mas isso é ridículo, pai! Por que pensariam isso?

– Porque falei que você é – revelou ele com um pequeno suspiro. Helena parou de rir. – Tudo o que peço é que deixe que acreditem nisso.

Ela ficou em silêncio por um momento, encarando os olhos do pai. Ficou surpresa e um pouco confusa, mas não podia negar que a ideia de as pessoas pensarem que descendia dos deuses tinha certo apelo.

– Helena? – perguntou o pai, um pouco impaciente. – Vai fazer isso?

– Sim, claro, pai – respondeu ela. – Se é o que deseja.

Ele sorriu.

– Muito bem.

Depois que o pai foi embora, as aias começaram a rir como pardais.

– Ah, que emocionante! – exclamou Adraste. – Você achava que aconteceria logo!

– E todos os pretendentes! – gritou Alkipe. – Aposto que serão bonitos!

– Sim – suspirou Helena. – Sim, é emocionante, não?

É isso, disse a si mesma. *Logo você será uma mulher de verdade, igual a Nestra*. O pensamento encheu seu estômago de borboletas, mas falou para si mesma que eram boas borboletas. Ser uma mulher seria excitante e glamouroso, e ninguém mais a trataria como uma garotinha boba. Isso era bom, e o torneio seria um espetáculo. Como ela desejava que Nestra estivesse aqui para compartilhar esse momento com ela.

7

Klitemnestra

KLITEMNESTRA ESTAVA EM SEUS APOSENTOS, FIANDO lã preguiçosamente. Sua aia, Eudora, estava sentada ao lado dela, mas não trocavam nenhuma palavra. Estavam desfrutando do silêncio, enquanto Ifigênia dormia, tranquila, em seu berço, e havia um entendimento tácito entre as duas de que não devia ser quebrado. A filha tinha quase um ano agora, e parecia crescer a cada dia que passava. Klitemnestra a amava mais do que tudo no mundo, mais do que jamais imaginara que fosse possível amar alguma coisa. Se alguma vez se sentisse solitária, triste ou com medo, bastava imaginar o rosto doce de Ifigênia, aquelas bochechas rosadas, aquela massa de cachos loiros, e um sorriso surgia em seus lábios. Houve momentos em que ela teve dificuldades de se adaptar ao novo papel de esposa e rainha, especialmente no início, quando ainda estava aprendendo seu lugar, antes de saber quando falar e quando ficar em silêncio, antes que a modéstia se tornasse habitual e a obediência, rotineira. Ainda havia momentos em que achava difícil segurar a língua, nos quais se encolher à sombra do marido a fazia se sentir como se estivesse perdendo partes de si mesma, como se um dia pudesse desaparecer por completo. Mas então Ifigênia nasceu, e no momento em que segurou a própria filha nos braços, soube que era *isso*. Essa era sua recompensa por ser mulher.

Um balbuciar sonolento irrompeu do berço e Klitemnestra sentiu o peito aquecer ao ouvir o som. O nascimento de sua filha também ajudou a aproximá-la de Agamêmnon. Klitemnestra agradara ao marido dando-lhe um filho tão cedo. E ela sentiu que ele a respeitava mais agora, tratando-a como uma verdadeira mulher e esposa, em vez de uma criança. Ele esperava por um filho, ela sabia, mas amava muito a filha. Filhos viriam em seguida, disse ele.

Havia algo ocupando a mente de Klitemnestra, enquanto ela fiava lã no silêncio frio da câmara. Seu sangramento mensal não viera. Fazia meia lua desde que estava previsto, e todas as manhãs ela acordava pensando que talvez tivesse chegado, mas não havia nada. Ela sabia o que isso podia significar, é claro. Era uma bênção, sim, mas não podia deixar de sentir um pouco de medo. A filha lhe trouxera tanta alegria, e outro filho certamente traria mais, mas sabia o quão sortuda havia sido por tudo ter corrido bem no parto, por ter tido uma criança saudável. Talvez não tivesse tanta sorte uma segunda vez. Uma barriga inchada poderia trazer tanto a morte quanto a vida. Era o caminho dos deuses.

Ela ainda não havia dito nada a Agamêmnon, com medo de decepcioná-lo. Podia estar enganada, ou podia não durar. Ela esperaria até ter certeza, ou até que começasse a aparecer.

Um barulho veio de fora do cômodo, interrompendo os pensamentos de Klitemnestra. Ela virou a cabeça bem a tempo de ver a porta ser aberta e seu marido aparecer. Ele não olhou para a esposa, mas foi direto para o berço de Ifigênia. Antes que Klitemnestra pudesse lhe dizer para não acordá-la, ele estava estendendo a mão e acariciando os cabelos da menina.

– Como está minha princesa hoje? – ele bradou para dentro do berço, a voz alta quebrando o silêncio sagrado que existira um momento antes. Klitemnestra suspeitava que o marido não seria capaz de sussurrar, mesmo que quisesse.

– Shh… acabamos de fazê-la dormir! – ela repreendeu. Um ano atrás, não teria ousado falar com o marido dessa maneira, mas a maternidade mudou as coisas. Mesmo assim, era tarde demais; Ifigênia estava acordada agora. Assim que o pai parou de fazer cócegas e apertar as bochechas da menina, ele foi até onde Klitemnestra estava sentada.

– Pode ir – falou para Eudora, dando uma ordem disfarçada de permissão. A serva prontamente obedeceu.

Assim que a porta se fechou, Agamêmnon afundou seu corpo considerável na cadeira que ela havia desocupado.

– Haverá um torneio para o casamento de sua irmã – contou ele em tom casual.

– Ah – respondeu Klitemnestra, um pouco surpresa com a notícia repentina. Há muito tempo ninguém falava com ela sobre Helena. – Quando? – perguntou.

– Os pretendentes já começaram a chegar, pelo que ouvi. Eles nunca viram a garota e ainda assim se reúnem para competir por ela. – Fez um gesto desdenhoso. – Todos os jovens mais nobres da Grécia, aparentemente, e alguns não tão jovens também – acrescentou com um sorriso zombeteiro. – Seu pai é um homem inteligente, devo admitir! Para conseguir isso, por causa de uma garota de, ah… reputação questionável.

Ele estendeu as duas últimas palavras, observando a expressão de Klitemnestra em busca de uma reação, talvez de uma confirmação da verdade por trás dos rumores que ouvira.

Klitemnestra se irritou ao ouvi-lo falar da irmã dessa maneira, mas tentou manter o rosto neutro, inocente até, como se não soubesse a que ele se referia. Queria defender Helena, dizer-lhe que Teseu era apenas um mentiroso patético, mas sabia que não podia descartar aquele boato e ao mesmo tempo ignorar o outro… E não podia mentir para Agamêmnon. Não se ele perguntasse diretamente o que ela sabia sobre a ascendência de Helena. Tinha medo de mentir para ele, medo de que ele soubesse, medo de que ele ficasse com raiva. Não se tornara tão ousada a ponto de deixar de temer o marido. Era melhor não dizer nada.

Por fim, ele parou de esperar por uma reação.

– Vim para lhe dizer que decidi comparecer ao torneio.

Klitemnestra quebrou seu voto de neutralidade com um olhar confuso, mas antes que pudesse dizer qualquer coisa o marido continuou:

– Não em meu próprio nome, é claro, mas no de meu irmão Menelau. Ele precisa de uma esposa e, graças ao seu pai, Helena é a noiva mais cobiçada da época. Há! – Ele bradou tão alto que Klitemnestra se assustou. – A beleza dela é comentada por toda Grécia! Você imagina que há quem acredite que ela seja filha do próprio Zeus? Bem, seja qual for a verdade – lançou-lhe um olhar de soslaio mais uma vez –, será um desrespeito à honra de nossa casa se algum outro homem a conquistar. Menelau deve se casar com Helena.

Klitemnestra ficou calada por um momento, absorvendo o que acabara de ouvir. Helena, a noiva mais cobiçada da época? Conhecida por toda a Grécia? Ela se sentiu orgulhosa e satisfeita pela irmã, mas em algum lugar no fundo de sua mente havia uma pontada de algo menos agradável.

Ressentimento, talvez? Ou inveja? Por essa ser a sorte de Helena e não a sua? Afastou esse pensamento. Estava feliz o suficiente, não estava? E seu marido era um grande homem, afinal de contas. Isso era bom, a razão pela qual havia deixado Esparta em primeiro lugar. Helena teria um bom marido e o legado de Esparta estaria seguro.

– Parto amanhã de manhã – veio a voz de Agamêmnon ao lado dela, interrompendo suas reflexões.

– Você transmitiria meu amor a meu pai e minha mãe, marido? – pediu ela de repente, percebendo que ele veria sua família. – E a Helena, se tiver oportunidade de falar com ela?

– Sim, se o quiser. Também contarei a eles que filha linda você me deu – respondeu ele, sorrindo em um daqueles momentos de ternura que às vezes concedia a ela. Então, com um último afago no cabelo de Ifigênia, ele saiu do cômodo.

Parte de Klitemnestra desejava poder ir a Esparta com o marido. Não parecia justo que ele pudesse ver a família dela e ela não. Mas ela afastou esse pensamento. Deveria ficar e cuidar de Ifigênia. *Minha família está aqui agora*, disse a si mesma. E quando Agamêmnon voltasse, talvez ela lhe contasse sobre o novo integrante que crescia em sua barriga.

8

Helena

MAIS DE VINTE PRETENDENTES JÁ HAVIAM CHEGADO a Esparta, e cada dia que passava trazia ao menos mais um. Helena não tinha permissão para vê-los quando chegavam, mas ela atormentava os irmãos por informações – o que cada um usava, se eram bonitos, quais ricos presentes trouxeram. Enquanto contavam tais detalhes para ela, Helena se perguntava se aquele seria o escolhido, se esse novo homem em breve se tornaria seu marido. Havia uma espécie de romantismo em todo o mistério da situação. Os gêmeos também lhe diziam os nomes dos homens, quem era o pai deles e de que reino vieram, mas tudo isso dizia pouco para ela. Não era papel de uma princesa conhecer lugares estrangeiros e, muito menos, homens estrangeiros. Contudo, no outro dia , chegara um homem de quem ela *tinha* ouvido falar: Agamêmnon, marido de Nestra, participando em nome do irmão. Ela não esperava que ele viesse e nem, ao que parecia, seu pai. Helena estava com ele quando a chegada de Agamêmnon fora anunciada, e um olhar inconfundível de surpresa, talvez até de preocupação, cruzou seu rosto. Por um momento, Helena ficou animada, pensando que talvez o rei micênico tivesse trazido Nestra consigo, mas o pai acabou com qualquer esperança. Nestra era mãe agora. O lugar dela era com a filha, dissera ele.

Todas as noites, os pretendentes se banqueteavam e bebiam no Salão da Lareira, com o pai, Castor e Pólux. Mas Helena não tinha permissão para comparecer. O pai a mantinha o mais longe possível dos pretendentes. *Uma deusa é ainda mais bela por ser criada na imaginação dos homens*, ele insistia.

Helena *tinha* achado estranho que tantos príncipes viessem competir por ela sem que nenhum deles a tivesse visto, então talvez houvesse alguma verdade no que o pai dizia. Mesmo assim, estava frustrada por não poder dar uma boa olhada nos pretendentes. Afinal, era ela que iria se casar com um deles.

O mais próximo que ela chegava era quando os pretendentes estavam competindo, fora dos terrenos do palácio. A cada dois dias, eles organizavam uma competição entre si, e o pai a levava para assistir. Eles precisavam ter a impressão de estarem se exibindo para ela, ele declarou, mas ela sabia que as disputas visavam impressionar seu pai. Ela era apenas o prêmio. Era ele quem escolheria o genro e sucessor.

Mesmo enquanto assistiam às competições, ela ainda assim não tinha permissão para se aproximar muito. O pai mandara erguer uma espécie de pódio um pouco afastado do campo de competição, no qual os dois se sentavam enquanto observavam os homens realizarem suas façanhas. E o pai insistiu que ela usasse um véu, um enorme tecido brilhante colocado por cima de suas roupas e puxado sobre a cabeça. Ele até a fez cobrir o rosto, para lhes mostrar que você é modesta, explicou. Mas muitas vezes ela o abaixava de novo quando o pai desviava o olhar, apenas para deixar um pouco de ar fresco tocar sua pele. Estava sufocante sob o véu, estando ao ar livre exposta ao calor do sol.

Hoje era um dia de competição, e ela estava sentindo calor como sempre. Ansiava por arrancar aquele véu estúpido, e o vestido também, e ir nadar no rio como fazia quando era mais nova. Ela teve de se segurar para não rir alto ao pensar naquilo. *Isso causaria um escândalo tão grande*, ela pensou com um sorriso. O pai não ficaria feliz, mas ela não tinha tanta certeza quanto aos pretendentes. Via o modo como olhavam para ela. Sabia que estavam se perguntando o que havia por baixo do véu, imaginando como seria seu prêmio depois de desembrulhado. No entanto, os olhares deles não a deixavam envergonhada. Ela se orgulhava de ser objeto do desejo de tantos homens. Eles a desejavam, e era uma boa sensação. Às vezes, ela até deixava o véu cair um pouco para trás na sua cabeça, para revelar um vislumbre de seu cabelo. Mesmo a essa distância, ela sabia que os pretendentes deviam conseguir vê-lo, radiante como era, brilhando à luz do sol. Afinal, seu cabelo era sua melhor característica, e ela não via sentido em mantê-lo escondido.

Estavam realizando uma competição de arco e flecha. Escravos jogavam maçãs para o alto para que os pretendentes as acertassem com suas flechas, embora estivesse se provando uma tarefa difícil demais para a maioria. Vários falharam na primeira tentativa, outros depois de duas ou três. Então, restaram apenas três homens. Agora dois. E então, como o penúltimo homem errou por pouco, restava apenas um. Ele não parou, no entanto, mas acenou para os escravos continuarem e seguiu enviando suas flechas para o céu, cada uma encontrando seu alvo. Ele parecia capaz de continuar para sempre enquanto casualmente tirava flecha após flecha de sua aljava[1]. Ele só parou quando a aljava estava vazia. Abaixando o arco, se virou para o pódio onde Helena e seu pai estavam sentados e deu um aceno respeitoso. Helena viu seu pai se levantar da cadeira no canto de sua visão, e, quando ele começou a aplaudir, ela seguiu o exemplo.

– Quem é aquele homem, pai? – ela perguntou. – Não o vi competir antes de hoje.

– Filoctetes, filho de Peante. – Foi a resposta do pai enquanto gesticulava para que os atendentes entregassem o prêmio do vencedor: um grande caldeirão de bronze com alças douradas. – Alguns dizem que aquele arco é o mesmo que Héracles usou para atirar nos pássaros do lago Esfíntalo. – Os olhos de Helena se arregalaram de admiração. – Bobagem, muito provavelmente – o pai continuou –, mas ele com certeza é habilidoso em seu uso.

Enquanto os escravos retiravam as maçãs, Helena perguntou:

– Acabou por hoje, pai? Podemos voltar para o palácio agora?

– Não, haverá mais uma competição, creio eu – respondeu ele. – Uma corrida a pé.

Helena ficou aliviada. Pelo menos as corridas a pé acabavam depressa. Então ela poderia se retirar para o relativo frescor de seu quarto e tirar aquele véu estúpido e sufocante.

Os pretendentes já estavam se posicionando para começar a corrida. Apenas cinco iam competir, e ela reconheceu três deles de disputas anteriores. Lá estava Odisseu, de peito largo e atarracado. Ela o achava um tanto feio, mas ele tinha se saído bem nos concursos até agora. Os irmãos contaram a ela que ele não havia trazido nenhum presente de noiva – nada! Ele era realmente um homem bem estranho, e ela estava muito contente porque ele não seria seu marido – como ele podia esperar ser, quando veio de mãos vazias?

---

1   Na Antiguidade, aljava era uma espécie de estojo, como um coldre, em que se carregava as flechas usadas pelos arqueiros. (N. E.)

Ao lado de Odisseu estava Ájax. Ela tinha ouvido as pessoas chamá-lo de *Ájax, o Grande*, e podia entender o porquê. Ele era um homem gigante, de pé, uma cabeça mais alto do que os outros corredores e mais largo que Odisseu. Seus braços e coxas cobertos com músculos volumosos. Helena tinha um pouco de medo dele.

O terceiro homem que ela conhecia pelo nome era Antíloco. Ele era como um junco ao lado dos outros dois homens corpulentos, sendo o mais jovem e mais esguio de todos os pretendentes. Porém, ele era muito bonito, suas belas feições combinavam com a figura juvenil, e o cabelo comprido era de um lindo tom de castanho avermelhado. Dos três homens que ela reconhecia nesta corrida, Helena sabia qual deles esperava que vencesse.

Ela notou que Agamêmnon estava mais uma vez entre os espectadores. Ela não o tinha visto competir em nada até agora. Talvez fizesse sentido, já que ele estava aqui apenas em nome do irmão, mas ela também tinha a impressão de que ele achava tudo indigno de si. Ele trouxera os presentes mais ricos e todos sabiam disso. E ele era o rei de Micenas, afinal de contas; não era necessário que provasse a si mesmo.

Tirando os olhos de Agamêmnon, Helena percebeu que a corrida estava prestes a começar. Em questão de segundos, o grito do juiz soou e eles dispararam. Odisseu teve uma vantagem inicial, seguido por um dos homens que Helena não conhecia, então Antíloco. Mas as pernas poderosas de Ájax o fizeram se aproximar rapidamente, ultrapassando Antíloco, e alcançando o próximo homem. Então, ouviu-se um grito e observou-se uma nuvem de poeira quando Ájax e outro homem caíram. Antíloco saiu correndo da confusão, deixando o quinto homem bem para trás. Odisseu estava desacelerando agora, enquanto Antíloco o alcançava. Ele, então, o ultrapassou – seus joelhos jovens um borrão. E acabou. Antíloco havia vencido, logo à frente de Odisseu, com o quinto homem atrás deles. Mas Ájax e o outro homem ainda estavam na poeira, e, quando Helena olhou para eles, percebeu que estavam lutando. Não, não lutando. Ájax estava em cima do outro homem, suas enormes mãos em volta do pescoço dele. Houve muita gritaria e foram necessários três homens para tirar Ájax de cima do oponente.

– Ele me fez tropeçar! – rugiu Ájax. Helena podia ouvir suas palavras apesar da distância, tão feroz era sua raiva. – Eu teria vencido se não fosse por aquele cretense filho da puta!

Odisseu havia chegado ao lado dele agora e, quando falou com Ájax, o homem enorme pareceu se acalmar um pouco.

Helena achou uma pena que a vitória de Antíloco tivesse sido ofuscada pelo temperamento de Ájax, mas mesmo assim ele recebeu seu prêmio – uma escrava habilidosa na tecelagem, que Helena conhecia dos aposentos femininos – e com isso as competições do dia terminaram.

9

Helena

ERA TARDE DA NOITE. O BANQUETE JÁ HAVIA ACABADO e os pretendentes voltado para suas tendas, permitindo que uma quietude se espalhasse pelo palácio. Helena havia sido chamada aos aposentos dos pais, onde agora estava com o pai, a mãe e os irmãos. Este foi o mais próximo que Helena esteve da mãe em algum tempo, ocupando o assento ao lado dela e respirando seu perfume quente. Era agradável estarem todos juntos assim, mas Helena sabia que estavam reunidos por um motivo.

– O torneio já está acontecendo há várias semanas, como todos vocês sabem. – O pai olhava para eles, as rugas em seu rosto exageradas à luz da lamparina. – Todos que deveriam chegar já estão aqui, e todos tiveram ampla oportunidade de provar a si mesmos. Portanto, acredito que chegou a hora de escolher um vencedor.

Uma onda de emoção passou por Helena; ela estivera esperando por este momento. O pai apoiou o queixo nas mãos unidas, aparentemente esperando que um deles falasse. Quando ninguém o fez, ele chamou:

– Castor, me diga quem você escolheria.

– Bem, pai – começou Castor –, devo falar em favor de Diomedes. – *Diomedes*, pensou Helena. Sim, ela se lembrava dele das competições. Jovem, forte e bastante bonito. – Ele já é um guerreiro experiente, apesar de sua juventude – continuou o irmão –, e os presentes dele são generosos. Pólux e eu caçamos com ele várias vezes e nos tornamos bons amigos. Ele é um homem tão bom quanto qualquer outro aqui e lhe traria glória como genro, eu sei disso.

Antes que o pai pudesse responder, Pólux interveio com sua contribuição.

– Ou, se não Diomedes, pai, então com certeza Ájax de Salamina seria uma boa escolha. – Helena se encolheu com a menção de Ájax. *Não, ele não*, ela desejou, como se seu pai pudesse ouvir seus pensamentos. – Sua força é incomparável – continuou o irmão. – Ele superou todos os outros no lançamento de disco, e o senhor o viu nas lutas; além isso, ele é um guerreiro astuto. Se quisermos proteger Esparta, Ájax seria um grande homem para ter conosco. É verdade, ele pode não ter trazido tantos presentes quanto alguns, mas prometeu reunir todas as ovelhas e bois das costas próximas ao seu reino, de Asina até Mégara, e apresentá-los como presente de casamento.

– Ah, que promessa ridícula – interrompeu a mãe. – Aquele homem é orgulhoso demais e cabeça quente também. Eu não confiaria nele para governar nosso reino, nem mesmo para ser marido de minha filha.

Helena sentiu uma onda de carinho e gratidão para com a mãe. Não queria se casar com Ájax, mas não tinha certeza se teria coragem de dizer isso. A mãe ainda se importava com ela, apesar de seu distanciamento; sabia disso agora. Helena olhou para a mãe, esperando agradecê-la com um olhar, mas a mãe não virou a cabeça.

– Que homem ganhou seu favor então, minha rainha? – O pai de Helena perguntou agora.

– Há muitos homens bons aqui, meu marido, que sem dúvida seriam boas escolhas, mas devo falar por Antíloco, filho de Nestor, acima de tudo. Ele provou ser um bom jovem, veloz e bom com os cavalos, e trouxe grandes presentes para honrar nossa família. Além disso, o pai dele é conhecido por ser um homem de grande sabedoria e respeitado por toda a Grécia. Se o filho seguir os passos do pai, Antíloco será um bom par.

Helena reprimiu um aceno de cabeça. Ela tinha que admitir que a ideia de ter o belo Antíloco como seu marido era agradável.

– Você tem bons argumentos – replicou o pai, com a testa franzida em contemplação. – Mas não devemos esquecer que nosso estimado amigo Agamêmnon está aqui. Ele é nosso parente por casamento e nosso grande aliado militar. Talvez fosse imprudente de nossa parte ofender-lhe a honra ao favorecer outro homem em vez de seu irmão. E ele trouxe os presentes mais ricos: ouro, bronze e cavalos. Nenhum homem presente contesta isso, nenhum...

O pai de Helena parecia perturbado, incerto. Parecia que estava tentando se convencer tanto quanto qualquer outra pessoa. Então, depois de um momento, ele virou o rosto para Helena e a olhou, de fato olhou para ela, pela primeira vez desde que todos se sentaram.

– Helena, minha filha, o que você acha? Qual dos homens você escolheria?

Helena ficou surpresa ao ser questionada. Havia deduzido que ficaria ali sentada, ouvindo até que uma decisão fosse tomada; estava até satisfeita por ter tido permissão para tanto. Mas dar a própria opinião? Não estava preparada para isso e teve que pensar por um momento. Considerou muitos dos pretendentes bonitos e alguns certamente impressionaram nas competições... Mas ela não teve a oportunidade de realmente falar com nenhum deles. Sonhara que teria um marido que a amasse e a quem ela retribuísse o amor, como nas histórias que Nestra lhe contava... Mas não podia saber de nada disso. Que diferença fazia, quem ela escolhesse? Diomedes ou Antíloco ou o irmão de Agamêmnon, que ela nunca tinha visto... Mas então ela percebeu. *Havia* uma diferença.

– Pai, se eu me casar com o irmão de Agamêmnon, isso me tornaria irmã de Nestra por casamento. Seríamos irmãs duas vezes, não é?

– Sim, suponho que sim – respondeu o pai. – Mas eu não entendo...

– E o senhor acha que, se fôssemos cunhadas, poderíamos nos ver? Quero dizer, quando nossos maridos visitarem um ao outro, como irmãos com certeza fazem?– Helena estava bastante animada agora, e satisfeita consigo mesma por perceber a oportunidade.

– Não estou certo disso, Helena – respondeu o pai, hesitante. – Esposas não costumam...

– Mas seria mais provável do que se não fôssemos cunhadas, não seria, pai?

– Suponho que sim, mas...

– Bem, nesse caso eu escolho o irmão de Agamêmnon – declarou ela, de modo conclusivo, com um sorriso satisfeito. A possibilidade de ver Nestra novamente era como uma corda à qual ela podia se agarrar.

O pai abriu a boca para dizer mais alguma coisa, mas naquele momento soou uma batida educada na porta de madeira do aposento. O administrador do palácio, Nicodemos, entrou com a cabeça baixa.

– Meu senhor – começou ele, com a voz nervosa –, o senhor Odisseu, filho de Laertes, deseja falar contigo. Eu falei para ele que estava ocupado e que era impróprio perturbá-lo em seus aposentos particulares...

– Ótimo – respondeu o pai secamente. – Mande-o embora, Nicodemos. Falarei com ele amanhã.

– Eu tentei, meu senhor. Mas ele insistiu que era urgente. Ele está justamente ali fora. Afirma ter certeza de que o senhor vai querer ouvir o que ele tem a dizer.

O pai fez uma pausa, aparentemente pensando, então suspirou.

– Muito bem – assentiu, impaciente. – Mande-o entrar quando eu chamar.

Conforme Nicodemos fazia uma reverência e saía da câmara, o pai de Helena se virou para ela.

– Não é apropriado que ele a veja, Helena. Os outros pretendentes dirão que ele teve um privilégio injusto. – Ele se levantou e examinou a sala e, tendo visto o que estava procurando, pegou um pedaço grande de tecido simples que estava pendurado no encosto de uma cadeira. – Use isso como um xale e cubra-se – mandou ele, passando-o para ela. – Puxe-o em frente ao seu rosto e mantenha a cabeça baixa e a boca fechada. Ajoelhe-se no chão ao lado de sua mãe e ele pensará que é uma serva.

Helena fez o que lhe foi pedido, embora não estivesse muito satisfeita por ter que se ajoelhar. Assim que ela estava coberta e acomodada, seu pai chamou Nicodemos, e Odisseu entrou na câmara.

– Senhor Tindáreo – cumprimentou com uma vênia reverente –, minha senhora, honrados príncipes – continuou ele, acenando com a cabeça para cada um. Não deu atenção a Helena; ela ficou feliz que a ideia de seu pai tivesse funcionado. – Vim porque sei que o senhor deve estar prestes a escolher um marido para a princesa Helena, e eu gostaria de oferecer um conselho.

– E o que o faz pensar que preciso de sua ajuda para escolher um pretendente? – respondeu o pai sem rodeios. – Suponho que veio com algum argumento inteligente sobre por que eu deveria escolhê-lo, apesar de não ter trazido um único presente, é isso? Sim, conheço sua língua prateada, senhor Odisseu, mas temo que não será útil para você aqui.

Helena temia que o senhor Odisseu ficasse ofendido, mas ele apenas sorriu.

– Não vim para lhe dizer quem o senhor deve escolher, pois sei que a decisão já está tomada – explicou Odisseu. O pai abriu a boca para responder, mas não teve chance, pois Odisseu continuou: – O senhor vai escolher o irmão de Agamêmnon, Menelau. É a única opção sensata em sua posição. Não pode ofender Agamêmnon, e outro vínculo entre suas duas famílias tornará ambos mais fortes. Por que compartilhar riqueza e influência com um estranho quando pode consolidá-las em suas casas unidas?

Helena viu que o pai havia fechado a boca agora e estava ouvindo Odisseu, o aborrecimento em sua testa havia desaparecido.

– É verdade que eu não trouxe presentes de cortejo e peço desculpas se isso o ofendeu – continuou Odisseu –, mas suspeitei que Menelau pudesse ser um dos pretendentes, e sabia que teria poucas esperanças de conquistar sua filha se isso acontecesse. Eu só queria a chance de ver a mulher mais bonita do mundo com meus próprios olhos. – Nesse momento Odisseu fez uma pausa, embora apenas por um instante, e seus olhos se desviaram para Helena, encontrando os dela através da abertura em seu xale. Assustada, ela olhou para o chão depressa, mas não importava. Ele sabia que era ela. Sabia o tempo todo. Ela corou sob o véu. *A mulher mais bonita do mundo*, ele a chamara.

Acima dela, a voz dele continuou.

– Quando soube que Agamêmnon estava aqui em nome do irmão, soube que estava certo em não ter feito minha corte a Helena com afinco. Em vez disso, espero obter outra noiva em troca de alguns conselhos.

– Vá em frente, então – mandou o pai dela, a voz afiada com impaciência. – Vou ouvir o conselho que você veio dar.

– Você está em uma posição difícil, senhor Tindáreo – começou Odisseu. – Sabe tão bem quanto eu. Deve escolher Menelau, mas não quer ofender os outros pretendentes, nem fazê-los sentir que todo o torneio foi uma farsa. O senhor deve saber que vai dar essa impressão, quando escolher o irmão de Agamêmnon como vencedor. Vão dizer que tudo foi arranjado, que os dois conspiraram para roubá-los, para fazê-los de tolos.

– Mas não é verdade – retrucou o pai, cansado. – Eu não sabia que ele iria...

– No entanto, essa será a impressão deles – explicou Odisseu com seriedade. – Não apenas ficarão furiosos com o senhor e com Esparta, mas há o perigo de que um deles decida resolver as coisas por conta própria e simplesmente tome à força o prêmio que lhe foi negado. Tal é o risco quando o desejo dos homens foi tão inflamado com tanta habilidade e seu orgulho tão gravemente ferido. – Helena não pôde resistir a virar a cabeça, procurando o apoio do pai e da mãe. Eles tentariam roubá-la mesmo? A ideia de ser raptada por aquele bruto do Ájax a fez estremecer.

– Eu percebi o perigo por mim mesmo, mas o que se pode fazer? – perguntou o pai, com a voz tensa. – Não vejo nenhuma maneira de…

– Há uma maneira, senhor Tindáreo. Uma maneira de se proteger contra qualquer violência ou roubo – respondeu Odisseu. Helena viu um leve sorriso se esgueirar nos cantos da boca dele quando por fim revelou sua astúcia. – Deve pedir que os pretendentes façam um juramento. Antes de anunciar o vencedor, faça-os jurar ao todo-poderoso Zeus, flagelo dos que violam juramentos, que aceitarão sua decisão de boa vontade e não farão violência contra o senhor, nem contra Helena, nem contra o pretendente vitorioso. Além disso, faça-os jurar que, se algum homem tomar sua filha à força, eles ajudarão seu verdadeiro marido a recuperá-la. Farão qualquer juramento que pedir a eles, se for um requisito para ser considerado um pretendente. Mas deve agir enquanto o bronze está quente, enquanto os pretendentes ainda estão tão extasiados com a ideia de Helena que se enganam pensando que têm alguma chance. Faça isso amanhã, ao alvorecer. Então faça um último dia de disputas, para manter a ilusão de que a decisão ainda não foi tomada, e ao anoitecer estará livre para anunciar Menelau como vencedor.

Com o plano explicado, Odisseu sorriu com satisfação. Como uma reflexão tardia, ele acrescentou:

– Também sugiro que devolva todos os presentes dos pretendentes depois de fazer o anúncio – para aliviar a amargura da derrota. Todos menos os de Agamêmnon, é claro. O senhor será privado de uma pequena fortuna, é verdade, e sem dúvida a princesa ficará triste ao ver as belas roupas e joias partirem – olhou de relance para Helena e afastou o olhar novamente –, mas uma guerra seria muito mais cara.

Tendo terminado, Odisseu ficou em silêncio. O pai de Helena também ficou em silêncio por algum tempo. Helena observou como as linhas do rosto dele se aprofundaram, seus olhos sagazes distantes conforme refletia profundamente. Por fim, ele declarou:

– Você é um homem inteligente, Odisseu, filho de Laertes, e julgo que seu conselho é sensato. Farei o que sugere, pois não consigo pensar numa solução melhor. Vamos torcer para que tudo corra tão bem quanto você prevê. – Ele suspirou profundamente, como se expulsasse as preocupações de várias semanas de uma só vez. – Agradeço seu conselho, mas não acho que tenha sido dado por caridade. Você mencionou antes que esperava obter uma noiva, mas deve saber que não tenho mais filhas.

– De fato, eu sei. Na verdade é a sua sobrinha que tenho em mente. Seu irmão Icarius tem uma filha que logo terá idade para casar, não é? Ela pode não vir com um reino, mas já tenho um. Tudo o que desejo é uma esposa e filhos obedientes para encher meus salões.

– Sim, Penélope. Uma menina doce – comentou Tindáreo. Helena lembrava da prima, de quando brincavam juntas quando crianças. Penélope viveu no palácio por algum tempo, mas não a via há vários anos. – Vou falar com meu irmão sobre o assunto, como agradecimento pelo seu serviço esta noite.

– É tudo o que peço – respondeu Odisseu, com uma humilde reverência. – E agora acho que vou voltar para minha tenda. Boa noite para todos.

Assim que Odisseu saiu, Helena se levantou do chão, com os joelhos doloridos por causa da pedra dura. Enquanto tirava o xale, ouviu a voz da mãe, calma, porém, raivosa.

– Se você ia escolher Menelau o tempo todo, por que se deu ao trabalho de nos reunir aqui e pedir nossas opiniões? Apenas outra farsa, para nos fazer sentir como se nossa opinião tivesse importância? Era isso?

– Não, não é nada disso, Leda – suspirou o pai. Ele parecia cansado. – Eu ainda achava que poderíamos ter uma escolha… Queria pelo menos conversar sobre isso com você. Com todos vocês – explicou, olhando para cada um deles. – Mas Odisseu está certo. Devemos escolher Menelau. E se for da vontade dos deuses seu plano será bem-sucedido e tudo vai dar certo. – Ele se virou para Helena. – Era isso que você queria de qualquer maneira, não é, minha filha? – perguntou ele com um sorriso gentil, mas sem entusiasmo. – Você falou que queria ser cunhada de Nestra, e será. Conheço Menelau. Ele é um bom homem e um bom guerreiro. Vai fazê-la, tenho certeza.

Helena retribuiu o sorriso do pai, embora por dentro estivesse com um pouco de medo. Estava tudo bem enquanto conversavam sobre isso antes, excitante até, pensar em quem seu marido poderia ser. Mas agora que estava decidido, parecia muito mais real, muito mais próximo. Em breve ela se casaria com Menelau, um homem que nunca vira, muito menos conhecera, e sobre quem sabia quase nada. Sentiu-se como uma folha de outono, arrancada de sua árvore pelo vento impetuoso e atirada ao rio caudaloso abaixo. Tudo o que ela podia fazer agora era permanecer à tona, enquanto aquela corrente incessante a levava em direção ao seu futuro.

☽

Na manhã seguinte, na bruma da aurora, os pretendentes foram reunidos e todos fizeram o juramento. Odisseu estava certo; nenhum se opôs. E ele mesmo jurou com os demais. As libações foram oferecidas, e um garanhão branco imaculado foi sacrificado. Um carneiro teria sido suficiente, mas o pai queria deixar claro a gravidade do voto. Helena conhecia o cavalo dos estábulos reais. Era um animal magnífico, elevando-se acima dos homens enquanto era conduzido, calmo e sem suspeitar de nada, até o altar. Helena teve que desviar o olhar quando o pai cortou-lhe a garganta.

Houve disputas, como Odisseu sugerira, com uma corrida de bigas para terminar o dia. E então, quando o sol estava baixo no céu, o pai anunciou Menelau, filho de Atreu, príncipe de Micenas, como o homem que havia escolhido para se casar com a filha. E assim foi feito. Sem protesto ou violência, Helena finalmente havia sido conquistada.

10

Helena

MENELAU CHEGOU A ESPARTA AO ENTARDECER, UM mês depois que o noivado dos dois havia sido decidido. Um grande banquete havia sido preparado para que o novo herdeiro de Esparta pudesse se encontrar e beber com o pai e os irmãos de Helena e com os outros nobres da Lacônia. Helena também estava presente no banquete como exigia o costume, embora se sentisse mais como uma decoração elaborada do que como uma convidada. O pai insistira que ela fosse coberta com um véu tão grosso que ela não conseguia ver através do tecido, nem mesmo a luz do fogo da lareira. Era uma experiência tão estranha e frustrante, ouvir o banquete acontecendo ao redor de si, saber que o futuro marido estava tão perto e, ainda assim, ser incapaz de ver qualquer coisa. O pai permitiu que o véu fosse levantado apenas para que Alkipe pudesse dar à Helena goles de vinho e pequenas porções de comida; mesmo assim, não foi levantado o bastante nem por tempo suficiente para que ela pudesse ver o homem com quem logo estaria casada. Embora geralmente gostasse da comida, da música e da frivolidade de tais ocasiões, foi um alívio quando, depois de mais ou menos uma hora, foi levada de volta ao seu quarto, onde pôde tirar o véu odioso e respirar o ar não abafado.

O dia seguinte trouxe uma longa tarde de expectativa, enquanto Helena esperava a procissão de casamento que a levaria do palácio do pai para sua nova casa um pouco mais adiante ao longo do rio, que havia sido construída para abrigar ela e seu novo marido, até o momento em que ele substituiria o pai dela como rei de Esparta. Quando as aias enfim chegaram para prepará-la no início da noite, Helena ficou satisfeita ao ver o véu muito mais fino nas mãos de Alkipe, parecendo uma rede cintilante de ouro. Agora, finalmente, poderia ver seu noivo, pensou com satisfação. E, no entanto, uma vez vestida, com o véu brilhante colocado como filigrana sobre o cobre de seus cabelos, e conduzida através do palácio para se juntar à procissão lá fora, seu coração se apertou ao saber que Menelau já havia assumido sua posição à frente. Perguntou à mãe qual era o cavalo dele e tentou distinguir suas feições à luz do anoitecer, mas quase no mesmo instante que seus olhos o encontraram, o pai pegou sua mão para levá-la até a carruagem nupcial. Ela embarcou sozinha, a resplandecente peça central de toda a procissão, e embora sentisse os olhos de Esparta sobre si, quando a carruagem começou a se mover, ela olhou para a frente através da multidão, da escuridão e da fumaça para aquele elmo dourado que reluzia à luz das tochas.

Quando chegaram, disseram à Helena que esperasse na câmara nupcial. Ela não estava sozinha, é claro. Suas duas aias e sua antiga ama, Thekla, a acompanharam para que pudessem cumprir seus deveres. Elas a despiram das vestes nupciais que usara na curta viagem do Palácio Antigo até este novo edifício. O cheiro terroso de ocre pairava no ar parado da câmara devido às paredes pintadas apenas alguns dias antes.

As mulheres começaram a dar banho em Helena, esfregando cada centímetro de sua pele com pedaços de pano áspero, até parecia que estava em carne viva e formigava. Quando ela fez um barulho de reclamação, sua ama retrucou:

– Silêncio, precisamos lavar a criança de você.

Uma vez que ela estava seca, fizeram com que ficasse de pé e começaram a trabalhar em sua próxima tarefa: massagear óleo perfumado em sua pele. Isso fez com que ela cheirasse a flores e sálvia, e concedeu à sua pele branca um brilho perolado. Por fim, as mulheres trouxeram uma pequena tigela cheia de água de rosas extremamente perfumada. Helena não pensava que precisava de mais perfume; ela já cheirava mais doce do que jamais cheirou em sua vida. Mas quando Thekla mergulhou um único dedo na água perfumada, Helena ficou aliviada ao ver que não estava prestes a ser encharcada. Em vez disso, com delicadeza e precisão, a ama passou o perfume no rosa pálido dos mamilos da princesa. Helena ficou um pouco surpresa, mas não deixou transparecer. Era uma mulher agora, e obviamente era assim que as mulheres eram preparadas. E, quando Thekla pediu que a moça se deitasse na cama para que pudesse colocar um pouco da água de rosas entre suas pernas, Helena obedeceu sem protestar. Quando se levantou, porém, tinha a sensação de que algo havia mudado, de que partes de seu corpo haviam sido elevadas a um nível de importância que nunca haviam tido antes.

Com a pele brilhante exposta ao ar da noite, Helena começou a tremer, e ficou grata quando as mulheres a ajudaram a recolocar o vestido de noiva. Era de estilo simples, mas ricamente tingido de açafrão, com um cheiro que contribuía para a inebriante nuvem de aromas que já pairava sobre ela. Recolocaram também o véu fino, mas deixaram o cabelo dela sem tranças, os pulsos, o pescoço e as orelhas sem adornos. O tempo para exibição havia passado; agora cabia a ela impressionar o marido.

Adraste saiu da sala nesse momento, sem dúvida para avisar que os preparativos haviam sido concluídos.

Thekla falou baixinho no ouvido de Helena:

– Agora que terminamos, seu marido virá até você. Ele, sem dúvida, se deitará com você, como é apropriado que um marido se deite com sua esposa. Não tenha medo. Estarei do lado de fora da porta. Pode doer quando ele entrar em você, mas deve deixá-lo fazer o que ele fizer. Na verdade, o que ele deve. Será melhor para você se o receber de boa vontade. Tente agradá-lo, Helena. Se Deus quiser, vocês terão uma vida abençoada juntos.

Helena não entendeu tudo o que a ama lhe dissera, mas deu um aceno de cabeça firme, e retribuiu o sorriso gentil da mulher. Thekla se retirou para o canto do quarto para esperar com Alkipe, de modo que Helena ficou sozinha em frente à cama, com os olhos fixos na porta. Agora que estava aqui, em seu quarto nupcial, percebeu que não sabia de fato o que esperar. Todos os seus pensamentos haviam sido ocupados imaginando a aparência de seu marido, o que ela usaria para a procissão, quais seriam os presentes nupciais. Esta parte do casamento permanecera uma vaga lacuna em sua imaginação, e agora que ela estava aqui não tinha mais clareza. Agora, desejava ter feito mais perguntas quando teve a oportunidade.

Minutos se passaram, sem ruídos vindos além da porta, nenhum som no quarto, exceto a respiração curta de Helena e o arrastar de pés inquieto de Thekla. Helena sentou na beirada da cama e esperou.

Um barulho. Passos no corredor. Vozes. Vozes masculinas. Helena se levantou depressa e ficou tão ereta quanto era capaz, com os braços ao lado do corpo, o queixo ligeiramente levantado. Ela sentiu como se estivesse congelada enquanto esperava que a porta se abrisse. Foi só quando ouviu a barra sendo levantada que percebeu que havia estado trancada.

A porta se abriu e dois homens entraram. Um era louro e de boa estatura, o outro moreno e um pouco mais baixo. Helena sabia que o louro era seu marido pelos vislumbres que tivera durante a procissão. Ele vestia uma bela túnica vermelha e botas resistentes, mas havia removido a armadura reluzente que usava antes. Ela não pôde deixar de ficar um pouco decepcionada, agora que o via de perto. Mesmo por trás da névoa do véu, ela podia ver que ele tinha uma grande cicatriz sobre a sobrancelha direita, que desfigurava seu rosto com uma linha escura. E seu nariz era um tanto torto, como se tivesse sido quebrado mais de uma vez. Seu cabelo era de cor clara e não era desinteressante, mas sua barba era mais manchada e tinha uma aparência suja. Alguns dos homens no torneio eram muito mais bonitos.

Helena tentou não ficar desanimada, no entanto. Prometeram-lhe um guerreiro e um guerreiro era o que estava recebendo. Embora tivesse uma aparência pouco bruta, ele parecia forte e saudável. A mãe dela sempre dissera que isso era o mais importante, em maridos e filhos.

Helena percebeu que estava prendendo a respiração e cuidadosamente a soltou. Menelau lançou-lhe um rápido olhar ao entrar, mas agora murmurava algo para o homem de cabelos escuros. A dupla pareceu entrar em concordância, então olharam para o quarto mais uma vez. Menelau fez um breve aceno de cabeça para Thekla e Alkipe, e elas saíram depressa, a ama lançando um último olhar tranquilizador para Helena antes de sair.

O homem de cabelos escuros fechou a porta atrás delas, mas continuou no quarto.

– Este é Deipiros, meu atendente – apresentou Menelau, acenando com a mão para o outro. Sua voz era baixa e rouca. Helena esperou que ele continuasse e explicasse por que o outro homem estava lá, mas ele não o fez.

– Eu sou Menelau, filho de Atreu, seu noivo. Eu vim para concluir os ritos de casamento.

Ele falou como se estivesse se dirigindo a uma plateia, embora ela estivesse sozinha. Ele era dez anos mais velho que Helena ou mais, e tinha uma postura firme e serena, e ainda assim ela pensou ter sentido uma incerteza em seus passos, quando ele atravessou o cômodo para ficar na frente dela.

Sem falar mais nada, ele levantou as mãos e tirou o véu da cabeça de Helena. Seus olhos se encontraram apenas por um momento fugaz, no entanto, antes que ele começasse a deslizar o vestido açafrão dos ombros dela. Os dedos calejados dele pareciam ásperos contra a pele de Helena. Ela estava acostumada a ser tocada e mexida, vestida, despida e banhada por suas criadas, mas isso era totalmente diferente. Estas eram as mãos de um homem, e ainda por cima um homem estranho. Ela teve que se impedir de recuar.

Quando o vestido caiu no chão, Helena se sentiu mais exposta do que jamais se sentira em sua vida. Com o coração acelerado, ela manteve o olhar firme, olhando para a frente por cima do ombro de Menelau. Ela podia sentir o olhar dele sobre ela, absorvendo a visão de seu corpo nu.

No entanto, ele não a tocou novamente. Em vez disso, deu vários passos para trás e continuou a observá-la. Ela observou os olhos dele enquanto passavam de seus seios para seus quadris e depois seus tornozelos, e voltaram para descansar no trecho coberto de pelos abaixo de sua barriga.

– Você sangra? – ele perguntou.

Helena se assustou com a pergunta repentina. Percebeu que ele queria dizer seu sangue mensal, então acenou com a cabeça.

Então ele se virou para seu companheiro.

– Os seios dela ainda são botões. Os quadris são estreitos demais. Concorda, Deipiros?

O homem de cabelos escuros, que também a observava do canto, acenou com a cabeça. Ela se sentiu como uma novilha sendo examinada para o sacrifício. Estava ficando arrepiada sem o vestido para evitar o frio da noite. Queria se envolver com os braços e dar as costas para ambos. Mas era Helena de Esparta e já não era mais uma menininha. Fixou o olhar na parede mais uma vez e apertou os lábios para impedi-los de tremerem.

– Uma criança cedo demais seria arriscado – declarou o homem de cabelos escuros, seus olhos ainda se demorando nos quadris dela. – Ela ainda é jovem. Sugiro que espere, mas a escolha é sua, é claro.

– Você aconselha bem, Deipiros. Vou esperar. – Ela não sabia dizer se o rosto do marido mostrava desapontamento ou alívio. – Mas o casamento ainda deve ser consumado. – Menelau olhou para o companheiro. Deipiros assentiu e saiu do quarto, fechando a porta atrás de si.

Helena sabia que havia falhado de alguma forma. Ela contraiu os lábios com mais força e piscou para conter as lágrimas que ardiam em seus olhos.

Apesar de todos os óleos e perfumes, ela não era boa o suficiente. Não era mulher o suficiente. Mas, pelo menos, ele não tinha simplesmente ido embora. Ele ainda estava disposto a tomá-la como esposa. Ela e Nestra ainda estariam duplamente ligadas, seriam duas vezes irmãs. Ela ainda seria rainha de Esparta um dia.

Menelau atravessou o cômodo mais uma vez. Outra vez, ele parecia incerto. Ou talvez ela estivesse imaginando. Talvez ela apenas não quisesse sentir que era a única que não sabia o que estava acontecendo.

O marido parou na frente dela. Ele também cheirava a óleo perfumado. Ela se perguntou se ele tinha água de rosas em seus mamilos, ou em qualquer outro lugar... A ideia a fez corar.

Ele ergueu o queixo dela agora, de forma que ela não tinha escolha a não ser olhar em seus olhos. Eles eram escuros e difíceis de ler. Ela tentou evitar olhar para a cicatriz.

Gentilmente, ele pegou uma mecha dos cabelos dela.

– Seu cabelo é muito... bonito – ele murmurou.

Ela sorriu. Um sorriso genuíno. Algo nela o tinha agradado, pelo menos.

– Obrigada, meu senhor.

– Sim. Eu sou seu senhor agora, assim como você é minha senhora, e seremos enquanto vivermos. – Ele lhe deu um pequeno sorriso. Então hesitou, antes de se inclinar e beijá-la com delicadeza nos lábios. Seu bigode fez cócegas no nariz dela e seu hálito cheirava a vinho. Não era desagradável, mas ela esperava sentir... mais. Percebeu que ele estava observando sua expressão e tentou sorrir, mas seu rosto estava rígido. Quando voltou a falar, sua voz havia perdido um pouco da suavidade.

– Agora, devemos consumar o casamento, se você quiser ser minha verdadeira mulher-esposa. – Ele fez uma pausa. – É isso que você quer, não é?

Ela deu um pequeno aceno de cabeça.

– Então você deve se deitar na cama e abrir as pernas.

Seu estômago se revirou. Ela se lembrou de sua completa nudez, esquecida por um momento enquanto ele tocava seu cabelo e beijava seus lábios. No entanto, ela assentiu, obediente, e fez o que ele havia pedido.

Menelau pareceu hesitar. Então, para sua surpresa, ele se afastou dela e caminhou até o baú ao lado da cama. Pegou o pequeno pote de azeite que estava em cima dele e derramou uma quantidade generosa na palma da mão. Então, levantou a túnica.

Helena achou que deveria desviar o olhar, mas sua cabeça não se movia. O membro dele estava rígido e grosso e, enquanto ela observava, Menelau passou a mão untada sobre ele várias vezes até que brilhasse.

Helena já tinha visto homens nus antes, é claro, quando lutavam na *palestra* ou corriam à beira do rio. Ela tinha visto seus membros, mas nunca assim. E nunca tão de perto. Isso a assustou.

O nervosismo que estivera em seu estômago durante toda a noite ficou mais forte agora. Ela não queria que Menelau se aproximasse mais. Queria se esconder debaixo das cobertas, chamar sua ama. Um pequeno gemido escapou de sua garganta.

Ele estava de volta ao lado da cama, diante dela, agora inclinado sobre ela. Helena ainda mantinha as pernas bem abertas, apesar de seu imenso desejo de fechá-las. Ela se sentia tão exposta. Fechou os olhos, como se pudesse se esconder atrás das pálpebras. Então algo carnudo tocou o lugar entre suas coxas. Um dedo, ela pensou. Não, maior que um dedo. E então estava penetrando-a. Ela arquejou com a intrusão repentina. Parecia estranho, indesejável. E grosso, grosso demais, abrindo caminho em seu corpo. Ela queria que parasse. Ele a estava machucando. Ela abriu os olhos, estendeu a mão pequena em direção ao peito dele, tentando afastá-lo. E então acabou. Ele se endireitou e se afastou dela devagar, evitando seu olhar. Ela fechou as pernas e rolou para o lado, puxando os joelhos em direção ao peito e piscando para conter as lágrimas.

– Desculpe se a machuquei, minha senhora – falou Menelau, com a voz rouca, mas com um toque do que poderia ser preocupação genuína. – Está feito agora. Você não é mais uma donzela, mas uma mulher-esposa, no nome e no corpo.

Ela levantou um pouco a cabeça.

– Eu sou?

Mas ele já havia se afastado. Ele parou ao lado do baú de novo, limpando o óleo de si mesmo com um pano. Com ele de costas, ela se permitiu se esticar um pouco.

– Não vou entrar em você de novo – declarou ele por cima do ombro. – Não até que você esteja totalmente crescida e pronta para ter filhos. – A voz dele soava estranha, mas ela não conseguia ver sua expressão. Embora estivesse aliviada, Helena mais uma vez sentiu como se tivesse falhado de alguma forma.

Quando ele finalmente virou para encará-la, não estava sorrindo, mas também não parecia estar com raiva. Ele abriu a boca como se fosse dizer mais alguma coisa, mas fechou-a de novo antes que qualquer palavra saísse. Em vez disso, sentou-se pesadamente na beirada da cama e curvou-se para desamarrar as botas.

Além de sua cabeça abaixada, sobre o baú, Helena viu o pano com o qual ele se limpara. E ali no linho pálido, iluminado pela luz do lampião, ela viu a mancha escura de sangue. *Seu sangue.* A visão disso a fez sentir-se mal. Fez com que pensasse em seu primeiro *sangue de mulher*, como Thekla o chamara. Esta não era a primeira vez, nem seria a última que seu sangue seria coletado em pagamento por ser mulher.

De repente, o medo surgiu novamente em seu peito. A pontada de dor que o havia afastado antes se tornou algo mais profundo, um vazio indelével que se espalhou por seu corpo. A sensação de que ela havia perdido alguma coisa, que nunca poderia recuperá-la.

Menelau havia se levantado novamente e estava tirando o resto de suas roupas. Ela desviou os olhos e viu o vestido cor de açafrão, abandonado no chão. Ela se levantou da cama com a maior leveza possível, tentando não parecer desesperada enquanto jogava o vestido de volta por cima da cabeça, ansiosa para cobrir a própria nudez. De pé no meio do aposento, envolvendo-se com os braços trêmulos, percebeu que Menelau havia entrado debaixo das cobertas. Ele estava virado de costas para ela, com a respiração calma.

Ela hesitou. Devia voltar para a cama, sabia. E, no entanto, algo a manteve travada no lugar. Aquele medo oco, batendo em seu peito.

Ela podia sair. Podia ir para o corredor e agarrar-se aos joelhos de Thekla, implorar-lhe que a levasse de volta para o Palácio Antigo, para seu antigo quarto, o dela e de Nestra, o quarto de sua infância. Não queria dormir aqui com esse homem estranho.

Ela tentou ouvir algum barulho fora do quarto. Nada. Talvez Thekla tivesse ido embora. Talvez o homem de cabelos escuros estivesse lá fora. Talvez ela tivesse sido trancada mais uma vez. Sentia-se totalmente sozinha.

Enquanto estava ali, as barreiras que havia criado em si mesma começaram a desmoronar. Lágrimas brotaram em seus olhos e se derramaram por suas bochechas. A voz saiu de sua garganta em um gemido.

Um som veio da cama. Helena virou-se para ver Menelau sentar e encará-la. Ele abriu a boca, mas parecia não saber o que dizer, e a fechou. Quando a abriu de novo, mandou:

– Apague as lamparinas antes de vir para a cama – e voltou a se deitar.

Helena fez como ele ordenou, ainda fungando. Quando o quarto estava escuro, ela tateou até chegar à cama e deslizou para dentro, ocupando o mínimo de espaço possível, para não correr o risco de roçar em Menelau. Deitou-se de costas, lágrimas silenciosas correndo para dentro de seus ouvidos. À medida que a respiração de seu marido desacelerou e se transformou em roncos, ela se perguntou por que estivera tão desesperada para se tornar uma mulher. Como havia sido tola. Ser uma mulher era estranho, doloroso e humilhante. E não havia como voltar atrás.

PARTE 2

11

Helena

DOIS ANOS DEPOIS

Todos ficaram em silêncio quando Helena entrou no Salão da Lareira, atrás do marido. Não era um silêncio vazio, mas vivo e agitado, cheio de conversas interrompidas e tosses abafadas. Todos os olhos estavam em Menelau enquanto ele dava seus passos comedidos pelo corredor, mas Helena também os notou pousando sobre ela, a sombra menor de seu marido. Não, não estavam olhando para *ela*. Era sua barriga expandida que atraia os olhares.

Menelau chegou à lareira e parou diante dela. Helena tomou seu lugar ao lado dele, sentindo o calor das chamas no rosto conforme se aproximou. Ela se perguntou se o bebê podia sentir também. Por instinto, sua mão se moveu para a barriga, um escudo entre o fogo e a vida dentro dela.

O marido recebeu um grande cálice dourado, cheio de vinho. Erguendo a taça bem alto, para todos verem, Menelau derramou o conteúdo nas chamas, fazendo-as chiar e tremeluzir. Aquilo era um bom sinal; os deuses ficaram satisfeitos.

Com a libação oferecida, o marido de Helena virou as costas para as chamas e se dirigiu ao salão em voz alta.

– Os deuses me aceitam como seu novo rei e exigem que vocês façam o mesmo.

Hoje foi o dia. Menelau enfim estava recebendo o reino que lhe fora prometido há mais de dois anos, quando conquistou sua noiva. E Helena finalmente se tornava uma rainha. Desde que se tornou a herdeira, a ideia a entusiasmara. *Helena, Rainha de Esparta*, ela anunciava em sua mente. Gostava da sonoridade. Mas agora que chegou a hora, ela estava um pouco assustada. Era uma grande responsabilidade ser esposa de um rei, e ela já sentia o peso sobre si. O único motivo pelo qual isso estava acontecendo com ela era por causa da criança que carregava. Uma vez que a gravidez havia sido confirmada, o pai dela concordou em se afastar e entregar o reino ao sucessor. Foi também por essa razão que ela recebeu um papel tão proeminente na cerimônia, colocada ao lado do marido. Precisavam exibi-la como prova de fertilidade, a promessa de um legado. Ela sabia que isso era tudo o que ela era, na verdade, parada aqui diante da lareira, silenciosa e sem ação. Contudo, mesmo assim, ela sentia a pressão. Tinha apenas dezessete anos e, no entanto, um reino inteiro havia depositado suas esperanças nela, dependia dela para a própria segurança. Ela, Helena, era o receptáculo de seu futuro.

O pai dela deu um passo à frente agora, tirando a coroa da própria cabeça. Estendeu-a para Menelau, que a tirou respeitosamente de suas mãos. Era uma faixa de ouro trabalhado com delicadeza, com pontas longas e douradas fixadas no topo, como raios de sol. Quando o marido a colocou na cabeça, sua imagem de esplendor real estava completa. Ele usava um requintado manto púrpura, com fios de ouro nas bainhas e na frente. Mais ouro circundava seu pescoço e pendia de suas orelhas e, agora, com o acréscimo da coroa, também brotava do topo de sua cabeça. Ele brilhava como o fogo na lareira atrás de si. Mesmo Helena, acostumada como estava com tanta elegância, teve que admitir que ele estava magnífico. Ela sentiu uma onda de orgulho conforme todo o salão observou seu marido, o rei, com admiração reverente.

Com a coroação completa, os preparativos finais para a festa poderiam ser realizados. Um grande número de ovelhas e cabras foi sacrificado, bem como dois novilhos musculosos. A visão e o cheiro do sangue deixaram Helena enjoada, e ela não gostou de ver a vida sendo tirada deles um após o outro. Mas ela sabia que isso agradaria aos deuses, assim como às muitas pessoas que se reuniram para ver seu novo rei, e ambos eram de grande importância hoje.

Depois que a parte de gordura e ossos devida aos deuses havia sido queimada como oferenda, a carne foi assada e o banquete começou.

✳

Helena realmente não estava com vontade de comer no banquete. Estava sentindo pontadas na barriga e suas costas doíam. Não era nada com que se preocupar, ela sabia. Provavelmente era apenas o bebê chutando como costumava fazer. Mas mesmo assim era desconfortável e estava acabando com seu apetite. Helena sabia que a festa era importante, e era bom ser homenageada, mesmo que fosse apenas no reflexo do brilho de seu marido, mas na verdade tudo o que queria agora era ir deitar-se no silêncio fresco de seu quarto.

A mãe de Helena estava sentada à sua direita. Ela também mal comia, mas nunca pareceu ter muito apetite. Helena acompanhou a mãe ficando cada vez mais magra nos últimos anos, desde que Nestra partiu. Era como se ela estivesse desaparecendo aos poucos, encolhendo-se até se tornar nada. Sua famosa beleza havia murchado, perdida nas cavidades de suas bochechas acinzentadas e nas manchas escuras sob seus olhos sem brilho. Helena desejou que houvesse algo que pudesse fazer para trazer algum brilho de volta para a mãe. Mas talvez ela *estava* ajudando-a, de certa forma, tornando-se rainha. Helena sabia que a mãe achava difícil aparecer em público, ser o foco das atenções, deixar as pessoas verem o que ela havia se tornado, mas agora a mãe estaria livre dos deveres públicos. Agora ela poderia viver seus dias em paz e privacidade. E talvez um neto fosse uma nova fonte de alegria para ela. Helena esperava que sim, tocando a própria barriga enquanto imaginava ouvir sua mãe rir de novo.

– Algum problema, Helena? É o bebê? – perguntou a mãe ao lado dela, parecendo preocupada enquanto Helena acariciava a barriga.

– Não, não, está tudo bem – respondeu ela com um sorriso. – Eu estava pensando em como serão as coisas quando o bebê estiver aqui.

A mãe deu um pequeno aceno de cabeça, e seu olhar de preocupação diminuiu.

– Estou orgulhosa de você – falou a mãe baixinho. – Você sabe disso, não é? – Ela encarou Helena e baixou o olhar mais uma vez.

O coração de Helena disparou. "Sim, mãe", foi o que respondeu; porém, não sabia, não até aquele momento. Como poderia saber, quando a mãe mal falava com ela? Quando quase não a via? Cautelosa, estendeu o braço para tocar a mão ossuda da mãe e deu-lhe um aperto suave. Não tinha certeza se era a coisa certa a fazer, mas não queria deixar o momento passar. Queria que Leda soubesse o quanto suas palavras eram importantes, o quanto *ela* importava para Helena.

A mãe deu um leve sorriso e deu um tapinha na mão de Helena antes de afastar própria.

– Eu tenho orado para Ilítia para que o parto corra bem – comentou ela, seu rosto sério novamente. – Sempre há perigo nessas coisas, sabe.

– Eu sei – respondeu Helena. – Mas não estou preocupada – disse, e não estava mentindo. Nestra já havia dado à luz dois filhos sem problemas. Por que o parto dela deveria ser diferente? Não havia sentido em se preocupar com o que *poderia* acontecer, não até que acontecesse. Isso era o que ela pensava, de qualquer maneira.

À sua esquerda estava Menelau, com as esplêndidas vestes. Ela se virou para ele agora, tentando chamar sua atenção. Sentia-se feliz e orgulhosa, seu humor impulsionado pelas palavras da mãe, e ela queria compartilhar isso com seu marido de alguma forma. Um sorriso entre eles seria suficiente, mas ele não a olhou. Ela tentou a alcançar a mão dele com a própria, mas, no mesmo instante, um dos nobres locais começou a conversar com ele, e a oportunidade se perdeu. Mal haviam trocado uma palavra o dia inteiro; ela apenas desejava um reconhecimento de sua fortuna compartilhada. Esta tarde eles haviam se tornado rei e rainha de Esparta – isso não merecia algum tipo de comentário, ou pelo menos uma troca silenciosa?

Essa frustração não era novidade para Helena. Ela não tinha escolhido o marido, não de verdade, nem o amava quando foram unidos um ao outro, mas entrara no casamento com o coração aberto. Ela desejava amor e paixão, como ouvira em todas aquelas histórias que Nestra lhe contara quando eram pequenas. Ela queria uma conexão. Desejava compartilhar todos os altos e baixos de sua vida com o marido. Mas às vezes sentia como se estivesse casada com um muro de pedra. Menelau falava pouco e compartilhava menos ainda. Apesar de sua intimidade física, Helena sentia que mal conhecia o marido. Na ausência de palavras, ela podia apenas adivinhar o que ele estava sentindo e o que ele sentia por ela. Ele nunca foi cruel, nunca levantou a voz para ela, ou a mão, e ela sabia que deveria ser grata por isso, porém, odiava ter tantas dúvidas o tempo todo, sobre se ele estava contente, se ela o agradava, se era boa o suficiente. Nunca imaginou que teria esse problema; ela havia sido a noiva mais desejada da Grécia! Os homens compuseram poemas sobre ela, competiam para honrá-la, para provar seu amor e ganhar o dela. Mas Menelau era diferente. Se ele a amava, não dizia. Se a considerava bela, guardava para si.

Mas Helena tinha uma nova esperança agora, na criança que carregava. Os sentimentos de Menelau não eram tão enigmáticos no que dizia respeito ao bebê. Ele acariciava sua barriga com ternura comovente, sorrindo distraidamente enquanto o fazia. Ele se certificou de que Helena tivesse todo o conforto enquanto estava grávida e se preocupava com cada pontada. Helena sabia que ele amaria esse bebê, independentemente do que sentisse por ela, e era sua esperança desesperada de que, por meio dessa criança, ela e Menelau se aproximassem. Afinal, não apenas seu sangue, mas suas esperanças e medos, suas alegrias e preocupações estariam para sempre unidos nesta nova vida. Sim, esta criança seria o início de seu amor, a união de suas almas. Helena tinha certeza disso.

Depois de não conseguir chamar a atenção do marido, Helena decidiu tentar comer alguma coisa, afinal. Ela estendeu a mão para um pouco de caldo de lentilha, sem ter certeza se conseguiria comer a carne, mas ao fazer isso a dor na barriga voltou, mais forte do que antes. Ela se encolheu e derrubou uma taça de vinho perto de seu cotovelo. Sentiu Menelau e a mãe virarem em sua direção, mas estava absorta demais na dor para se desculpar pelo vinho.

– É a sua hora? – veio a voz preocupada da mãe ao lado dela.

Helena olhou para ela, subitamente assustada.

– Não sei. É?

Ela sentiu a mão de seu marido descansar suavemente entre suas costas. *Finalmente*, ela pensou, sentindo a conexão que estivera procurando a noite toda. Mas quando ele falou não foi com ela, mas com sua mãe.

– É agora? – perguntou ele.

A dor estava diminuindo. Ela estava prestes a dizer isso a eles, quando sentiu umidade entre as pernas. Com medo de estar sangrando, Helena se levantou e, ao fazê-lo, mais líquido escorreu. Apavorada, ela levantou a saia. Havia uma pequena poça no chão entre seus pés, mas não era sangue.

– Está na hora – declarou a mãe.

12

Klitemnestra

HOJE, COMO NA MAIORIA DOS OUTROS DIAS, Klitemnestra estava tecendo em seu quarto. Estivera trabalhando em um belo vestido estampado há vários dias, antes disso tinha sido um manto, e, anterior a isso, uma túnica. Era assim que ela passava seus dias neste aposento. Quando as crianças fossem mais velhas, sem dúvidas ela poderia fazer seu trabalho no Salão da Lareira, para ver as pessoas indo e vindo e sentar-se ao lado de seu marido enquanto ele cuidava dos negócios. Talvez até pudesse ajudá-lo e aconselhá-lo. Mas, por enquanto, seu lugar era aqui, e ela não se ressentia de seu confinamento. As meninas tornavam cada dia diferente, às vezes alegres, às vezes difíceis, mas nunca maçantes. Elas eram como o sol, pintando seu mundo em luz e sombra, trazendo definição para uma existência que de outra forma seria cinza e disforme.

Ifigênia estava com três anos agora, seus cachos loiros cresceram em mechas mais longas e seu caráter desabrochava a cada dia. Ela estava começando a falar e cantarolava pequenas canções para si mesma enquanto brincava com as bonecas de madeira que o pai fizera para ela. Ela tinha uma alma doce e era tão gentil com a irmã mais nova. Nada deixava Klitemnestra mais feliz do que ver as duas brincando juntas, embora de vez em quando uma pontada de tristeza brotasse em meio à alegria, pois ela se recordava dos tempos passados com a própria irmã.

Electra tinha apenas um ano e meio, mas já mostrava ter um espírito forte. Ela tinha os olhos de Agamêmnon e, quando erguia o queixo de uma certa forma, com um ar de rebeldia inabalável, então, mais do que nunca, mostrava ser filha de seu pai.

Um puxão na saia de Klitemnestra lhe indicou que Electra estava a seus pés. Sentando-se, a menina começou a puxar os pesos do tear pendurados ao redor de sua cabeça.

– Eudora – chamou Klitemnestra por cima do ombro. – Por favor, tire Electra daqui? Ela vai estragar meu trabalho.

A aia fez o que foi solicitado e pegou a criança no colo, levando-a de volta para o assento onde estava sentada fiando. Electra a princípio reclamou, mas logo se acalmou. A presença de Eudora havia sido inestimável para Klitemnestra nos últimos anos, não apenas como serva, mas como amiga. Elas estavam criando seus filhos juntas e Klitemnestra sabia que podia contar com a aia como aliada em todos os assuntos. Na verdade, se não fosse por Eudora, Klitemnestra se sentiria muito sozinha no palácio, apesar de ser sua casa há mais de quatro anos. Ela era uma estranha aqui, mesmo agora.

Seu sentimento de isolamento tinha ficado mais forte nos últimos tempos. Ela temia estar perdendo o marido, a única pessoa que de fato a ligava a este lugar. Ele ainda dormia no quarto dela na maioria das noites, mas recentemente parecia que isso era tudo o que ele queria. Até pouco tempo, antes eles faziam amor quase todas as noites. Ele sempre pareceu desejá-la, não importava quão longo tivesse sido o dia ou quão tarde fosse. E Klitemnestra ansiava por esses momentos. Não no início, talvez, quando o casamento era recente e seu marido um estranho, e a experiência, mais assustadora do que excitante. Mas ela tinha encontrado prazer naquilo, e uma intimidade que se aprofundou com o tempo. Ali, sozinhos na escuridão, Klitemnestra quase sentia que ela e o marido estavam em pé de igualdade. Ela até se sentava em cima dele às vezes, controlando o prazer de Agamêmnon com o movimento dos próprios quadris. Ela gostava da sensação, do poder que havia nela. Era algo de que ela raramente usufruía durante o dia, enquanto andava de cabeça baixa como toda esposa respeitosa devia fazer, mas ali na escuridão, longe do mundo, ela podia ser diferente. Ele podia ser diferente.

E então parou. Ele a tinha tomado apenas uma vez no último mês, e mesmo assim não teve nada da habitual ternura, leveza, provocação, nem paixão. Havia sido quase como o cumprimento de um dever.

Klitemnestra suspeitava que sabia a causa do desinteresse do marido; ele estava obtendo seu prazer em outro lugar. Com uma concubina. Eudora contou que tinha visto uma nova garota no palácio. Jovem e bonita, e de aparência um pouco atordoada. Ela não era uma criada; cabia a Klitemnestra saber das idas e vindas dos escravos. Afinal, ela era a dona da casa, mesmo que não passasse muito tempo fora de seus aposentos.

Não, essa menina era o novo brinquedo de Agamêmnon, disso ela tinha certeza. Por que outro motivo o marido de repente se afastaria dela? Ela ainda não tinha vinte anos, ainda estava em seu auge. Ela não culpava a garota; provavelmente a moça não tinha escolha na situação. Seu marido era o rei de Micenas – que garota poderia recusá-lo? Mas isso não a impediu de se sentir amargurada. Sabia que os homens costumavam arrumar amantes. Ela se preparou para isso desde aquela jornada solitária pelas montanhas, dissera a si mesma que, se pudesse endurecer seu coração, não teria importância, que ela ainda seria rainha e suas filhas ainda seriam suas herdeiras. Mas isso se provou mais difícil do que ela imaginara. Nenhuma quantidade de preparo poderia impedir aquele golpe, ou a dor que causava.

Conforme suas mãos se moviam pelo tear, ficaram mais furiosas a cada movimento da lançadeira. O pai não foi sempre fiel a sua mãe? Pelo que sabia, ele fora. Era pedir demais desejar que o próprio marido fizesse o mesmo? Ou pelo menos que ele esperasse até que ela estivesse velha e esgotada antes de descartá-la? Um sorriso amargo retorceu seus lábios comprimidos quando ela pensou na situação invertida, imaginou-se levando algum jovem bonito para seu quarto às vistas de todo o palácio. Agamêmnon a chicotearia em praça pública.

Ela percebeu que havia parado de tecer, os dedos tremendo enquanto segurava a lançadeira. Era raiva ou medo o que a fazia tremer? Seu casamento ainda estava em sua infância e, no entanto, ela sentia como se já estivesse desmoronando. Se não pudesse manter Agamêmnon em sua cama, a intimidade entre eles morreria, ela perderia a pouca influência que tinha e seria submetida a uma vida de solidão, impotência e irrelevância. A ideia de tal existência se estendendo diante de si a deixou arrepiada de pavor.

Mas ainda não era assim. Ela tinha que pelo menos *tentar* reconquistar o marido, enquanto ele ainda se importava com ela o bastante para lhe dar ouvidos. Ela deveria ir até ele agora, decidiu, enquanto aquela energia trêmula ainda lhe dava coragem.

Deixando as meninas com Eudora, Klitemnestra saiu de seu quarto e dirigiu-se para o Salão da Lareira, onde deduziu que Agamêmnon estaria àquela hora. Esperava que o marido não desaprovasse ela estar andando desacompanhada – estava atravessando o palácio. No caminho, ela se perguntou se deveria ter trocado de roupas, ter colocado algo mais atraente, se esperava reconquistá-lo. Não, ela pensou. Truques superficiais não eram necessários. Seu marido não era um animal; ele ouviria suas palavras. Razão e dever e, esperava, a afeição dele por ela iria conquistá-lo, não carne e enfeites.

Ela chegou ao vestíbulo do Salão da Lareira com o coração acelerado. Apesar de tudo o que acontecera entre eles nos últimos quatro anos, ela ainda tinha um pouco de medo de Agamêmnon. Mas já podia ver pelas portas abertas do salão que ele estava lá, e sozinho. Agora era sua oportunidade.

Ele a encarou quando ela entrou e fez sua voz retumbante soar pelo salão.

– Não está acompanhada por nenhuma dama?

Klitemnestra se encolheu por dentro. Era um mau começo.

– Eudora estava ocupada com as meninas – explicou ela, esperando acalmá-lo com a menção das filhas. – Foi apenas um pequeno trajeto.

Ele parecia um pouco irritado, mas não falou mais nada. Em vez disso, chamou-a para junto de si.

– Recebi notícias do meu irmão – contou ele quando ela estava a poucos metros de distância.

Notícias de Esparta? A ideia a enchia de animação e preocupação em igual medida.

– Menelau foi coroado rei – declarou ele. – Seu pai ainda vive – continuou ele, no momento em que ela abria a boca para perguntar –, mas Tindáreo abdicou, passando o trono para seu legítimo sucessor.

– Alguma notícia de Helena? – ela perguntou. Haviam sido informados da gravidez dela meses antes, e Klitemnestra vinha fazendo oferendas a Ilítia e Ártemis desde então.

– Sua irmã deu à luz uma menina saudável – contou Agamêmnon, quase com desinteresse. – Estou começando a pensar que as filhas de Tindáreo são incapazes de gerar filhos – acrescentou com um toque de veneno.

Klitemnestra baixou um pouco a cabeça, como se estivesse envergonhada. Ela sabia que Agamêmnon estava decepcionado por ela ainda não ter lhe dado um herdeiro homem. Embora amasse muito as filhas, ele estava determinado que o reino passaria para um filho seu. Ela queria perguntar se Menelau havia dado notícias da recuperação de Helena, mas achou que seria mais sensato aproveitar a oportunidade para abordar o assunto que planejara.

– Talvez eu possa ter um filho, se você se deitar comigo mais vezes – comentou ela, num tom calmo, e, no mesmo instante, teve medo de ter sido atrevida demais.

– Não me deito com você o suficiente? – ele perguntou, parecendo irritado. – Na semana passada mesmo...

– Faz três semanas desde que dormimos juntos – explicou ela, tão baixinho quanto antes.

– Está me chamando de mentiroso? – ele retrucou.

– N-não, meu senhor – ela respondeu, vacilando um pouco ao som da voz elevada do marido. – Apenas quis dizer que estava enganado.

Ele ficou em silêncio por um momento, mas ela podia sentir sua irritação. Não se atreveu a levantar os olhos para encontrar os dele. Desejou não ter começado isso, mas tinha ido longe demais para voltar atrás agora.

– Perdoe-me, meu marido, mas apenas desejo ser sua verdadeira esposa – declarou ela. As próximas palavras saíram de sua boca antes que ela pudesse planejar adequadamente o que ia dizer. – E ouvi dizer que você tomou uma concubina e sinto que ela está se interpondo entre nós e a intimidade de que compartilhávamos, e fazendo com que me negligencie como sua esposa. Peço-lhe com toda humildade que...

– Você não vai me pedir para fazer nada – rosnou o marido. Klitemnestra deu um passo involuntário para trás, como se tivesse sido fisicamente forçada a recuar pela raiva. – Não é da sua conta com quem eu me deito ou não – continuou ele. – Tenho todo o direito de ter uma concubina – várias, se assim o desejar! Você devia agradecer por eu visitar sua cama.

Klitemnestra estava imóvel, com o olhar pregado no chão, tentando não tremer. Isso fora um erro, agora sabia. Agora o marido a odiava, o que com certeza era pior do que a indiferença. Lágrimas começaram a cair de seus olhos para o piso do salão.

Talvez Agamêmnon as tenha visto, ou talvez sua raiva tenha apenas esfriado, mas, quando voltou a falar, seu tom havia perdido um pouco da ira.

– Você é uma boa esposa, Klitemnestra. Eu aprecio os filhos que você me deu e a respeito como minha rainha, mas você se esqueceu de seu lugar. Não fale comigo sobre isso novamente.

E com isso o marido se levantou do trono e saiu do salão. Talvez ele fosse caçar, ou talvez fosse desfrutar da vadia dele. Klitemnestra não queria pensar nisso.

13

Helena

HELENA ABRIU OS OLHOS. ACHOU QUE DEVIA ESTAR acordada, mas não se sentia como se de fato estivesse. Parecia que estava saindo de uma névoa espessa, mas que ainda pairava em torno dela, deixando-a pesada, enchendo seus pulmões, nublando sua visão, seus pensamentos, toda a sua cabeça. Continuou quieta e esperou. Lentamente, pouco a pouco, a neblina começou a se dissipar, e, enquanto estava ali, percebeu um tipo de padrão. Linhas azuis e amarelas se dobrando umas sobre as outras. Um teto, ela percebeu. O teto *dela*. Estava no próprio quarto.

Tinha consciência de seu corpo agora. A garganta estava dolorida, a cabeça doía e a pele estava grudada nas cobertas devido ao suor. Tinha certeza de que não era um sonho, parecia real demais. Entretanto, a realidade havia sido um conceito confuso nos últimos tempos. Ela sentia como se estivesse passando de um sonho a outro por... Bem, ela não tinha ideia de por quanto tempo. Poderiam ter sido horas, poderiam ter sido anos. Não conseguia se lembrar da última vez que estivera completamente acordada.

Na verdade, ela conseguia. Lembrava-se de sangue e dor. Tanta dor, por tanto tempo. E o sangue, mais do que tinha visto em toda sua vida. Não havia sonhado isso; estava lá em sua mente, diante de seus olhos quando ela os fechou. Uma memória visceral.

Ela se lembrou de pensar que ia morrer, bem aqui nesta cama. Lembrava-se de desejar isso, entregando-se aos deuses, sentindo que estava se esvaindo... E, no entanto, aqui estava. Viva, até onde sabia. Se este fosse Elísio seria uma grande decepção, pensou consigo mesma. E então, apesar de sua completa exaustão e do trauma da dor lembrada e, talvez, por causa da surpresa absurda de descobrir que ainda estava viva, Helena riu.

Saiu como um chiado seco e se transformou em tosse. Helena viu movimento à sua esquerda, e então o rosto de Alkipe apareceu acima dela. Helena achou que era o rosto mais doce que já tinha visto e sorriu fracamente.

– Senhora Helena! Está acordada!

Helena tentou responder, mas sua garganta estava muito seca. O rosto de Alkipe desapareceu e, quando voltou, levou um copo d'água aos lábios de Helena. Helena levantou a cabeça um pouco e engoliu a água como se fosse néctar, deixando o que não conseguia engolir escorrer pelo pescoço em filetes de frescor.

– Cuidado para não engasgar agora, senhora – veio a voz tímida de Alkipe. – Mas deve estar com sede, depois de passar tanto tempo desacordada. Sua mãe esteve ajudando-a o máximo possível, dando-lhe água quando você aceitava, e mel também. Mas a febre foi tão forte que temíamos que a levaria.

O copo estava vazio agora, e Helena deitou a cabeça, sentindo-se cansada por esse pequeno esforço. Ela suspirou e ficou em silêncio por um momento, fechando os olhos para se recompor. Quando se sentiu capaz, colocou-se sentada.

– O que aconteceu, Alkipe? Há quanto tempo estou aqui? Tudo parece tão confuso na minha mente.

– A senhora está de cama há quase uma semana – respondeu a aia. – Foi bem ruim. O parto, quero dizer. Já vi bebês nascerem antes, senhora, ajudei minha mãe quando ela teve meus irmãos; mas o seu não foi como deveria. Estava demorando muito, horas e horas se passaram. Parecia que o bebê nunca viria.

– Sim, eu me lembro – respondeu Helena devagar, embora o que mais lembrasse fosse a dor. Uma dor que parecia que não teria fim. E vagas lembranças de pessoas agitadas ao redor dela e dos olhares em seus rostos. Medo. Preocupação. Pena.

– O bebê não sobreviveu – exclamou Helena de súbito, quando percebeu. A criança não estava no quarto. Não podia vê-la nem ouvi-la. Então, tinha sido tudo em vão. Os olhos dela se encheram de lágrimas diante desse pensamento terrível.

– Não, não, senhora! A criança está viva! Não chore – pediu Alkipe, colocando uma mão tranquilizadora no antebraço de Helena, que quase se encolheu ao toque, e levou um segundo para perceber o porquê. Ela esperava mais dor.

– Está viva? – perguntou Helena, lutando para se ajustar a essa nova realidade.

– Sim, senhora. Uma garotinha e bastante saudável – contou Alkipe sorrindo. – É um milagre dos deuses ela ter sobrevivido a um parto assim. Devemos fazer oferendas em agradecimento a Ilítia.

– Sim, um milagre – repetiu Helena vagamente. No entanto, ela não achava que devia qualquer coisa a Ilítia. Ela se sentia como se seu corpo tivesse sido rasgado ao meio, como se sua alma tivesse descido ao Hades e voltado. E onde Ilítia estivera naquele momento? Onde estivera qualquer um dos deuses, quando ela estava implorando pelo fim da dor e do sangue? Ela tinha uma filha, sim, e sabia que deveria estar agradecida, mas o preço precisava ser tão alto? Os deuses precisavam exigir tanto dela, e depois esperar seus agradecimentos pelo privilégio?

– Senhora? Você está bem? – veio a voz de Alkipe, tirando Helena de seus pensamentos.

– Sim, estou bem. Apenas cansada – respondeu ela. Então um pensamento lhe ocorreu: se a criança estava viva, por que não estava aqui com ela, onde deveria estar?

– Onde está minha filha? – perguntou, examinando o quarto como se ela fosse aparecer com uma busca mais aprofundada.

– Ela está com a ama de leite – respondeu Alkipe. – A senhora estava tão exausta após o nascimento, e então veio a febre… Tivemos que encontrar alguém para alimentá-la, senhora.

– Ah – disse Helena. – Sim, suponho que sim.

– Mas ela estará de volta com a senhora, assim que você estiver bem o suficiente. Uma criança precisa da mãe – declarou a aia, sorrindo de forma tranquilizadora.

Helena conseguiu esboçar um pequeno sorriso em resposta, embora suas bochechas parecessem feitas de chumbo.

– Estou tão cansada, Alkipe – falou Helena. – Posso descansar agora?

– Sim, claro, senhora – respondeu a aia. – Eu deveria ir e avisar as pessoas que está acordada e bem. Vou deixá-la em paz, mas há um guarda na porta se precisar de alguma coisa.

Helena deu um sorriso fraco como forma de agradecer. Sua amiga entendia que o que ela desejava mesmo era ficar sozinha. Não ter que pensar, falar ou lembrar. Ela podia estar acordada, mas quanto a estar bem... Seu corpo parecia estar totalmente exaurido, e ainda parecia que havia uma névoa pairando ao redor de sua cabeça. E havia dor também, mais abaixo. Na verdade, Helena não sabia dizer se era real ou apenas a marca da lembrança de uma dor, mas doía mesmo assim.

Mal havia se passado um minuto desde que Alkipe havia saído, quando um barulho veio da porta. Helena abriu os olhos e viu o marido entrar na câmara.

Ele encontrou os olhos dela, que logo desviou o olhar. Instintivamente, ela puxou as cobertas mais para perto de si. Ela não queria ver o marido, nem que ele a visse, não agora. Sentia-se vulnerável demais, exausta demais, feia demais. Ela sabia que ele não era capaz de entender pelo que ela havia passado. Nenhum homem conseguiria. E, naquele momento, vendo-o ali de repente, percebeu que uma parte de si o culpava por seu sofrimento.

Ele estava ao lado da cama agora e estendeu a mão para tocar no ombro de Helena. Ela se encolheu.

– Estou aqui, esposa. O guarda ouviu sua voz e veio me contar. Vim assim que pude. Estive preocupado.

Helena ainda não estava olhando para o marido. Em vez disso, piscou para conter as lágrimas que de repente surgiram em seus olhos. Ela estava comovida com a preocupação dele, sabia que ele estava tentando apoiá-la, mas ela simplesmente não podia encará-lo agora. Era muito cedo.

– Você está bem? A febre passou?

Helena fez um ruído ininteligível em resposta.

Menelau hesitou por um momento, talvez sentindo que sua presença não era tão bem-vinda quanto imaginara que seria. Então, com uma voz mais suave, ele disse:

– Você se saiu bem, Helena. Eu sei que foi difícil para você, mas... Você se saiu bem. Foi isso... Foi isso o que eu vim dizer.

Helena o encarou agora. Ela viu a incerteza no rosto do marido e algo mais também. Era carinho? Ou, se não isso, pelo menos preocupação genuína. Ele parecia estar esperando por algo, então ela forçou a boca em um sorriso fraco.

Um leve olhar de alívio passou pelo rosto do marido, e então de repente ele inclinou a cabeça e parecia que iria se abaixar e beijá-la. Helena desviou o olhar rapidamente e o viu vacilar no limite de sua visão. Após uma breve pausa, ele continuou a se abaixar e beijou com delicadeza o topo da cabeça dela.

Então ele se endireitou e, sem mais palavras, saiu da câmara.

Assim que ele se foi, Helena libertou suas lágrimas, deixando-as rolarem soltas e rápidas por suas faces. Estava irritada consigo mesma e com Menelau. Finalmente surgira,a conexão, a ternura pela qual ela ansiava e, no entanto, não conseguia apreciá-la, não agora. Ele estava tentando se aproximar dela, mas tudo o que ela queria fazer era se encolher dentro de si mesma. Não podia suportar entrar em uma nova intimidade agora, não quando se sentia tão destruída e, em especial, não com o homem que tinha sido a causa de seu trauma.

Entretanto, ela iria se curar. Com o tempo, ela se sentiria melhor, mais forte. Ela iria gostar da criança pela qual tanto sofrera e abriria seu coração mais uma vez para o marido. Só esperava que essa nova ternura dele ainda permanecesse quando ela estivesse pronta para recebê-la.

14

Klitemnestra

KLITEMNESTRA ESTAVA NO SALÃO DA LAREIRA.
Agamêmnon estava ouvindo petições e pediu-lhe para comparecer. Sem
dúvida, ele queria dar uma demonstração de solidariedade familiar, de
saúde e prosperidade reais, vestindo-a com seus melhores tecidos e joias.
Enquanto ela estava sentada ali, fiando sua lã roxa – o que mais, quando ela
estava em exibição? –, não sabia se ficava ressentida por estar sendo usada
dessa maneira, ou grata por Agamêmnon ainda a achar importante o suficiente para se juntar a ele. Ela sentia como se seu papel na vida dele estivesse
diminuindo a cada dia; não ficaria surpresa se ele tivesse posto a concubina
nesta cadeira em vez de ela.

Ela tinha um nome, Klitemnestra descobrira. Leukipe. Ela desejou odiá-la,
de alguma forma era mais fácil que odiar o marido, mais fácil que culpá-lo
pelo lento colapso de seu casamento – mas agora que a tinha visto, descobriu
que não podia invocar nenhum sentimento além de pena. Ela vislumbrou a
garota uma ou duas vezes andando pelo palácio, antes de mudar abruptamente
de direção para evitá-la. Ela era bonita, claro, mas acima de tudo parecia
uma criança assustada. Assustada, triste e sozinha. Ela devia ter a idade de
Helena agora… Klitemnestra quase sentiria a necessidade de protegê-la, não
fossem as circunstâncias.

A petição atual – um agricultor que esperava obter uma concessão sobre
suas contribuições de grãos – terminou antes de começar. Ela já havia aprendido que Agamêmnon considerava a clemência uma fraqueza e, no entanto,

enquanto observava o homem desapontado deixar o salão, seu rosto magro com uma expressão azeda, Klitemnestra não pôde deixar de pensar que um homem seria mais capaz de prover seu reino se pudesse primeiro alimentar a si mesmo e sua família.

O fazendeiro mal havia saído de sua vista quando o próximo peticionário entrou, anunciado pelo arauto como "Calcas de Argos, filho de Testor, vidente e sacerdote de Paian Apolo".

O homem era jovem, talvez com cerca de vinte e poucos anos, mas andava com uma dignidade além de sua idade. Uma faixa sacerdotal estava amarrada ao redor de sua cabeça, e ele segurava um cajado envolto em mais faixas. Contornou a lareira quadrada e parou diante de Agamêmnon.

– Um sacerdote, é? – grunhiu o marido, ajustando-se casualmente nou assento. – Suponho que vai querer uma redução de impostos como todos os outros, não é? Pela honra dos deuses ou algo do tipo. Há!

O homem deixou que as palavras de Agamêmnon ecoassem pelo salão antes de falar.

– De fato, suplico-lhe em nome de meu templo e dos deuses, senhor Agamêmnon. Mas não é por causa de nossas contribuições para o palácio; estamos bastante satisfeitos com nossas provisões em prol de um bem maior. – Ele fez uma pausa, ajeitando um pouco a postura e parecendo posicionar os pés com mais firmeza. Engoliu em seco antes de continuar. – Venho na verdade pedir o retorno de uma garota que estava a serviço dos deuses e se preparando para se tornar sacerdotisa. Informaram-me que o senhor mesmo a encontrou em um festival na planície Argólida e a trouxe para seu palácio. Peço apenas que permita que ela retorne comigo ao templo.

Agamêmnon ficou calado, mas Klitemnestra sentiu uma nova energia se eriçar dentro dele. Por fim, ele se inclinou para a frente e falou:

– Por que eu deveria fazer isso? Por que eu deveria devolvê-la? Não a peguei à força, e ela não faz objeção a ficar aqui. Que direito você tem sobre ela que supera a reivindicação de um rei?

Agora não havia dúvida de que estavam falando da concubina de Agamêmnon. A atenção de Klitemnestra estava absorta, embora ela fingisse estar mais preocupada com a fiadura.

– Com todo o respeito, senhor Agamêmnon – continuou o jovem –, a reivindicação não é minha, mas dos deuses. Leukipe foi designada como serva de Ártemis. Ela foi preparada para a vida de sacerdotisa desde criança e permaneceu casta e solteira para que sua vida pudesse ser dedicada à Donzela Caçadora. Está privando a deusa de sua serva mantendo a garota aqui.

Agamêmnon deu uma risada.

– Bem, se é por isso que você veio, eu não me preocuparia. Acho que a Donzela não terá muita utilidade para ela agora.

Klitemnestra sentiu as bochechas queimando, vergonha e raiva acrescentando seu combustível ao fogo que se alastrava dentro de si. Como o marido podia falar tão descaradamente, com a esposa sentada bem ao lado dele? Será que os sentimentos, o *orgulho* dela, de fato importavam tão pouco para ele? Ela importava?

O sacerdote, entretanto, não parecia melhor do que ela se sentia. Havia raiva em seus olhos, e talvez uma pitada de tristeza também. Ele parecia um pouco mais tenso.

– Quer dizer que a profanou? Uma sacerdotisa de Ártemis?

– Meça suas palavras – rosnou Agamêmnon. – Não serei acusado de impiedade. Como você mesmo disse, ela estava apenas sendo preparada para ser sacerdotisa. Não cometi nenhuma ofensa contra os deuses.

O sacerdote ficou sem palavras. Ele abriu a boca, mas nenhum som inteligível saiu. Por fim, em voz baixa, quase para si mesmo, falou:

– Cheguei tarde demais.

– De fato você chegou – explodiu Agamêmnon. – Se a castidade dela era tão importante, o templo deveria ter enviado alguém antes. Ela está aqui há mais de um mês, por Zeus! Eu teria que ser um eunuco! – Ele riu da própria piada, enquanto as entranhas de Klitemnestra se contorciam.

– Eu estava fora – murmurou o jovem. – Em Tebas. Só voltei ontem... os outros... covardes. – Ele cuspiu a última palavra, como se o gosto dela em sua boca fosse amargo.

– Bem, se isso é tudo... – começou Agamêmnon.

– Não vai devolvê-la de qualquer maneira? – o homem perguntou, seu tom quase suplicante agora. – Ela ainda pode servir ao templo... Ela pertence a Argos.

– Não, acho que não – respondeu Agamêmnon, sem consideração. – O lugar dela é aqui agora. Deveria estar feliz por ela. É uma grande honra ser escolhida pelo rei.

– Uma *honra*? – repetiu o sacerdote, tremendo enquanto falava. Mas ele pareceu morder a língua. – É claro, meu senhor – retrucou ele, com os dentes quase cerrados. – Agradeço por sua atenção.

Ele fez uma reverência profunda e deixou o salão, seus olhos encontrando os de Klitemnestra brevemente antes de se virar para a porta.

Ela percebeu que estava prendendo a respiração e a soltou o mais discretamente que pôde. Incapaz de olhar o marido nos olhos, ela se concentrou na rotação de seu fuso e mal ouviu as últimas petições do dia. Agamêmnon continuou com seu comportamento habitual, como se o pedido do sacerdote tivesse se referido a nada mais do que a colheita da cevada, mas os olhos tristes do jovem permaneceram na mente de Klitemnestra. Parecia que ela não era a única a sofrer por causa da nova distração do marido.

15

Helena

HELENA SENTIU COMO SE ESTIVESSE LENTAMENTE voltando a ser ela mesma. A cada dia, se percebia um pouco mais forte. A cada dia, era um pouco mais fácil sair da cama, conversar com as pessoas, fazer as coisas que costumava fazer. Todas as manhãs, suas aias vinham dar-lhe banho, massagear sua pele com óleo perfumado, vesti-la com lã macia, adorná-la com joias. Isso a fazia se sentir melhor, menos como um cadáver vivo. Ela era Helena, a rainha, de novo, não Helena, a garota quebrada e sangrando. E havia certo poder nisso.

Nem tudo era como antes, no entanto. Agora ela também era Helena, a mãe. Ela sabia que era verdade, que a bebê era real e viva – estava ali no canto de seus aposentos agora – e que seu *status*, sua vida, haviam sofrido uma mudança monumental e irreversível. As pessoas a lembravam disso todos os dias. Ela era uma mulher completa agora, diziam, como se ela tivesse se metamorfoseado, um novo ser nascido da dor e do sangue. E, no entanto, não parecia de fato real. Ela não se *sentia* mãe.

Levantou-se e foi até o berço da filha. Hermíone, Menelau a tinha nomeado, enquanto Helena ainda estava nas garras da febre. Ao olhar para aquele rosto adormecido, os lábios carnudos e os cílios delicados, ela sentia… quase nada. Era sua filha, sabia disso, e ainda assim não parecia uma parte de si, como a mãe havia lhe dito que pareceria. A mãe lhe dissera que ela amaria seu bebê instintivamente, mas Helena não sentia amor quando olhava para aquele rosto. Ela mal sentia uma conexão.

Ela sabia que deveria tentar pegar a criança no colo mais vezes, mas tinha medo de fazer errado, de perturbá-la ou machucá-la. Parecia que ela sempre chorava quando Helena tentava tocá-la.

Ela não suportava o som do choro de Hermíone. Fazia com que se sentisse tão impotente. Em especial quando não podia fazer a única coisa que sabia que acalmaria a menina. Helena tentou alimentar a criança assim que recuperou forças suficientes para segurá-la, mas não adiantou. O leite não veio. Ela se sentiu um fracasso quando, depois de várias tentativas, finalmente desistiram e devolveram a criança à ama de leite. Agora, todos os dias, várias vezes ao dia, Helena tinha que suportar a humilhação de ver uma escrava – Agatha, sua companheira de infância – cumprir o dever que devia ter sido dela e dar à filha o que ela mesma não podia.

Embora não ouvisse nenhuma palavra dita em voz alta, Helena podia sentir o palácio falando dela. Que tipo de mãe não podia alimentar sua criança? Era comum que amas de leite fossem chamadas para bebês cujas mães haviam morrido, mas ali estava ela, viva e respirando. Uma mãe de carne e osso, e ainda assim ela não era suficiente. *Quebrada. Amaldiçoada.* Essas eram as palavras que imaginava sendo sussurradas pelos corredores enquanto estava deitada na cama à noite.

Enquanto Helena estava de pé ao lado do berço, a porta do quarto se abriu e Agatha entrou. A garota continuava tímida como sempre fora, embora agora fosse uma mulher adulta e vários centímetros mais alta que Helena. Agatha sempre fora mais baixa do que ela e Nestra quando eram meninas, apesar de estar entre elas em idade, mas crescera alta e magra como um junco.

Ela entrou de cabeça baixa com o cabelo castanho-escuro amarrado com uma tira de tecido.

– Vim para alimentar a menina, senhora – explicou ela, como se Helena não soubesse. Elas tinham essa pequena conversa de poucas em poucas horas.

– Hermíone está dormindo – respondeu Helena, seu tom involuntariamente brusco. Seu humor não estava dos melhores, e a chegada de Agatha não fez nada para levantar seu ânimo.

– Ah – respondeu a moça, abaixando ainda mais a cabeça. – Talvez eu deva voltar quando ela acordar.

Agatha virou-se para sair, mas Helena a chamou, tentando suavizar mais seu tom, no entanto, conseguindo apenas em parte.

– Não, você está aqui agora. É melhor ver se ela aceita. – Preferia acabar com isso a ser perturbada novamente daqui uma hora.

– Como desejar, senhora – assentiu Agatha, e foi em direção ao catre, com a cabeça ainda abaixada.

No fim das contas, Hermíone estava pronta para mamar, então Helena sentou e observou enquanto a filha pressionava o rosto contra um seio macio e branco que não era o dela própria. Tudo parecia tão natural, a forma como Agatha segurava a cabeça de cabelos macios do jeito certo, os pequenos suspiros de satisfação que vazavam daqueles lábios cheios de leite; e, ainda assim, causava em Helena uma sensação de enjoo na boca do estômago.

Ela notou que os olhos de Agatha se voltaram para ela e percebeu que estivera encarando. A outra garota sentia seu ressentimento? A sua inveja? Seu sentimento de inadequação? Então um pensamento pior a atingiu. Agatha tinha *pena* dela? A última coisa que Helena queria era a pena de uma escrava.

Desesperada por uma distração, ela pediu:

– Conte-me sobre seu bebê, Agatha. O que você perdeu. – Assim que as palavras saíram de sua boca, percebeu que poderia ser cruel perguntar sobre uma coisa dessas. Mas já estava dito agora, então ela continuou – Eles… eles me disseram que foi por isso que você foi escolhida para ser ama de Hermíone.

– Não há muito o que contar, senhora – explicou a garota, com os olhos baixos. – Ele não viveu por muito tempo antes que a doença o levasse. Apenas alguns meses. – Depois de uma pausa, ela acrescentou – Mas eu o chamei de Nikon.

Agatha falava com tanta simplicidade, como se fosse apenas uma coisa qualquer, mas Helena sentiu que ela sofria pela criança. Devia ser estranho para ela também, Helena concluiu, amamentar o bebê de outra mulher depois de perder o próprio. Não tinha certeza se seria um consolo ou uma tristeza. Talvez fosse os dois.

– Você o amava? Nikon? – Helena perguntou baixinho.

Agatha respondeu com um pequeno aceno de cabeça. Foi uma pergunta estúpida, talvez. É claro que uma mãe amava seu filho e lamentava quando era tirado dela. Talvez ela tivesse tido a esperança de que Agatha diria não, que não amava a criança, que ele não vivera o suficiente para o amor florescer. Se Hermíone desaparecesse agora, o que ela, Helena, sentiria? Alguma outra coisa além de alívio?

– Quem era o pai da criança? – perguntou Helena, pensando que talvez pudesse dirigir a conversa para um assunto mais feliz. – Meu pai permitiu que você se casasse com um dos outros escravos?

– Não, senhora.

– Ah, um filho do amor, então – comentou Helena com um sorriso de entendimento, secretamente feliz por Agatha não ser tão perfeita quanto parecia.

– Não, senhora. Nunca me apaixonei – replicou a escrava, com uma expressão de seriedade inocente.

– Ah. Bem, eu só quis dizer... quem era então? A criança deve ter um pai – questionou Helena, com uma risadinha. Ela estava bastante curiosa agora.

– Um dos convidados de seu pai, eu suponho – respondeu Agatha, de modo até displicente. – Não sei qual deles. Eles vêm até mim às vezes, quando ficam no palácio.

– E você deixa que se deitem com você? – perguntou Helena incrédula. – Mesmo sem amá-los?

– Não é uma questão de deixar, senhora – a escrava respondeu, jogando um olhar para Helena e desviando de novo. – Não posso exatamente recusá-los. Eles são hóspedes.

Helena sentiu-se levemente enjoada.

– E papai sabia? – ela perguntou. – E ele não os impediu?

– Sim, senhora, acho que ele sabia muito bem – falou Agatha baixinho. – Acho que às vezes até lhes explicou onde me encontrar. Não seria hospitaleiro negar-lhes, senhora. O que pertence a ele pertence a eles... é o apropriado. Contanto que não me machuquem... e a maioria deles é gentil o suficiente.

Helena ficou quieta por um momento enquanto Agatha ficou observando Hermíone se alimentar. Sentia-se tola, ingênua por não enxergar a realidade ao seu redor. E culpada também, por guardar rancor da escrava. Sem dúvida Agatha a invejava tanto quanto Helena invejava Agatha. Mais, provavelmente. Ela se esforçaria mais para ser gentil, decidiu. As falhas maternais de Helena não eram culpa de Agatha. Embora saber disso fosse diferente de sentir.

– Acho que ela terminou – declarou Agatha, afastando Hermíone de seu seio. Helena ergueu o olhar e assentiu, deixando a outra garota colocar sua filha de volta no berço.

– Pode ir agora, Agatha – autorizou Helena, tentando formar um sorriso gentil, ou pelo menos educado, no próprio rosto.

– Sim, senhora. – a jovem respondeu com uma reverência e dirigiu-se para a porta. Antes de alcançá-la, porém, ela parou. Depois de uma pausa incerta, disse:

– Desculpe, senhora, mas eu estava pensando... Seria melhor se eu ficasse aqui em seu quarto, para que eu possa cuidar da criança com mais facilidade? Quero dizer, seria mais fácil para a senhora. Assim não precisaria me chamar ou acordar durante a noite, e eu poderia apenas amamentá-la sempre que ela precisar.

Helena não respondeu de imediato, mas deixou a garota parada ali parecendo nervosa, provavelmente com medo de ter falado algo impróprio. Ela estava certa, no entanto; seria mais fácil se ela ficasse perto da criança. Mas então outra opção ocorreu a Helena.

– Ou que tal passarmos você e a criança para um quarto separado?

Agatha parecia confusa.

– Mas senhora... com certeza você não quer se separar...

– Não, não, acho que assim é melhor. Será mais fácil para você e para a criança – declarou Helena enfaticamente para não dar margem para mais comentários por parte da escrava. Ela não mencionou que seria mais fácil para *si própria*, acima de tudo. Embora não pudesse admitir, a criança a incomodava com sua presença constante no canto da sala. Fazia com que se sentisse um fracasso e a lembrava da provação pela qual passara para gerá-la. E o que isso lhe trouxera? Nem alegria, nem realização, nem maior proximidade com o marido, pelo menos, ainda não. Melhor entregá-la aos cuidados de outra. E talvez, com o tempo, ela passasse a amar a filha.

– Está certo, senhora. Se é isso que deseja. E se o rei concordar – respondeu Agatha, ainda com uma ponta de dúvida na voz.

– Ela é minha filha e esta é minha decisão – respondeu Helena, com um tom mais ríspido do que pretendia. – Tenho certeza de que o rei vai concordar.

– Sim, senhora – respondeu Agatha, abaixando a cabeça. – Vou me mudar para perto da criança assim que um quarto for preparado.

– Obrigada, Agatha – agradeceu a Helena, mais suave agora que podia ver o fim de seu tormento. – E obrigada por tudo que fez por minha filha.

A garota curvou-se graciosamente e saiu da câmara.

16

Klitemnestra

ERA UM DIA FRESCO DE PRIMAVERA, UM CLIMA PERFEITO para a escalada. Embora o sol da tarde brilhasse acima delas, ofuscante em comparação com a penumbra do palácio, havia uma brisa fresca para amenizar o calor. Klitemnestra ficara grata por ela durante a subida quente e difícil, e agora que haviam alcançado o topo da colina a brisa estava ainda mais forte, fazendo as vestes dela ondularem ao redor do corpo. Segurou a saia para baixo com uma das mãos, com medo de que ela levantasse com uma das rajadas mais fortes. Na outra mão, segurava um punhado de trigo, como todas as outras mulheres que a acompanharam na subida. Elas os trouxeram aqui como oferendas para garantir uma boa colheita. Era um de seus papéis mais importantes como rainha, liderar essa escalada várias vezes durante o ano e trazer fertilidade à terra.

Ela gostava dessas raras viagens para fora da cidadela, rumo à natureza onde os deuses moravam. Não tinham ido muito longe, Klitemnestra podia ver a extensão de pedra de Micenas ao pé da colina. No entanto, era como se ela estivesse em outro mundo; as regras não eram as mesmas aqui. Havia uma selvageria, uma liberdade que não podia ser encontrada dentro do palácio. Por um lado, elas não precisavam usar véus. Este era um ritual de mulheres, então não havia homens aqui para vê-las; exceto os escravos que ajudaram a carregar as oferendas morro acima, é claro, mas eles não contavam.

Talvez a maior diferença de todas fosse a ausência do marido. Aqui em cima não havia rei, apenas uma rainha. Aqui em cima ela não respondia a ninguém além de si mesma e dos deuses. Aqui em cima, ela tinha poder.

Ela sentia esse poder agora enquanto conduzia o ritual, depositando seu punhado de trigo na grande laje de pedra que usavam como altar natural e conduzindo as outras mulheres conforme elas seguiam seu exemplo. Algumas das espigas voaram, mas não importava; ela gostava de pensar que eram os deuses levando-as para o Monte Olimpo. Ela pronunciou as palavras enquanto as libações eram ofertadas, azeite e vinho e um pouco de mel também, e ela mesma cortou a garganta do leitão que havia sido carregado até ali por um dos escravos. Deixou o sangue jovem do animal penetrar no solo seco, então pegou uma espiga de trigo da pilha e a enterrou na terra vermelha.

Quando se levantou, suas mãos estavam sujas de sangue e terra, a saia estava empoeirada e os joelhos, doloridos. Mas ela sorriu diante de um trabalho bem-feito. Era bom trabalhar de verdade em prol de seu reino, ser uma rainha em mais do que título e joias.

Agora que os ritos haviam sido concluídos, elas podiam descer e retornar à cidadela. Contudo, Klitemnestra decidiu que preferia se demorar um pouco, para desfrutar do sol, da brisa e da vista. E, aqui em cima, não havia ninguém para lhe dizer que ela não podia.

Sendo assim, as mulheres se acomodaram sobre pedras e tufos de grama, conversaram, fofocaram e riram, suas vozes levadas pela brisa sabe-se lá para onde. A própria Klitemnestra sentou-se um pouco afastada das outras. Não conhecia nenhuma delas muito bem. Suas próprias aias, incluindo Eudora, ficaram para trás para cuidar de suas filhas, e ela sabia que deixaria as outras mulheres desconfortáveis se tentasse juntar-se à sua conversa. Por mais que elas fossem nobres, ela ainda era sua rainha.

Enquanto estava sentada na beirada da coroa rochosa, observando a planície Argólida, ela sabia que em algum lugar ao longe, muito além das montanhas distantes, estava Esparta. Perguntou-se o que Helena estaria fazendo agora, se seu casamento era feliz, se sua bebê estava saudável. Ela se perguntou se a mãe e o pai estavam bem, se os irmãos haviam encontrado esposas. De repente, desejou ter asas, desejou ser capaz de voar com a brisa, sobrevoar aquelas montanhas e voltar para casa para ver sua família, conversar com eles e tocá-los.

Enquanto ela estava sentada observando, uma sombra caiu sobre ela. Sem virar a cabeça, sabia que era um escravo e não uma das outras mulheres, a figura usava roupas sem cor, não tecidos delicados e de cores vibrantes.

– Gostaria de comer ou de beber alguma coisa, senhora? Trouxe água e algumas tâmaras.

A voz não era de um dos servos com os quais ela estava acostumada, mas de alguma forma *era* familiar...

Ela virou a cabeça e lá, encarando-a, estava um rosto que ela reconheceu.

– Você é o sacerdote – ela exclamou, um medo súbito fazendo sua pele pinicar. – Por que está vestido de escravo? O que está fazendo aqui?

Ela olhou por cima do ombro, perguntando-se se deveria gritar. Não trouxeram guardas com elas, mas havia alguns escravos não muito longe.

– Por favor, não – murmurou o homem acima dela. – Eu apenas quero falar com você.

Klitemnestra havia respirado fundo para gritar, mas agora segurou o grito, sem saber o que fazer. O homem não parecia estar armado; ele havia estendido as mãos vazias para ela, como se quisesse impedir qualquer ação que ela pudesse tomar. Ele parecia tão preocupado quanto ela, e havia uma súplica em seus olhos.

Ela soltou a respiração e relaxou um pouco, observando o homem com cautela. Com as mãos ainda estendidas, ele se agachou ao lado dela e começou a derramar um copo de água do grande odre que havia trazido.

– Por favor, não se assuste – pediu ele em voz baixa enquanto servia. – Aja naturalmente e elas pensarão que estou apenas atendendo-a. – Ele estendeu o copo cheio para ela pegar. Depois de hesitar um pouco, Klitemnestra estendeu a mão e o pegou, as pontas dos dedos esbarrando nos dele. Ela puxou a mão para trás depressa.

– Eu me lembro de você – falou ela baixinho, olhando para a frente a fim de não parecer suspeita. – Você veio ao Salão da Lareira na semana passada. A respeito da garota.

– Sim, Leukipe – confirmou ele. – Meu nome é Calcas.

– Por que veio aqui, fingindo ser um dos meus escravos? Correu um grande risco. Se Agamêmnon descobrir...

– Sim, foi um risco – concordou ele, abrindo uma pequena caixa de tâmaras, ela viu de canto de olho. – Mas eu precisava falar com a senhora. Sozinho. E confio que não irá contar ao seu marido. – Ele estendeu a caixa para ela de forma que ela teve que se virar e encará-lo. – Posso ver em seus olhos que você tem um bom coração.

Ela pegou uma tâmara e levou-a aos lábios, mas sentiu-se subitamente constrangida. Não era apropriado que conversasse com um homem estranho sem estar usando o véu. As regras aqui no alto poderiam ser diferentes, mas os padrões de decência básica ainda valiam. Ela não podia se cobrir, no entanto, levantaria suspeitas.

Ela comeu a tâmara sem jeito e a engoliu o mais depressa possível, quase engasgando quando ela desceu.

– O que quer de mim? – ela sussurrou quando a garganta estava limpa.

– Vim por causa de Leukipe – respondeu Calcas. Ela podia sentir o olhar dele sobre ela, mas continuou olhando para a frente.

– Sim, deduzi isso – retrucou ela. – A garota deve ser muito importante para o templo, para você se arriscar tanto por causa dela. – Havia uma pergunta em sua voz quando ela falou isso, mas não houve resposta, então ela continuou: – Por que veio até mim, Calcas? Já fez uma petição ao meu marido e recebeu a resposta dele. Não sei que poder acha que eu tenho, mas…

– Vim porque acredito que você é uma boa mulher… e porque há algo que não contei ao rei.

Klitemnestra ficou em silêncio, esperando que ele continuasse.

– Leukipe é minha irmã.

– Sua irmã? – questionou Klitemnestra, virando-se para encará-lo. Ela suspeitava que ele tinha alguma conexão pessoal com a garota para se arriscar dessa forma, mas presumiu que ele estava apaixonado pela moça.

– Sim. Embora às vezes eu me sinta mais como o pai dela. – Ele suspirou. – Nossos pais faleceram quando ela era criança, eu mesmo a criei, de certa forma. – Ele fez outra pausa e olhou diretamente nos olhos de Klitemnestra. – Eu sei que você também tem uma irmã mais nova, a famosa Helena, de Esparta. Achei que você seria capaz de entender… que poderia me ajudar. Eu esperava que Leukipe se juntasse ao templo para que eu pudesse cuidar dela, mas sei que não há mais chance disso agora… Ela ainda poderia conseguir um casamento, porém, um bom casamento com um bom homem, ter uma vida feliz. Isso é tudo que desejo para ela; com certeza você entende? – Havia um desespero no olhar dele. – É por isso que tenho que recuperá-la. Nenhum homem respeitável se casará com os restos de outro homem, a prostituta de um rei. Mas se a libertarmos logo, antes que… Posso encontrar um marido para ela em outra cidade, onde a fofoca não chegou. Por favor. Eu imploro. Diga que vai me ajudar.

Klitemnestra ficou pasma com a torrente de palavras do homem. A preocupação dele era tão honesta, sua angústia tão sincera. Talvez ela estivesse há muito tempo em Micenas, mas não conseguia se lembrar de ter visto um homem demonstrar tanto cuidado com a felicidade de uma garota. E é claro que ela entendia, uma boa vida era tudo o que ela desejava para a própria irmã. Ele não podia imaginar o que ela havia sacrificado para garantir isso... e ainda assim ele parecia saber. Ele conhecia aquele mesmo amor que ela conhecia, aquele sentimento de responsabilidade, a necessidade de proteger.

– Por que você simplesmente não contou ao rei que a garota é sua irmã? – ela perguntou. – Você é o guardião dela. É seu direito decidir para onde ela vai e com quem...

– Acha que essas regras se aplicam a reis? – ele perguntou com simplicidade. – Acha que se eu reivindicar meus direitos, ele apenas a entregará?

Ela não tinha uma resposta.

– Conhece seu marido, sabe que eu estou certo – continuou o sacerdote, com mais urgência agora. – Ouvi muitas coisas sobre ele, conheço o tipo dele. Se soubesse que Leukipe é minha irmã, saberia que eu estava agindo por interesse pessoal e não somente como representante do templo. Ele jamais colocará o desejo de outro homem acima do seu, mas pensei... Pensei que ele atenderia à vontade dos deuses. Talvez ele ainda o faça.

– Suponho que sim... O que você diz faz sentido. E acho que talvez estivesse certo em não contar a ele – comentou ela com um pequeno suspiro. – Meu marido tem gênio forte. Depois que ele decide que quer alguma coisa...

– Deve jurar que não vai contar ao seu marido que Leukipe é minha irmã. Por favor. Se fizer isso, temo que nunca a terei de volta.

Klitemnestra hesitou. Ela seria realmente capaz de esconder uma verdade do marido? Talvez até tivesse que mentir para ele... Em mais de quatro anos de casamento, ela nunca tinha feito isso. Estava sendo desleal, até mesmo conversando com aquele homem pelas costas de Agamêmnon? Entretanto, o rosto de Leukipe surgiu em sua mente. E quanto a lealdade do *marido* para com ela? E quanto aquela pobre garota, tirada de sua casa. Quem poderia saber o que ela estava sofrendo? A ideia de esconder alguma coisa de Agamêmnon a deixava ansiosa, mas por trás disso sentia uma emoção silenciosa vibrando em algum lugar nas profundezas de seu peito. A ideia de que alguma parte dela pudesse existir além dos limites de seu casamento, de que ela pudesse ter segredos assim como ele; havia um estranho poder nisso.

– Prometo que não contarei a ele.

– Não, preciso que jure – sussurrou Calcas, encarando-a nos olhos com tanta intensidade que ela não conseguia desviar o olhar.

– Eu... eu juro. Pelos deuses – prometeu ela com toda seriedade.

– Jure por suas filhas. Pela vida delas – ofegou ele, agarrando a bainha da saia dela, implorando.

– Minhas filhas? – ela sussurrou, afastando-se dele. – Não, eu...

– Se está sendo sincera, por que hesita? Por favor. Então saberei que tem intenção de manter sua palavra.

– Eu... muito bem – cedeu ela, engolindo em seco. – Juro pelos deuses, pela vida de minhas filhas, que manterei seu segredo, que não contarei a meu marido sobre sua verdadeira ligação com Leukipe.

– Bom – ele suspirou, soltando a saia dela. – Eu lhe agradeço, minha senhora. Eu sabia que podia confiar em você.

Parecia que havia um torrão de terra na garganta de Klitemnestra. Como ela poderia ter dito tais palavras? Contudo, se pretendia manter sua promessa, que mal tinha? E se a garota pudesse voltar para casa, se ela pudesse ter o marido de volta...

– O que quer que eu faça? – ela perguntou. – Como posso lhe devolver sua irmã?

– Primeiro quero que fale com seu marido. Veja se consegue ter sucesso onde falhei.

– Já toquei no assunto com ele – respondeu ela baixinho, magoada com a lembrança daquela conversa. – Ele não me deu atenção.

Calcas franziu a testa e pareceu desanimar um pouco.

– Temia que você pudesse dizer isso – ele murmurou. – Nesse caso, tenho outro plano.

Klitemnestra olhou para ele. A intensidade nos olhos dele havia retornado, e, quando falou, sua voz era baixa e séria.

– Quero que a ajude a escapar.

17

Klitemnestra

JÁ ERA NOITE. O SOL HAVIA SE POSTO HÁ MAIS DE UMA hora e a câmara estava iluminada apenas por algumas lamparinas bruxuleantes. Klitemnestra estava sentada sozinha, puxando, nervosa, a pele ao redor das unhas. Felizmente, as meninas estavam dormindo. Tudo o que ela precisava fazer agora era esperar que Eudora voltasse.

Ela tinha receios quanto a envolver sua aia. Se fossem descobertas, se Agamêmnon descobrisse… O risco era maior para uma escrava. Mas Eudora era a única pessoa em quem confiava plenamente, e Klitemnestra não achava que seria capaz de fazer isso sozinha. Só ter alguém em quem confiar já tinha ajudado. E só havia pedido que Eudora fizesse uma coisa para ajudá-la. A verdadeira tarefa caberia à própria Klitemnestra.

No silêncio da noite, ela podia distinguir o som distante de comemoração. Agamêmnon estava dando um banquete para seus comandantes militares e melhores soldados. Já estava acontecendo há mais ou menos uma hora e provavelmente eles já tinham comido, mas ela sabia que a bebedeira continuaria por pelo menos mais algumas horas, era sempre assim. O banquete havia sido planejado semanas atrás, e foi ideia de Calcas aproveitar a oportunidade. Eles poderiam não ter outra por algum tempo.

Klitemnestra estava sentindo a pressão. Não podia recuar agora; as rodas já haviam sido postas em movimento. Mas agora que estava de fato acontecendo, agora que ela estava de fato fazendo isso, agindo contra o marido, se sentia enjoada. Que tipo de esposa era?

Uma esposa que quer seu marido de volta, veio uma vozinha em sua mente. Sabia que era egoísta pensar na própria felicidade quando a de tantos outros estava em jogo, e ainda assim a ideia de que sua rebelião esta noite poderia de fato ajudar a restaurar seu casamento era uma das únicas coisas que a mantinham calma. E estava fazendo o que era melhor para todos eles, não estava? E não menos importante para Leukipe. Ela podia muito bem imaginar o que a pobre menina estava sofrendo, longe da família, com medo e sozinha. Ela via uma parte de si mesma na garota, recordando-se como tinha sido quando chegara aqui no palácio, mas para ela havia sido diferente. Ela tinha um casamento e filhos legítimos. Agamêmnon havia tirado isso de Leukipe. Ele havia roubado algo que não lhe pertencia, e cabia a Klitemnestra devolver. Se ela não ajudasse a garota, quem o faria?

E, no entanto, ela sabia que, ao trair o marido, estava indo contra seu dever. O pai sempre lhe falara sobre a importância do dever, como todos tinham um papel na vida, como deviam fazer o que era esperado. Ele falava do dever como se fosse algo sagrado.

Era sacrilégio o que ela estava planejando fazer esta noite? Era um sacrilégio até mesmo pensar nisso? Sentar-se aqui esperando?

Mas então uma memória diferente veio à tona. Estava sentada no Salão da Lareira com o pai, quando um homem foi trazido pelos guardas, ele havia sido pego tentando roubar alguns grãos dos depósitos do palácio. O pai ouvira a história do homem, a família dele estava morrendo de fome, a aldeia em que morava havia tido uma colheita ruim. E então o pai libertou o homem. Ele ordenou que um carregamento de grãos fosse enviado para a aldeia, e que o homem pudesse levar o que conseguisse carregar consigo para alimentar sua família até que os suprimentos chegassem.

Klitemnestra ficara confusa. O pai não lhe explicara sempre que devíamos cumprir nosso dever? Não lhe explicara que era dever de um rei zelar pelo cumprimento das leis? Punir aqueles que as violavam?

Seu pai sorriu.

– Como posso punir um homem por tentar ajudar sua família? Talvez eu tivesse feito o mesmo se fosse ele.

A pequena expressão de dúvida permaneceu no rosto dela, então ele segurou o queixo de Klitemnestra e falou com aquela voz suave que usava quando estava tentando ensinar algo a ela.

– Às vezes devemos ser guiados pelo dever, às vezes pelo que é correto – explicou ele. – O truque é saber quando essas coisas são iguais e quando não são.

Uma leve batida na porta fez o rosto sorridente de seu pai desaparecer, e ela foi trazida de volta ao presente. Um segundo depois Eudora entrou, e atrás dela o rosto pálido e assustado de Leukipe.

A parte de sua aia tinha corrido bem, pelo menos. Klitemnestra pedira-lhe que fosse buscar a moça no quarto onde Agamêmnon a mantinha. Teria sido suspeito demais se alguém tivesse visto a própria rainha visitando a concubina do rei.

Ela fez as duas mulheres entrarem e Eudora fechou a porta suavemente atrás delas. De repente, Leukipe estava de joelhos.

– Sinto muito, minha senhora, não quis lhe fazer mal. Sei que deve me odiar, mas por favor… por favor, não me machuque. – Lágrimas escorriam pelo rosto aterrorizado da garota e seus braços estavam erguidos em súplica.

– Silêncio, silêncio! – sibilou Klitemnestra. – Alguém vai ouvir você! – Ela se virou para Eudora. – Você não explicou?

– Não, senhora. Achei que era melhor que a senhora o fizesse.

Klitemnestra suspirou e pousou a mão no ombro trêmulo de Leukipe.

– Eu não a trouxe aqui para machucá-la – revelou ela. – Eu a trouxe aqui para ajudá-la.

Os olhos de Leukipe passaram de arregalados de medo para estreitados em confusão.

– Seu irmão Calcas veio até mim – continuou Klitemnestra, erguendo-se. – Ele me pediu que a tirasse do palácio e é isso que vou fazer. Ele deve estar esperando do lado de fora do portão da cidadela agora.

– Calcas? – suspirou a garota. – Eu sabia que ele não me abandonaria. Eu sabia que ele viria! Só não esperava… – Ela ergueu o olhar para Klitemnestra, com vergonha nos olhos. – Sinto muito pela dor que devo ter lhe causado, minha senhora.

Klitemnestra hesitou, olhando para aqueles olhos arregalados e brilhantes. Sim, ela havia sido ferida, mas não por essa garota. Afastou os sentimentos de ciúme que estiveram se contorcendo dentro dela nos últimos meses, aquela pontada enjoativa que surgia cada vez que imaginava as mãos do marido passeando sobre a pele branca e macia que não era a sua.

– Nada disso é culpa sua, Leukipe. – Ela falou baixinho e tentou sorrir, estendendo a mão para levantar a garota do chão. – Agora, antes de sairmos desta câmara, devemos trocar de roupa. Ninguém vai prestar atenção em nós se parecermos escravas – explicou ela, entregando uma trouxa de pano liso para Leukipe. – É o que eu espero, de qualquer forma.

As duas mulheres tiraram suas roupas elegantes, Klitemnestra auxiliada por Eudora como sempre, e começaram a vestir suas novas roupas. Klitemnestra, graças à ajudante, estava mais adiantada que Leukipe e, enquanto Eudora ajustava a túnica, não pôde deixar de observar a moça mais nova, que ainda estava despida.

Não sabia o que esperava ver. Alguma qualidade radiante e inegável. Alguma razão pela qual a atenção de seu marido havia se desviado para este corpo em vez dela. Mas tudo o que viu foi uma garota magra e trêmula. No fundo, ela sabia que o apelo da garota estava na novidade, no fascínio da variedade, porém, não podia deixar de fazer comparações. Os seios de Leukipe eram menores que os dela e seus quadris mais estreitos. Embora ela tivesse a vantagem de não ter tido duas filhas; a pele de sua barriga ainda era lisa e sem estrias.

E então ela notou. Um pequeno inchaço na parte inferior da barriga de Leukipe. Quase imperceptível, a menos que você soubesse o que estava vendo.

– Quando foi a última vez que você sangrou? – perguntou Klitemnestra, sentindo um gosto amargo na boca.

Leukipe percebeu que Klitemnestra a estava observando e tentou se cobrir com o tecido que estava desdobrando.

– N-não sangro desde antes de vir para cá – respondeu a garota.

Klitemnestra e Eudora trocaram um olhar preocupado.

– Eu sei que já devia ter vindo, mas às vezes atrasa... já aconteceu antes. Eu... eu pensei que se eu apenas esperasse...

Ela parecia assustada agora. Klitemnestra viu o lábio dela começar a tremer.

– Está tudo bem – falou, com delicadeza. – Não se preocupe com isso agora. Basta colocar suas roupas. Precisamos ir.

Uma vez que ambas estavam trocadas e com os cabelos soltos e amarrados ao redor da cabeça com tiras de pano, elas deixaram o quarto com a maior discrição possível. Eudora ficou para trás com as crianças.

Cada uma carregava uma cesta cheia de panos debaixo do braço, para fazer parecer que estavam apenas cuidando de suas atribuições. De cabeças baixas, seguiram pelo palácio.

Como Klitemnestra esperava, não encontraram muitas pessoas enquanto se esgueiravam pelos corredores. Era muito tarde para as servas de verdade estarem andando pelos corredores, e aquelas que ainda estavam acordadas provavelmente estavam ocupadas cuidando dos convidados no banquete.

Logo chegaram ao pátio da frente. *Quase fora do palácio*, pensou Klitemnestra. Mas quando irromperam à luz do luar, uma voz as chamou, e um guarda emergiu da porta rumo à qual elas se dirigiam.

– Boa noite, senhoras – cumprimentou o homem, caminhando confiante em direção a elas, a mão descansando preguiçosamente na bainha em seu quadril. – Um pouco tarde para um passeio, não é?

Klitemnestra congelou, o coração batendo forte no peito. Quando ele estava a alguns passos delas, ela inclinou a cesta na direção dele, com a cabeça ainda abaixada, e murmurou algo sobre lavanderia.

– A essa hora? Eles fazem vocês trabalharem duro, não é? – Ele parou na frente delas e parecia estar olhando-as de cima a baixo. – Está certo, então – disse ele, enfim. – Cuidado. Nunca se sabe quem vão encontrar lá fora a esta hora da noite. – Uma risada baixa borbulhou de sua garganta quando ele se afastou para deixá-las passar.

Leukipe passou primeiro, e Klitemnestra logo a seguiu. Mas, ao passar pelo homem, sentiu a mão dele tocar sua lombar e, antes que tivesse chance de se virar, deslizando mais para baixo.

Ela se virou, chocada com o avanço. Fez uma cara feia, mas ele apenas sorriu em resposta. Ela abriu a boca para dizer "Como se atreve?", mas se conteve bem a tempo. Era para ser uma escrava, devia agir como uma. Ele era um homem livre, e sem dúvida acostumado a tomar tais liberdades. E então ela fechou a boca e se apressou atrás de Leukipe, dizendo a si mesma que deveria agradecer por não ter sido pior.

Haviam chegado ao pórtico principal agora; ela podia ver a lua através da enorme porta de entrada do palácio. Tinham saído. Agora era só chegar ao portão externo e esperar que as deixassem passar. Agarrando sua cesta, ela marchou pela porta, tentando parecer calma, como se devesse estar lá, e ela e Leukipe começaram a descer a grande escadaria até a rua abaixo.

Descendo e descendo, elas seguiram. Agora cinco degraus até o fim. Agora quatro. Agora três.

– PAREM! – soou novas uma voz retumbante atrás delas. O choque assustou tanto Klitemnestra que ela tropeçou um degrau a mais e mal conseguiu ficar de pé. Ficou imóvel, agarrando a cesta, olhando para o chão. Estava com medo de se virar, de ver o rosto que sabia que estava lá no topo da escadaria.

Podia ouvir a respiração aterrorizada de Leukipe ao seu lado, tornando-se gemidos conforme começou a chorar. Em seguida ouviu os passos pesados começarem atrás de si, ficando mais altos à medida que desciam de degrau em degrau. Eles pararam, e ela sabia que ele estava bem atrás. Ela se preparou. Era uma rainha, não mais uma garotinha. Não devia ter medo. Virou para encará-lo, erguendo o queixo para mostrar que não estava com medo. E quando seus olhos encontraram os dele...

Uma bofetada.

A mão dele a atingiu com tanta força que ela caiu, derrubando a cesta, enquanto rolava pelos últimos degraus até as pedras do calçamento abaixo. Ela podia sentir o gosto de sangue, e seu rosto parecia que ia explodir de dor.

Ela nunca havia apanhado antes. Vira escravos sendo espancados muitas vezes, mas nunca tinha sido vítima de uma mão violenta. Agora ela conhecia a dor, mas o que sentia com mais intensidade era a humilhação. Podia sentir os olhares das pessoas sobre ela, enquanto estava caída no chão, a mão segurando o rosto. O quanto devia parecer patética. O quão fraca.

Uma vez que o choque inicial da dor diminuiu, ela pôs as mãos trêmulas no chão e se levantou, cambaleando levemente enquanto se endireitava e encarava o marido.

As sobrancelhas escuras dele eram como nuvens de tempestade acima do relampejar de seus olhos. A barba espessa estremecia de raiva. Leukipe estava ao lado dele, em silêncio, a cabeça baixa, a mão poderosa de Agamêmnon ao redor de seu pulso.

– Achou que eu não saberia? – ele rosnou, sua voz profunda carregada de raiva. – Mulher estúpida. Mesmo se tivesse conseguido se livrar dela, você achou que eu não veria sua mão nisso? Sua cadela ciumenta.

As palavras foram como outro tapa na cara. Mas ela disse a si mesma que não eram para ela, não de verdade. Ela podia ver alguns dos convidados do banquete de seu marido reunidos no topo da escadaria, observando tudo, e ouviu mais homens se movendo atrás dela, habitantes da cidadela vindo ver o que estava acontecendo. Ela o desafiara, minado sua autoridade, bem aqui no próprio palácio dele, enquanto os homens festejavam à mesa dele. Ela sabia que ele não podia relevar. Tinha que humilhá-la, colocá-la de volta em seu lugar.

Agora não era hora para ser orgulhosa. Percebendo o que devia fazer, ela subiu os degraus em direção ao marido e ajoelhou-se aos pés dele.

– Sinto muito, meu senhor – implorou ela, tentando ao máximo fazer com que sua voz trêmula fosse alta o bastante para que todos os que assistiam ouvissem. – Eu o ofendi e imploro seu perdão. Não vai acontecer de novo. – Então ela beijou os pés dele, seu lábio cortado ardendo de dor quando o fez.

Ele ficou calado por um momento, talvez surpreso com as ações dela e se perguntando como reagir.

– Levante-se – ele bradou por fim, afastando o pé dela. Voltou a subir os degraus, arrastando Leukipe atrás de si, e Klitemnestra o seguiu, a cabeça muito visivelmente inclinada, o rosto que ardia moldado numa expressão de humilde penitência.

Ela esperava ter feito o suficiente para evitar mais violência, contra Leukipe ou ela mesma. E, enquanto caminhava, rezou em seu íntimo para que a participação de Eudora no esquema tivesse passado despercebida.

Um pensamento esperançoso a atingiu quando chegaram à entrada do palácio: Agamêmnon deduzira que ela fora motivada pelo ciúme, que estava apenas tentando se livrar de uma rival. Ele não fizera nenhuma menção a Calcas ou à parte dele nisso. O sacerdote arriscara mais do que humilhação ou uma surra ao tramar contra o rei, mas parecia que estaria a salvo de retribuições. Pelo menos isso.

18

Helena

FAZIA POUCO MAIS DE DOIS MESES DESDE QUE HELENA dera à luz Hermíone. Após o trauma inicial e a recuperação gradual, auxiliada pela remoção da criança para outro quarto, Helena estava preocupada com um novo medo: que Menelau desejasse começar a deitar com ela novamente. Não era o ato que ela temia, se acostumara a ele no um ano ou mais antes de Hermíone nascer, e estava curada o suficiente agora para não achar que doeria; eram as consequências que a aterrorizaram. Sexo significava filhos. E não havia nada que ela temesse mais do que outra criança dentro de seu corpo. A dor e o sangue – ela não seria capaz de fazer aquilo de novo. Escapara da morte uma vez, mas sabia que tinha sido por pouco. Tinha medo de desafiar as Moiras uma segunda vez. Helena amava a vida, e ainda tinha muito dela para viver. Não a jogaria fora por causa de uma criança, nem por causa do marido.

Ela sabia que era errado se sentir assim. Não é verdade que sempre lhe disseram que trazer um filho ao mundo era a maior alegria que uma mulher poderia ter, que era o maior presente que ela poderia dar ao seu reino? Falavam da maternidade como se fosse torná-la poderosa, mas apenas fez Helena se sentir descartável. Ela se perguntou se a irmã teve esse medo com as filhas. Não, achava que não. Nestra sempre fazia o que devia fazer, sempre se sentia como devia se sentir. Era ela, Helena, que sempre parecia estar seguindo o ritmo errado.

Até então ela havia conseguido evitar qualquer encontro íntimo com Menelau. Ele estivera dormindo em outro lugar durante a recuperação dela, mas nas últimas duas semanas ele tinha vindo e visitado seu quarto a cada dois dias. Ele não dizia por que tinha vindo, mas permaneceria parecendo incerto por algum tempo, às vezes começava uma conversa superficial. Ambos sabiam por que ele estava ali, mas nenhum deles admitia. Às vezes ele até a tocava, acariciava seu braço ou segurava a mão dela. Mas ela se afastava, fingia que não entendera sua intenção. Ela sabia que não poderia mantê-lo afastado dessa maneira para sempre, eventualmente ele perderia a paciência, mas por enquanto estava segura.

Helena estava tecendo em seu quarto esta noite. Ainda não era muito boa, mas descobriu que gostava mais do que costumava gostar antes. De certa forma, era meditativo passar a lançadeira de um lado para outro, construindo o tecido camada por camada. Não importava o que estivesse acontecendo, ela podia ficar aqui sentada a seu tear e esquecer que o resto do mundo existia.

Uma batida à porta do quarto quebrou essa ilusão. Helena parou a lançadeira e se virou para ver quem entraria. Quando o rosto apareceu por detrás da porta, um pavor nervoso tomou conta dela. Era o marido.

Helena permaneceu sentada em seu banquinho, sem vontade de diminuir a distância entre eles. Talvez ele visse que ela estava ocupada e fosse embora. Ou fingiria que tinha vindo apenas perguntar alguma coisa trivial, como às vezes fazia.

Mas não hoje. Ele tinha uma energia nova e decidida esta noite, quando entrou direto e fechou a porta atrás de si. Aproximou-se dela, com uma espécie de firmeza forçada em seus passos. Então, quando estava bem diante dela, colocou a mão em seu ombro, abaixou-se e beijou-a nos lábios.

Foi a primeira vez que se beijaram desde que ela tivera o bebê. E apesar de seu nervosismo, ela gostou. O contato, o carinho. Era suave, mas também firme, e ela se viu desejando mais. De repente queria que ele a envolvesse com seus braços fortes, que acariciasse seus cabelos, que lhe falasse que ela era linda, que a amava. Mais do que tudo era isso que ela queria, tudo o que ela sempre quis. E mesmo assim não era. Não mais. Não agora que ela sabia quais podiam ser as consequências disso.

Menelau tinha se endireitado, e ela ficou ali sentada o observando, dividida entre duas partes de si mesma. Devia afastar-se dele, recusá-lo. Mas estava sentada, com o tear atrás de si. Para onde poderia ir?

– Helena – chamou Menelau, antes que ela pudesse agir. – Você... está se sentindo bem?

Ela se levantou, sentindo-se presa de repente.

– Sim, estou bem – respondeu ela, passando ao redor dele. – Embora eu esteja bastante cansada. Eu realmente deveria ir para a cama...

Ela se afastou, mas ele lhe segurou o pulso, seu aperto suave, mas insistente.

– Helena – ele falou mais uma vez, virando-se para voltar a ficar na frente dela. – Eu tinha esperança... de que poderíamos dormir juntos. Como marido e mulher. Já que você está recuperada.

Ele finalmente falou. Aquelas palavras não ditas que estiveram pairando ao redor deles por semanas. Ela tentou puxar o braço, mas ele continuou segurando.

– É cedo demais – respondeu ela em voz baixa, sem encará-lo nos olhos.

– Já se passaram mais de dois meses – explicou Menelau. – Eu sei que o parto foi difícil para você, e não a perturbei. Mas você está curada agora. Não há necessidade de adiar mais. – Ele soltou o pulso dela, que agora estava frouxo, e segurou-a pela mão. – Precisamos de outro filho, Helena.

Ela sabia que não podia ser honesta com ele, que não podia lhe dizer que não queria outro filho, que era exatamente por isso que estava resistindo. Ele não aceitaria. Um rei deve ter herdeiros, e uma rainha deve dá-los a ele. Caso contrário, pensou com amargura, que serventia ela teria? Ele poderia permitir que ela adiasse mais um dia, mais uma semana, mais um mês, porém, mais cedo ou mais tarde, ela teria que cumprir seu dever. Era inútil tentar detê-lo.

Quando ele a beijou de novo, ela não se afastou. E quando ele começou a deslizar o vestido de seus ombros, ela permitiu.

☽

Depois que tinha acabado, Helena ficou acordada na cama, incapaz de dormir. Ela estava de costas, com as mãos sobre a barriga, encarando a escuridão espessa. Menelau já roncava.

Podia sentir a semente dele dentro de si, uma substância estranha, um veneno. Imaginou-a infiltrando-se na terra fértil de seu ventre, criando raízes, brotando como uma erva daninha. Deixava-a nauseada. Queria colocá-la para fora, alcançar com a mão e arrancá-la. Era sua própria morte, fermentando dentro dela. Conseguia sentir.

Ela estava começando a entrar em pânico. Por que permitiu que ele fizesse isso? Achou que conseguiria aguentar, que só precisava ter um pouco de coragem. Contudo estava errada.

Ela tinha que se livrar disso. Tinha que tirar isso de seu corpo. Tinha que se salvar.

Não havia tempo a perder. Ela saiu de debaixo das cobertas, tomando cuidado para não perturbar Menelau, e atravessou, silenciosa, o quarto. Recolocou o vestido depressa, tendo dificuldades com o tecido na escuridão, e então tateou até a mesa perto da porta. Agradeceu aos deuses quando suas mãos encontraram o jarro de água, ainda estava cheio pela metade. Ela o pegou, junto à lamparina ao lado, e saiu da câmara o mais silenciosamente que pôde.

As tochas no corredor ainda estavam acesas, então ela acendeu a lamparina e se apressou até seu destino, um quarto de hóspedes no final do corredor, que sabia estar vazio.

Helena entrou e fechou a porta atrás de si. À luz fraca da única lamparina que trouxera, ela examinou o cômodo, suspirando de agradecido alívio ao encontrar o que estava procurando. Um pequeno pedaço de esponja, deixado ao lado da banheira no canto do quarto. Ela teria dado um jeito sem isso, mas parecia um sinal, uma garantia de que estava fazendo a coisa certa.

Aproximou-se da banheira e tirou o vestido. Então, pegando o pedaço de esponja, mergulhou-o no jarro de água e colocou-o entre as pernas. Enfiou o máximo que pôde, torcendo enquanto avançava, depois retirou, lavou na água e recolocou. Repetiu o processo várias vezes, sentindo-se cada vez mais limpa, como se estivesse lavando a sujeira de uma ferida. Continuou, mesmo quando pensou que tudo já tinha saído. Precisava ter certeza. A esponja estava começando a deixá-la dolorida, mas não podia arriscar. Quando finalmente parou, suas costas doíam de se curvar e as pontas dos dedos estavam começando a ficar enrugadas. Ela apertou a esponja para secá-la e se endireitou.

Ela ficou ali, sozinha na escuridão, nua e tremendo. Agora que estava terminado, agora que não estava mais ocupada com sua tarefa, sentiu uma onda de emoção se avolumar dentro de si. Deixou que a dominasse por alguns minutos, o medo, a solidão e a culpa, permitiu que se espalhasse em ondas, que vazasse em lágrimas quentes e soluços silenciosos.

E então ela parou. Acalmou sua respiração, enxugou os olhos, colocou o vestido e voltou para o próprio quarto.

19

Helena

NO DIA SEGUINTE, HELENA ESTAVA EXAUSTA. DEPOIS de sua viagem pelo corredor, ficou acordada o resto da noite, preocupada. Tinha se livrado de tudo? Alguém a vira? O que Menelau faria se descobrisse? O que *ela* faria da próxima vez que ele quisesse se deitar com ela?

Ela estava em seu quarto como de costume, fiando lã na companhia de Adraste. A criada estava conversando ao fundo, mas Helena estava cansada demais para ouvir. Ela estava observando o fuso girar na ponta do fio. A rotação interminável tinha uma qualidade hipnótica, e seus olhos começaram a se fechar, ela começou a cabecear.

– Senhora? – A voz preocupada de Adraste a acordou, e ela se sentou sobressaltada. – Você caiu no sono, senhora. Isso não é do seu feitio. Não está se sentindo bem?

Helena ficou envergonhada por ter sido pega cochilando e começou a se ocupar com sua lã.

– Não, não. Estou bem – respondeu. – Apenas um pouco cansada. Continue com o que estava falando. Algo sobre seu irmão… ou seu tio…

– Desculpe, senhora, mas não parece nada bem. Está com olheiras horríveis. Parece que não pregou os olhos. – Adraste a observava, seus calorosos olhos castanhos repletos de preocupação.

Helena não tinha certeza de como responder. Não podia negar, a prova estava em seu rosto. No entanto, não podia contar a verdade a Adraste, podia? Por fim, decidiu pelo menos dizer metade da verdade.

– O rei veio até mim ontem à noite... – ela começou, mas Adraste interrompeu.

– Ah, senhora... eu não fazia ideia – ela disse, um rubor surgindo em suas bochechas pálidas. – Não diga mais nada, eu entendo. Eu não deveria... ah... perdoe a minha intromissão, senhora.

Então, depois de uma breve pausa, na qual a aia fingiu estar ocupada com sua lã, ela comentou:

– Ah, mas isso é bom, não é? Fico feliz que a senhora esteja bem o bastante para... sabe. E em breve terá outro lindo bebê, se for da vontade dos deuses. Estou muito feliz pela senhora.

De repente, para a própria surpresa, havia lágrimas nos olhos de Helena, e, antes que ela pudesse impedi-lo, um soluço irrompeu de sua garganta. Ela virou o rosto para não encarar Adraste, mas não havia como esconder.

– Ah, senhora! – exclamou a aia, estendendo a mão para tocar o joelho de Helena. – O que há de errado? Eu falei algo que não deveria? – A moça fez uma pausa, e Helena podia sentir o olhar preocupado e intenso no rosto da outra, procurando uma resposta que não podia dar.

– Eu não me preocuparia, senhora – disse ela por fim, apertando o joelho de Helena de forma tranquilizadora. – Tenho certeza de que poderá ter mais filhos.

Mas essas palavras foram como óleo atirado em chamas e produziram outro soluço trêmulo do peito de Helena.

Adraste parou de falar agora, claramente percebendo que estava deixando tudo pior. Helena levou alguns momentos para se controlar e, quando enfim encarou a aia, os olhos da garota estavam tão cheios de apreensão que não pôde deixar de sentir pena dela.

– Está tudo bem, Adraste – declarou Helena, colocando a mão em cima da que ainda descansava sobre seu joelho. – Estou bem.

– Mas você não está, senhora – replicou a aia, olhando inquisitivamente para o rosto lavado de lágrimas de Helena. – Você não quer me dizer qual é o problema para que eu possa ajudá-la? Pode confiar em mim, senhora. Eu prometo.

Helena encarou os olhos da outra garota, sinceros e sérios. De fato *confiava* nela. E talvez ajudasse compartilhar seus medos, contar a alguém o que estava sentindo. Sentia-se tão sozinha.

Devagar, e com muita hesitação, revelou o que havia feito na noite anterior e por quê.

Quando terminou, as duas ficaram em silêncio, até que Helena finalmente perguntou:

– O que eu fiz foi errado? Você acha que sou uma má esposa?

– Não, senhora – replicou Adraste, após uma breve pausa. – Entendo por que não quer outro bebê ainda. O último foi tão difícil para você... talvez seja melhor esperar um pouco, até que esteja pronta.

Helena assentiu em resposta, mas sabia que Adraste não a entendera totalmente. Ela não estava apenas tentando adiar a gravidez, mas impedi-la por completo. Não tinha a intenção de ter outro filho, não se pudesse evitar. Mas ela tinha a sensação de que isso seria mais difícil para sua aia entender, quanto mais apoiar. Afinal, de que valia uma mulher se não tivesse filhos? Era uma vida triste, uma vida antinatural, e ainda mais antinatural era a mulher que a escolhia. Não podia suportar contar à amiga a verdadeira extensão de seus sentimentos, não podia suportar ver aqueles olhos calorosos endurecerem de nojo, sentir sua mão reconfortante se afastar com medo, então não falou nada.

– Sabe, senhora... – continuou Adraste, encarando a lã. – Existem... métodos que as mulheres usam, quando não querem... – Lançou um olhar furtivo para Helena. – Já ouvi algumas delas mencionarem essas coisas. Há uma mulher, não muito longe, a quem procuram... Talvez ela tenha algo que possa ajudá-la.

Helena estava encarando diretamente sua aia agora. Tentou manter a expressão calma, mas por baixo do vestido seu coração estava martelando. Havia *outras* mulheres? Outras que buscavam evitar aquele inchaço aterrorizante? Outras que *falavam* disso, como se não fosse o maior pecado de seu sexo desejar a esterilidade onde deveria haver vida? Helena sentiu-se estranhamente aliviada. Mais leve, por não estar só em sua antinaturalidade. E, no entanto, também sentia raiva, por ninguém jamais ter falado dessas coisas com *ela*.

– Eu poderia descobrir onde ela mora – ofereceu Adraste. – Poderíamos ir até ela. Juntas.

Helena apertou a mão da garota com mais força do que pretendia.

– Está falando sério, Adraste? Você iria comigo? – ela respirou. – Mesmo que isso significasse mentir para o rei?

Helena pensou ter visto um lampejo de medo nos olhos da aia, mas a moça assentiu.

– Você é uma boa amiga, Adraste – declarou Helena, um sorriso de gratidão e alívio surgindo em suas faces. – Iremos amanhã.

☾

Naquela noite, com o pulso acelerado, Helena contou a Menelau seus planos de deixar o palácio. Ela disse que precisava sair, ver o sol, depois de seu longo confinamento. E havia um santuário rural não muito distante, que ela desejava visitar. Dizia-se que os deuses respondiam às orações daqueles que deixavam oferendas ali, e ela queria pedir-lhes que lhe dessem outro filho. Era uma mentira descarada, ela sabia. Mas também sabia que o marido não se oporia a tal missão.

A princípio ele insistiu que ela levasse guardas, como ela temera que ele fosse fazer, mas ela respondeu dizendo que o santuário era apenas para mulheres, e que levaria sua aia consigo como companheira de viagem. Como ele ainda não se mostrou satisfeito, ela falou que se vestiria como uma mulher comum, e que duas mulheres humildes chamariam menos atenção do que uma rainha e sua comitiva.

Finalmente, graças aos deuses, ele cedera. E assim, naquela manhã, Helena e Adraste partiram, vestidas com simplicidade, envoltas nos véus humildes e práticos que eram usados pelas mulheres trabalhadoras. De certa forma, era libertador sair para o mundo não como a rainha Helena, mas como apenas Helena, uma garota de dezessete anos em uma aventura com uma amiga. Havia quase uma leveza em seus passos, conforme elas saíram do palácio. Ela se sentia livre e estimulada pela esperança de garantir mais liberdade quando chegassem ao seu destino.

Foi uma longa caminhada, mais longa do que Helena estava acostumada nos últimos anos, de qualquer maneira. As solas de seus pés doíam quando de repente Adraste parou.

– Acho que é aqui – declarou ela, apontando para um pequeno prédio a meio caminho do topo da colina diante delas.

– Tem certeza? – perguntou Helena, olhando com ceticismo para a pequena cabana. Parecia pouco mais que um abrigo para cabras. Ela estava esperando algo mais… impressionante.

– Sim, acho que sim – respondeu Adraste, indo em direção ao prédio, levantando as saias antes de subir. – Este é o lugar que elas descreveram – respondeu ela por cima do ombro.

Helena não teve escolha a não ser seguir sua companheira. A cabana estava mais acima na colina do que ela havia estimado, e seus pulmões estavam queimando, quando elas finalmente pararam do lado de fora da porta de madeira empenada. As duas moças se entreolharam.

– Quer que eu bata, senhora? – sussurrou Adraste, soando como se realmente preferisse não fazê-lo.

– Não sei – sussurrou Helena de volta. – Agora que estou aqui... Acha que podemos confiar nessa mulher? E se ela contar para alguém? Ou... ou se ela for algum tipo de bruxa? Quem sabe o que ela fará conosco?

– Mas viemos até aqui, senhora, e...

De súbito, a porta se abriu. E diante delas estava uma velha, pequena, mas de aparência robusta, com a pele bronzeada curtida como couro e um manto gasto ao redor dos ombros. Seus olhos astutos examinaram as duas jovens.

– Posso ouvir vocês, sabem – exclamou ela. – E não sou uma bruxa.

Helena corou e sorriu se desculpando.

– Nós... ouvimos dizer que você pode nos ajudar – explicou ela, sua voz esganiçada de nervoso. – Quer dizer, pode me ajudar.

A mulher a olhou de cima a baixo.

– Se veio em busca de uma purga, não posso ajudá-la. Meu chumbo acabou e...

– Não, não – retrucou Adraste. – Não é isso. Ela quer algo para impedir antes que comece. Algo para impedir a semente.

A mulher ainda estava olhando para Helena enquanto Adraste falava, e não respondeu logo. Helena teve medo que ela fosse mandá-las embora, e isso a fez perceber que, bruxa ou não, queria a ajuda dessa mulher.

Depois de algum tempo, a mulher declarou:

– É melhor vocês entrarem.

A sala era tão pequena quanto parecia do lado de fora, com as brasas de uma fogueira ardendo no centro. A mulher acenou para dois bancos, seus assentos desgastados por visitantes anteriores, e se arrastou até um baú de madeira no canto da sala. Depois de mais ou menos um minuto vasculhando e inspecionando, a velha veio e sentou em um terceiro banco, com um pequeno pote em cada uma de suas mãos envelhecidas.

– Agora, antes que eu lhe dê qualquer coisa, você vai ter que provar que tem condições de me pagar – declarou a mulher, segurando os potes junto ao peito. – Embora eu não ache que isso vai ser um problema para vocês, senhoras – acrescentou ela com um sorriso astuto.

Helena ficou preocupada de súbito, e isso deve ter transparecido em seu rosto.

– Não se preocupe, menina. Você ficaria surpresa com quantas mulheres nobres vêm bater à minha porta. Não vou perguntar seu nome se você não perguntar o meu. – Então ela colocou os potes no colo e se inclinou um pouco para a frente, uma mão enrugada estendida. – Agora, o que você tem para mim?

Helena lançou um olhar nervoso para Adraste, que assentiu, então ela colocou a mão dentro do vestido e tirou uma bolsinha de tecido. Ela a abriu e virou o conteúdo na palma da mão: um longo colar de contas de ametista polidas. Ela as havia tirado da caixa de seu dote, eram as pedras mais límpidas que conseguiu encontrar, e ficou satisfeita com sua escolha. Ela observou o rosto enrugado da mulher com antecipação.

Com os olhos semicerrados, a velha estendeu a mão e pegou o cordão, balançando-o à luz da pequena janela.

– Eu estava esperando um pouco de vinho, ou talvez um xale novo, mas isso vai servir bem – declarou ela, olhando para as pedras lisas. – Sim, muito bom. Você pode ter tudo por isso. – Então ela escondeu as contas nas dobras de sua roupa.

De repente, uma pergunta borbulhou nos lábios de Helena, e saiu antes que ela pudesse parar.

– Por que você mora aqui, se tem mulheres ricas lhe pagando, como diz? Só essas contas valem… bem, valem muito. Com certeza você poderia pagar por um lugar menos… remoto.

– Você quer saber por que moro neste casebre esquecido pelos deuses, hein? É isso? – perguntou a mulher com uma risada. – Bem, eu morava perto de Amicleia, era um bom lugar. Mas as pessoas eram o problema. Nem todo mundo vê com bons olhos o que eu faço, entende. Então é mais seguro estar aqui. E acho que as cabras são vizinhas menos críticas – acrescentou ela com um sorriso desdentado.

Helena sorriu, mas não pôde deixar de sentir um pouco de pena da mulher. Que tipo de vida ela levava, aqui sozinha? E ainda assim parecia que a mulher sempre tinha um sorriso nos lábios. Ela podia estar sozinha, mas também estava livre. Helena sentiu algo estranho misturar-se à sua pena. Seria inveja?

– Agora que me pagou, é melhor eu cumprir minha parte. – A expressão da mulher ficou mais séria. – Sua amiga diz que você quer impedir o crescimento de um bebê, certo? E você tem certeza de que já não tem nenhum aí, tem?

Helena assentiu.

– Como você sabe? – perguntou a mulher. – Você deve ter um homem visitando você, ou não teria vindo até mim. Como sabe que a semente dele ainda não germinou? Se tiver, tudo isso será em vão.

Helena hesitou. Já tinha sido difícil falar dessas coisas com Adraste. E, no entanto, a mulher falava com tanta naturalidade que Helena duvidou que algo a chocasse.

– Tive um bebê há pouco tempo – ela começou em voz baixa. – Então meu marido e eu não estivemos... mas então ele me visitou duas noites atrás, e ele... colocou sua semente em mim. Mas eu lavei para que não crescesse. Lavei tudo.

– Você lavou? – repetiu a mulher. – O que você quer dizer?

– Eu usei uma esponja. Coloquei lá em cima e... lavei – explicou Helena, mas estava se sentindo cada vez mais incerta enquanto a mulher a encarava.

– Ah, criança. Isso não vai funcionar – respondeu ela, balançando a cabeça. – Não, não. Não é assim... aqui, deixe-me mostrar a você.

Com isso ela ficou de pé e olhando ao redor da sala enfumaçada. Depois de um momento, pegou um pequeno odre de couro e se arrastou de volta para seu assento.

– Veja, menina, o ventre de uma mulher... você sabe o que é isso, não sabe? Onde o bebê cresce? Bem, um útero é como este odre aqui, exceto de cabeça para baixo. – Ela virou o odre de forma que a rolha apontasse para o chão. – Esta parte aqui é onde o bebê cresce – explicou ela, apontando. – E essa parte é o que chamamos de gargalo – ela continuou, indicando a parte inferior com a rolha. – Bem, a semente de um homem é pequena, entende, então pode passar pelo gargalo e entrar no útero e se transformar em um bebê. Mas, se você tentar limpá-la, não vai conseguir passar pelo gargalo, nem com a mão, nem com uma esponja. A abertura é muito pequena. O que você precisa fazer é impedir que isso aconteça em primeiro lugar.

Helena assentiu para mostrar que entendia, mas suas bochechas estavam queimando de vergonha. Ela era uma mulher adulta, já tivera um bebê, e ainda assim ela não sabia nem isso sobre o próprio corpo. O quanto essa mulher devia pensar que ela era estúpida. Mas como poderia saber? A mãe nunca havia conversado com ela sobre essas coisas, nem Thekla, nem Nestra. Talvez nem elas soubessem. Afinal de contas, não era necessário saber de nada para ter um bebê dentro de você. Era impedi-lo que exigia aprendizado, ao que parecia.

– Está tudo bem, criança. Tenho certeza de que você fez o melhor que pôde – consolou a mulher com um sorriso simpático. – Mas você precisa entender essas coisas, para que eu possa ajudá-la.

Helena assentiu mais uma vez. Mas então um pensamento assustador surgiu em sua mente.

– Se eu não limpei, isso quer dizer que ainda está dentro de mim? Um bebê vai crescer? – Helena se sentiu mal ao pensar que todos os seus esforços poderiam ter sido em vão, a ideia de que a semente dele pudesse estar brotando dentro de si agora, sendo impotente para detê-la.

– Talvez sim. Talvez não – respondeu a mulher. – Foi apenas uma vez, você disse? Há uma boa chance de que nada aconteça. – Ela fez uma pausa, parecendo pensativa. – Mas se isso acontecer, volte até aqui e farei o possível para ajudá-la. Até lá devo ter os suprimentos.

Helena lembrou do que a velha falara quando elas chegaram, algo sobre uma "purga". Parte dela queria perguntar o que aquilo significava, mas a expressão sombria naquele rosto enrugado lhe dizia que era melhor não saber.

A mulher reajustou suas rugas em um sorriso tranquilizador e continuou.

– Com o que precisamos nos preocupar agora é como vamos impedir da próxima vez. E é aí que eles entram – declarou ela, segurando os dois potes que repousavam em seu colo.

– O que são? – perguntou Helena, olhando-os com tanta curiosidade quanto suspeita.

– Este aqui está cheio de resina de cedro – explicou a mulher, passando para Helena o pote ligeiramente maior dos dois. – Lembra daquele gargalo de que eu estava falando? Bem, você precisa pegar um pouco disso em seus dedos e colocar lá, *antes* que ele se deite com você. Isso é muito importante.

Helena tirou a tampa do frasco e cheirou dentro. O cheiro não era desagradável, e ela achou que parecia ser uma tarefa bastante simples.

– Sim, consigo fazer isso – respondeu.

– Bom – disse a mulher –, mas você vai querer isso também – acrescentou, entregando a Helena o segundo frasco.

Ela abriu e cheirou o conteúdo.

– É mel! – exclamou, surpresa ao sentir o cheiro de algo familiar. – Eu apenas o coloco lá dentro igual à resina?

– Não exatamente – respondeu a mulher. – Flutuando no mel há um torrão feito de... várias coisas. Depois de colocar a resina de cedro, retire o torrão e coloque-o lá também, o mais alto possível; e certifique-se de mergulhar no mel novamente quando terminar. Vai impedir que a semente entre no gargalo, igual a esta rolha aqui – disse ela, apontando para o odre que agora estava no chão.

Helena estava menos certa sobre este segundo frasco.

– O que exatamente tem nesse... torrão? – ela perguntou.

– Bem... há algumas lascas de acácia e algumas de artemísia – a mulher respondeu, sem olhar Helena nos olhos. – E o esterco de ovelha, claro...

– Esterco de ovelha?! – Helena balbuciou, empurrando o pote para longe de si. – Espera que eu coloque esterco de ovelha... lá dentro?

– Sim, se você quiser impedir que um bebê cresça – a mulher respondeu, num tom cortante. – Foi você quem veio me pedir ajuda, e esta é a ajuda que estou oferecendo. Se você não quer...

– Não – respondeu Helena. – Desculpe, é só que...

– Não precisa usar os dois se não quiser – explicou a mulher, seu tom um pouco mais suave. – Mas depende do quanto isso importa para você. Esses remédios são os melhores que tenho, mas isso não quer dizer que com certeza funcionarão. Terá melhores chances se usar tudo que tem e esperar pelo melhor. Mas se você está disposta a correr o risco... – disse ela, estendendo a mão como se fosse pegar de volta o pote com mel.

– Não – exclamou Helena, segurando os dois potes com força. – Eu vou levá-los.

– Muito bem – replicou a mulher, recolhendo a mão. – Apenas certifique-se de usá-los como eu expliquei.

Helena assentiu.

– Bem, se isso é tudo, é melhor vocês irem embora – declarou a mulher, levantando-se sobre suas pernas finas. – Este vale não é lugar para garotas quando a noite começa a cair.

Elas deixaram a cabana, os potes guardados em segurança nas dobras das roupas de Helena. Mas quando ela e Adraste estavam prestes a descer a colina, a mulher segurou o pulso de Helena para detê-la.

– Eu dei pra você o que eu podia, garota, e queiram os deuses que funcione – ela falou com voz séria. – Mas a melhor maneira de ter certeza de que está evitando um bebê é aquela que você já conhece – continuou ela, encarando Helena significativamente. – Toda vez que ele se deita com você, há um risco. Apenas lembre-se disso.

20

Klitemnestra

ERA O PRIMEIRO DIA DA LUA NOVA, POR ISSO KLITEMNESTRA estava sentada na Sala da Lareira, ouvindo as petições com o marido. Ela havia sido pega de surpresa esta manhã, quando ele foi ao seu quarto e pediu que se juntasse a ele, mas sua surpresa foi superada pelo alívio. Ele não permitira que ela participasse da última, tendo ocorrido tão pouco tempo após sua transgressão. E, embora ela soubesse que ele ainda estava zangado, que ele não tinha dormido na cama deles desde o incidente, que hoje poderia não ser mais do que uma exibição pública, uma demonstração de que ela havia sido domada; ainda assim, ela tinha a esperança de que este pudesse ser o início da sua reconciliação. Ele a estava trazendo de volta para sua vida, e ela se agarrou a esse pensamento como se fosse uma tábua de salvação.

Ela precisava do marido, havia percebido. Sua vida já pequena se tornara ainda menor sem a companhia dele, sem suas visitas ao quarto dela, sem suas notícias do mundo além de Micenas. E ela percebia que as meninas sentiam falta dele. Ele ainda as visitava, é claro, mas seus modos eram mais rígidos, suas atenções mais restritas ao dever. Por algum tempo, eles haviam sido uma família, e Klitemnestra não queria nada mais do que torná-los uma novamente.

Ela havia se comportado da melhor forma possível durante toda a manhã, mantendo a cabeça baixa, para não parecer muito orgulhosa, e segurando o véu sobre o rosto, mesmo que fosse desnecessário, na tentativa de reforçar sua modéstia. Não ousou dizer uma palavra ao marido e, em vez disso, declarou sua deferência a ele com seu humilde silêncio. Ela sabia que esta era a melhor maneira de agir se quisesse obter o perdão dele. Havia sido a ousadia dela que o enfureceu, sua independência de vontade. Ela precisava assegurá-lo de que ele havia apagado aquele fogo e esconder as brasas que ainda ardiam dentro de si.

Era meio-dia agora, então houve uma pequena pausa nas petições enquanto um pouco de comida e vinho foram trazidos até o salão. A refeição foi colocada em uma mesa ao lado de Agamêmnon, no lado de seu trono oposto onde Klitemnestra estava em sua cadeira de madeira esculpida. Ele havia ordenado isso intencionalmente?, ela se perguntou. Ainda estava punindo-a?

Ela estava com fome e com sede também, mas mesmo agora sua humildade não a havia rebaixado a ponto de implorar. Então ela decidiu ignorar a refeição, olhar para frente e manter as mãos no colo até que ele terminasse.

Então ela sentiu algo bater em seu braço. Virou-se para ver que era uma taça de vinho, na mão de dedos grossos de seu marido. Ele a estava oferecendo, percebeu, e se apressou para pegá-la.

– Obrigada – agradeceu ela em pouco mais do que um sussurro, e ficou surpresa com o quanto esse pequeno gesto significava para ela. E quando ele lhe passou um figo também, ela não pôde deixar de sorrir para ele.

Ele apenas grunhiu em resposta, mas Klitemnestra sentiu um calor esperançoso se espalhar por ela enquanto mordiscava a polpa doce do figo. Ele ainda se importava com ela. Ela sabia disso agora. E isso significava que ainda havia uma chance de encontrar felicidade e harmonia em sua vida compartilhada. Parecia que um peso terrível estava sendo removido de seu peito enquanto ela sorvia seu vinho em silêncio.

Assim que terminou de comer, Agamêmnon acenou para que o resto da comida fosse retirado. Então ele chamou pelo salão seu arauto, que estava na entrada.

– Deixe o próximo entrar, Taltíbio – ele bradou. – Não quero ficar aqui a tarde toda.

O arauto assentiu, desapareceu por um momento, depois voltou e anunciou o próximo peticionário.

– Calcas de Argos, filho de Testor, vidente e sacerdote de Paian Apolo.

O calor que havia se espalhado por Klitemnestra antes se transformou em um calafrio, e ela tentou não deixar seu alarme transparecer enquanto o sacerdote entrava no salão.

Agamêmnon terminou de servir mais uma taça de vinho e ergueu os olhos para ver quem havia entrado.

– Ah. Já não esteve aqui antes? Você parece familiar – comentou ele casualmente, girando o vinho na taça.

– Sim, meu senhor – respondeu Calcas, encarando Agamêmnon diretamente. Klitemnestra sabia que ele devia tê-la visto sentada ao lado do rei, mas parecia determinado a não olhar para ela. Era grata a ele. – Vim duas luas atrás, em nome do meu templo. Estávamos preocupados com a garota, Leukipe.

Ele não tinha vindo no mês passado, quando ela não estava aqui. Uma sábia decisão, pensou Klitemnestra. A raiva de Agamêmnon teria estado recente demais, e ele poderia ter adivinhado o envolvimento do sacerdote na trama. Ela tentou acalmar as mãos trêmulas com outro gole de vinho.

– Ah, sim – replicou Agamêmnon, endireitando-se um pouco. – Sim, agora eu me lembro. Bem, posso garantir que ela está perfeitamente bem.

– Pode até estar – retrucou Calcas, que parecia estar reprimindo o impulso de contestar a declaração do rei. – Mas não vim apenas perguntar pela garota. Em vez disso, tenho a intenção de levá-la de volta ao templo.

– Sim, era isso que você queria da última vez – comentou Agamêmnon, parecendo irritado. – Bem, minha resposta ainda é a mesma. A garota fica comigo. Nada mudou, então se isso é tudo que você veio pedir, é melhor você ir embora...

– Perdoe-me, meu senhor – interrompeu o sacerdote –, mas algo mudou. – Ele deu um passo à frente, seu cajado enfeitado fazendo um baque surdo e agourento no chão de pedra do salão. – Não sou apenas um sacerdote, mas também um vidente, meu senhor. Apolo me abençoou com o dom da previsão e a capacidade de compreender a vontade dos deuses. E vim para lhe dizer que essa garota lhe trará perigo. Ártemis está enraivecida porque uma de suas devotas foi tirada dela e profanada. Ela está zangada com você, meu senhor, e vai puni-lo. Eu tive uma visão. A única maneira de conter a raiva dela é devolver a garota. Foi por isso que eu vim, meu senhor. Para avisá-lo e salvá-lo. Deixe-me levar a garota e estará seguro.

Agamêmnon escutou em silêncio o que Calcas tinha a dizer, suas grandes mãos agarrando os braços de seu trono.

– Por que eu deveria acreditar em você? – perguntou ele por fim. – Seus poderes de adivinhação não são do meu conhecimento. Por que eu deveria acreditar em sua palavra? – Ele se mexeu no assento. – Talvez queira a garota para você mesmo, hein? É isso? A lembrança daqueles seios brancos o mantém acordado à noite, sacerdote? – Ele soltou uma risada baixa que soava como um latido. Então, com maior seriedade, declarou – A garota é minha e não vou dar ouvidos às suas mentiras.

Klitemnestra podia ver a raiva nos olhos de Calcas. Ela temia que ele fosse dizer ou fazer algo tolo, mas tentou esconder sua preocupação.

– Não são mentiras, meu senhor. A deusa está com raiva e o senhor irá pagar por isso.

– Isso me parece uma ameaça – rosnou Agamêmnon, levantando-se um pouco da cadeira. – Já ouvi o bastante disso. Guardas! – ele gritou, e em segundos eles estavam no salão. – Levem este homem embora – ordenou.

– Por favor, meu senhor – gritou Calcas enquanto os guardas o pegaram pelos braços e o arrastaram para fora do salão. – Precisa ouvir, meu senhor! Está em perigo! Deve abrir mão da g…

Um dos guardas lhe deu um soco no estômago e suas palavras foram substituídas por um grunhido de dor. E antes que pudesse reunir fôlego bastante para dizer mais alguma coisa, ele se foi.

O coração de Klitemnestra batia rápido no peito. Ela sentia por Calcas. Sabia de seu desespero, tinha visto em seus olhos ferozes conforme ele era arrastado para fora do salão, mas ele tinha corrido um grande risco ao vir ali. Ela sabia muito bem que seu marido iria explodir antes de se dobrar. Mas então, se ela estivesse no lugar dele, se Leukipe fosse Helena ou uma de suas próprias filhas, o que ela faria? Ela lutaria até o fim.

Ela se sobressaltou quando Agamêmnon se dirigiu a ela de repente.

– Esses fanáticos religiosos, hein? – comentou ele, e soltou uma risada gutural. – Mande entrar o próximo, Taltíbio!

21

Helena

TRÊS MESES SE PASSARAM DESDE QUE HELENA VISITOU a mulher nas colinas, e três vezes ela agradeceu aos deuses quando seu sangue veio. Ela estava usando os remédios como a mulher havia instruído, aplicando-os todas as noites para o caso de o marido decidir se deitar com ela. No início, ela ficou preocupada que ele pudesse descobrir, que ele pudesse sentir o cheiro ou os remédios, mas, depois das primeiras vezes, seu medo diminuiu. Ele se deitava com ela como sempre fez, com vigor, como se cumprisse um dever e em silêncio.

Às vezes, lembrando-se das últimas palavras da velha para ela, dizia a ele que estava cansada ou que se sentia mal. Normalmente, ele aceitava essas desculpas e a deixava em paz, mas ela sentia que ele sabia que eram apenas isso: desculpas. Helena não gostava das mentiras, dos segredos, dos propósitos contraditórios. Sentia que ela e Menelau estavam mais distantes do que nunca. Não era o que ela queria, mas também não podia acabar com a mentira, entregar-se ao destino e jogar sua vida ao vento. Ela tinha que sobreviver.

Era o meio da tarde e Helena estava em seu quarto, fiando lã com Adraste e Alkipe. As três estiveram conversando e rindo o dia todo, tanto que as bochechas de Helena estavam começando a doer. Ela não ria tanto há meses. Houve o horror do parto, e então ela esteve tão ansiosa quanto a se deitar com o marido, quanto ao risco de ter outro filho. O medo sempre esteve lá em sua mente. Mas agora ela descobriu que estava finalmente começando a relaxar. Três meses e três sangramentos, e nenhum bebê. Parecia que aqueles potes preciosos estavam fazendo seu trabalho.

Houve uma batida inesperada na porta.

– Quem é? – chamou Helena, ainda dando risadinhas da imitação de Adraste do tímido carregador de água que ela dizia estar apaixonado por Alkipe. Alkipe, com as bochechas rosadas, também estava rindo, dando tapinhas em Adraste para fazê-la parar.

A porta se abriu e Menelau entrou.

O riso morreu como uma chama apagada. As servas de Helena se levantaram e inclinaram a cabeça.

– Preciso falar a sós com minha esposa – declarou Menelau.

Enquanto as aias saíam apressadas do quarto, Helena começou a entrar em pânico. Por que ele as tinha mandado embora? Ele pretendia se deitar com ela? Era cedo demais, ela não tinha se preparado. Ele geralmente não vinha antes do anoitecer. Será que conseguiria dar uma desculpa?

Antes que ela pudesse decidir o que fazer, eram apenas ela e o marido. E ele estava se aproximando.

– Eu estava prestes a ir ver Hermíone – ela mentiu, levantando-se como se fosse sair.

– Levará apenas um momento – explicou o marido, aproximando-se ainda mais. – Preciso falar com você.

O coração de Helena ainda estava acelerado, mas ela ficou onde estava.

– Está bem – assentiu. – Se não vai demorar muito.

Menelau ocupou um dos lugares ao lado de Helena e ela voltou a sentar.

– Estamos nos deitando juntos há vários meses, mas você ainda não está grávida – disse ele em voz baixa, rodando o anel de sinete enquanto evitava os olhos dela.

A ansiedade de Helena voltou a aumentar. Ele sabia? Era por isso que estava aqui? Pra confrontá-la? Para puni-la?

Ela não se atreveu a formar palavras para uma resposta, então, em vez disso, fez um pequeno ruído de confirmação.

– Achei que talvez fosse hora de pedir ajuda – continuou ele. – Para apressar as coisas.

O medo de Helena foi momentaneamente substituído por uma curiosidade cautelosa.

– Que tipo de ajuda?

Menelau se remexeu um pouco e pigarreou.

– Há uma caverna. A menos de um dia de viagem daqui – contou ele, lançando um olhar rápido para Helena e depois desviando de novo. – Dizem que é sagrada para Ilítia. E que, se um homem e uma mulher fizerem amor lá, a deusa lhes dará um filho.

Helena quase teve pena do marido. Ele estava tão desesperado para que ela ficasse grávida, e o pobre tolo não tinha ideia de que era ela, não os deuses, que estava impedindo a realização de seu desejo. Mas então ela se lembrou da dor e do sangue, da realidade do que o desejo dele significaria para ela, e sua pena se dissolveu em medo.

– Você quer que a gente vá até essa caverna? – ela perguntou, mantendo a voz firme.

– Sim – respondeu Menelau. – Amanhã. Está tudo preparado.

O medo de Helena aumentou. Parecia que a decisão já havia sido tomada; ela dificilmente poderia recusar. E se de fato funcionasse? E se a caverna fosse de fato especial? E se o poder da deusa fosse maior do que o de seus potinhos? O pânico estava subindo pela garganta de Helena, fazendo-a engasgar, sufocando-a. Mas o que ela poderia fazer?

– Muito bem – ela conseguiu dizer por fim. – Eu vou.

☽

O sol estava baixo no céu quando chegaram à caverna no dia seguinte. Apertando os olhos à luz daqueles raios ofuscantes, Helena examinou a abertura escancarada na rocha. Era larga e alta e a própria caverna parecia avançar alguma distância, de modo que suas profundezas desapareciam em uma escuridão desconhecida.

Um escravo apareceu ao lado do marido, segurando uma tocha acesa. Menelau pegou a tocha em uma mão e o pulso fino de Helena na outra, e com passos solenes a conduziu para dentro.

Helena aplicara a resina de cedro e o torrão de mel naquela manhã, nos poucos minutos em que ficara sozinha. Temia que o torrão saísse do lugar durante a viagem sacolejante pelas colinas, mas até onde podia sentir, ainda estava onde deveria estar. Entretanto, ela tentou não separar muito as pernas enquanto entravam na caverna. Talvez fosse bobagem, mas ela não queria correr nenhum risco. Sem seus remédios, que chance teria contra a deusa?

À medida que se aprofundavam na caverna, Helena imaginou aqueles olhos divinos observando-a, imaginou o hálito doce de Ilítia eriçando os cabelos de sua nuca. Ela estremeceu. Sua respiração começou a acelerar, seus pequenos arquejos altos no silêncio ecoante da caverna.

De repente, Menelau parou. Helena estava mantendo os olhos no chão irregular enquanto caminhavam, mas agora ela se permitiu olhar para cima.

À luz trêmula da tocha, ela julgou que estavam no fundo da caverna. O teto era mais baixo, as paredes mais estreitas, mas ainda era espaçoso. E à sua frente, mais alta do que ela, havia uma pedra enorme e arredondada.

– É esta – declarou Menelau em voz baixa, tocando a pedra de leve com as pontas dos dedos. – A pedra de Ilítia.

Às costas do marido, Helena contorceu o rosto. Era isso? Uma grande pedra? Não tinha nem um rosto. Mas então... as pessoas diziam que havia lugares que eram especiais, lugares onde os deuses viviam, em árvores comuns, rochas e nascentes. E seu marido comentara que havia histórias de pessoas que se deitaram aqui e foram abençoadas pela deusa. Talvez houvesse poder, afinal. Talvez de fato funcionasse. Esse pensamento fez o coração de Helena acelerar, seus músculos de repente ficaram tensos como se estivessem lhe dizendo para correr.

Entretanto ela combateu o instinto. Se corresse ou se recusasse, Menelau saberia seus verdadeiros sentimentos, saberia que ela estava agindo contra ele. Talvez encontrasse os jarros e os destruísse. O que seria dela então? Era mais seguro colaborar e esperar de todo o coração que a pedra fosse apenas uma pedra.

O marido estava orando agora, derramando uma libação e pedindo a bênção da deusa. Todo o tempo, Helena entoava uma contra-oração silenciosa em sua cabeça. *Que a semente não penetre. Que meu ventre continue estéril. Que a semente não penetre.*

Então a oração estava concluída, e Menelau voltou-se para ela. Helena ainda usava o leve véu de verão que havia colocado para a cavalgada, e ele cuidadosamente o levantou de sua cabeça. O gesto fez Helena recordar sua noite de núpcias, o medo e a vulnerabilidade que sentira então. Esses sentimentos ainda estavam com ela, mas não eram mais os de uma garota ingênua. Eram mais profundos, enraizados na experiência, regados com seu próprio sangue.

Ele estava soltando o vestido dela agora. Em silêncio, claro que em silêncio, ela estava acostumada a isso agora. Sem sussurros doces. O marido falava apenas quando era necessário falar. Agora era hora de agir.

O vestido estava em torno de seus pés e ela estremeceu na friagem da caverna. O único calor vinha da tocha, encravada entre duas rochas a poucos metros de distância.

Menelau tirou a túnica e olhou para ela. Helena se perguntou se o marido conseguia ver que ela estava tremendo, de frio, de medo. Ele se importava com a razão? Com a boca entreaberta e o olhar inseguro, ele examinou o rosto dela. Sempre havia esse momento de leve hesitação, como se ele fosse dizer alguma coisa, mas então seu corpo vencia sua língua.

Ele pôs as mãos nos ombros dela, em seguida, moveu-as para baixo, passando sobre seus seios, circundando sua cintura. Ela se encolheu quando alcançaram a malha de linhas irregulares que cortavam sua barriga. Ele reparava? Parecia que não, as mãos dele estavam famintas demais, agarrando seu corpo como se pertencesse somente a ele. Logo os dois estavam no chão da caverna; o corpo moreno e firme dele pressionado contra o corpo branco e macio dela. Era duro e desconfortável estar deitada contra a pedra áspera, mas Menelau não parecia se importar. Viera aqui por uma razão e iria alcançá-la. Mas com cada toque, cada impulso e suspiro abafado, Helena sentiu como se estivesse perdendo uma parte de si mesma, uma parte do controle que havia conquistado, a parede que havia construído. Encheu-a de terror ardente pensar naquela semente fatal, imaginar suas proteções falhando sob o ataque determinado tanto de Ilítia quanto de seu marido. Ela tensionou o corpo, como se pudesse se tornar parte daquele chão de pedra, impenetrável, impermeável. E mesmo quando ele terminou, ela ficou ali, rígida, sem vida, exceto pelas batidas furiosas de seu coração.

Passaram a noite na caverna; ele insistiu que deviam fazê-lo; e embora o marido logo estivesse roncando, Helena achou impossível dormir sobre a rocha dura. Ela estava congelando, apesar de ter recolocado o vestido. Parte dela queria aproximar-se de Menelau, abraçá-lo e compartilhar seu calor. Mas outra parte dela a advertiu contra isso. E se ele acordasse? E se ele quisesse tentar de novo, só para ter certeza? E havia algo mais mantendo-a afastada, também. Ela não conseguia se aproximar do homem que poderia ter causado a sua morte.

A tocha havia se apagado depois de pouco tempo após a chegada da noite, mas agora, depois de horas de total escuridão, um pouco de luz estava começando a penetrar na caverna. A manhã finalmente havia chegado. Ainda estava escuro, mas Helena ficou feliz em ver até mesmo um indício da aurora. Não tinha dormido, e todo o seu corpo doía por ela ter ficado deitada na pedra fria.

Ela se levantou e se espreguiçou, em parte esperando que seu movimento fizesse Menelau acordar para que pudessem ir embora. Funcionou, e ele se sentou.

– Já é de manhã? – ele perguntou, grogue.

– Sim, marido – respondeu Helena. Ela estava de pé a alguns passos dele com os braços em volta de si mesma, para que ele não tivesse nenhuma ideia.

Mas, para seu alívio, ele declarou:

– Fizemos o que era necessário. Devemos partir agora.

Eles não trouxeram pertences que precisassem ser recolhidos, então ele apenas se levantou e começou a seguir em direção à luz do dia.

Helena seguiu atrás dele. Mas quando estavam quase saindo, uma ideia lhe ocorreu. Ela parou.

– Marido, posso voltar para a pedra? Quero deixar uma oferenda para a deusa. Talvez se eu lhe der algo bonito, ela sorria para nós. – Ela tirou uma pulseira de ouro do pulso para mostrar o que pretendia.

– Sim – respondeu ele, após uma breve pausa. – Sim, volte. Vou esperar por você na entrada.

Ela assentiu e correu de volta para a caverna. Logo estava de volta à pedra e parou diante dela. Na escuridão, a enorme pedra pairava acima de Helena. De fato, ela tinha um poder estranho, uma espécie de presença inefável. Sentiu-se como se estivesse sendo observada, como se a pedra estivesse esperando para ver o que ela faria.

Helena pegou a pulseira e a jogou no fundo da caverna. Caiu em algum lugar no escuro, ela não se importava onde. Então aproximou-se da rocha e a chutou. O mais forte que podia sem se machucar. E mais uma vez com o outro pé. Então ela cuspiu nela e observou com satisfação enquanto sua saliva deslizava sobre a pedra imóvel.

Ela se sentia poderosa. Um pouco assustada, talvez, mas poderosa. *Vamos ver a deusa sorrir para mim agora*, pensou desafiadoramente.

Então ela correu de volta para a entrada e para o marido. Ele sorriu quando a viu, e ela se encolheu de culpa, quando os olhos esperançosos dele encontraram os dela. Mas ela não estava arrependida.

22

Klitemnestra

MAIS UM DIA, MAIS UMA TARDE AO TEAR. ENTRETANTO, como sempre, as meninas quebravam a monotonia. Electra estava andando com muito mais firmeza agora, e sua brincadeira favorita no momento era provocar Ifigênia para que a perseguisse pela câmara. A irmã mais velha estava se recusando a morder a isca hoje, no entanto, preferindo vestir e despir sua boneca favorita com a túnica e o manto em miniatura que Klitemnestra havia feito para ela. Electra estava começando a ficar de mau humor com a falta de atenção da irmã, e Ifigênia, apesar de sua impressionante paciência com Electra, estava ficando irritada.

– Electra – chamou Klitemnestra, interrompendo o trabalho. – Por que não vamos para o pátio? – Ifigênia podia ficar aqui com Eudora, pensou, e haveria mais espaço para Electra se cansar.

Electra pareceu animada com a ideia de deixar a câmara e foi de bom grado, segurando a mão da mãe e balançando-a agitada enquanto se dirigiam para o pátio. Klitemnestra gostaria de poder levá-la para fora, para rolar na grama e atirar pedras no rio como ela e Helena faziam quando eram crianças, mas Agamêmnon não permitia. Micenas não tinha a abertura de Esparta; para chegar ao ar livre era preciso sair da cidadela, ir além da cidade exterior. Não era seguro, seu marido insistia.

Nos últimos meses, desde a segunda petição de Calcas, Agamêmnon se abrandou em relação a ela. Agora, quando ele vinha ver as meninas, falava com ela também, perguntava se precisava de alguma coisa. Ele até havia compartilhado a cama dela algumas vezes e, embora a intimidade anterior ainda estivesse faltando, isso deu esperanças a Klitemnestra. Esperança de que ele ainda a desejava. Esperança de que, depois que ele se cansasse de Leukipe, voltaria para a esposa. Esperança de que um dia tudo seria como antes. Ela precisava apenas ser paciente.

Ela e Electra haviam chegado ao pátio agora, e assim que ela soltou a mão da filha, a menina saiu correndo, agitando os braços daquele jeito determinado dela. Klitemnestra a perseguiu de brincadeira, medindo seus passos para não alcançá-la rápido demais. Quando a pegou, fez cócegas em suas costelas para que ela gritasse, então a soltou novamente. Continuaram assim por algum tempo, Electra gritando e rindo, e Klitemnestra rindo tanto que precisou parar e recuperar o fôlego. Era uma alegria, brincar ao sol desse modo. Klitemnestra quase se sentiu como se fosse criança de novo, e todas as suas outras preocupações de repente pareceram não ter importância, enquanto corria de um lado para o outro, erguendo um pouco a barra das saias.

Depois de um tempo, além dos gritos e risadinhas, Klitemnestra percebeu outro som. No início, pensou que era apenas a agitação diária da cidadela, mas depois ficou mais alto e mais distinto. Um grupo de pessoas se aproximando, e algumas delas estavam gritando. Algo estava acontecendo, e estava vindo nesta direção.

Klitemnestra parou de rir e pegou Electra de verdade dessa vez. "Chega", disse, pegando-a pelo pulso e conduzindo-a de volta à câmara. Electra protestou de início, mas seguiu em frente quando ficou claro que a brincadeira havia acabado.

Klitemnestra ficou aliviada quando chegaram à porta do quarto. O que quer que estivesse acontecendo, não queria correr nenhum risco, não com as crianças. Melhor ficar na câmara e trancar a porta.

Não muito depois de ter feito isso, no entanto, houve uma batida urgente e uma voz familiar soou através da madeira.

– Senhora Klitemnestra? Está aí?

Embora estivesse feliz por ouvir alguém que conhecia, a urgência na voz de Taltíbio a assustou.

Ela destrancou a porta e a abriu o suficiente para ver o rosto sério atrás dela.

– É o rei, minha senhora – declarou o arauto, ofegante como se tivesse corrido. – Ele sofreu um acidente.

☽

Agamêmnon parecia em mal estado. Ele mal estava consciente e, quando estava, gemia de dor. Klitemnestra não estava acostumada a ver o marido tão vulnerável, e isso a abalou com um medo que ela não conhecera antes.

Ele caçava com alguns de seus homens quando seu cavalo foi surpreendido por um javali. Aparecera do nada, eles contaram, e avançou direto para os homens. O cavalo do rei empinou, jogou-o no chão e caiu em cima dele. A perna esquerda do rei havia torcido quando ele caiu, ao que parecia, e fora esmagada sob o peso do cavalo. Sem mencionar o corte na parte de trás de sua cabeça e os hematomas que já estavam surgindo nas costelas.

Ela não sabia se ele havia chamado por ela ou se havia sido convocada simplesmente porque era a rainha. Com o rei incapacitado, havia uma clara falta de liderança, mas em seu pânico Klitemnestra sentia que era uma má escolha para preencher o papel.

No entanto, ela tentou dominar a situação. Ordenou que o rei fosse colocado em um dos aposentos de hóspedes e enviou escravos para buscar água fresca e linho. Também mandou chamar o médico real e ordenou que todas as pessoas inúteis saíssem da câmara. Era muito caótico com todos zumbindo como moscas ao redor de um cadáver, mas tinha outro motivo também. Ela sabia que o marido não gostaria que todo o palácio o visse dessa maneira. Ele parecia tão frágil, tão mortal, tão fraco. Um rei não devia ser fraco.

Ela enxugou a testa dele com água fria, já tendo lavado e feito um curativo no ferimento na cabeça. Não era tão ruim quanto a quantidade de sangue a fizera temer.

O médico parecia mais preocupado com a perna do rei. Não parecia certa, estando em um ângulo um pouco estranho, e parecia inchar a cada minuto. Estava claro que era a principal fonte de dor e ele gritou lamentavelmente enquanto o médico a pressionou e examinou. Klitemnestra estremeceu com o som. Mesmo depois de tudo que passaram, ela se importava com o marido. Doía-lhe vê-lo assim e tinha medo de pensar no que poderia acontecer se ele morresse. Os homens de Micenas escolheriam um novo marido para ela? Ou eles abandonariam seu vínculo com Esparta e a expulsariam? E as filhas dela? Filhas não eram uma ameaça para um novo rei, falou para si mesma, e ainda assim elas poderiam ser usadas na luta pelo poder. Sentiu um aperto no peito e se forçou a respirar devagar. Ela estava deixando seus pensamentos se descontrolarem. O marido ainda estava vivo e era um homem forte. Ela tinha que manter a calma, por ele e por si própria.

Terminado o exame, Agamêmnon conseguiu se recompor um pouco. Ele finalmente pareceu registrar onde estava e quem estava sentado ao seu lado.

– ... Nestra... – gemeu baixinho, olhando para ela. Seus olhos ainda estavam cheios de dor, mas pelo menos eles estavam presentes agora.

– Sim, sou eu – respondeu ela, tocando o ombro dele com gentileza.

– O javali... o javali... – ele murmurou.

– Sim, um terrível acidente. Mas você está seguro ago...

– Não – retrucou ele, movendo-se de repente para segurar a mão dela. – Não foi um acidente. – Ele a estava encarando atentamente.

Klitemnestra olhou para ele, confusa.

– O que quer dizer? Alguém fez isso? – Ela não podia acreditar, mas ele parecia tão sério.

– Não... não alguém – ele murmurou, fazendo uma pausa enquanto aguentava uma onda de dor. – Era a deusa.

Klitemnestra ficou calada, sem saber como responder.

– Ártemis. Ela mandou o javali – continuou ele, apertando a mão dela. – O sacerdote... ele estava certo. Devemos devolver a garota. Você deve... se livrar dela.

Klitemnestra abriu a boca para responder, mas antes que pudesse pensar no que dizer, ele falou novamente.

– Livre-se dela – ordenou ele, e desmaiou.

☽

Ela enviou um mensageiro a Argos, e Calcas chegou no dia seguinte. O rei não estava apto para recebê-lo, então, como rainha, o dever recaiu sobre Klitemnestra.

Ela estava nervosa por voltar a ver o sacerdote. Ele ficaria grato por finalmente ter a irmã de volta? Ou com raiva por ter demorado tanto? Leukipe estava no palácio há quase seis meses. E havia outra coisa que a preocupava, mais do que qualquer outra coisa: Calcas não sabia da condição da moça.

As duas mulheres esperavam no Salão da Lareira, Leukipe em uma cadeira de madeira simples que havia sido trazida para esse encontro e Klitemnestra em seu habitual assento esculpido. O trono do rei estava vazio. Ela não tinha certeza se o salão era o lugar apropriado para tal troca, mas pelo menos era reservado. Havia um guarda na porta, mas fora isso eles não seriam supervisionados.

Leukipe batia os pés, nervosa. Klitemnestra estendeu a mão para a dela e a apertou. A garota sorriu de volta e pareceu se acalmar um pouco.

Não demorou muito para que ouvissem vozes fora do salão, e Calcas entrou. Seus olhos encontraram Leukipe imediatamente e ele começou a ir em direção a ela, um sorriso largo e aliviado no rosto. Leukipe arquejou de alegria e se levantou. Ao fazê-lo, as abas de seu manto se abriram e entre elas apareceu a curva arredondada de sua barriga.

Klitemnestra viu o rosto de Calcas mudar. Suas bochechas caíram e perderam a cor quando seus olhos escureceram com a compreensão.

Mas durou apenas um segundo, antes de Leukipe estar junto dele, com os braços ao redor de seu pescoço e o rosto em seu peito.

– Calcas – ela suspirou quando o soltou e olhou para ele. – Eu sabia que você viria. Sabia que não me abandonaria.

O sacerdote pareceu sair de sua paralisia e forçou um sorriso.

– Sim, é claro que vim – respondeu ele, e a abraçou.

Mas acima da cabeça da moça, os olhos dele encontraram os de Klitemnestra, e estavam cheios de medo.

Ela sabia que pensamentos perturbadores o dominavam, pois ela também havia lutado com eles. Quem se casaria com Leukipe agora? O que fariam com a criança? Que futuro poderia haver para os dois?

Mas Leukipe parecia não perceber a preocupação do irmão.

– Vamos para casa agora? Nesta tarde? – perguntou ela, esperançosa.

– Sim – respondeu o irmão, ainda lutando para superar seu desânimo. – Sim, vamos partir assim que pudermos, para estarmos de volta em casa antes do pôr do sol. – Seus olhos foram inevitavelmente atraídos de volta para a barriga dela e ele pareceu que ia dizer algo mais, mas não o fez. Em vez disso, virou-se com formalidade para Klitemnestra.

– Adeus, minha senhora. Duvido que nos encontremos de novo. Meus cumprimentos ao rei. – E então eles se foram.

Ela notou que ele conseguiu fingir uma reverência educada ao marido sem desejar que ele recuperasse a saúde, mas não podia dizer que o culpava. Era seu dever amar o marido, mas ele havia prejudicado aquela garota e sua família, e podia muito bem ter arruinado a vida de Leukipe.

Quando ela voltou para o quarto onde Agamêmnon jazia semiconsciente, sentou-se ao lado dele e serviu-lhe uma xícara de água com mel. Ao levá-la aos lábios dele e vê-lo beber, a testa sisuda enrugada pela dor, ela se pegou pensando que talvez o marido merecesse sofrer um pouco, pela dor que causara aos outros. Mas empurrou o pensamento para longe. Isso não era maneira de uma esposa pensar. Estava feito agora. Leukipe fora devolvida e Calcas não voltaria. Precisava se concentrar em fazer Agamêmnon recuperar a saúde por completo, e talvez então sua própria vida pudesse recomeçar.

23

Helena

MESES HAVIAM SE PASSADO DESDE A PEREGRINAÇÃO à caverna de Ilítia, e ainda assim a barriga de Helena continuava vazia. Ela ficara tão assustada naquelas primeiras semanas, convencida de que tinha funcionado, amaldiçoando-se por pensar que poderia resistir ao poder da deusa. Mas então o sangue veio. E mais uma vez no mês seguinte. E de novo e de novo. Meio ano se passou e sem um bebê. A cada mês, Helena se sentia mais poderosa, mais invencível. Ela havia enfrentado uma deusa e vencido.

Não podia se permitir se descuidar, é claro. Ela ainda usava seus remédios, na verdade, tivera que enviar Adraste até as colinas para comprar mais, e repelia Menelau sempre que podia. Sabia que o estava magoando, via no seu olhar que ele sabia que o afastava deliberadamente, mas o que mais Helena poderia fazer? Ele queria um filho, e ela não estava disposta a dar-lhe um. Não havia nada que ela pudesse dizer a ele, nada que qualquer um dos dois pudesse fazer para resolver isso. Era como uma parede invisível e imóvel entre o casal.

Receberam notícias de Micenas de que Nestra estava esperando outro filho. Deixava Helena apavorada, é claro, que a irmã estivesse enfrentando os mesmos riscos que ela mesma se esforçara tanto para evitar, mas também estava feliz por ela. Nestra sempre sonhara em ter muitos filhos; pelo menos uma delas poderia ter a vida que desejava. Helena, por outro lado, sentia-se aprisionada. Estava presa entre a vida e o amor – ou pelo menos a possibilidade disso –, mas, enquanto se agarrava desesperadamente a uma, sentia o outro se afastar cada vez mais, além do alcance de seus dedos.

Não era apenas o marido que estava distante dela, mas sua filha também. Hermíone tinha quase um ano de idade e ainda assim Helena não se sentia mais próxima dela do que quando deu-lhe à luz. Agatha havia assumido responsabilidade total pelos cuidados da menina, em um quarto separado, exatamente como Helena havia ordenado. E mesmo quando Helena visitava a filha, ficava claro que Hermíone preferia a escrava; ela chorava sempre que Agatha deixava as duas sozinhas. Isso fazia Helena se sentir terrivelmente culpada por não ter sido capaz de amar a criança, por ela mesma ter criado o que parecia ser um abismo intransponível entre elas. Era como se a filha soubesse que Helena não a desejara.

Nada disso era culpa de Agatha, Helena sabia em seu coração sincero. Ainda assim, ela se ressentia da moça. Por fazer o que ela mesma não pudera, por ser o que ela mesma não era, por dar à filha o que não dera. Sempre que Hermíone sorria ao ver a escrava e a agarrava com seus bracinhos gorduchos, Helena sabia que na verdade odiava a si própria. Contudo era mais fácil odiar Agatha.

Tinha decidido que iria ver Hermíone hoje. Fazia vários dias desde sua última visita, e finalmente havia terminado o cobertor que estivera tecendo para ela. O padrão era um pouco grosseiro e havia falhas no tecido, mas ela queria dar algo à filha, que ficasse com a menina quando ela não estivesse. Um pobre substituto para uma mãe, ela tinha noção, mas pelo menos era alguma coisa.

Quando chegou à porta do quarto, empurrou-a sem bater. Ela entrou para encontrar Agatha amamentando Hermíone, seu vestido aberto até a cintura. A moça se sobressaltou quando viu Helena.

– B-boa tarde, senhora – gaguejou, tentando levantar o vestido com a mão livre. – Eu não sabia que visitaria hoje.

– Posso ver minha filha sempre que quiser, não posso? Ou preciso marcar um horário? – A resposta de Helena continha uma rispidez que não planejara.

– Sim, claro, senhora. Quer dizer, não... ela agora já terminou, de qualquer maneira – respondeu ela, afastando Hermíone de seu mamilo molhado e rosado para terminar de puxar o vestido para cima.

Helena apenas assentiu. Sabia que tinha deixado Agatha constrangida, mas não conseguia deixar de olhar. Ainda a fascinava, de maneira amarga, esse ritual de nutrição da vida que ela mesma nunca conseguira realizar.

– Eu ia colocá-la para deitar um pouco, senhora – explicou Agatha, incerta. – Ela fica com sono depois de uma mamada. Mas se quiser, eu posso…

– Não, tudo bem – disse Helena, ainda de pé no mesmo lugar em que estava desde que entrou. – Continue, está tudo bem.

Agatha carregou Hermíone até seu berço e a deitou nele. Quando começou a arrumar as cobertas, Helena se lembrou do que trazia na mão.

– Trouxe um cobertor – contou, sem jeito, dando um passo à frente e estendendo o pedaço de tecido.

Agatha virou-se para olhá-la.

– O rei mandou fazer um há pouco tempo, senhora. Ele não lhe contou? – Mas então ela pareceu ver a decepção no rosto de Helena. – Não importa – declarou ela, dando um passo à frente para pegar o cobertor da mão de Helena. – Vou usar este em vez do outro, senhora. É muito bonito – mentiu ela, com um sorriso educado. Então voltou para o berço e terminou de aconchegar Hermíone.

Helena deu um passo em direção à pequena estrutura de madeira e olhou para dentro. Hermíone ainda estava acordada, mas seus olhos estavam pesados. Helena ficou ali observando o pequeno peito da menina se mover para cima e para baixo. Ela se perguntou se deveria estender a mão e tocá-la. Mas será que a incomodaria? Não tinha certeza e podia sentir a presença de Agatha ao seu lado. Sempre sentia como se a outra garota estivesse julgando cada uma de suas ações.

– Estou com um pouco de fome, Agatha – falou de repente, virando-se para a escrava. – Poderia me trazer algo para comer?

– Claro, senhora – respondeu a moça.

Helena tinha que se livrar dela, só por um tempinho. Sua naturalidade com Hermíone servia apenas para destacar a dolorosa insegurança de Helena, e não suportava isso. Precisava de espaço se quisesse aprender a amar a filha.

O som da porta se fechando indicou para ela que Agatha tinha ido embora. Ela relaxou um pouco, mas ainda havia essa vida diante dela, dormindo agora, mas ainda muito real e viva e… indecifrável. O que pensava dela, perguntou-se? Será que a amava? Não, achava que não. Como poderia? E, no entanto, talvez, com o tempo…

Ela estendeu a mão nervosa e acariciou a pele macia da bochecha de Hermíone. O narizinho se enrugou e Helena afastou a mão depressa, preocupada que a criança começasse a chorar.

Mas então ela estava de olhos abertos e olhando para Helena. Não chateada ou irritada. Apenas observando-a.

Helena de repente se sentiu mais confiante e voltou a estender a mão, desta vez em direção a uma das mãozinhas. E então Hermíone estava segurando um de seus dedos. Helena o mexeu com aqueles dedinhos minúsculos e apertados, e uma risadinha irrompeu do berço.

Helena sorriu, seu nervosismo esquecido. Com cada risadinha borbulhante, sentia que estava fazendo algum progresso, aproximando-se de alguma maneira de formar aquela conexão fugidia, cuja ausência a acompanhou como um véu de vergonha durante o último ano.

Mas então houve um barulho alto atrás delas e o feitiço foi quebrado. Hermíone começou a chorar e Helena se virou para ver Agatha na porta aberta, uma bagunça de pão, caldo e cerâmica quebrada a seus pés.

A raiva se inflamou dentro de Helena. Era como se Agatha tivesse feito isso de propósito, como se não pudesse deixá-la ser feliz.

– O que pensa que está fazendo? – ela gritou para a escrava, sem saber o que mais gritar, mas sentindo uma terrível necessidade de fazê-lo.

– Desculpe, senhora – pediu a garota, ajoelhando-se para limpar o que podia. – Apenas virou e…

– Sua tola desastrada! – Helena retrucou. – Olha que bagunça você fez! E irritou Hermíone. Eu devia mandar chicoteá-la. – Deu um passo em direção a Agatha, mas então uma voz da porta a fez olhar para cima.

– O que está acontecendo aqui?

Atrás de Agatha, de pé no corredor, estava Menelau. Ele parecia zangado.

– Ah, marido – exclamou Helena, dando um passo em direção a ele. – Chegou na hora certa. Essa idiota fez uma bagunça e fez nossa filha chorar. Ela precisa ser…

– Basta – ele retrucou, e olhou para Agatha. – Você está bem? – ele perguntou, estendendo a mão para ajudá-la a se levantar.

Os olhos da escrava ainda estavam com medo, mas ela assentiu e respondeu:

– Sim, senhor. Obrigada, meu senhor. – Então ela pegou a mão dele e se pôs de pé.

Helena ainda estava furiosa, mas sua raiva foi brevemente atordoada pelo que ela estava vendo. O que ele estava fazendo? Ele era seu marido. Por que não estava perguntando se *ela* estava bem? Quantas vezes ele já havia lhe perguntado isso? Mas antes que pudesse encontrar qualquer coisa para dizer, Agatha estava falando.

– É verdade, meu senhor. Derrubei a bandeja e ela fez um barulho e...

– Mas isso não é razão para ser chicoteada, não é? – retrucou ele, olhando severamente para Helena. – Agatha está cuidando de nossa filha, e espero que demonstre um pouco mais de gentileza para com ela.

A cabeça de Agatha estava abaixada, os olhos no chão. Ela devia estar se sentindo tão orgulhosa, pensou Helena. Doeu-lhe ouvir o marido defender uma escrava contra ela. Menelau a estava envergonhando por sua falha em cuidar de Hermíone? Suas bochechas queimavam de raiva, mágoa, vergonha, e sua língua parecia presa na boca.

Após alguns momentos de silêncio, Menelau falou:

– Eu estava planejando passar algum tempo com Hermíone. Pode ficar se quiser, Helena.

– Eu já estava indo embora mesmo – mentiu, achando que não aguentaria ficar aqui com Agatha e Menelau, que a fez se sentir como uma criança que se comportara mal. Então saiu do quarto, passando pelos dois com o queixo erguido enquanto saía para o corredor.

E, ao fazê-lo, viu Menelau pôr a mão no cotovelo de Agatha. Foi um pequeno gesto e, no entanto, irritou Helena, e ela refletiu sobre ele enquanto voltava para seu quarto. Ele estava apenas conduzindo-a para entrar no cômodo, ou havia algo mais? Havia alguma ternura entre eles, nascida naquelas horas que seu marido passava visitando Hermíone?

Como uma maré que avançava e de repente rompia a barreira do porto, Helena percebeu que estava com ciúmes. Ela sabia que não fazia sentido, não quando estava tentando ativamente evitar o marido, quando estava propositalmente criando distância entre os dois. E, ainda assim, pensar que ele poderia gostar de outra mulher deixou um gosto amargo. Apesar de tudo o que aconteceu, apesar de tudo o que ela foi forçada a fazer, Helena ainda queria que Menelau a amasse, e somente a ela. E foi apenas agora que a possibilidade de perder a afeição dele para outra pessoa de fato a atingiu.

Todavia, ela pensou enquanto se sentava à penteadeira naquela noite, talvez estivesse imaginado coisas. Ela passou o pente de marfim pelo cabelo comprido, admirando o brilho dele à luz do lampião. Seu marido tinha um coração decente, talvez estivesse apenas defendendo Agatha como uma serva leal. No fundo, Helena sabia que a garota não merecia a bronca que lhe dera, e seu marido também sabia disso. Ele estava apenas sendo bondoso. Sim, provavelmente não era nada além disso. Afinal, a ideia era bastante ridícula. Agatha tinha uma aparência muito comum e ela... bem, ela era Helena de Esparta.

24

Helena

ALGUMAS SEMANAS DEPOIS, HELENA ESTAVA DEITADA na cama. A noite ainda era uma criança e, no entanto, ela já havia se despido de suas roupas diurnas e se acomodado debaixo das cobertas. Ela sabia que Menelau provavelmente viria até o quarto em breve, e esperava evitar quaisquer intenções amorosas fingindo estar dormindo. Já o rejeitara duas vezes esta semana, fingindo um mal-estar ou fadiga, e não tinha certeza se ele engoliria outra desculpa vazia.

Ela ficou sem resina de cedro na semana anterior, mas hesitou em enviar Adraste para buscar mais. Sua aia ainda acreditava que os remédios tinham sido uma medida temporária, e Helena não sabia até quando poderia manter essa mentira. Claro, Adraste teria que fazer o que ela pedisse de qualquer forma, mas isso era pouco conforto. O que a amiga pensaria dela, uma mulher, uma rainha, que se recusava a cumprir seu dever sagrado? E pior, e se ela contasse para alguém? E se Menelau descobrisse?

Talvez ainda enviasse Adraste, mas esses medos a fizeram adiar. E agora estava presa, confiando apenas no torrão de mel e em sua inteligência.

Então aqui estava ela, de costas para a porta do quarto, agarrando as cobertas da cama com força. Incapaz de dormir, ela tentava escutar o menor ruído vindo do corredor. E então ela ouviu. O som de botas se chocando contra a pedra. Ele estava aqui.

A porta da câmara se abriu e a luz se derramou do corredor iluminado por tochas. Os passos de bota pararam, como se ele tivesse parado no portal. Então recomeçaram, e a cama se mexeu quando ele se sentou.

O coração de Helena batia acelerado, mas ela tentou manter a respiração lenta. Os segundos silenciosos se estenderam de modo insuportável.

– Helena? – veio a voz rouca do marido atrás dela. – Está acordada?

Ela não respondeu, mas ficou o mais imóvel que pôde, os olhos fechados. Então a mão dele estava em seu ombro, sacudindo-o com delicadeza.

– Helena?

Ela não podia ignorá-lo agora. Ela se remexeu um pouco e fez um som fraco como se despertasse. Virou a cabeça para ele, mas não rolou totalmente.

– O que foi, marido? – perguntou, fingindo estar grogue.

– Eu... bem... – ele respondeu vagamente. – O sol acabou de se pôr. Achei que você ainda estaria acordada.

– Eu estava com dor de cabeça, então me deitei mais cedo. – Ela deixou a mentira pairar no ar, em parte esperando que ele a contestasse. Mas ele não o fez.

– Muito bem – ele suspirou, e nesse suspiro conseguiu expressar uma tristeza e aborrecimento que fez o coração de Helena encolher de culpa. De certa forma, essa rendição decepcionada era pior do que se ele tivesse desafiado sua mentira.

Talvez ela devesse apenas se deitar com ele, pensou. O torrão de mel provavelmente a protegeria, estava sendo cautelosa demais. E ela estava começando a sentir falta da intimidade entre eles, o toque da sua pele na dele.

Mas antes que ela pudesse agir conforme sua nova decisão, Menelau voltou a falar.

– Vou dar uma olhada em Hermíone. – E em segundos ele saiu da câmara.

Helena ficou ali por algum tempo, encarando a escuridão. Chegou à conclusão de que havia levado isso longe demais, recusado-o muitas vezes. O marido se ressentia dela. Ela podia sentir, ouvir no tom oco com que ele falou com ela. Era este o preço que devia pagar para preservar sua vida? Até começou a se perguntar se valia a pena preservar uma vida tão desprovida de amor.

Mas talvez não fosse tarde demais, pensou. Talvez ainda pudesse trazê-lo de volta, e pudessem compartilhar suas vidas como marido e mulher deveriam. Talvez ela ainda pudesse encontrar o amor que sempre desejara. Ela ainda podia usar seus remédios, tinham funcionado até agora, não é mesmo? Mas pararia de afastar Menelau. Ela estava vinculada a ele, afinal. Se não pudesse encontrar o amor em seus braços, ela não o encontraria jamais.

Agitada por essa percepção, Helena afastou as cobertas e saiu da cama. Ela colocou um manto por cima da camisola e saiu silenciosamente do quarto. Encontraria Menelau, diria a ele que estava se sentindo melhor, iria trazê-lo de volta para a cama. Apesar do risco, percebeu que estava animada. Seria emocionante, pensou, bancar a sedutora. Ela mal podia esperar para ver a cara de Menelau. Tudo seria perdoado em seus beijos e carícias, ela sabia.

O quarto de Hermíone ficava do outro lado do corredor, e Helena logo estava diante da porta. Embora não pudesse ouvir vozes atrás dela, colocou a mão sobre a madeira para abri-la.

Mas então ouviu alguma coisa. Não dos aposentos de Hermíone, mas de outro pouco mais adiante. Era um quarto de hóspedes, desocupado no momento, mas a porta estava entreaberta.

Curiosa, Helena se afastou da porta de Hermíone e caminhou em direção à que estava aberta. Ao se aproximar, ouviu um arquejo, de uma mulher. E uma voz mais baixa. Um grunhido. Um murmúrio. Duas respirações se misturando no silêncio da noite. Helena pensou que sabia o que estava ouvindo, mas não voltou atrás. Talvez fossem dois dos escravos. Devia deixá-los em paz, mas sua curiosidade a impelia. E uma estranha inquietação também, que ela não conseguia definir.

E então ela os viu, e seu estômago se revirou. Ali, pela porta entreaberta, estavam Agatha e seu marido.

Eles não viram Helena. Menelau estava de costas para a porta e os olhos de Agatha estavam fechados. Ela estava nua, empoleirada na beirada de uma mesa, e Menelau tinha a túnica levantada, a boca no pescoço da moça, a mão ao redor de um dos seios, os quadris pressionados entre as coxas brancas. A visão das nádegas tensas fez Helena sentir-se enjoada, mas ela não desviou o olhar. Ele estava beijando os lábios de Agatha agora, acariciando sua bochecha, sussurrando em seu ouvido.

Foi isso que fez Helena desviar o olhar. Ela recuou alguns passos e parou, caindo contra a parede do corredor. Sua respiração ofegante era tão alta que pensou que eles conseguiriam ouvi-la, mas não se importava. Parte dela queria que ouvissem.

Não foi tanto a infidelidade que a magoou, o que mais ela esperava, quando ela mesma o afastou? Não, não foi isso. Foi a maneira como ele tocou e beijou Agatha. Como se ela fosse tudo o que importava no mundo. Ele fora tão doce, tão apaixonado. Por que ele nunca tinha sido assim com Helena? Por que nunca compartilhou essa parte de si mesmo? Mesmo antes do bebê, antes de tudo, ele não havia sido assim.

E então um pensamento sombrio a atingiu. O problema era *ela*?

Aí estava a verdadeira origem de sua dor, ela entendeu. Apesar de toda a sua beleza, de todas as suas roupas elegantes e de seus muito celebrados encantos, o marido não a amava. Durante todo esse tempo ela havia pensado que o problema era ele, que ele era incapaz de sentir ou demonstrar o que sentia. E, agora, ela percebera que era ela quem era o problema o tempo todo. Helena de Esparta, a beleza impossível de amar.

PARTE 3

25

Klitemnestra

Klitemnestra estava sentada em seu assento esculpido no Salão da Lareira, bordando contas douradas na frente do novo manto do marido. Havia um vento frio soprando pelo palácio hoje, então ela veio em busca do calor do fogo da lareira. Ela sorriu quando a luz se refletiu nos discos brilhantes, ondulando pelo trabalho que já havia feito. Dava-lhe satisfação imaginar como Agamêmnon ficaria magnífico no novo manto e saber que os olhos que admiravam o marido também admiravam o trabalho de suas próprias mãos.

Ela estava começando a sentir como se sua vida estivesse do jeito que devia ser. Os poucos anos após a partida de Leukipe foram difíceis. Klitemnestra achava que a partida da garota seria o fim de seus problemas, mas na verdade fora apenas o começo. A esperança que havia sido despertada por sua própria gravidez, logo depois de se reconectar com o marido, transformou-se em cinzas amargas quando o bebê finalmente veio ao mundo. Estava azul e imóvel. E o que veio no ano seguinte também, do mesmo jeito. Era um mau presságio trazer a morte onde deveria haver vida, mas duas vezes em dois anos... Ela ficou convencida de que ela e Agamêmnon estavam sendo punidos, que Ártemis ainda estava furiosa com o ocorrido com Leukipe. O acidente do marido não havia sido suficiente? Ele havia se recuperado, sim, mas não por completo. A perna dele continuava torcida e ele mancava permanentemente. Mas, pensando melhor, talvez não fosse Ártemis quem os estivesse punindo. Talvez eles tivessem feito algo para ofender Ilítia em vez disso, esquecido dela em seus sacrifícios ou negligenciado seu templo. Ambas as deusas tinham poder sobre o parto; qualquer uma delas podia estar contra eles. Klitemnestra passara muitas noites insones remoendo essas coisas, pensando como poderia repará-las.

Para sua surpresa e alívio, Agamêmnon não a culpou por nada disso. Ela sentiu como se estivesse falhando como esposa; ainda assim, ele ficou ao seu lado, continuou dizendo a ela que um filho viria. Pelo contrário, aquele tempo sombrio os aproximou mais do que nunca.

E então veio uma criança. Chamaram-na de Crisótemis. Outra garota, sim, mas, depois do que acontecera, Klitemnestra ficou feliz ao ver uma criança viva sair de si, rosada e gritando como deveria ser. A menina poderia ter doze dedos, que não se importaria; era uma vida nova e quente para segurar em seus braços, e isso era tudo o que queria. Até mesmo Agamêmnon não parecia se importar que era uma menina. Herdeira ou não, ela era um sinal de que sua sorte havia mudado, que sua punição havia terminado.

Mas Klitemnestra ainda estava preocupada. Pelo menos nos primeiros dois anos, uma parte dela tinha certeza de que Crisótemis adoeceria e seria tomada deles afinal de contas. Mas ela sobrevivera. Ela tinha passado de seu quarto aniversário agora, e o coração de Klitemnestra estava enfim permitindo acreditar que ela era deles. Não só isso, mas estava grávida de novo, sua barriga já grande e ficando maior a cada dia. Se os deuses permitissem, não demoraria muito para que ela tivesse outra criança em seus braços, e desta vez tinha certeza que seria o filho pelo qual Agamêmnon esperara. Esta gravidez parecia diferente das outras. Não sabia dizer como exatamente, mas sabia do fundo do coração que estava carregando um menino.

Fora uma longa jornada e bem difícil, mas de fato parecia que a sorte deles havia mudado. E o período de Leukipe, aqueles poucos meses que causaram tanto sofrimento a Klitemnestra, pareciam pouco mais que uma memória distante agora. Se não fosse a perna de Agamêmnon, ela poderia ter esquecido que aconteceu.

Klitemnestra ergueu os olhos de seu trabalho. Eles estavam começando a ficar ofuscados de tanto olhar para aqueles discos brilhantes de ouro, cada um costurado com precisão. Ela se recostou na cadeira, de olhos fechados, e apreciou a sensação do fogo da lareira aquecendo sua saia. Após doze anos de casamento, ela finalmente se sentia em casa em Micenas. Era uma verdadeira rainha agora, e impunha respeito por todo o palácio. Agamêmnon às vezes até lhe pedia conselhos. Ele sempre a convidava para comparecer às audiências públicas e a tinha ao seu lado ao receber convidados.

Ela passava muito mais tempo além das paredes de seus aposentos do que naqueles primeiros anos. À tarde, como hoje, costumava se encontrar no Salão da Lareira, trabalhando em sua última peça ou tecendo lã com Ifigênia e Electra. Agora eram duas mocinhas, em especial Ifigênia. Klitemnestra sabia que talvez não tivesse mais muitos anos com elas, então saboreava esse tempo como se fosse o último jarro de uma boa safra. Com o tempo, elas se casariam e teriam os próprios filhos, mas ainda não. Por enquanto elas permaneceriam aqui com ela, e sua pequena família estava completa, feliz, e prestes a crescer.

Ouviu-se um grito no pátio que fez Klitemnestra abrir os olhos. O brado inconfundível de seu marido atravessou facilmente as grandes portas de madeira do salão; na verdade, ela duvidava que houvesse algum cômodo no palácio no qual não fosse possível ouvi-lo. Ele estava reclamando de uma coisa ou outra, mas isso não era incomum, então ela fechou os olhos mais uma vez.

Apesar da harmonia doméstica, Agamêmnon andava inquieto nos últimos meses. Ele ainda podia cavalgar e caçar, apesar de sua perna, porém, nem mesmo aquilo parecia satisfazê-lo, quando estava de mau humor. Um lar feliz e um reino próspero pareciam a ela tudo o que um homem poderia desejar, mas não bastavam para seu marido. Ela esperava que a chegada de um filho pudesse afastar tudo o que o estava perturbando. Sim, pensou, enquanto esfregava a barriga inchada, uma oportunidade de passar as lições de masculinidade poderia ser o que ele precisava para direcionar sua energia nervosa. Mas ainda faltava um mês para a chegada do bebê. Por enquanto, o marido teria apenas que esperar.

26

Helena

HELENA OBSERVOU ENQUANTO HERMÍONE BRINCAVA no pátio, seu cabelo brilhando à luz do sol. Era mais escuro que o da mãe, porém ainda tinha um pouco de seu brilho avermelhado, mais próximo da cornalina escura do que da chama radiante, mas ainda assim lindo. Ela também herdara a pele alva de Helena, embora não fosse mantê-la por muito tempo se Agatha continuasse a deixá-la brincar ao ar livre. Talvez devesse conversar com Agatha sobre isso, dizer a ela para manter Hermíone mais dentro de casa, mas ela afastou a ideia. Foi estranho; ela era a mãe de Hermíone e ainda assim sentia que tinha menos autoridade sobre a vida da filha do que Agatha. A mulher, já não podia chamá-la de garota, era mais mãe de Hermíone do que ela própria, e na maior parte do tempo Helena a deixava fazer o que bem entendesse. Havia decidido há muito tempo que era mais fácil ceder seu papel do que lutar por algo que nunca quis de verdade.

Ainda via a filha, é claro. Às vezes, como hoje, assistia da sombra do pórtico enquanto Hermíone dançava e ria ao sol; outras vezes, Agatha a levava ao quarto de Helena e tinham uma conversa formal. Helena perguntava como estava sua fiadura, ou o que a menina tinha comido no café da manhã, e Hermíone respondia, educada, com sua voz alta e suave. Helena raramente tocava na filha, fazia anos que não a abraçava ou a colocava no colo, mas era melhor assim. Não pareceria natural, ela pensou, com tamanha distância entre elas. Melhor assistir de longe. Hermíone parecia feliz com Agatha, de qualquer maneira. Helena duvidava que pudesse competir, então era mais fácil para seu orgulho não tentar.

Agatha a havia superado também de outra maneira: dera um filho a Menelau. Megapentes, como seu pai o nomeara, também brincava no pátio, com seus cabelos encaracolados e bochechas rosadas. Agatha estava criando as duas crianças juntas, e Menelau adorava seu filho bastardo tanto quanto sua filha legítima. Helena não invejou Hermíone, sua companheira de brincadeiras, nem Menelau, seu herdeiro; eles haviam recebido algo que ela se recusou a dar, o que, disse a si mesma, era bom. Contudo, não pôde deixar de se sentir um pouco usurpada. Agatha continuava mansa e humilde como sempre, e Helena nem tinha certeza de que ela e Menelau ainda se deitavam um com o outro, mas, ao dar-lhe um filho, ela elevara sua posição a um nível perigosamente próximo ao de Helena.

Ela ainda podia ser rainha no nome, mas seu papel no palácio parecia cada vez mais diminuído ao longo dos anos, de modo que agora se sentia como se estivesse sobre pouco mais que um monte oco, que poderia um dia desmoronar por completo, mergulhando-a em um crepúsculo de irrelevância solitária. A própria mãe já havia encontrado esse destino, seu último apoio foi removido com a morte do marido. Talvez fosse inevitável que ela, Helena, também afundasse.

De certa forma, a vida de Helena era mais simples agora. Por um lado, ela não precisava mais se preocupar em conceber uma criança. Ela e Menelau ainda dividiam a cama, como era de se esperar, mas era raro que ele buscasse ter intimidades com ela. Parecia que a chegada de Megapentes o deixara menos decidido a fazer com que ela lhe desse outro filho. Ela supunha que deveria agradecer a Agatha por isso, mas às vezes parecia mais uma maldição do que uma bênção. A pouca ternura que ela e Menelau haviam tido basicamente desaparecera. Sim, ele ainda era gentil e respeitoso, mas às vezes, deitada acordada ao lado da massa quente do corpo dele, ela desejava mais do que tudo que ele estendesse a mão e a tocasse.

O som de botas dando passadas rápidas fez Helena perceber que estivera olhando para o nada por algum tempo. Arrastou sua consciência para longe de seu leito conjugal, de mãos quentes e pele macia, e de volta para o pátio ensolarado. E ali, como se convocado por seus pensamentos desgarrados, estava Menelau vindo em sua direção. Seu coração acelerou esperançoso ao vê-lo. Sobre o que ele queria falar com ela?, perguntou-se.

– Helena – chamou ele quando a alcançou. – Chegaram hóspedes vindos do outro lado do mar; uma delegação real de Troia. Darei um banquete de boas-vindas esta noite e gostaria que você comparecesse.

Helena se sentiu desanimada, mas forçou um aceno obediente. Ah sim, a rainha oca ainda tinha alguma utilidade, pensou com amargura. Afinal, de que adiantava conquistar a noiva mais bela da Grécia se não a exibisse para seus convidados?

☾

Helena estava sentada no Salão da Lareira, na cadeira que um dia fora de sua mãe, esperando. O vinho havia sido misturado e a comida preparada. Seu estômago roncou enquanto ela observava o banquete à sua frente, o cheiro de carne assada, de coentro e cominho, flutuando em sua direção. Desejava enfiar um pouco de carne de javali na boca, mas seria falta de educação. Deviam esperar que os convidados entrassem e apresentassem seus presentes. Helena desejou que fizessem isso logo.

À direita de Helena, estavam Castor e Pólux. Nenhum dos dois ainda havia se casado, mas, como filhos do rei anterior e irmãos da rainha, desfrutavam de posições de destaque na corte espartana. Menelau tinha todo o direito de mandá-los embora se quisesse, mas parecia gostar da companhia deles. E ambos eram guerreiros habilidosos, caso o reino precisasse deles.

À esquerda, do outro lado de Menelau, sentava-se Deipiros, companheiro de infância e braço direito de seu marido, e à esquerda dele estava a mãe de Helena, a rainha-viúva, Leda. Helena estava secretamente grata por haver alguma distância entre ela e a mãe. Ainda a amava muito, é claro, mas era sempre muito difícil saber o que dizer a ela. A morte do pai fora difícil para todos, mas principalmente para a mãe. Embora já tivessem se passado cinco anos desde seu enterro, ela ainda usava suas roupas de luto, o véu preto uma moldura permanente para seu rosto pálido como um espectro. Aquilo era um amor verdadeiro, pensou Helena, observando a mãe com uma espécie de inveja triste. O pai havia sido dedicado a ela, e ela a ele, mesmo agora. Não era apropriado que uma viúva ficasse de luto por tanto tempo, mas ninguém estava disposto a dizer isso a ela. Helena ficou surpresa por ela ter concordado em participar do banquete. Ela em geral evitava eventos públicos, mas talvez Menelau tivesse feito um pedido especial.

Eu devia ir falar com ela, pensou Helena, imaginando a mãe sentada sozinha a noite toda. Seus irmãos se ocupariam em beber e trocar histórias obscenas com quem quisesse ouvir. A companhia da mãe era muito sombria para o gosto deles nos últimos tempos. Não, caberia a Helena se aproximar.

Nesse momento, ouviu-se o som de madeira raspando na pedra e todos os pensamentos sobre sua mãe desapareceram. Enfim, as grandes portas estavam se abrindo.

Quando as portas se abriram e os escravos se afastaram, surgiu o homem mais extravagantemente vestido que Helena já vira. Suas roupas eram um caos de cores: púrpuras luxuosos, vermelhos profundos, amarelos vibrantes, todos se misturando em padrões maravilhosamente complexos. Uma pele de leopardo repousava sobre seus ombros e pendia de suas costas, acrescentando sua própria decoração suntuosa à mistura. Seu cabelo longo e escuro caía em cachos lustrosos até os ombros e sobre a testa, que estava adornada com faixas de ouro e joias cintilantes. Ornamentos semelhantes resplandeciam em suas orelhas, em sua garganta, em seus dedos, de modo que o efeito geral era de um mosaico de luz e cor, brilhando enquanto se aproximava, confiante, deles. Os companheiros do homem, que o seguiam, estavam vestidos de maneira igualmente extravagante e, no entanto, ele era como um farol entre eles, uma joia reluzente entre rochas polidas.

Agora que ele estava perto, a atenção de Helena se voltou para o rosto do homem. Ele era muito bonito, com feições finas e pele bronzeada e ima-culada. Ele era jovem, talvez da idade de Helena, e tinha uma leveza em sua expressão, como se um sorriso pudesse surgir em seus lábios a qualquer momento. Seus olhos eram castanho-dourado e delineados com kajal, de modo que atraiam a atenção. Na verdade, Helena achava que nunca tinha visto um homem tão bonito.

À sua esquerda, Menelau pôs-se de pé, e ela fez o mesmo. Então o marido cumprimentou os hóspedes, elevando sua voz naturalmente rouca para que todo o salão pudesse ouvir.

– Príncipe Páris de Troia, Esparta o saúda e o recebe como hóspede. Que sua visita gere amizade entre nossos reinos, e que os deuses permitam que nós dois prosperemos com isso.

Depois que os ecos das palavras finais de seu marido se desvaneceram, o príncipe reluzente respondeu.

– Rei Menelau, Troia agradece sua hospitalidade e o honra como um nobre anfitrião e amigo-hóspede. Para marcar a amizade entre nossos povos, trouxe presentes para o senhor e seu reino.

Com isso o príncipe se virou e acenou para seus companheiros. Um grande baú foi trazido adiante e a tampa erguida. Um por um, o príncipe tirou os itens da caixa e os ergueu para a admiração de todos os presentes. Uma elegante rédea de bronze, duas tigelas de ouro, punhais de prata trabalhada com cabos de marfim, tecido tingido de púrpura, um pente incrustado de lápis-lazúli...

Depois que todos os itens foram apresentados a Menelau, e recebidos com agradecimentos cerimoniosos, o príncipe se abaixou mais uma vez e tirou uma pequena caixa de marfim entalhado do fundo do baú. Em vez de apresentá-la ao rei, porém, ele se virou e a estendeu para Helena, conseguindo curvar a cabeça e manter os olhos fixos nos dela ao mesmo tempo.

– Um último presente, para sua adorável rainha – explicou ele com seu sotaque estranho e suave.

Helena ficou surpresa e hesitou por um momento. Presentes de hóspedes eram para reis, não para suas esposas. Ela lançou um olhar para Menelau, que deu um leve aceno de cabeça, então ela estendeu a mão e tirou a caixa delicadamente das mãos do príncipe. Com a atenção do salão repousando de repente sobre si, ela removeu a tampa com as mãos um pouco trêmulas e ergueu o conteúdo para todos verem. Era um colar formado por três cordões de âmbar claro, brilhante, e gotas de ouro entre as contas.

– É lindo – exclamou ela sem fôlego, sorrindo conforme as contas captavam a luz das tochas.

Ela ergueu o olhar para ver o príncipe sorrindo também, mas a expressão dele logo mudou, fingindo decepção.

– Que pena, pensei que complementaria a beleza flamejante de que tanto ouvi falar, mas agora vejo que parece pálido e sem graça ao seu lado.

Helena não pôde evitar que seu sorriso se alargasse com a bajulação dele, e sentiu suas bochechas ficarem vermelhas sob a maquiagem. Sua beleza era realmente conhecida tão longe quanto Troia? Na verdade, ela não sabia de verdade a que distância ficava Troia, mas as palavras dele fizeram com que se sentisse como se fosse assunto no mundo inteiro. Mesmo depois de todos esses anos, ela ainda importava. Ainda era alguém, para os rapazes em terras estrangeiras, mesmo se não o fosse para qualquer um aqui em Esparta. De repente, com essas poucas palavras, Helena sentiu-se mais radiante do que há muito tempo.

Agora que os presentes haviam sido apresentados, foram retirados para que o banquete pudesse começar. O humor de Helena permaneceu animado pelo resto da noite e, embora o príncipe não tivesse falado com ela de novo, ela viu seus olhos encontrando os dourados dele em vários momentos. Todo o plano de falar com a mãe foi esquecido, enquanto ela passava a noite em um contentamento sorridente e observava o príncipe cintilante do outro lado do salão lotado.

27

Helena

NOS CINCO DIAS SEGUINTES, Páris e seus companheiros foram recebidos nos salões de Menelau. Conversaram um pouco sobre política, mas houve principalmente bebedeiras e banquetes.

Todas as noites, Helena frequentava o Salão da Lareira, e todas as noites sentia os olhos do príncipe focados em si. Ela tinha passado de observadora a observada, ao que parecia, e, embora tivesse ficado encabulada no início, seus olhos se desviando quando encontravam os dele, ela descobriu que gostava da atenção. Escolhia seus melhores vestidos para usar nas celebrações, mostrando tanto de si quanto ousava, antecipando o olhar dele sobre sua pele exposta e sentindo uma vibração de excitação ao fazê-lo. Fazia tanto tempo desde que ela se sentira desejada, ou mesmo notada, tanto tempo desde que um homem a olhara dessa maneira. Seu marido nunca olhava, não mais, e nenhum outro homem ousaria. Páris, porém, era diferente. Ele era ousado. Mesmo quando ela o pegava olhando, ele não desviava, mas encontrava seu olhar e a encarava. Uma vez, com os olhos fixos nos dela, ele pegou um pedaço de figo do prato, levou-o aos lábios e chupou a polpa doce, o sumo vermelho fazendo seus lábios brilharem. Ela corou e se virou, olhando discretamente ao redor para confirmar que ninguém tinha visto. Mas mesmo quando ela começou uma conversa vazia com a pessoa ao seu lado para se distrair, sorriu por dentro ao sentir o olhar dele ainda sobre ela, sua pele se aquecendo como se aqueles olhos dourados fossem o próprio sol.

No sexto dia, enquanto Helena tecia em seu quarto e se perguntava que vestido usaria naquela noite, Menelau veio falar com ela.

– Estou partindo em viagem, Helena – anunciou ele bruscamente, parando a poucos metros do lugar dela ao tear. – Acabaram de chegar notícias de Crete. Meu avô Catreu morreu e devo ir participar dos ritos funerários.

– Sim, sim, claro que deve – respondeu ela, absorvendo o que ele havia dito. – Vai partir imediatamente?

– Sim, temo que sim – respondeu ele. – É um momento ruim com nossos convidados aqui, mas não pode ser evitado. Eles vão entender, tenho certeza, mas é em parte por isso que eu queria falar com você. Devo lhe pedir para ser a anfitriã em meu lugar. Certifique-se de que nossos hóspedes sejam bem cuidados pelo resto de sua estadia e garanta que recebam presentes de despedida adequados se eu não retornar a tempo de sua partida. Confio em você para representar Esparta e a mim nisso – terminou solenemente.

Helena assentiu rigidamente em resposta, mas uma sensação estranha e conflitante estava crescendo em seu estômago. Havia gratidão e não pouca surpresa com a revelação do marido de sua confiança nela, mas algo mais também, uma espécie de nervosismo.

– Cumprirei meu dever, marido – declarou ela baixinho. E então, o sentimento nervoso transbordando – Quando vai retornar?

– Ficarei fora apenas cerca de uma semana – respondeu ele com um meio sorriso tranquilizador. – E seus irmãos estarão aqui.

Sentindo-se como se estivesse procurando algum tipo de confirmação, Helena sorriu e assentiu, abafando a própria ansiedade.

– Sim, ficarei bem. E os nossos hóspedes também. Que os deuses o mantenham seguro em sua jornada.

– Obrigado, Helena. Agora devo ir. – E com um breve aceno final, ele se virou e saiu do quarto.

Assim que a porta foi fechada, a sensação de nervosismo começou a bater mais forte no peito de Helena. Menelau estava *saindo em viagem*. Sua presença parecera uma espécie de âncora nos últimos dias, enquanto os olhos de Páris a observavam do outro lado do salão. Sim, o príncipe estivera flertando com ela, e, sim, talvez ela o tivesse encorajado, mas ter Menelau sentado ao seu lado a fazia sentir-se segura, fazia com que ela se sentisse sob controle. Enquanto estava ligada ao marido, o flerte era apenas isso, e não podia ser mais nada. Mas agora ela sentia como se tivesse sido deixada à deriva, e a liberdade era ao mesmo tempo estimulante e aterrorizante.

28

Helena

HELENA SENTOU-SE COMO ANFITRIÃ DO BANQUETE, o trono vazio de Menelau ao lado dela. Havia optado por uma roupa mais reservada do que na noite anterior, não querendo chamar mais atenção do que saberia como lidar, nem tentar o destino mais do que era decente. Sentia-se estranhamente exposta sem o marido, e seu coração batia de forma perceptível no peito, enquanto ela se sentava e dava as boas-vindas aos hóspedes.

Páris entrou, fez um aceno educado à anfitriã e sentou-se entre seus companheiros. Conforme o banquete se desenrolou, os copos foram cheios, esvaziados e cheios de novo, Helena esperou que aqueles olhos dourados atravessassem radiantes o salão, para senti-los em sua pele enquanto ela fingia não notar. Mas ela não os sentiu em nenhum momento, e toda vez que olhava para o príncipe estrangeiro, o encontrava rindo e bebendo com as pessoas ao redor. Ele parecia totalmente desinteressado nela, mal lançando-lhe um olhar durante toda a noite. Na verdade, ele deu muito mais atenção aos irmãos de Helena do que a ela.

De certa forma, ela ficou aliviada, tendo ficado preocupada com a forma como os flertes dele aumentariam com a partida de Menelau, mas também se sentiu um pouco magoada. Talvez ela tivesse imaginado o interesse do príncipe por ela. Ou talvez os olhos dele estivessem fartos. À medida que a noite avançava, desejou ter escolhido uma roupa mais convidativa e beliscava a comida em um silêncio decepcionado.

Depois de algumas horas, Helena decidiu que seu dever de anfitriã estava cumprido e deixou os homens bebendo. Duvidava que sentiriam sua falta; os irmãos estavam fazendo um bom trabalho em entreter seus convidados estrangeiros sem ela.

Quando Helena chegou ao quarto, ficou grata por encontrá-lo vazio. Ela não estava com humor para conversar com as aias agora, e se trocou para dormir. Ela sabia que deveria estar feliz pela diminuição do interesse do príncipe. Não precisava mais se proteger, nem se preocupar com a própria reputação. Mas se era uma coisa boa, por que se sentia tão decepcionada?

Ela lavou o kajal dos olhos, o chumbo das bochechas, o vermelho-ocre dos lábios, sentindo uma pontada de amargura ao se lembrar da antecipação nervosa com que tinham sido aplicados. Como era tola. Então apagou as lamparinas e foi para a cama.

☾

Helena não sabia que horas eram quando acordou assustada com uma batida na porta. Muito tarde, ela imaginou, pois já havia dormido e sonhado um pouco desde que saiu do banquete. Certamente todos estavam na cama agora, então quem estava batendo na porta dela? Um escravo? Mas o que estariam fazendo a esta hora? Ou um mensageiro, talvez? Alguma notícia de seu marido?

Helena saltou da cama e atravessou descalça pelo chão do quarto. Quando chegou à porta, abriu-a, mas só uma fresta, sentindo-se um tanto indecente de camisola. E quando a luz do corredor se derramou, ela se deparou com um par de olhos dourados.

– Príncipe Páris! – exclamou surpresa. A surpresa de ver aquele rosto fez com que ficasse sem palavras, mas quando as encontrou perguntou: – O que está fazendo aqui? Precisa de alguma coisa? Tenho certeza de que os escravos poderão buscar...

– Eu quero você, na verdade – respondeu ele com um sorriso. – Falar com você, quero dizer.

– É muito tarde – retrucou ela, esperando que ele não pudesse vê-la corar na penumbra. – Eu... estou sozinha e... não estou vestida para receber companhia. – Ele apenas sorriu para ela, e ela se interrompeu. Embora todas essas coisas fossem verdade, e ela pudesse ter usado qualquer uma delas para mandá-lo embora, não o fez. Em vez disso, abriu mais a porta. – Entre, príncipe Páris.

– Por favor, me chame apenas de Páris – pediu ele ao passar por ela, entrando no quarto. – E espero que me permita chamá-la de Helena em troca – continuou ele, virando-se para encará-la.

– Sim, se quiser – concordou ela timidamente. – Somos amigos-hóspedes, afinal. – O coração dela batia acelerado com sua ousadia. Não era certo ela ficar sozinha com aquele homem estranho, mesmo sendo um amigo-hóspede. Ela sabia que não devia tê-lo deixado entrar, que devia mandá-lo embora agora mesmo. Mas outra parte dela estava entusiasmada com a presença dele, aqui em seu espaço privado, seu quarto matrimonial, onde ele menos deveria estar.

Helena virou-se para acender uma lamparina e fechar a porta do quarto, e quando ela se virou, ficou surpresa ao descobrir que ele havia se aproxima-do dela de modo que estava a apenas alguns passos de distância. Ela podia sentir o cheiro de sua pele perfumada, ao mesmo tempo terrosa e doce com aromas estranhos aos quais não estava acostumada.

– Helena – falou ele de repente, sua voz sedosa curvando-se nas bordas do nome dela. – Não vamos fingir que você não sabe por que vim. Deve saber que eu a admiro, que a tenho observado. Você tem assombrado meus pensamentos desde que cheguei aqui. Eu tinha que falar com você, confessar meus sentimentos. Você me permite?

Helena o encarou, confusa. Ele não a ignorara a noite toda? E agora, de súbito, estava aqui para confessar seus sentimentos? Não fazia sentido… Mas então ela sentiu o aroma, flutuando no ar com o perfume dele.

– Você ainda está cheio do vinho do banquete – disse ela, irritada e es-tranhamente desapontada. – Deveria ir embora.

Ela se virou para abrir a porta mais uma vez, mas de repente a mão dele estava em seu pulso.

– Não, minha senhora – declarou ele com seriedade, os olhos fixos nos dela. – Juro que não foi isso que me trouxe aqui. Mal bebi duas taças esta noite.

– Mas… eu o vi – retrucou ela, determinada a não se deixar influenciar por aqueles olhos. – Você estava bebendo com meus irmãos. Imagino que acabou de deixá-los. – Havia um tom de amargura em sua voz ao dizer isso. Pensar que ela poderia ter arriscado tudo por nada além de luxúria alimen-tada pelo vinho.

– Você entendeu errado, Helena – explicou ele com urgência. – Eu fingi que estava bebendo tanto quanto eles, mas essa não era a realidade. Achei que se pudesse enchê-los de vinho, seria mais fácil visitá-la esta noite… sem ser observado.

Helena ficou em silêncio, tentando ler a verdade nos olhos dele. Ele não parecia bêbado, mas ela ainda estava cautelosa.

Ele deslizou a mão de seu pulso e passou a segurar seus dedos alvos.

– Lamento ter ignorado você esta noite. Não queria arriscar suspeitas, mas agora temo ter endurecido seu coração contra mim. Eu só precisava ver você a sós, falar com você… Mas talvez você tenha razão. Talvez eu deva ir embora…

Ele soltou os dedos dela e deu um passo em direção à porta, mas agora foi a vez de Helena segurar-lhe o pulso.

– Não, espere – pediu ela. – Não vá embora.

Ele parou e se virou para ela.

– Eu acredito em você – declarou ela lentamente. – E… acho que você deve dizer o que veio dizer, agora que está aqui. – Ela falou como se ele tivesse vindo apenas para fazer uma petição, mas seu coração batia forte ao pensar no que ele poderia falar.

Os olhos dourados examinavam os dela. Eles pareciam tão próximos agora.

– Muito bem – concordou ele, sua voz suave. Aproximou-se ainda mais dela, de modo que ela conseguia sentir a doçura de seu hálito. – Eu te amo, Helena. Foi isso que eu vim dizer. Que eu a amo com um fogo que arde tão forte que não consigo enxergar mais nada nem ninguém além de você. Vim dizer que seu rosto enche meus olhos durante o dia e meus sonhos à noite. Que sua beleza faz o sol parecer menos brilhante, que ela faz meu coração doer, que eu iria até os confins da terra só para estar perto dela. Que a ideia de deixar este lugar, de viver o resto da minha vida sem você, faz com que eu me sinta como se estivesse sendo enviado para morrer, pois tanto faz morrer se eu nunca mais puder ver seu rosto.

Helena ficou em silêncio, incapaz de falar ou de se mover. A declaração de Páris foi como uma inundação após uma década de seca. Agora, ela mal conseguia evitar de se afogar.

Ele segurou as mãos dela, e seu toque a trouxe de volta a si mesma. Ela olhou para aqueles dedos macios, brilhando com suas faixas de ouro, e então de volta para os olhos dele.

– Seu marido não a aprecia pelo que você é. Ele não é capaz, pois eu vi como ele a trata. Ele mal olha para você. Se você fosse minha esposa, Helena, eu nunca pararia de olhar para você. – Ele levou a mão ao rosto dela e a pousou ali delicadamente. – Eu nunca pararia de te abraçar, nunca pararia de te tocar, nunca pararia...

E então seus lábios estavam nos dela, macios e quentes. Antes que ela soubesse o que estava acontecendo, ela o estava beijando de volta, seus lábios ansiosos por aquele néctar vivificante, como um banquete para os famintos. Ela poderia ter ficado ali para sempre, segura nos braços dele, respirando seu perfume inebriante.

Foi ele quem se afastou.

– Eu sinto muito. Isso foi errado. Eu não deveria... é só que... quando estou perto de você, é tudo em que consigo pensar.

– Não, não devíamos ter feito isso – disse ela se afastando e tentando acalmar sua respiração irregular, e ainda assim ela desejou que ele a beijasse de novo.

Eles ficaram em silêncio por vários momentos, os olhos verdes dela capturados pelos dourados dele, tão próximos, que ela tinha certeza de que podia ouvir o coração dele batendo. Ou talvez fosse o próprio.

– Você deve ir embora – falou ela por fim, desviando os olhos. – Você não devia estar aqui... eu... você não devia ter dito essas coisas para mim.

– Você preferiria se eu não tivesse dito?

Helena abriu a boca, mas não conseguiu responder. Depois de um momento, ela repetiu suas palavras anteriores, embora mais baixo do que antes.

– Você deve ir embora.

Páris fez uma breve vênia e Helena abriu a porta do quarto, olhando para os dois lados do corredor. Certa de que não havia ninguém, ela se afastou para deixá-lo sair. Mas quando Helena estava prestes a fechar a porta do quarto atrás dele, ele colocou a mão contra ela.

– Posso vir de novo? – ele sussurrou.

Helena fez uma pausa, seus olhos examinando aquele lindo rosto. Então ela deu um breve aceno de cabeça e fechou a porta.

29

Helena

PÁRIS VOLTOU AO QUARTO DELA NA NOITE SEGUINTE e na que se sucedeu também. Sentavam-se juntos nas horas mais escuras da noite, e ele a admirava, dizia o quanto ela era linda, às vezes segurava-lhe a mão ou tocava-lhe o braço. Ele lhe contava histórias de sua juventude, como perambulava pelo Monte Ida com os irmãos, apostavam corridas com seus cavalos na planície ou travavam guerras simuladas uns contra os outros nas ruas sinuosas de Troia. Ele também contava sobre suas viagens, dos lugares que tinha visto e das pessoas que conhecera, em terras distantes das quais ela nada sabia. Ele era um ano mais novo que ela, ela descobrira, e ainda assim tinha feito tantas coisas. Fez com que Helena percebesse como sua vida era pequena. Ela nunca tinha saído da Lacônia.

Ela sentiu como se estivesse viajando pelo mundo com ele quando Páris contava suas histórias, e quando ele dizia que precisava voltar para seu quarto, ela pedia que ele ficasse um pouco mais. Suas palavras, seu olhar… eles nutriam uma parte de Helena que havia se encolhido tanto com o passar dos anos que havia aprendido a viver sem ela. Mas agora, com cada profissão de amor, cada elogio à sua beleza, cada toque terno em seu braço, ela sentia aquela parte encolhida de si crescer. E não podia mais ignorá-la. Fazia seu coração palpitar e deixava seus lábios famintos pela pele dele, sua pele faminta pelos lábios dele. Fazia com que se sentisse viva.

Na quarta noite, Helena estava sentada na beirada da cama quando a batida soou à porta. Ela ainda estava usando o belo vestido que escolhera para o banquete, tendo insistido com suas aias que iria se despir sozinha esta noite. Não gostava de mentir para elas, mas as visitas de Páris lhe eram tão preciosas que uma pequena mentira parecia um preço pequeno a pagar. Ela não podia arriscar que alguém descobrisse, que Páris tivesse que partir, que todo aquele lindo sonho terminasse.

A batida veio um pouco mais cedo do que o habitual, e Helena sorriu ao ouvi-la. Foi até a porta e deixou o príncipe entrar, fechando-a suavemente atrás dele.

– Meus irmãos já foram para a cama? – perguntou ela.

– Não, eu os deixei bebendo com meu primo Eneias. – Ele deu um passo em direção a ela e levou a mão macia ao rosto dela. – Eu tinha que vir. Mal podia esperar.

Helena sorriu e colocou sua mão pequena por cima da dele.

– Fico feliz que tenha feito isso. Vai nos dar mais tempo. Você pode terminar de me contar sobre sua visita a Hatusa, ou sobre a rainha de Miletos, ou sobre a vez que salvou sua irmã de se afogar... eu gostei dessa. – Sorriu radiante para ele.

– Eu tinha outra coisa em mente – explicou ele, passando a mão da bochecha para o ombro dela. Ele baixou o olhar antes de voltar a encarar os olhos dela. – Helena, sua beleza é como o sol. – Ela sorriu e ele continuou. – Mas... como as coisas têm sido, sinto que vislumbrei apenas uma parte de seu esplendor, como um raio atravessando uma abertura entre as nuvens. Eu... eu me pergunto se você me permitiria ver toda a sua beleza. Sem barreiras.

Aqueles olhos dourados olharam para ela significativamente, e ela corou ao perceber o que ele queria dizer.

– Sinto muito – desculpou-se ele, dando um passo para trás. – Eu a deixei encabulada. Não deveria ter perguntado. É só que...

– Não – ela o interrompeu, segurando a mão dele. – Quero que você me veja. Por inteiro. – Ela percebeu somente a verdade e a força de seus sentimentos ao dizer isso.

Helena ergueu a mão dele, acima de seu coração acelerado, para o pedaço de tecido sobre o próprio ombro. Ele esperou um momento, seus olhos fixos nos dela, e então delicadamente deslizou o tecido pelo braço dela. E depois do outro lado.

Helena inspirou involuntariamente ao sentir o tecido escorregar de seus seios, mas os olhos de Páris não se desviaram dos dela. Em vez disso, ele abaixou as mãos e as ocupou em desamarrar a faixa ao redor da cintura dela. Helena podia sentir-se tremendo, mas não era de medo. Seu corpo inteiro estava vivo, repleto de energia, e, conforme ele empurrou o tecido fino sobre seus quadris, cada toque de mão na pele enviou um calafrio quente pelo corpo dela.

O vestido estava ao redor de seus pés agora e Helena estava paralisada, sua respiração ruidosa o único som no cômodo. Páris deu um passo para trás, e seus olhos finalmente deixaram os dela, percorrendo sua pele branca, absorvendo cada centímetro dela. Foi estranho; ela não se sentia constrangida, como quando Menelau a observava, ou mesmo suas aias. Os olhos de Páris a fizeram se sentir bela, desejada, digna, e ela se deleitou com a sensação.

– Você é mais bonita do que eu jamais imaginei – declarou Páris por fim, seu olhar dourado pousando nos olhos dela mais uma vez. – Na verdade, as próprias deusas não poderiam ofuscá-la.

Helena deveria tê-lo repreendido por falar de modo tão ímpio, mas não pôde deixar de sorrir. Páris deu um passo em direção a ela de novo e pegou sua mão, apertando-a gentilmente.

– Obrigado, Helena. Estou feliz por ter vindo esta noite. Eu precisava vê-la por completo antes de partir.

O coração de Helena parou.

– Você vai embora?

– Sim. Logo cedo pela manhã. – Ele a encarou fixamente.

– Não, não pode – exclamou ela, o pânico crescendo em seu peito. – Precisa ficar mais tempo. Pelo menos até o retorno de Menelau. Não pode partir ainda. Eu não vou suportar. – Depois da felicidade um momento atrás, ela agora se sentia à beira das lágrimas.

– Infelizmente, eu preciso. – Ele virou o corpo como se já estivesse indo para a porta. – Sou necessário em casa, e não seria sensato que eu estivesse aqui quando seu marido voltasse. Temo que ele perceba o que cresceu entre nós.

Helena ficou encarando-o boquiaberta, seus olhos suplicantes, mas ela percebeu pela expressão decidida no olhar dele que não teria sucesso.

Desesperada, ela levou a mão dele ao peito e a apertou ali.

– Se você deve ir, deite-se comigo, então, antes de partir. Por favor – pediu, com o coração pulsando sob o calor dos dedos dele. – Eu… não consigo suportar a ideia de que as coisas voltem a ser como eram antes de você chegar. Pior do que antes, agora que… – Ela piscou para conter as lágrimas que ameaçavam cair. – Mas talvez, se eu tivesse essa memória para me agarrar... talvez eu pudesse suportar melhor.

Ela sabia o quão patética devia parecer, mas não se importava. Sua pequena porção de felicidade estava escapando, precisava agarrá-la, mantê-la o máximo que pudesse, guardar um pouco dentro de si. Era a única maneira de sobreviver.

Páris não havia falado, e ela não conseguia ler sua expressão.

– Diga que vai – pediu ela, colocando a outra mão na bochecha dele. – Diga que vai se deitar comigo esta noite. Menelau jamais descobriria. Eu não vou engravidar, eu tenho meios...

– Helena – falou ele baixinho, movendo a mão com delicadeza do seio para a bochecha dela. – Não posso me deitar com você. Não seria certo dormir com a esposa de outro homem na casa dele.

– Também não é certo que você me tenha visto dessa forma, que tenha me dito as coisas que me disse, mas você fez isso!

– Deitar-me com você ultrapassaria outro limite, Helena, e você sabe disso. Eu não vou torná-la uma prostituta em sua própria casa. Você é boa demais para isso.

Helena estava com raiva. Ele não conseguia ver que a estava abandonando? O que ele havia despertado dentro dela? Não era justo da parte dele oferecer o amor quando o agradava e negá-lo quando não o agradava. Os olhos dela se encheram de mais lágrimas.

– Não chore – pediu ele, erguendo o rosto dela em direção ao seu. Ela fechou os olhos para evitar encará-lo, e sentiu os lábios dele roçarem suas pálpebras enquanto ele beijava uma e depois a outra.

Mesmo agora ele a fazia amá-lo. Ela estremeceu com a amargura disso, com sua tolice em não ver que esse fim teria que chegar. Ela se inclinou para a frente e apoiou a cabeça no peito dele, molhando a túnica com lágrimas silenciosas.

Ficaram assim por algum tempo, Páris abraçando-a, acariciando sua pele nua. Então, finalmente, ele falou.

– E se você vier para Troia comigo?

Helena congelou. A pergunta soou tão absurda, pairando no silêncio, que ela deu uma risada amarga.

– Como sua prostituta, você quer dizer? Achei que eu era boa demais para isso?

– Não como minha prostituta. Como minha esposa.

Helena se endireitou e o encarou.

– Sua esposa? – As palavras pareciam estranhas em sua língua. Ela nunca havia considerado a possibilidade até agora. – Mas... eu já tenho marido – questionou ela.

– É quase como se não tivesse – retrucou Páris. – Quem é ele para reivindicar você? Para negligenciá-la enquanto você desperdiça sua juventude e beleza? – Ele segurou o rosto dela entre as mãos quentes. – Eu te amo, Helena. Posso lhe dar uma nova vida, uma que você merece, com todo conforto que desejar. Você não seria mais uma rainha, é verdade, mas ser uma princesa de Troia não é uma posição qualquer. E você teria todas as minhas irmãs e cunhadas como companheiras. Elas a receberão como se você também fosse irmã delas. Eu sei que você ia gostar.

Ela *gostaria*, percebeu. Fazia tanto tempo desde que tivera uma irmã. Ele fez esta nova vida soar tão convidativa, tão fácil, como se ela pudesse estender a mão e tomá-la, se ela escolhesse. Mas ela não podia, podia?

– Eu... você não me quer como sua esposa, Páris – disse ela se afastando dele. – Não vou ter mais filhos. Eu iria decepcioná-lo. – Ela sabia o peso daquelas palavras, e se preparou para o olhar de confusão, até de desgosto dele. Mas ele mal piscou.

– Isso não me importa – retrucou ele com um sorriso, puxando-a para si mais uma vez. – Eu não sou o filho primogênito. Não preciso de herdeiros.

– Mas você não os quer? – perguntou ela, incrédula. Todo homem queria filhos.

– O que eu quero é você. – Ele se inclinou para a frente e tocou os lábios dela com os dele.

Helena estava em um turbilhão. Poderia realmente acreditar nisso? Que um homem pudesse desejá-la apenas por si mesma, e não pelos filhos que ela poderia lhe dar? E, ainda assim, aqueles olhos dourados eram tão sinceros, aquele abraço tão reconfortante. Ela se sentiu aliviada nos braços dele, como se o peso de ser herdeira, rainha e mãe tivesse se esvaído para longe dela. Uma hora atrás ela era Helena de Esparta, a única luz em seu horizonte era a expectativa de outra noite na companhia de Páris, e o mundo além disso era um borrão desconsiderado. Agora, porém, ela se via diante da possibilidade de uma vida nova, cheia de esperança e livre, a chance de ser Helena de algum lugar completamente diferente. Tudo parecia tão estranho e instável, como se o mundo tivesse sido puxado de debaixo de seus pés, e a única certeza que ela tinha era que queria estar perto de Páris, que ele a tocasse mais uma vez, a beijasse mais uma vez, ouvi-lo dizer que a amava. Achava que jamais se cansaria daquelas palavras.

– Não precisa dar sua resposta agora mesmo – veio aquela voz de mel. – Embora devamos partir em breve, se quisermos evitar ser vistos. – Ele segurou o queixo dela delicadamente. – Pense nisso, Helena. Pense na vida que deseja, e voltarei em uma hora para ouvir sua decisão.

Então ele a beijou de novo e saiu da câmara.

30

Helena

HELENA RECOLOCOU O VESTIDO E SENTOU-SE NA beirada da cama, com a cabeça apoiada no punho. Em menos de uma hora, ela teria que decidir, queria continuar sendo Helena de Esparta ou se tornar Helena de Troia? Parte dela ainda não conseguia acreditar que estava enfrentando essa escolha. Seria de fato capaz de fazer isso? Seria de fato capaz de simplesmente partir, recomeçar em um novo lugar? Abandonar sua casa, sua família? Era loucura pensar em partir? Era loucura não fazê-lo?

Uma batida soou vinda da porta.

Helena congelou. Era cedo demais para Páris ter voltado. Mas se não era ele, quem seria? Era tarde, ninguém teria razão para visitá-la àquela hora. Talvez Páris tivesse mudado de ideia. Talvez ele tivesse decidido que o risco era grande demais. O coração de Helena afundou ante esse pensamento.

Uma segunda batida veio, mais impaciente que a primeira.

Helena levantou-se rapidamente e foi até a porta. Antes de abri-la, respirou fundo, preparando-se para a decepção. Mas quando puxou a porta para si, não foi o rosto de Páris que apareceu.

– Mãe! – exclamou Helena, atônita.

A mãe não falou nada, mas passou por ela entrando no quarto, olhando em volta enquanto passava. Pelas maneiras dela, Helena julgou que ela estivera bebendo, e a lufada de vinho que a seguiu para dentro do quarto confirmou as suspeitas. Havia bolsas sob os olhos dela e o cabelo escuro havia se soltado.

– Que surpresa vê-la, mãe – comentou Helena, incerta, tentando sorrir. – Não esperava…

– Eu sei o que está acontecendo, Helena – declarou a mãe de repente, lançando-lhe um olhar penetrante. – Ninguém liga para a pobre rainha Leda, não… perdeu a beleza, perdeu a filha, perdeu o marido… Mas ainda estou viva, embora seja mais fácil para vocês fingir que eu não estou. E eu vejo coisas… – Ela fez uma pausa, olhando trêmula para Helena. – Eu vejo você… *vadia*.

Ela pronunciou a palavra de forma tão venenosa que foi como uma adaga se enterrando no peito de Helena. Ela se sentiu paralisada, presa por aqueles olhos cheios de ódio.

– Eu sabia que você seria assim – continuou sua mãe. – Diferente de sua irmã, uma menina tão doce… Mas prostitutas nascem de prostitutas, e aí está você, abrindo as pernas para qualquer homem que lhe dê um colar bonito.

Não, não foi assim. Helena queria se defender, mas as palavras ficaram presas em sua garganta contraída, e a mãe continuou antes que pudesse colocá-las para fora.

– Não precisa se preocupar. Não vou contar a ninguém. Seria uma vergonha para seu pai no túmulo. Não, eu não poderia jogar mais essa vergonha sobre ele. É demais, demais… – De repente ela estava chorando, balançando a cabeça como se lutasse contra algo dentro dela. Helena estava perplexa, observando sua mãe com os olhos arregalados. Parte dela estava magoada, mas outra parte queria abraçar a mãe, consolá-la e impedi-la de desmoronar. Mas então Leda pareceu se recompor.

– Não, não vou expor sua vergonha. – Ela respirou fundo, e seu peito emaciado pareceu estremecer com o esforço. – O que vim dizer é que eu *vejo* você, Helena, e o que vejo me enoja. Você pode ter meu sangue, mas não é minha filha. Nunca foi, não de verdade. E não quero saber de você.

Ela lançou um último olhar penetrante e saiu da câmara, deixando Helena sozinha ainda boquiaberta.

Então aí estava. A mãe a odiava. Ela sempre a odiara, de certa forma. Enxergava isso agora, mesmo que não entendesse. Nunca fora boa o bastante, nunca fora igual a Nestra. Helena, a prostituta, Helena, a decepção, Helena, a indesejada.

Ela começou a chorar, lágrimas volumosas rolando por seu rosto e pescoço, espremidas com soluços dolorosos e angustiantes. Por um tempo, tudo o que conseguiu fazer foi deixar as lágrimas fluírem. Parecia que se acumularam por anos, por toda a sua vida, na verdade, se avolumando cada vez mais, esperando por esse momento de compreensão.

Mas finalmente começaram a diminuir, como se ela estivesse saindo de uma tempestade. E, conforme o céu de sua mente clareou, outro pensamento surgiu devagar. Não precisava ser Helena, a indesejada. Não mais. Poderia partir com Páris e se tornar Helena, a desejada, Helena, a amada, ela poderia ser Helena de Troia.

O que restava pelo que ficar? Nestra partira, o pai estava morto. A mãe a odiava e o marido lhe era indiferente. Seus irmãos continuariam a jogar dados e beber estivesse ela aqui ou não. E Hermíone... uma vez imaginara que o amor poderia crescer entre elas, mas parecia cada vez menos provável com o passar dos anos. Hermíone não precisava dela. Jamais precisou. Ela tinha Agatha. Helena duvidava que, com o tempo, sua filha se lembrasse de seu rosto.

Estava decidida. Sua casa havia se tornado pouco mais que uma concha familiar. Ninguém aqui se importaria muito se ela sumisse, então por que ficar? Diante de uma escolha entre a vida vazia que conhecia e a esperançosa que desconhecia, ela precisava escolher a esperança.

31

Helena

ELES CAVALGARAM PELA NOITE, CHEGANDO ATÉ O porto ao sul de Giteio quando a aurora estava começando a raiar. Helena não dormira, mas não se sentia cansada. Era tudo tão emocionante, escapulir no meio da noite, cavalgar em direção a sua nova vida com o peito de Páris contra as costas, a respiração dele junto ao seu pescoço, o braço dele em volta de sua cintura. Ela estivera vibrando durante toda a viagem e agora, quando os navios negros surgiram, um calafrio a percorreu. Estava acontecendo de verdade. Ela de fato ia embora.

Eles desmontaram e Helena se viu diante de Páris, com as mãos nas dele. Suas pernas estavam instáveis após a longa cavalgada e ela oscilava um pouco onde estava, sorrindo para ele, quesorriu de volta.

– Estou feliz que você tenha vindo comigo, Helena – disse ele em voz baixa, seus olhos percorrendo o rosto dela.

– Também estou feliz – ela suspirou.

Então ele se inclinou e a beijou, suave e demoradamente.

Quando se separaram, Helena olhou por cima do ombro dele e notou vários baús grandes na praia, esperando para serem carregados em um dos navios.

– O que há neles? – ela perguntou casualmente, enquanto os homens de Páris começavam a puxar o primeiro pela prancha de embarque.

– Apenas algumas bugigangas para levar de volta – explicou ele, tocando a bochecha dela para fazê-la olhar de novo para ele. Mas ela continuou observando os homens.

– Do palácio? – ela perguntou.

Ele fez uma pausa antes de responder.

– Sim, do palácio.

– Meu marido os deu de presente para você? Pensei que ele tivesse me dito...

– Não, ele não os presenteou a mim – respondeu Páris, um tom de aborrecimento surgindo em sua voz. Helena virou-se para ele.

– Não tive a intenção... Eu apenas fiquei curiosa – explicou ela, não querendo estragar a empolgação inebriante de sua fuga.

– É correto que os convidados recebam presentes de despedida. Apenas tomamos o que é nosso por direito. E seu também – acrescentou. – Uma noiva deve ter um dote. A riqueza de Esparta é a sua riqueza também, não é?

Helena não respondeu, mas observou os baús sendo embarcados, uma pequena ruga vincando sua testa. Não parecia certo. O certo era o anfitrião oferecer os presentes, não os hóspedes tomá-los. Decerto Menelau não ficaria feliz quando retornasse e encontrasse seu palácio saqueado, junto com sua esposa. Ela não queria lhe causar mais desonra do que o necessário.

– Helena, olhe para mim – soou a voz de Páris, e ela se virou. – Isso não é nada. Apenas algumas ninharias. Você é o maior tesouro que Esparta tem a oferecer. Por que eu me importaria com ouro quando tenho você?

Ela sorriu ao ouvir isso. A suavidade estava de volta à voz dele, a luz aos seus olhos.

– Eu não teria pegado nada se soubesse que isso iria deixá-la perturbada. Achei que gostaria de algumas lembranças de sua casa, alguns confortos para sua nova vida. Eu os mandaria de volta se pudesse, mas não há tempo agora. – Ele olhou para ela com remorso, esperando uma resposta.

– Está tudo bem – replicou ela, com um sorriso tranquilizador. – Eu sei que você não quis fazer nenhum mal. Mas eu não preciso de tesouros. Preciso apenas de você. – Ela sorriu mais uma vez, e, quando ele sorriu em resposta, ela afastou suas dúvidas. Ele a pegou pelos ombros e a beijou de novo.

– Agora temos que partir – determinou ele. Páris a pegou pela mão e a conduziu pela prancha de embarque, sorrindo para ela enquanto ela dava aqueles passos fatídicos, de modo que tudo o que ela conseguia ver era o belo rosto dele, aqueles olhos dourados que prometiam tanto atraindo-a. Uma vez a bordo, ele a envolveu em seus braços, beijou-a e acariciou seus cabelos de modo que parecia que o mundo inteiro estava derretendo e restavam apenas os dois, apenas os braços fortes dele e o coração palpitante dela.

Então ele a soltou, e o mundo voltou a se formar, e Helena percebeu que eles estavam se movendo, que já havia uma faixa de água entre eles e a praia que crescia a cada momento.

Simples assim, a Grécia estava atrás dela, e ela mal havia notado. Entretanto ela notava agora, notava sua antiga vida, sua casa, sua família se afastando, se encolhendo no horizonte. Tudo o que ela conhecia e sempre conhecera, bom e mau, havia sido separado dela por aquela faixa azul, e foi apenas agora que ela realmente compreendeu que não havia como voltar.

Um estranho pânico começou a pulsar em seu estômago enquanto ela se perguntava se havia feito a coisa certa. Parecia muito mais seguro enquanto ela ainda tinha a opção de voltar atrás, mas agora, com a água ao seu redor... Desejou ter trazido suas aias consigo. O que estava pensando, para nem mesmo se despedir delas? Havia sido tão levada por tudo isso. Agora nunca mais as veria. E Hermíone... Desejou ter dado um beijo de despedida na filha, dado a ela uma última lembrança de si. Entristeceu-se também ao perceber que nunca veria seus irmãos se casarem, ao pensar nas últimas palavras que a mãe lhe dissera. Ficou até um pouco triste com a ideia de nunca mais ver Menelau. Ele tinha sido bom para ela, apesar de tudo.

Mas era tarde demais para tudo isso. Ela havia tomado sua decisão. Páris também era um bom homem; e além disso, ele a amava, e ela o amava. Ela devia amá-lo, não é mesmo? Para estar atravessando meio mundo com ele? Algo em Páris a atraiu, a fez confiar nele, a fez querer estar perto dele.

Ela olhou para o lado, querendo pegar a mão dele e se firmar, mas ele não estava lá. Ela o viu do outro lado do convés, conversando com um primo. Helena voltou a olhar para a costa que diminuía e agarrou a lateral do navio em vez disso.

Ela tinha feito a coisa certa, falou para si mesma. Tinha que partir. Estava sufocando. Ninguém sentiria falta dela. Menelau muito menos. Ele entenderia. Tudo ficaria bem. Sua nova vida seria um renascimento, uma nova chance de amar.

E enquanto ela se firmava contra o convés oscilante, orou aos deuses para que estivesse certa.

32

Klitemnestra

KLITEMNESTRA ESTAVA SENTADA NO SALÃO DA LAREIRA, seu filho recém-nascido murmurando em seus braços. Não conseguia parar de olhar para ele, e não o fizera nos últimos dez dias. Ele realmente estava aqui, enfim um herdeiro. Sua pequena família estava finalmente completa, e ela não poderia estar mais feliz. Ela sorria radiante para os visitantes quando traziam seus presentes e diziam suas bênçãos. Este não era apenas seu filho, mas o filho de Micenas, e parecia que metade do reino viera celebrar o dia da nomeação do menino. Um fluxo constante de rostos reverentes entrou e saiu do salão durante toda a manhã, seus presentes variando de chocalhos de prata a flores silvestres colhidas às pressas. Todos eram bem-vindos. Klitemnestra queria compartilhar seu filho e sua alegria com quantos viessem.

Orestes, o marido o havia chamado. Um bom nome, ela pensou. Ele também estivera sorrindo para a criança durante toda a manhã, apresentando-o orgulhosamente como "Meu filho, Orestes, Príncipe de Micenas" para todos que entravam. Assim como Klitemnestra esperava, o nascimento parecia ter acalmado seu marido. Hoje estava claro que não havia nenhum lugar que ele preferisse estar do que aqui com ela e com o filho.

De repente, Klitemnestra notou uma comoção do lado de fora do salão. Era compreensível, com tantas pessoas fazendo fila para dar uma olhada no bebê, mas desejou que Taltíbio os mantivesse calmos. Ela não queria que Orestes ficasse irritado, quando ele tinha estado tão bem até agora.

Agamêmnon também notara a perturbação e lançava um olhar fulminante em direção às portas. Então, de repente, sua expressão mudou e Klitemnestra se virou para ver o porquê.

Ali, fazendo a fila de pessoas se separar à sua frente enquanto entrava no salão, estava Menelau.

– Irmão! – bradou Agamêmnon. – Eu não estava esperando por você! Veio abençoar seu sobrinho? – Seu tom jovial ressoou acima do barulho da multidão, mas seu sorriso diminuiu quando ele viu o rosto do irmão.

– Deve pedir a todos que saiam – declarou Menelau. – Eu preciso falar com você. A sós.

Ele tinha uma expressão estranha que Klitemnestra não conseguia ler, mas seus olhos estavam sérios. Ela instintivamente colocou a mão sobre a cabeça do filho, como se o protegesse de uma tempestade que se aproximava.

Agamêmnon assentiu para o irmão e levantou para se dirigir ao salão.

– Eu e meu filho agradecemos por suas bênçãos, mas a audiência acabou. Voltem para suas casas. – Então sinalizou para Taltíbio, que conduziu a multidão para fora.

Quando o salão ficou quieto e as portas se fecharam, Menelau contou ao irmão o que o trouxera a Micenas.

– Se foi? – exclamou Agamêmnon. – O que você quer dizer com *se foi*? Você a perdeu? – Ele soltou uma breve risada, mas Menelau não estava sorrindo, nem Klitemnestra.

– Tivemos visitantes estrangeiros hospedados no palácio, de Troia…

– Troianos? O que deu em você para entreter aqueles bastardos? Eu não lhes daria uma cama nem se implorassem. Deixe-os rastejar para seus mestres hititas, digo eu. – Ele cuspiu no chão.

– Eu pensei… Eles vieram em paz, irmão. Disseram que queriam restabelecer as rotas comerciais. Mas… você está certo. Eu não devia ter confiado neles. – A expressão de Menelau era amarga. – Meus homens acham que minha esposa foi embora com eles. Eu estava fora, no funeral do nosso avô, e quando voltei ela não estava lá. Não temos certeza… de como ela foi levada. Mas ninguém a ouviu gritar por socorro.

Klitemnestra entendeu o que ele estava insinuando, mas não queria acreditar. Helena não abandonaria sua família de bom grado. Ela deve ter sido enganada. Talvez eles tivessem ameaçado a filha dela; ela mesma faria qualquer coisa para proteger seus filhos.

Ela temia por Helena. Ela deveria estar com tanto medo, tirada de sua casa, violentada por um estrangeiro. Mas se não tivesse sido violada, se ela tivesse partido por vontade própria... A possibilidade não era muito melhor. *Ai, Helena. O que você fez?*

– Você fez bem em vir até mim – comentou Agamêmnon num tom grave. – Quando o resto da Grécia souber... o que vão dizer? Que não somos capazes de manter nossas mulheres? Que deixamos nossos convidados nos desonrarem? Não, a casa de Atreu não será ridicularizada. Eu não vou...

Então uma expressão estranha surgiu em seu rosto, como se um pensamento o tivesse atingido. E, para grande perplexidade de Klitemnestra, a sombra de um sorriso curvou-se em seus lábios.

– Não, não seremos ridicularizados – repetiu devagar. – Irmão, esta não é uma provação que os deuses nos enviaram. É uma oportunidade.

Ele estava se inclinando para a frente em seu assento agora, uma energia repentina animando suas feições. Menelau tinha um olhar confuso e parecia refletir um pouco da descrença que deveria estar no rosto da própria Klitemnestra.

– Uma *oportunidade*? Você me entendeu mal, irmão? – Menelau perguntou de forma brusca. – Minha esposa se foi. Levada. Ou seduzida, nesse caso fui corneado e feito de bobo diante de todo o mundo. Ou ela foi roubada à força, para ser violada por homens estrangeiros, violentada e espancada. Talvez já esteja morta.

Klitemnestra sentiu-se mal e a rara emoção na voz de Menelau a assustou. Perguntou-se onde Helena estaria agora, e uma imagem do corpo de sua irmã apodrecendo no fundo do mar forçou caminho em sua mente. Ela a afastou. Será que Helena era realmente capaz de fazer isso? Será que partira por vontade própria? Será que fizera isso por amor? Estava começando a desejar que sim.

A voz retumbante de Agamêmnon interrompeu seus pensamentos.

– Compreendo muito bem a situação, irmão. Melhor do que você, ao que parece. – Menelau franziu a testa de raiva, mas Agamêmnon continuou antes que ele pudesse falar. – Você não vê? Sua esposa, a flor da Grécia, foi colhida por convidados estrangeiros de seu próprio palácio. Eles quebraram as leis sagradas da amizade hospitaleira. Eles o desonraram. Insultaram-no. Contudo, fizeram mais do que isso, irmão, eles insultaram a Grécia.

Menelau ficou em silêncio por um momento, examinando o rosto do irmão. Então, com uma voz mais calma, ele contou:

– Eles também esvaziaram meu tesouro. Considerei a questão da minha esposa mais urgente, mas...

– Ainda melhor – gritou Agamêmnon, batendo com o punho no braço do trono. Klitemnestra viu a sombra de sorriso no rosto dele se fortalecer. – Aqueles ratos orientais roubaram da Grécia. Devemos mostrar a eles que nossas esposas não lhes pertencem para que as estuprem, nosso ouro não está à disposição deles para o saquearem.

– E como pretende fazer isso? – perguntou Menelau com cautela.

– Recuperando o que foi roubado.

As palavras de Agamêmnon ecoaram pela câmara, e Klitemnestra teve a impressão de que continham um peso, um significado que não podia ser revogado, agora que havia sido inserido no mundo.

– Você quer dizer declarar guerra.

E com essas palavras Menelau deu solidez ao pensamento que começara a se formar na mente de Klitemnestra.

– Não seja tolo, irmão – continuou ele quando Agamêmnon não falou nada. –Não temos força. Troia é uma cidade rica e poderosa, com aliados ricos e poderosos. Não deve subestimá-la. Mesmo com as forças de Esparta e Micenas combinadas...

– Esparta e Micenas? Você não me entendeu direito – interrompeu Agamêmnon. – Não somos apenas nós dois que vamos travar esta guerra, mas toda a Grécia.

– Como? – perguntou Menelau, perplexo. – Como você vai convencê-los? Não é uma causa deles. Por que se arriscariam pela esposa de outro homem?

– Você esquece. Helena não era apenas sua noiva, irmão, mas a noiva da Grécia. Todos os reinos daqui até Ítaca enviaram um príncipe para competir por ela. E cada um daqueles homens jurou que, se ela fosse tomada do homem que a conquistou, eles o ajudariam a recuperá-la.

Uma nova percepção surgiu no rosto de Menelau, e nela Klitemnestra viu que o que seu marido falara era verdade. O medo começou a roncar em sua barriga.

– A Grécia está sob nosso comando, irmão. – A voz de Agamêmnon estava cheia de emoção. – Lembraremos os pretendentes de seus juramentos, contaremos como os profanadores estrangeiros roubaram sua esposa, saquearam sua riqueza. E ensinaremos a esses cães estrangeiros que não se deve brincar com a Grécia.

Klitemnestra não via o marido tão animado há meses, talvez anos. Nem mesmo o nascimento do filho trouxe tanto brilho ao olhar dele. Isso a assustou. Ele era um homem determinado, e depois que cismava com uma ideia… se era guerra o que ele queria, guerra ele teria. Ela viu agora que ele estava esperando por uma oportunidade como essa. Uma chance de fazer algo grandioso, de aumentar seu poder. Micenas não bastava. Sua família não bastava. Nem mesmo Orestes bastava. Naquele momento, Klitemnestra percebeu que seu marido sempre iria desejar mais.

Embora temesse pela irmã, também temia perder o marido. Não podia suportar que sua família se separasse quando estava apenas começando a se parecer inteira. E se Agamêmnon morresse, o que seria de seus filhos? O que seria dela? Mas Helena também era sua família, ligada pelo sangue e pelos anos que viveram juntas em Esparta. A ideia dela sozinha em uma terra estrangeira, à mercê dos caprichos de seu captor, ou mesmo de seu sedutor, continha seu próprio terror. Na cabeça de Klitemnestra, Helena ainda era a garotinha esperançosa, cheia de amor pela vida e ingênua que deixara para trás em Esparta, e agora, mais do que nunca, desejava poder voltar a vê-la e saber que ela estava a salvo.

Dividida entre a família que deixara para trás e a nova que criara, Klitemnestra não ofereceu nem advertência nem incentivo às visões de glória de seu marido, mas sentou-se em silêncio, embalando suavemente o filho, enquanto os homens faziam seus planos e as engrenagens da guerra começavam girar.

33

Klitemnestra

ORESTES ESTAVA INQUIETO. ERA UM DIA QUENTE, então talvez fosse isso. Ele passara a manhã inteira chorando, e lutara tanto contra o cueiro que Klitemnestra acabou removendo-o. Ela estava vagando pelo palácio com ele agora, balançando-o nos braços enquanto andava. Parecia estar funcionando e ele se acalmou um pouco, seus berros pouco a pouco se transformando em murmúrios borbulhantes.

Houve um tempo em que seu marido desaprovava que ela andasse pelo palácio sem escolta, mas ele ficou menos preocupado com essas coisas nos últimos anos. Ela esperava que fosse porque ele confiava nela e não porque não se importava mais, mas de qualquer forma era bom ter liberdade no palácio.

Ela continuou em seu trajeto, ainda embalando o pequeno Orestes em seus braços cansados, até chegar ao pátio principal. Assim que o fez, ela viu um homem franzino atravessar correndo na direção do Salão da Lareira.

Ela parou por um segundo, então se dirigiu para a porta aberta pela qual ele tinha acabado de passar. Quando estava perto, deu uma olhada para dentro, e lá em seu trono dourado estava sentado o marido.

– Ah, esposa – chamou ele, quando ergueu o olhar e a viu. – Traga meu menino até mim. Quero que ele se lembre do meu rosto quando eu estiver longe.

E lá estava: o lembrete daquilo em que ela estivera tentando tanto não pensar. Ela sabia que era infantil, mas manter o pensamento longe de sua mente o tornava um pouco menos real, pelo menos por enquanto.

Ao se aproximar do marido, percebeu que ele segurava uma tabuleta de escrita, que colocou no chão para pegar Orestes.

– Alguma notícia? – ela perguntou, olhando para o barro, mas sabendo que era inútil tentar entender os símbolos estranhos. Sempre lhe parecera um pouco místico, a forma como os homens podiam olhar para as pequenas linhas e ver a voz de outro homem, embora ele estivesse talvez a quilômetros de distância.

– O último mensageiro acaba de voltar – contou o marido em tom de satisfação. – Senhor Odisseu me fez esperar semanas. Mais do que um pouco relutante, segundo me relataram. Mas ele cedeu no final das contas, assim como todos os outros. Sem dúvida, ele teme perder toda a glória! – Agamêmnon soltou outra risada, seus olhos brilhando. – A coisa toda foi mais fácil do que o esperado, para dizer a verdade. Atrevo-me a dizer que poderia ter convencido muitos sem o juramento! Apenas dê a eles uma causa, deixe-os dizer a si mesmos que estão lutando pela Grécia, ou pela liberdade, ou... por qualquer coisa, e vão aproveitar a chance de ter alguma ação.

Klitemnestra sorriu vagamente, notando que ele não mencionara nada sobre lutar por Helena, mas mordeu o lábio. Em parte esperara que os outros príncipes recusassem o chamado, mas parecia que eles estavam tão impacientes por glória quanto seu marido.

– Em breve você será a esposa não apenas do rei de Micenas, mas do comandante de todos os gregos. E o reino de nosso filho será maior do que o de qualquer um de seus ancestrais. Trarei enormes riquezas da Trôade.

Seus olhos reluziam como se já contemplassem os tesouros que iria saquear. Ela tentou forçar outro sorriso, mas a menção de seu filho foi demais.

– E se você não voltar? Micenas só é nossa porque é sua – questionou ela, olhando para o pequeno pacote nos braços grossos do marido. – Vai deixar seus filhos indefesos? – Ela sabia que era ousado falar, mas isso era o que ela mais temia. Com Agamêmnon distante, Micenas estaria vulnerável, com seus filhos sendo os primeiros alvos de qualquer viajante ambicioso que desejasse conquistar um reino.

A expressão de Agamêmnon tornou-se séria.

– Tenha fé, esposa. Os deuses não nos teriam dado esta oportunidade se não desejassem que a aproveitássemos, e que fôssemos bem-sucedidos. Você verá.

Ela assentiu, embora ainda não estivesse convencida.

– Micenas não ficará indefesa – continuou ele. – Vou deixar uma guarnição de homens e um administrador para ajudá-la a governar.

– Governar? – ela repetiu, surpresa.

– Você é a rainha de Micenas, não é? Orestes é jovem demais. O povo precisa de uma figura de liderança.

Ela assentiu solenemente.

– É claro.

– O administrador cuidará da maioria das coisas. Só preciso de você aqui para lembrar ao povo quem é o rei deles. Receber visitantes e coisas desse tipo.

– Ah – disse ela, percebendo que havia entendido errado o que ele queria dizer. Ficou surpresa com sua decepção. – Sim, meu senhor.

– E deve cuidar dos sacrifícios, é claro. Precisamos ter os deuses do nosso lado.

– Sim, marido.

– Na verdade, eu já tomei medidas nesse sentido, então pode parar de se preocupar.

Ela lançou a ele um olhar questionador.

– Um vidente. Precisaremos de um conosco se quisermos conhecer os caprichos dos deuses. Já mandei trazê-lo. O melhor do reino, é o que dizem, e não duvido.

De repente, Klitemnestra ficou preocupada.

– Que vidente?

– De Argos. Não lembro o nome, mas você deve conhecê-lo de vista. Ele já esteve no palácio antes, anos atrás. Foi ele quem previu meu acidente… foi isso que me fez pensar em chamá-lo.

Calcas.

– Sim, eu… eu talvez me lembre dele, se o vir – replicou ela. Seu coração batia acelerado com a lembrança de uma época que tentara esquecer e da raiva nos olhos do sacerdote na última vez que o vira.

– Tem certeza de que ele é o melhor do reino? – ela perguntou, tentando ao máximo parecer despreocupada. – Ouvi falar de muitos grandes videntes. Há um em Tirinto que…

– Sim, tenho certeza – retrucou o marido. – Há muitos que afirmam conhecer as artes da vidência, é verdade, mas poucos se provaram, e menos ainda para mim. É ele quem vou levar.

– Mas marido, não se recorda de por que ele veio para Micenas? Era... sobre aquela garota. E talvez, do jeito que as coisas... terminaram, talvez ele lhe deseje mal.

– Deuses, mulher! Como você se preocupa! Eu falei que irei levá-lo e vou. Já mandei buscá-lo em Argos.

Mesmo depois de todos esses anos, o bradar de seu marido foi suficiente para intimidá-la. Ela queria dizer mais, adverti-lo contra confiar no sacerdote sem reservas, mas sabia que ele não iria dar ouvidos a ela. Ele nunca dava. E se Calcas já foi chamado, havia pouco que ela podia fazer agora.

O lampejo de irritação de Agamêmnon pareceu se suavizar quando ele mexeu o dedo junto aos punhos de seu filho que tentavam agarrá-lo. Mas então Orestes começou a chorar.

– Aqui – disse o pai, empurrando a criança de volta para a mãe. – Leve-o de volta para o quarto, sim? Não suporto quando eles choram.

34

Klitemnestra

NAQUELA NOITE, KLITEMNESTRA ESTAVA NOVAMENTE no Salão da Lareira, desta vez sentada em sua cadeira incrustada de marfim, com o marido entronizado ao seu lado. As crianças já tinham sido colocadas na cama e Eudora as vigiava. Klitemnestra não queria perder a audiência. Ela sabia que precisava estar aqui quando ele viesse. Precisava ver seu rosto.

Calcas estava de pé diante do marido dela, os pés plantados na pedra, as chamas da lareira bruxuleando atrás de si. Ele parecia mais velho, pensou Klitemnestra. Vários anos haviam se passado desde que o vira pela última vez, é claro, mas parecia que o dobro de tempo havia passado por ele. A gordura juvenil de suas bochechas se fora, sua testa larga e lisa ficara enrugada e ele se apoiava em seu cajado como se seu corpo também estivesse desgastado além da idade.

– Você tem minha gratidão por vir com tanta prontidão, vidente. – Agamêmnon recostou-se no trono, sua voz ressoando sem esforço. – Agora que tenho minhas promessas, desejo fazer a viagem para Áulis o mais rápido possível. Deduzo por sua presença aqui que concorda com meu pedido?

– De fato, meu senhor – respondeu o sacerdote, seu tom educado, mas seu rosto ilegível. – Ficarei honrado em servir como vidente para os gregos.

O coração de Klitemnestra se apertou com a confirmação. Ainda tivera a esperança de que ele respondesse que não.

– É bom ouvir isso! – bradou Agamêmnon com um sorriso largo. – Não me esqueci da última vez que você veio ao meu salão. Eu soube então que seus poderes eram verdadeiros. Meu acidente provou que você estava certo.

– Você quer dizer sua punição, meu senhor – comentou Calcas em seu tom suave. – Eu lhe falei que a deusa iria puni-lo.

– Sim, sim. Foi isso que eu quis dizer – respondeu o marido, acenando com a mão enorme com desdém.

– Por levar Leukipe. – O rosto de Calcas estava rígido como pedra, seus olhos fixos em Agamêmnon.

– Ah sim! Era disso que se tratava, eu me recordo! – Seu tom era jovial, como se tudo tivesse sido uma boa brincadeira entre eles. – Como está o pequeno bastardo? Ele deve ter... sete, oito anos agora?

Klitemnestra viu os lábios do sacerdote se comprimirem quase imperceptivelmente.

– A criança não sobreviveu ao parto. Nem a mãe.

Ele falou sem mudar de tom, mas Klitemnestra podia sentir a dor por trás daquelas feições imóveis. Ela sentia também, tristeza ao pensar naquela pobre menina arrancada da vida tão jovem, e também no bebê, a semente de seu marido. Mas com a tristeza e a pena, surgiu o medo. Com essas poucas palavras a situação mudara, e ela temeu aquele rosto de pedra e aquela voz calma mais do que nunca.

– Ah, bem, foi a vontade dos deuses – replicou o marido com mais sobriedade, mas seu tom logo voltou a se animar.

– Você conversou com os deuses sobre minha campanha? Eles dão boa sorte? Estão satisfeitos com meus sacrifícios?

Klitemnestra tinha certeza de que Calcas não seria mais capaz de esconder sua raiva por mais tempo, que não permitiria que Agamêmnon pusesse de lado o assunto de Leukipe com tanta facilidade, mas quando falou, não poderia ter sido mais gentil.

– Não há necessidade de perguntar a eles, meu senhor, pois hoje mesmo eles me enviaram um presságio. Eu o vi enquanto viajava de Argos para cá, uma lebre morta à beira da estrada, com a barriga cheia de filhotes. Dois pássaros pousados em cima dela, um preto e um branco, rasgando a carne e o tesouro lá dentro. Dois pássaros para dois irmãos, os gloriosos Átridas, você, meu senhor, e o outro, seu irmão injustiçado. E a lebre, é claro, a própria Troia.

A imagem deixou Klitemnestra enjoada, mas pareceu agradar ao marido.

– Excelente – exclamou ele, esfregando as mãos enormes. – Já provou seu valor e ainda nem deixamos as muralhas de Micenas! – Ele soltou uma risada. – Sim, eu sabia que você seria a escolha certa. Está decidido então. Partiremos amanhã e você nos acompanhará.

Calcas curvou-se com reverência.

– Taltíbio irá levá-lo até seu quarto e lhe fornecerá qualquer coisa de que possa precisar. Durma bem, pode ser a última cama de verdade que verá por algum tempo!

O sacerdote curvou-se mais uma vez e deixou a câmara em silêncio.

– Por favor, marido – sussurrou Klitemnestra com urgência assim que as portas se fecharam. – Não o leve com você. Escolha outro vidente. Temo que ele queira prejudicá-lo.

– Absurdo. Por que ele faria isso? Você ouviu o presságio. Ele vê minha glória e me ajudará a alcançá-la.

– Mas, a garota…

– É disso que se trata? – ele retrucou. – É triste, mas nada que não aconteça todos os dias com uma pobre vadia. Por que ele se importaria? O que ela era dele? Uma serva do templo? Acho que ele agradeceu aos deuses por ter duas bocas a menos para alimentar.

Klitemnestra olhou horrorizada para o marido. Ele era realmente tão insensível? Às vezes ela conseguia se convencer de que o amava, mas outras vezes… Ela se sentia enojada, pelo marido, pelo que havia acontecido com Leukipe, pela perspectiva da guerra, por sua total impotência contra tudo isso. Não podia contar a Agamêmnon que Leukipe era irmã de Calcas, jurara aos deuses pela vida de seus filhos que não o faria; porém, mesmo que pudesse contar a ele, duvidava que faria alguma diferença. Era como se paredes tivessem se formado ao redor dele e cera tivesse tapado seus ouvidos, e tudo o que ele pudesse ver era Troia, a guerra e a própria glória resplandecente.

– Venha – chamou ele, pegando a mão dela e levantando-se do trono. – Eu parto pela manhã. Vamos ver se consigo pôr outro filho em você para quando eu voltar.

35

Klitemnestra

FAZIA QUASE UM MÊS QUE AGAMÊMNON PARTIRA, mas o palácio não parecia tão mudado quanto Klitemnestra imaginara que pareceria. Estava um pouco mais vazio, talvez, sem alguns dos rostos que ela estava acostumada a ver, e parecia um pouco maior sem a presença considerável de Agamêmnon ali para preenchê-lo. Mas a vida cotidiana não estava muito diferente. Ainda passava as tardes ensinando as meninas a fiar e tecer, ainda passava metade das noites amamentando Orestes. Era como se o marido estivesse fora apenas em uma de suas visitas e fosse voltar a qualquer momento com novos presentes para deslumbrar as crianças.

Houve uma mudança, no entanto. Todas as manhãs, depois que as crianças estavam banhadas e arrumadas, ela as deixava com Eudora e ia até um dos cômodos modestos atrás do Salão da Lareira. Há muito que tinham um ar de mistério para Klitemnestra, até porque ela nunca tivera motivos para ir até lá. Não que isso lhe fosse proibido, não exatamente, mas sabia que o marido teria desaprovado. Não era um lugar com o qual as senhoras deviam se preocupar, ele teria dito com uma risada zombeteira ou um gesto desdenhoso da mão. Mas agora, com Agamêmnon longe, não havia ninguém para lhe dizer onde deveria ou não passar o tempo. E assim, na mesma manhã depois que ele partira, foi para este lugar que ela viera.

Esta manhã, como em todas as manhãs desde aquela primeira aventura cheia de nervosismo, ela bateu à porta de madeira sem adornos.

– Bom dia, senhora – cumprimentou o homenzinho que a abriu. Ele se arrastou para trás e gesticulou em direção a uma cadeira esculpida, mais elegante do que os outros móveis que ocupavam a sala. – Vou apenas pegar uma tabuleta nova para você e podemos começar.

Essa sala apertada e mofada era onde os escribas do palácio trabalhavam. Aqui faziam registros dos bens guardados no palácio, dos impostos recolhidos das aldeias, dos sacrifícios feitos aos deuses. Aqui palavras e números eram esculpidos em argila, então endurecidos e armazenados no arquivo na sala ao lado. Parecia quase mágico para Klitemnestra, e ela adorava observá-los enquanto rabiscavam atarefadamente, como se não fosse mais difícil do que fiar a lã.

Mas no que estava realmente interessada, e aquilo que ela viera até aqui para aprender, acima de tudo, era como entender os símbolos que eram escritos. Ela era a verdadeira rainha de Micenas agora, responsável por tudo o que acontecia dentro e fora do palácio. Como poderia cumprir seu dever para com seu reino se não era capaz de ler as notícias que lhe eram trazidas, como um homem conseguia? Não podia depender de outras pessoas para relatar tais coisas. E se eles mudassem as palavras? E se omitissem alguma coisa? Ela mesma precisava ler.

Eusebios, o escriba-chefe, estava ensinando a ela o que as linhas significavam, o som que faziam, como se combinavam. Ela até praticava como desenhá-las também. Ela ainda era muito lenta e às vezes errava, algumas das formas eram muito semelhantes, mas estava melhorando a cada dia. Eusebios ficara surpreso com a rapidez com que ela aprendia.

Ele havia sido um professor relutante no início. Não achava que Agamêmnon aprovaria e temia ser punido quando o rei retornasse. Mulheres não deviam aprender as letras, e talvez as rainhas menos ainda. Mas ela lhe garantiu que assumiria a culpa, se houvesse alguma, e o convenceu de que Micenas precisava de uma rainha de verdade enquanto seu rei estivesse ausente. E era verdade, não era? Mas ao aprender a interpretar aquelas formas misteriosas, ela descobriu um mundo inteiro que estivera escondido dela. Quem podia saber o que seu marido, seu pai, seus irmãos haviam lido ali, o quanto haviam compartilhado com ela e o quanto haviam deixado em silêncio no barro? Acessar aquele mundo secreto de palavras sem vozes fazia com que ela se sentisse poderosa.

Talvez ela pudesse compartilhar esse poder com suas filhas, pensou enquanto aplanava cuidadosamente a superfície da tabuleta que Eusebios lhe entregara. Que presente seria! E seria mais fácil para elas começarem ainda jovens. Se fossem ensinadas a moldar letras como eram ensinadas a fiar a lã, se pudessem aprender a tecer palavras como teciam seus padrões no tear, com o tempo suas mãos fariam o trabalho sozinhas, seus pensamentos se materializariam quase ao mesmo tempo em que eram concebidos.

Mas ainda não. Eusebios correra um risco ao concordar em ensiná-la, e ela não queria pressioná-lo demais. Klitemnestra sentia que ela e o escriba haviam se tornado amigos, quase. Era bom sentir que tinha outro aliado no palácio, além de Eudora e de suas aias. Com Agamêmnon fora, ela sabia que precisava construir a própria base de respeito e lealdade, se quisesse manter Micenas segura para o retorno dele, e para isso precisava do apoio dos homens.

Ela tinha acabado de começar a praticar a formação das letras com seu estilo[2] quando bateram à porta. Ela não levantou os olhos de seu trabalho, mas viu Eusebios se levantar de seu banco ao lado dela.

– Chegou uma mensagem. Do Senhor Agamêmnon.

Klitemnestra ergueu a cabeça ao som da voz do administrador.

– Disseram-me que a rainha poderia ser encontrada aqui – continuou ele. Ela pensou ter ouvido um traço de desaprovação na voz dele, mas falou para si mesma que tinha imaginado.

– Sim, Damon – respondeu ela, levantando para se dirigir ao administrador. – Quais são as notícias? A campanha vai bem? A travessia para Troia foi um sucesso? – Ela podia ver que o selo da tabuleta que ele trazia já havia sido rompido e temia a sorte que suas palavras poderiam trazer. Decerto Agamêmnon não enviaria um mensageiro desde a Trôade se não fosse algo sério.

– A frota ainda não deixou a Grécia, minha senhora – relatou Damon. – Ainda estão esperando em Áulis. Lorde Agamêmnon adiou sua partida até… até que a princesa Ifigênia se case com o senhor Aquiles, príncipe da Ftia. O rei pede que ela seja enviada imediatamente a Áulis para a cerimônia.

---

2   Ponteiro ou haste de metal ou de osso, usado pelos antigos para escrever sobre tábuas cobertas de cera, dispondo de uma extremidade pontiaguda, a que imprime os caracteres, e outra achatada, para apagar os erros. (N. T.)

Klitemnestra levou algum tempo para digerir o que o administrador havia dito. Ifigênia, *sua* Ifigênia, ia se casar? E não com um homem qualquer, mas com o próprio Aquiles? Sim, a fama dele tinha chegado aos ouvidos dela. Um grande guerreiro, diziam, abençoado pelos deuses e herdeiro do reino do pai. Ela não poderia ter desejado um casamento melhor, e ainda assim... não parecia muito tempo atrás que tinha a segurado em seus braços, amamentado-a em seu peito. Sua primogênita, tão pura, delicada e preciosa. Ela sabia que esse dia chegaria, que os casamentos teriam que ser feitos, pelo bem do reino, mas era cedo demais. Ifigênia tinha apenas onze anos, era jovem demais e não estava pronta para se tornar uma mulher. Ainda nem tinha começado a sangrar. Como poderia mandá-la para uma vida solitária no palácio de outro homem, longe de todos que a amavam, enquanto seu novo marido estava fora em uma guerra?

Assim, naquele momento, ela percebeu o que deveria fazer. Acompanharia a filha até Áulis e negociaria com os homens para que Ifigênia permanecesse em Micenas por enquanto, pelo menos até o fim da guerra. Ela não se oporia ao casamento, tinha certeza de que Agamêmnon devia ter uma boa razão para arranjá-lo, para ter firmado o compromisso com Ifigênia ainda tão jovem, mas qual era o sentido de mandar a filha embora quando ela ainda não podia ser de nenhuma utilidade como esposa?

Agamêmnon concordaria, ela tinha certeza. Tudo ficaria bem. E lhe daria um pouco mais de tempo para cuidar de sua filha.

– Minha senhora? – veio a voz de Damon mais uma vez.

– Sim. Enviaremos a princesa Ifigênia imediatamente – ela respondeu, já planejando sua súplica ao marido em sua mente. – E eu irei com ela.

36

Klitemnestra

ELAS PARTIRAM NA MANHÃ SEGUINTE EM UMA carroça coberta para evitar a chuva que respingava fracamente contra a capota. Klitemnestra estava sentada de frente para a filha enquanto uma grande arca servia como uma espécie de mesa entre elas, contendo, entre outras coisas, o traje de noiva de Ifigênia. Klitemnestra agradeceu por já ter feito o vestido e o véu da filha, sabendo que um dia seriam necessários, embora lamentasse que não estivessem tão acabados quanto gostaria. Ainda faltavam alguns dos acabamentos dourados do vestido e o véu, embora bem tecido, era bem grosso. Ela estivera planejando fazer outro, mas tudo aconteceu tão rápido... Deveria ter empacotado o próprio véu nupcial, pensou de súbito, o delicado que sua mãe fizera, mas era tarde demais para voltar. Já estavam na estrada há mais de uma hora.

Orestes provavelmente estaria tomando sua segunda mamada do dia agora, pensou, e uma pontada de culpa causou um espasmo em seu peito. Tinha doído deixá-lo com a ama de leite, seu próprio filho, tão pequeno e precioso, mas ele estava mais seguro no palácio do que na estrada. E nesse momento a filha precisava mais dela.

Ela olhou para Ifigênia, que observava as colinas que passavam devagar. Ela não reclamou por terem que partir tão de repente, nem fez qualquer desafio aos desejos do pai. Ela sempre o idolatrara. Acima de tudo, estava contente por poder vê-lo mais uma vez antes que ele fizesse a travessia para Troia.

Klitemnestra sorriu enquanto observava os olhos brilhantes da filha observando a paisagem. Não era comum que as garotas tivessem a chance de sair do palácio; Electra ficou emburrada por não poder ir com elas. E quando também ela começou a observar as colinas, Klitemnestra se deu conta de que essa viagem a levaria mais longe de Micenas do que estivera desde que chegara lá, doze anos atrás. Como estivera nervosa naquela outra viagem de carroça, ela própria uma jovem noiva, sabendo e ao mesmo tempo sem saber o que a esperava no final. Olhou para Ifigênia de novo, tentando lê-la. Ela estava nervosa? Estava pensando no casamento? Sobre o que poderia acontecer depois? Se estava, não demonstrava. Mas às vezes era difícil de saber. Ela sempre era tão radiante, tão doce; Klitemnestra às vezes se preocupava que a filha estivesse escondendo sua tristeza apenas para poupar os outros do fardo dela.

– Dizem que o senhor Aquiles é um grande homem – ela arriscou, mantendo os olhos na paisagem úmida. – Um excelente guerreiro. E com pés mais velozes do que qualquer homem vivo.

Com o canto do olho, viu Ifigênia virar a cabeça brevemente para ela e depois voltar para as colinas.

– Sim, tenho certeza de que ele é. Um grande homem, quero dizer – respondeu ela alegremente. Então, depois de uma breve pausa: – Acho que papai não ia deixar que ele se casasse comigo se não fosse.

Havia a sombra de uma pergunta em sua vozinha, e Klitemnestra agiu para tranquilizá-la.

– Não, claro que não. Você é uma princesa de Micenas. Seu pai não a entregaria a um homem qualquer. – Ela sorriu para a filha, que sorriu de volta.

– Sim, achei que sim – disse ela, quase para si mesma, e voltou os olhos para as colinas.

Ficaram em silêncio por alguns minutos, sacolejando um pouco em seus assentos enquanto a carroça fazia seu caminho sobre as rochas e valas que marcavam a estreita estrada do vale. Depois de algum tempo, Ifigênia voltou a falar.

– Mesmo que ele seja um grande homem; tenho certeza que ele é, se papai o escolheu, mas... mesmo que ele seja... não tenho certeza de que estou pronta para ser uma esposa.

Suas palavras pairaram no ar e ela manteve os olhos nas colinas, mas quando do Klitemnestra estendeu a mão e pegou a da filha, ela virou sua cabecinha dourada para a mãe, e pela primeira vez, desde que a menina ouvira o pedido do pai, Klitemnestra viu um pouco de preocupação nos olhos da garota.

– Não precisa se preocupar – replicou Klitemnestra com um sorriso caloroso. – É apenas uma pequena cerimônia, para tornar tudo oficial. Não terá que ser esposa dele ainda, não até que esteja pronta. Você é jovem demais para isso. – Ela apertou a mão da filha. – Faremos os ritos e o banquete, e talvez você tenha que deixá-lo beijar você, só um beijinho; mas depois disso você vai voltar para casa comigo. – Ela sorriu novamente, tentando tranquilizar tanto a si mesma quanto a Ifigênia. – Você vai ver. Seu pai vai me escutar. E estarei com você todo o tempo que estivermos lá.

Ifigênia exalou um pouco e retribuiu o sorriso da mãe.

– Fico contente por você estar aqui – foi tudo o que ela falou, antes de voltar os olhos para as colinas.

Fico contente por estar também, Klitemnestra respondeu, silenciosamente, para si mesma, observando o rosto da filha, o modo como o vento ondulava seus cabelos claros, o modo como seus olhos percorriam a paisagem. Não queria que Ifigênia se preocupasse, mas seus próprios medos se avolumavam sob a superfície enquanto ela tentava acalmar os da filha. E se não conseguisse convencer os homens? Era tola em pensar que sequer poderia tentar? Podia realmente prometer à filha que ela voltaria para casa assim que tudo isso estivesse feito? Esses poderiam ser os últimos dias que as duas passariam juntas. Cada minuto era precioso; cada segundo, irrecuperável. Ela iria desfrutar desta viagem, e da filha, tanto quanto pudesse.

☽

Parecia cedo demais quando Klitemnestra olhou à frente delas no início da noite do terceiro dia e viu, além do morro seguinte, mastros negros amontoados contra o céu azul-acinzentado como árvores altas e sem folhas. Engoliu em seco ao vê-los, o nervosismo subindo pela garganta, e tocou levemente o braço de Ifigênia.

– Chegamos.

O acampamento dos soldados era grande e extenso, com construções temporárias e fogueiras e trilhas de lama que pareciam estar em uso há algum tempo. Os cheiros de couro, cavalos e coisas menos agradáveis eram um pouco avassaladores depois do ar fresco das colinas, e quando os homens começaram a notar sua passagem, Klitemnestra ficou duplamente grata por seu véu grosso. Puxando-o sobre o rosto e sentindo-se culpada por não ter dado um véu para Ifigênia antes de entrarem no acampamento, ela tentou ignorar os comentários lascivos que se elevaram ao redor delas, os olhares descarados e os cochichos.

Ela supôs que elas deviam parecer um pouco estranhas, duas mulheres entrando em um acampamento de soldados sem companhia masculina além de seu condutor e uma pequena guarda vindo atrás. Talvez a notícia do casamento ainda não tivesse se espalhado; talvez Agamêmnon estivesse mantendo em sigilo, para impedir que outros homens exigissem um privilégio semelhante ao de Aquiles. Sim, isso seria sensato. Ela não achava que suportaria entregar outra filha. Ainda não, de qualquer maneira.

Mesmo que pudesse entender a curiosidade dos homens, Klitemnestra lamentou não ter enviado um dos homens à frente para que Agamêmnon fosse encontrá-las fora do acampamento e escoltá-las. Ela duvidava que mesmo o mais ousado dos homens se atreveria a demonstrar tal desrespeito se seu marido estivesse com elas.

Só então ela ouviu um som familiar, mais latido do que voz, e ficou surpresa com o quão feliz estava por ouvi-lo. Mais à frente, o estrondo inimitável de seu marido elevou-se acima do barulho generalizado, e logo ela avistou a cabeça escura a que pertencia.

– Veja – chamou Ifigênia, apontando por cima do ombro da garota enquanto apertava sua mão. – Finalmente chegamos.

Ifigênia virou a cabeça loira e Klitemnestra pôde ver suas bochechas se erguerem enquanto ela sorria.

– Pai! – ela gritou animadamente. E de alguma forma, acima dos gritos, zurros e barulhos do acampamento, ele a ouviu e virou a cabeça.

Ele não retribuiu o sorriso de sua filha, mas virou-se, sério, para Taltíbio que pairava, como de costume, ao lado dele. Klitemnestra viu os lábios do marido murmurarem uma ordem, e o arauto saiu correndo, provavelmente para fazer os preparativos para a estadia delas. Mas mesmo depois que Taltíbio se foi, Agamêmnon não voltou os olhos para a carroça.

Apenas quando pararam ao lado dele, o marido deu atenção à sua chegada.

– Eu não pedi que você viesse – declarou ele, seus duros olhos cinzentos em Klitemnestra. – Não devia ter vindo.

Klitemnestra abriu a boca inutilmente. Ela não sabia o que dizer. Não era a acolhida que esperava depois de sua longa jornada, e se sentiu um pouco machucada por isso.

– Pai! – gritou Ifigênia pela segunda vez, enquanto saltava da carroça e o abraçava. – Estou tão feliz em vê-lo, pai! – ela gorjeou, enterrando a cabeça dourada na barriga larga.

Ele ficou rígido, como uma árvore resistindo à carícia do vento, e embora tenha levantado a mão como se fosse dar um tapinha na cabeça da filha, a deixou pairando no ar enquanto hesitava. Em vez disso, colocou as duas mãos nos ombros estreitos da menina e a afastou gentilmente, forçando um meio-sorriso quando ela ergueu o olhar.

– Estou contente que você tenha chegado em segurança – foi tudo o que ele falou antes de se voltar para Klitemnestra, que já havia descido da carroça.

– Você não devia ter vindo – disse ele novamente. Havia um vinco profundo em sua testa. – O acampamento não é lugar para uma mulher. Você me prejudica por estar aqui. E o nosso filho? Você o abandonou; o que os homens vão pensar? Vendo minha esposa aqui enquanto meu filho está em casa. Você me desonra.

As últimas palavras eram afiadas como presas, e Klitemnestra teve certeza de que ele as falara apenas para machucá-la. Por que ele estava agindo assim? Se o acampamento não era lugar para uma mulher, por que ele chamara Ifigênia? Ele realmente esperava que ela enviasse a filha sozinha? Ela tentara fazer o certo, por ele e por seus filhos, mas sob aquele olhar de pedra ela estava começando a duvidar de si mesma.

– Sei que não me pediu para vir, mas também não o proibiu. Eu pensei...

– Basta. – A voz dele estava estranhamente calma, o que de alguma forma a tornava mais ameaçadora. – Você partirá amanhã de manhã. Agora é tarde demais.

– Mas vou perder os ritos! – ela implorou. – Não posso ficar para o casamento, agora que vim de tão longe? Nossa filha não tem nem uma aia para vesti-la!

Ifigênia olhava para os pais, seus jovens olhos suplicando pela causa da mãe.

– Não. Não pode. Você não pode ficar aqui. Sinto muito.

Seu pedido de desculpas a desarmou, e ela ficou em silêncio por um momento, olhando para aqueles olhos cinza, tentando ler algo ali, alguma esperança de que ele mudasse de ideia. Mas ela não encontrou nenhuma.

– Muito bem – concordou ela rigidamente, incapaz de encontrar o olhar da filha e a decepção, ou coisa pior, que pudesse ver ali. Havia prometido a ela, *prometido* que estaria lá com ela. – Partirei amanhã de manhã – concordou –, mas primeiro preciso falar com você sobre os arranjos para depois do casamento. Por favor, marido. Eu esperava que…

– Claro, claro. Muito bem. Vou conversar com você de manhã antes que vá embora. Tenho assuntos a tratar agora.

Ela teria preferido falar com ele antes, para tranquilizar tanto a si mesma quanto a Ifigênia, mas temendo perder o pouco terreno que ganhara, simplesmente replicou:

– Obrigada, marido.

Ele assentiu.

– Uma tenda foi preparada para Ifigênia. Vocês duas podem dormir lá. Taltíbio lhe mostrará o caminho, aí vem ele.

E antes que seu arauto os alcançasse, ele se foi.

Enquanto ficaram paradas no meio da lama, vendo aqueles ombros largos desaparecerem por um dos muitos caminhos bem trilhados, Klitemnestra acalentou sua mágoa em silêncio, com a mão segurando a da filha bem apertada. Ela pensara que Agamêmnon ficaria feliz em vê-la. Fazia um mês inteiro desde que se separaram, e os deuses sabiam quantos mais seriam até que se vissem novamente. Talvez nunca o fizessem. Talvez ela estivesse errada em vir, mas estava aqui agora, e ainda assim ele nem mesmo queria que ela compartilhasse sua tenda.

Você está sendo boba, falou para si mesma. *Como uma garotinha*. Não era mais uma garota, nem mesmo apenas uma mulher. Era uma rainha e precisava se lembrar disso. Ela era casada com um rei, e não com qualquer rei, mas com o comandante de toda a Grécia. Naquele momento, esse dever vinha antes de ser marido, ou mesmo pai.

37

Klitemnestra

KLITEMNESTRA TEVE DIFICULDADE PARA DORMIR naquela noite. Os homens do acampamento ficaram acordados muito tempo depois do pôr do sol, bebendo e jogando dados em volta de suas fogueiras, suas vozes atravessando a lona grossa da tenda. Não foram eles que a mantiveram acordada, no entanto. Seu cérebro vibrava com incertezas. E se ela não conseguisse convencer Agamêmnon? Poderia realmente deixar Ifigênia para se casar sozinha, para ser enviada para algum reino estrangeiro? Poderia se recusar a partir? Desafiar o marido? Isso não seria sábio, mas a pobre Ifigênia…

Ela podia ouvir a respiração lenta e superficial da filha do outro lado da tenda. Pelo menos uma delas conseguia dormir, embora Klitemnestra não soubesse como a menina era capaz. Talvez ela confiasse no pai, que ele não a enviaria para desperdiçar sua juventude em solitária inutilidade. Ou talvez confiasse que a mãe não deixaria isso acontecer. Klitemnestra desejou poder ter a mesma fé.

☽

Ela devia ter adormecido no fim das contas, pois quando Klitemnestra voltou a abrir os olhos, as vozes do acampamento haviam se calado e a luz fraca de suas fogueiras havia desaparecido.

Mas espere. Não, ainda havia uma luz. Apenas uma, bem perto do lado dela da barraca. E se aproximando.

Ela mal teve chance de levantar a cabeça do travesseiro antes que a porta da barraca fosse subitamente levantada e a luz entrasse.

– Marido? – ela sussurrou. Não, a figura atrás da lamparina era muito baixa. Mas se não fosse Agamêmnon...

A luz se moveu em direção a ela. Ela abriu a boca para pedir ajuda, mas, ao fazê-lo, a figura levantou o capuz e um rosto familiar emergiu.

– *Álcimo?* – ela sussurrou, espantada. – É você mesmo? – Ela pensou que talvez ainda estivesse sonhando. Ali, diante dela, estava um homem que não via desde a infância. Um escravo de seu pai, que costumava fazê-la rir fazendo caretas, quando a mãe não estava olhando. Ele estava mais velho agora, é claro, mas ainda parecia forte e saudável. Vê-lo a fez subitamente sentir saudades de casa.

– O que está fazendo aqui? – ela sussurrou, mantendo a voz baixa para não acordar Ifigênia. – No acampamento, quero dizer?

– Estou aqui servindo ao rei, minha senhora – ele sussurrou de volta.

Mas meu pai está morto, este foi seu primeiro pensamento, antes de perceber que se referia a Menelau. Tinha sido uma pergunta boba; ela ainda estava apenas meio acordada.

– Sim, sim, é claro que está – ela respondeu, observando aquele rosto escuro, iluminado por uma lamparina. – É tão bom ver você – disse ela, com sinceridade.

– Estou feliz em vê-la mais uma vez também, minha senhora. Mas eu vim devido a um assunto de grande urgência.

O rosto dele não tinha nenhum dos sorrisos brincalhões de que ela se lembrava. Em vez disso, estava sombrio, seu corpo agitado. Klitemnestra endireitou-se, desperta de súbito.

– Você e sua filha devem ir embora – ele sussurrou. – Antes do nascer do sol. Deixe suas coisas, pegue um cavalo e afaste-se o máximo que puder antes que ele saiba que você se foi. Ainda se lembra de como montar?

Klitemnestra assentiu vagamente, perplexa com o que ele estava dizendo.

– Antes quem saiba que nós partimos?

– O senhor Agamêmnon – sussurrou ele, olhando por cima do ombro, como se falar o nome do marido dela pudesse invocá-lo.

– Mas... não estou entendendo.

– Não há tempo, minha senhora. Você encontrará um cavalo fora da tenda. Os guardas não vão incomodá-la, mas...

– Não – respondeu ela, com mais firmeza desta vez. – Não vou levar minha filha para os campos ermos no meio da noite sem saber por quê!

Álcimo olhou para ela, então rapidamente para a cama onde Ifigênia estava deitada. A filha ainda dormia profundamente.

– Não é seguro. Para ela – ele murmurou, os olhos voltando-se para Ifigênia mais uma vez. – Seu marido pretende fazer mal a ela.

– Que mal? Você quer dizer o casamento? Aquiles é um homem cruel?

– Não, não, minha senhora. Você não entende. Não há casamento.

Ela estava ainda mais confusa agora.

– O que você quer dizer com "não há casamento"? Por que mais ele a teria trazido até aqui? Não faz nenhum sentido...

– Foi uma mentira... tudo mentira... eu... – Ele fez uma pausa. – Que os deuses nos perdoem a todos nós, minha senhora. Ele a trouxe aqui para matá-la.

Klitemnestra ouvira as pessoas falarem de sangue esfriando, mas nunca antes havia entendido o que elas queriam dizer.

– Não – ela retrucou. – Você está mentindo. Ele não iria... ele não seria capaz.

– É verdade, minha senhora. Eu esperava poupá-la disso, mas você não quis ouvir, e eu não podia... Precisa partir. Agora.

Mas suas palavras soaram como água corrente nos ouvidos de Klitemnestra.

– Mas *por quê*? – ela perguntou. – Por que ele... ele a ama. Eu não...

– Houve uma profecia. Os ventos estão contrários há tanto tempo... O senhor Agamêmnon perguntou ao vidente dele por que os deuses estavam impedindo nossa travessia...

– O vidente dele? – perguntou Klitemnestra de repente.

– Sim, minha senhora. O vidente falou que ele havia matado uma corça sagrada para Ártemis, que ele havia enfurecido a deusa. Ele declarou que a princesa era o sacrifício que os deuses exigiam. Que os navios não poderiam navegar até...

Mas Klitemnestra não estava mais ouvindo. Ela saltou da cama e correu para onde Ifigênia estava.

– Hum? O que foi, mãe? – a filha falou, grogue, quando Klitemnestra a sacudiu pelo ombro. Então, vendo o rosto da mãe – Qual é o problema?

– Nada – ela mentiu. – Você está segura. Está tudo bem. Mas eu preciso que você se vista. Coloque suas roupas de viagem.

Ifigênia olhou para ela, com ar de dúvida, e então seus olhos se arregalaram ao ver o homem atrás da mãe.

– Quem é ele?

– Um amigo – a mãe sussurrou. – Ele ficará com você até eu voltar. Não se preocupe, ele não vai olhar.

– Mas… aonde você vai?

– Não muito longe. Volto logo. Agora faça o que eu digo, boa menina. – Ela se inclinou para beijar a testa da filha, e não resistiu a um rápido abraço.

– Eu amo muito você – sussurrou, tentando desesperadamente manter o medo longe de sua voz.

Então, levantando-se, ela se virou para Álcimo.

– Qual o caminho para a tenda do vidente?

38

Klitemnestra

AS ROUPAS DE DORMIR DE KLITEMNESTRA SE ARRASTAVAM pela lama, enquanto ela marchava pelo acampamento. Não havia tempo para se trocar; na pressa, ela sequer calçara as sandálias. Pedras espetavam as solas de seus pés, mas ela mal percebia. Tudo o que via era a tenda à sua frente, as fitas sagradas esvoaçando ao luar, exatamente como Álcimo havia descrito.

A raiva estava rolando em sua boca. Como ele pôde? Como ele *pôde*? Ifigênia... a *sua* Ifigênia... Precisava falar com ele. Mesmo que fugissem, a filha não estaria segura. Ela tinha que consertar isso.

A tenda estava a apenas alguns passos de distância agora. Ela estava segurando a lamparina com tanta força que sua mão tremia. *Como ele pôde?*

Ela abriu a porta da barraca e entrou. Olhou ao redor do aposento e, à luz do abajur, viu uma cama, um cobertor e o homem que dormia embaixo dele. Ele estava sozinho.

– Que os deuses o amaldiçoem, Calcas! – ela rosnou, puxando o cobertor para trás. – Que os deuses o amaldiçoem! Como pôde? Minha Ifigênia... que mal ela fez a você?

Ela estivera determinada a não chorar, mas as lágrimas já estavam brotando. Era um esforço evitar que sua voz falhasse.

Calcas sentou-se na cama, encarando-a calmamente.

– Senhora Klitemnestra – falou ele, tranquilo, como se fosse perfeitamente normal que ela viesse a ele dessa forma no meio da noite. – Há algo que eu possa fazer pela senhora?

A calma dele a enfureceu.

– Você sabe muito bem por que estou aqui, Calcas – retrucou ela. – Você sabe o que fez. Minha Ifigênia... *por quê*? Eu tentei ajudá-lo! Você e Leukipe... Eu... eu traí meu marido por vocês, eu...

– Os deuses exigem o que exigem, minha senhora. Eu apenas leio os sinais...

– Não ouse mentir para mim – ela sussurrou. – Não sou tão cega quanto meu marido! – Ela parou para se recompor, percebendo que havia levantado a voz. – Você deve voltar atrás, Calcas. Tem que dizer a ele que não é verdade. Os deuses sabem por que você diria uma coisa dessas em primeiro lugar.

– Você sabe por quê. – Ele a encarava, o olhar firme e duro como rocha.

– Então você quer vingar uma vida inocente tirando outra?

– Eu... – Ele fez uma pausa, seus olhos vacilando um pouco. Ele soltou um pequeno suspiro. – Na verdade, eu não achei que ele fosse seguir em frente. Eu pensei que se eu... se os deuses exigissem o inimaginável, ele seria forçado a desistir. Que sua campanha estaria arruinada, sua reputação com ela. Achei que ele seria humilhado e voltaria para casa.

– Mas... com certeza os homens não esperariam que ele sacrificasse a própria filha? Ele poderia apenas recusar. Eles não o julgariam.

– Não? – Calcas olhou para ela de novo. – Esses homens, que sacrificaram tanto de si mesmos para lutar por ele? Para lutar pela Grécia? Eles deixaram seus reinos vulneráveis, seus filhos sem pais, seus pais sem filhos. Muitos deles provavelmente darão suas vidas. E ainda assim ele, seu líder, que os chamou às armas, não aceita sacrificar uma criança? E uma filha, nem mesmo um herdeiro? Ele teria sido humilhado.

Klitemnestra estava boquiaberta, mas não sabia o que dizer.

– Achei que ele aceitaria a vergonha – continuou Calcas. – Isso teria sido suficiente, vê-lo cair de tão alto. Eu poderia ter seguido em frente. Mas eu... o subestimei. Seu orgulho, sua vaidade. Sua ambição. Ele tornou Troia seu objetivo. É como se uma febre tivesse infectado sua mente. – O tom dele era de repulsa. – Tudo o que ele vê é Troia e o próprio punho ao redor dela. Ele não vai parar por nada, entendo isso agora.

– Mas não é verdade! – retrucou Klitemnestra, desesperada. – Ele não precisa fazer o sacrifício! Os deuses não exigem isso, só você! Você pode dizer a ele que mentiu, ou que se enganou, ou que os deuses enviaram um novo augúrio! Os ventos virão, os navios zarparão e… e eu ainda terei a minha filha. – Sua última palavra foi quase um soluço.

– Receio que eu não possa – respondeu Calcas, seu tom calmo mais uma vez. Klitemnestra lançou-lhe um olhar afiado.

– Mas você deve! Você é o único que pode impedir essa loucura! – Ela fez uma pausa, seus olhos examinando os dele freneticamente. – Você é um bom homem, Calcas, ou já foi. Você amava sua irmã, sabe o que é perder alguém que ama. Eu sei o quanto isso o feriu… O quanto *ele* o feriu, e sinto muito por isso. Mas matar Ifigênia não trará Leukipe de volta!

Ela se ajoelhou no chão e implorou, agarrou suas cobertas e derramou seu coração partido pelas lágrimas que rolaram por suas faces. Mas os olhos dele a encararam de volta, inexpressivos, como pedra mais uma vez.

– Sinto muito – disse ele baixinho. – Não pense que isso me dá prazer. Não, na verdade, eu… eu quase não sinto mais nada. – Ele fez um som oco, como uma risada sem fôlego para carregá-la. – Seu marido é um homem perverso e merece sofrer. Eu tenho essa oportunidade agora e não vou desperdiçá-la, custe o que custar. Não posso fazer o que me pede. Eu não vou deixá-lo escapar dessa forma.

Klitemnestra ficou paralisada. O que mais poderia dizer? O que mais poderia fazer? Ela o encarou, procurando alguma coisa, qualquer coisa, alguma maneira de fazê-lo mudar de ideia, alguma brecha no paredão de rocha. Mas aqueles olhos duros a encaravam, e ela sabia que não havia nenhuma. Estava apenas perdendo tempo.

Ela se levantou e se virou para sair, mas quando estava a meio caminho da porta a voz do sacerdote a fez parar.

– Você pode me odiar, se isso deixar tudo mais fácil. Sei que você odeia. Mas foi seu marido que nos conduziu por este caminho e nos mantém nele. – Ela balançou a cabeça e deu outro passo, mas parou novamente quando ele continuou. – Você pode tentar convencê-lo… de qualquer forma, tente. Diga-lhe para voltar e ir para casa. Você pode ter sucesso onde o irmão dele falhou. Talvez você tenha essa influência. – Ela olhou por cima do ombro para ele. – Mas lembre-se do juramento que me fez. Você jurou pela vida de seus filhos que não contaria ao seu marido sobre minha relação com Leukipe. Não arrisque os filhos que você tem pela chance de salvar uma já perdida.

– Eu sei o que jurei – ela rosnou amargamente para ele. E, virando-se antes que outra lágrima pudesse cair, ela saiu correndo da tenda.

39

Klitemnestra

KLITEMNESTRA MARCHOU DE VOLTA PELO acampamento, o peito arfando com arquejos curtos e estrangulados. O pânico havia se instalado agora. Sua única opção era fugir. Ela já havia perdido tanto tempo. Tinha que chegar até a filha. Precisavam partir.

Suas saias enlameadas se arrastavam nas pernas trêmulas. Ela juntou a lã nas mãos e alargou o passo. Estava quase lá agora. Podia ver a tenda delas. Apenas mais alguns passos.

Ela empurrou a porta da barraca para o lado e entrou apressada.

– Voltei, minha querida. Você está pr…

Mas não era a filha que estava diante dela.

– Marido – ela engasgou, dando um passo para trás. – Eu… eu não o esperava tão tarde. – Olhou ao redor dele. – Onde está Ifigênia?

– Mandei nossa filha dormir na minha barraca. Achei que ela estaria mais segura lá.

Ele sabia. Ela sabia pelo tom de voz dele, o olhar sombrio em seus olhos. Alguém deve tê-la visto.

Ela não podia ver Álcimo. Ele estava aqui quando Agamêmnon chegou? Ele devia estar. Ou talvez tivesse escapado…

Então ela viu. O que ela havia pensado ser uma pilha de tecido, perto da cama de Ifigênia. Exceto que estava se movendo. E choramingando.

A culpa esfaqueou suas entranhas. Ela deveria ter apenas ido embora quando mandou que partisse. Se ela tivesse… Ah, pobre Álcimo. E Ifigênia…

– Você não pode fazer isso – disse ela baixinho. – Por favor, marido. Ela é nossa filha.

– Os navios precisam zarpar.

– Por que? Por que precisam? Quando o preço é tão alto? Nós poderíamos simplesmente ir para casa. Não é tarde demais. – Ela estava tentando apelar para os olhos, para o coração dele, mas ele não estava olhando para ela. Ela tocou sua manga. – Marido...

– Você não entende nada – ele retrucou, afastando o braço. – Como uma mulher pode saber o que é ser um homem? O que um homem deve fazer? O que um homem deve ser? Você fala do que não sabe.

– Eu sei o que é ser mãe. Gerar uma criança... *sua* criança. Pari-la. Amamentá-la em meu peito. Temer que a doença do verão a leve, temer o frio do inverno. Criá-la para ser boa, gentil e forte. Adorá-la todos os dias. Isso é o que eu sei.

Ele fez um som de desdém.

– Você me culpa por isso quando é culpa da sua irmã. Você me odeia pelo erro dela. Navegamos para trazê-la de volta, ou você se esqueceu? Quer que eu a abandone aos estrangeiros? Uma cadela vadia para um cão oriental qualquer?

Suas palavras foram como ferroadas, e a fizeram parar. Em meio a todo o medo que sentia por Ifigênia, quase se esquecera de Helena.

– Minha irmã nunca iria querer... – ela murmurou. Então, mais alto: – Nossa filha não precisa morrer. Os ventos virão!

– Mulher tola. O escravo confessou que lhe contou sobre a profecia. Você duvida dos deuses?

– Só do mensageiro deles – ela respondeu, olhando fixamente nos olhos dele. – Não se pode confiar no vidente. Ele...

– Você está imaginando coisas – seu marido latiu. – Está contra meu vidente desde antes do início da campanha. Não sei o que ele fez para ofendê-la, mas...

– Foi o que *você* fez – retrucou ela. – Não se lembra? A garota e a criança e... Como você pode ser tão *tolo*?

Um estalo de pele contra pele soou quando a mão dele encontrou o rosto dela. Ela cambaleou, segurando a bochecha que ardia.

– Você esquece o seu lugar. – A voz retumbou como uma tempestade acima dela. – Uma rainha não tem o direito de questionar o julgamento de um rei. Tem sorte por eu não espancá-la pela forma como me desonrou esta noite. – Ela olhou para a pilha de tecido que era Álcimo, que não estava mais se movendo. – Mas tive pena de você, pelo que deve ser feito. Não teste minha paciência.

Lentamente, a bochecha ainda latejando, ela se endireitou e o olhou nos olhos mais uma vez.

– Calcas está mentindo – ela resmungou, desejando que ele visse em seus olhos que ela estava certa, que visse o que ela sabia.

– Eu acredito nele – retrucou o marido rispidamente. – Ele esteve certo antes. Seria tolice não ouvi-lo. – Os olhos dela ficaram mais desesperados, embaçando quando as lágrimas brotaram nos cantos. – E mesmo que eu não acredite nele – continuou –, os homens acreditam. Eles ouviram a profecia. Sabem o que devo fazer e o que significa se eu não o fizer. Eu lhes prometi glória. O sangue deles corre quente por ela... Deve perceber que se eu não fizer isso, eles podem fazer em meu lugar. E talvez não parassem em Ifigênia. Perderíamos tudo e não ganharíamos nada.

– Quer dizer você. *Você* não ganharia nada. – Ela ficou surpresa com o desprezo em sua voz. Estava tremendo agora, de raiva, de dor. Contudo isso a tornava ousada. Ela se preparou para outro tapa, mas nenhum veio. Agamêmnon limitou-se a fitá-la com aqueles olhos cinzentos, como se para ele a discussão já tivesse terminado. O coração batia em sua garganta, suas pernas tremiam. Ele estava tentando assustá-la, fazê-la ceder. Mas ela não seria intimidada. Era a vida de sua filha. Sua Ifigênia. Parte dela sabia que deveria ficar calada, mas já tinha chegado tão longe. Não podia deixá-lo sair, sabendo o que significaria se ele o fizesse. Tinha que lutar.

– É porque ela é apenas uma garota que você está tão disposto a jogar a vida dela fora? Se eu machucasse Orestes, você nunca me perdoaria.

– O que você falou? – Ele deu um passo em direção a ela e pareceu ficar mais alto, seus ombros eriçados. – Não ouse ameaçar meu filho.

Ela deu um passo para trás.

– Eu... eu não o ameacei. Jamais o faria. Eu só quis dizer que...

– Estou fazendo isso por ele, você não entende? – Havia uma energia aterrorizante nele, um brilho estranho em seus olhos. – Tudo isso! Para mostrar a ele que o pai dele é um grande homem, como meu pai foi. Para que ele possa se orgulhar de ser chamado de filho de Agamêmnon. Para dar a ele um legado!

– E o legado de Ifigênia? – ela retrucou, a raiva tomando conta do medo mais uma vez. – Que casamento ela fará? Que filhos ela terá? Qual será o legado dela?

Ele olhou para ela sem expressão.

– O legado dela será a glória da Grécia. O sangue dela aquele que lançou uma centena de navios. A salvadora da Grécia, irão chamá-la; que legado maior ela poderia esperar?

Os olhos dele cintilavam com a grandeza daquilo, como se ele estivesse convencido das suas próprias palavras. Isso deixou Klitemnestra enjoada e ela se afastou, encostando-se na parede da tenda, com a língua paralisada na boca. Naquele momento ela percebeu que não o convenceria. Aquele olhar terrível no rosto dele... Ele estava tão apaixonado pela glória daquilo tudo, da campanha, de Troia, do próprio legado grandioso, que não conseguia ver a terrível realidade, a bela filha de carne e osso de cuja morte ele falava com tanta facilidade. Deslumbrado pelo sonho da conquista, ele estava incapaz de enxergar todo o resto.

Ele podia tentar culpar Helena, ou os deuses, ou o exército; ele podia tentar alegar que estava fazendo isso pelo bem de sua família, até mesmo pelo bem da Grécia, mas ambos sabiam que ele poderia parar tudo se quisesse. Apenas ele havia escolhido esse caminho.

– Ifigênia permanecerá em minha tenda esta noite, e você retornará a Micenas ao amanhecer.

A voz dele soou abafada em seus ouvidos, como se ele estivesse longe, mas ela entendeu o que ele havia dito e o que significava.

– Não – ela resmungou. – Eu não vou embora. – *Não vou facilitar as coisas para você*, pensou consigo mesma. – Se vai matar nossa filha, vai fazer isso comigo presente. – Ela o encarou, os olhos duros, desafiando-o a contrariá-la.

– Muito bem – concordou ele. – Contudo, espero que você não interfira.

Ela forçou a cabeça a assentir.

– Permita que eu fique com ela pela manhã – pediu ela de repente. – Permita... que eu a prepare. Como se fosse para o casamento. – Quando ele pareceu hesitar, ela continuou. – Ela vai esperar por isso. Acho melhor que ela não saiba de nada – ela seguiu em frente, com a voz trêmula. – Por favor, marido. Permita que as últimas horas dela sejam felizes.

– Muito bem – concordou ele. – Mas vou colocar guardas vigiando você.

Ela assentiu rigidamente mais uma vez. Era a maior concessão que ela poderia esperar.

Ele se virou para sair, mas parou quando seus olhos se fixaram na pilha de tecido embolado. Klitemnestra seguiu seu olhar, buscando algum pequeno movimento no tecido para mostrar a ela que Álcimo ainda estava respirando. Estava tudo imóvel.

– Vou enviar Taltíbio para se livrar disso – declarou Agamêmnon secamente. – Depois sugiro que você durma um pouco. – E com um olhar de desaprovação para as saias sujas dela, ele se foi.

☽

Klitemnestra estava tremendo. Ela cambaleou em direção ao baú de viagem e desabou sobre ele, a cabeça caindo nas mãos.

Falhara. Não havia mais nada que pudesse fazer. Sua filha estava fora de seu alcance, e amanhã partiria para sempre. Suspiros terríveis e aterrorizados se erguiam em seu peito. Náusea se elevou em sua garganta.

Que outra opção restava? Devia haver algo. Alguma alternativa que ela tinha ignorado. Será que poderiam fugir amanhã? Roubar um cavalo e… mas assim que pensou nisso, soube que era impossível. Agamêmnon manteria a rédea curta agora. Sua chance de escapar havia passado. E para onde iriam?

Ela soluçou, lágrimas amargas pingando em sua saia. Molhada, triste e totalmente inútil. Ela era tão fraca, tão impotente…

Um pensamento a atingiu.

Os deuses. Por que não tinha pensado nisso? Devia pedir a ajuda deles. Implorar por ela. Não, não precisava rezar para todos eles. Sabia quem iria ajudá-la.

Levantou-se, enxugou as lágrimas apressadamente na manga e puxou a tampa do baú de viagem. Tantas roupas elegantes, tantas bugigangas, que serventia tinham agora? Ela as empurrou para o lado, mergulhou os braços pelos tecidos macios até que…

Ali. Encontrara. Cuidadosamente, ela a ergueu do baú, desenrolou o xale com fios de ouro no qual a embrulhara.

– Minha senhora – ela suspirou, embalando a pequena figura de madeira em suas mãos.

Não era maior do que seu antebraço, e a pintura havia perdido o brilho, estava completamente desgastada no rosto e nos seios, onde inúmeros dedos antes dos dela haviam esfregado. A estátua havia sido mantida em Micenas por gerações; ninguém soube dizer a ela quantos anos tinha exatamente. Alguns diziam que caíra dos céus, enviada pelos deuses. Seja qual for sua história, era longa. E isso lhe conferia poder.

Klitemnestra fechou o baú e colocou a estátua delicadamente sobre a tampa, com uma lamparina ao lado. Ela se ajoelhou e olhou para a madeira nua do rosto, a pequena protuberância onde um nariz era sugerido, a linha esculpida da boca. Trouxera a senhora Hera consigo para que lhe concedesse seu poder nas negociações com os homens, e agora precisava desse poder mais do que nunca.

– Senhora Hera – sua voz saiu rouca, limpou a garganta. – A senhora é esposa e mãe, como eu, então sei que conhece o amor de uma mãe. Salve minha filha. Ó, Hera de braços alvos, e sacrificarei cem carneiros em Micenas. Impeça que o sangue dela seja derramado, e derramarei o deles para a senhora. Não permita que um pai mate sua filha, contra tudo o que é certo, como seu próprio pai tentou matá-la. Eu sou fraca, mas a senhora é forte. Pelo sangue das mães que nos une, por tudo o que é certo, proteja minha filha, Ifigênia.

Suas palavras pararam e a tenda voltou a ficar em silêncio, como se nunca tivessem sido ditas. O rosto de madeira a encarava inexpressivo.

Ela falara com o coração, oferecera sacrifício, fizera tudo o que devia, e ainda assim… e ainda assim não era o bastante. Esta não era uma oração pela colheita, um pedido por uma viagem segura. Esta era a *vida* de sua filha. E estava sendo tomada dela, contra todas as leis da decência, da santidade, da justiça. E pelo homem que deveria ser seu maior protetor. Não estava certo. Não estava *certo*.

Antes que percebesse, ela havia recomeçado a falar, as palavras se derramando como água sobre um penhasco.

– Senhora Hera. Juro a você agora, por minha própria vida, por tudo o que me é caro, se meu marido fizer essa coisa terrível, se… se Agamêmnon matar nossa filha… Irei matá-lo para vingá-la. – Ela parou, seus lábios hesitando brevemente ante o que tinham falado. – Não faça de mim a assassina de meu marido, senhora Hera – continuou. – Da mesma forma que a senhora ama seus filhos e eu amo os meus, faça meu marido enxergar o que é certo e pare com essa loucura.

40

Klitemnestra

– AMANHECEU, MINHA SENHORA.

A voz de Taltíbio atravessou a lona, dizendo-lhe o que ela já sabia. Ela tinha observado a barraca se iluminar durante a última hora, ouvido os servos alimentando os cavalos ali perto, enquanto seu estômago ficava cada vez mais pesado.

– Estou acordada, Taltíbio – ela respondeu, as palavras estalando em sua garganta seca. – Pode entrar.

A aba da porta foi puxada para trás. Ela se obrigou a sentar.

E se sobressaltou.

Ali ao lado do arauto estava a filha. Ela não sabia se chorava de amor ou de tristeza ao ver aquele jovem rosto, mas se conteve.

– O senhor Agamêmnon achou melhor que a princesa fosse preparada em sua tenda, senhora, já que está com o baú de viagem.

– Tão cedo? – ela perguntou. – O sol mal nasceu. – Agamêmnon não podia dar à filha mais algumas horas sob sua luz?

Taltíbio apenas assentiu.

– Ele me pediu para servi-las – acrescentou rigidamente. – Se precisar de alguma ajuda, só precisa pedir.

Ele falava como se fosse seu servo, mas ela sabia que na verdade ele era seu guarda.

– Obrigada, Taltíbio – ela agradeceu, porém, antes de se virar para a filha. – Agora venha, Ifigênia. – Era difícil sorrir, mas ela conseguiu. – Precisamos transformá-la em uma noiva.

☽

Ifigênia perguntou sobre a noite anterior, é claro, mas Klitemnestra mudou de assunto.

– Achei que teríamos que ir embora, mas eu estava errada – ela mentiu, ajudando a filha a tirar a roupa de dormir. – Desculpe por acordá-la, querida. Você dormiu bem na barraca do seu pai?

Era errado esconder a verdade dela? Talvez ela fosse a única alma em todo o acampamento que não soubesse a verdadeira razão para ela estar aqui. No entanto… sim, era melhor assim. Por que aterrorizá-la? Ela estava sorrindo, contente, um pouco nervosa, talvez, mas ainda animada. Klitemnestra não suportaria tirar isso dela. Não quando era tudo o que lhe restava.

E talvez ela nunca precisasse saber. No fundo de seu coração, Klitemnestra ainda pensava que o marido mudaria de ideia. Foi essa esperança que impediu que suas mãos tremessem enquanto escovava os cabelos dourados da filha e que levantava suas bochechas toda vez que Ifigênia virava a cabeça. A ideia de ver aquela doce vida sendo extinta, como uma lamparina que acabou de ser acesa… e aquele terrível juramento que fizera na noite anterior, enquanto sufocava nas garras do desespero… Era demais para um coração vivo suportar.

Não. Ele não faria isso. Ela se convenceu cada vez mais enquanto vestia Ifigênia com as belas roupas de noiva. Talvez ele pudesse suportar a ideia do ato, até mesmo chegar ao limite, mas quando chegasse o momento, quando sua amada filha estivesse diante dele, não seria capaz de fazê-lo.

– Você está bem, mãe?

Ela percebeu que estivera endireitando a manga da filha por vários minutos.

– Sim, querida. – Ela forçou um sorriso. – Eu estava pensando em como você vai ficar linda para o seu marido.

– Você o viu? – ela perguntou, ansiosa. – O senhor Aquiles? Ele é bonito?

– Não – ela respondeu, tentando imitar o tom leve da filha. – Mas dizem que ele é o mais bonito de todos os gregos.

Ifigênia retribuiu seu sorriso falso com um sorriso genuíno.

– Espero que ele me ache bonita – suspirou ela.

Klitemnestra segurou os ombros da filha.

– Ele vai achar você linda – respondeu ela. – Ou seria um tolo.

Ifigênia deu uma risadinha, suas bochechas ficando rosadas.

– Talvez depois que você terminar de me preparar.

Klitemnestra sorriu e acenou com a cabeça, mas ao pentear os cabelos já impecáveis de Ifigênia mais uma vez, um nó cresceu em sua garganta. Desejou que a filha nunca estivesse pronta, que pudesse pentear o cabelo dela até o anoitecer e voltar para casa na manhã seguinte sem que o dia de hoje acontecesse.

– Falei com seu pai – falou ela enquanto enrolava o cabelo no alto da cabeça da filha. – E ele concordou que você pode voltar para casa depois do banquete de casamento. Então não precisa se preocupar com isso.

Ela não sabia o que a levou a dizer isso, mas pareceu fazer os ombros de Ifigênia relaxarem um pouco, então ficou feliz por ter dito.

– Estou feliz por poder contar tudo para Electra – comentou. – E temos que levar um presente para ela. Eu prometi.

Ela falou mais um pouco sobre o que Electra poderia gostar, talvez uma pedra da praia, ou uma concha, se conseguisse encontrar uma, e se deveria encontrar algo para Crisótemis e Orestes também. Klitemnestra deixou-se envolver pelo doce canto da voz da filha enquanto trançava as mechas finais do cabelo cor de mel. E quando prendeu a trança no lugar e afastou a mão, sentiu como se o último calor do verão tivesse desaparecido.

Ela tentou dizer à filha como estava bonita, mas as palavras ficaram presas em sua garganta. Em vez disso, afastou-se dela e tirou o véu nupcial cor de açafrão do baú de viagem. Ao sentir o peso dele nas mãos, ficou satisfeita por ser tão espesso. Era melhor que Ifigênia não pudesse ver através dele.

Ela se virou e observou a filha, observou-a de verdade. Sabia que esta podia ser a última oportunidade, e não queria esquecer nada, nem uma única sarda.

– O que está esperando, mãe? Quero ver como é.

Klitemnestra sorriu se desculpando, e Ifigênia sorriu em resposta.

Então, com as mãos trêmulas, levantou o tecido grosso e o colocou sobre a cabeça da filha, fixando-o no lugar com um diadema de ouro.

– Está tão escuro! – exclamou Ifigênia, agitando os braços à sua frente. – Não consigo ver nada! – Ela riu enquanto virava a cabeça de um lado para o outro. – Uma pena cobrir meu cabelo, não é? Depois que fez um penteado tão lindo.

– É, suponho que sim – disse Klitemnestra baixinho, finalmente permitindo que o sorriso desaparecesse de seu rosto agora que Ifigênia não podia ver. – Mas o véu é uma parte muito importante do casamento. Não deve tirá-lo, nem mesmo levantá-lo. Promete? – Klitemnestra segurou os ombros estreitos da filha. – É para o seu marido, depois do sacrifício. – Ela quase engasgou com a última palavra.

– Sim, eu sei, mãe. – Então ela deu um pequeno suspiro. – Gostaria de poder ver como está minha aparência.

– Você está… uma verdadeira princesa de Micenas – replicou Klitemnestra, os olhos ardendo de lágrimas. – Estou tão orgulhosa de você.

– Você está bem, mãe? – Ifigênia deve conseguido ouvir as lágrimas em sua voz frágil.

Ela apertou a mão da filha.

– É um dia emocionante quando sua filha é dada em casamento.

– Mas vou voltar para casa depois. Não fique triste, mãe – veio a vozinha de debaixo do véu.

Klitemnestra teve que parar o soluço que subiu por sua garganta. Incapaz de responder, assentiu inutilmente.

☾

Ainda era cedo quando Taltíbio as conduziu para fora da tenda. O sol estava baixo e havia um resquício de rosa pendurado nas nuvens. Klitemnestra apertou a mão da filha com força, guiando seus passos pequenos e cegos.

– O sacrifício de casamento será realizado na campina fora do acampamento – o arauto as informou, enquanto marchava à frente. Homens e cavalos abriram caminho à sua frente, enquanto rostos sombrios observavam de ambos os lados.

Enquanto caminhavam devagar, Klitemnestra ficava esperando que o marido aparecesse, que ele lhes falasse que voltassem, que não haveria sacrifício. Ela esquadrinhou o acampamento em busca de sua cabeça escura, mas quando as barracas começaram a rarear, e começaram a subir a encosta em direção à campina, ele não estava em lugar algum.

As pernas de Klitemnestra tremiam, conforme se aproximaram do topo da colina.

– Quase lá – disse para filha, esperando que ela pensassem que o tremor na voz da mãe fosse por falta de ar.

Agamêmnon impedirá. A deusa a salvará. Agamêmnon impedirá. A deusa a salvará. Ela começou a entoar as palavras mentalmente. Decerto a senhora Hera ouvira sua oração. Ela faria alguma coisa. Seu marido veria que era errado. Ele impediria tudo isso. Ela sabia. Assim que ele visse...

E lá estava ele. Seus ombros largos surgiram acima da elevação. E ao lado dele um sacerdote, não Calcas, aquele covarde, e ali perto...

Um altar.

O estômago de Klitemnestra caiu e ela tropeçou como se arrastada por ele.

– Você está bem, mãe? – perguntou Ifigênia, tocando seu braço sem enxergar. – O que foi? Chegamos?

– Sim, querida. Quase. Só mais alguns passos. – Ela lutou para manter o terror longe de sua voz, mas quando Ifigênia voltou a falar, Klitemnestra percebeu que a garota sentiu que havia algo errado.

– Por que está tão quieto, mãe? Onde está a música de casamento?

Klitemnestra não teve forças para responder, mas continuou a conduzi-la, o tempo todo lutando contra a vontade de se virar e correr.

Agamêmnon impedirá. A deusa a salvará. Não é necessário fugir. Agamêmnon impedirá.

O marido deu um passo em direção a elas.

– Está aqui, minha filha – cumprimentou ele, sua voz mais aguda do que o habitual. Sombras escuras espreitavam sob seus olhos.

Um pequeno suspiro de alívio veio de debaixo do véu.

– Pai.

– Venha. Está na hora.

Ele pegou uma das mãos pálidas e lançou um olhar afiado para Klitemnestra, indicando que ela deveria soltar aquela à qual estava agarrada.

Ela hesitou, estreitando seu aperto, mas ele agarrou seu pulso e o apertou com tanta força que ela estremeceu. A mão de sua filha caiu da dela.

Ele conduziu Ifigênia até o altar onde o sacerdote estava agora e a deixou lá, voltando para ficar ao lado de Klitemnestra. Ele agarrou seu pulso em sua mão enorme mais uma vez.

Ele impedirá. A deusa a salvará. A voz em sua cabeça era mais urgente agora.

– Pai? – chamou Ifigênia. – Mãe? O que está acontecendo?

– Estou aqui – gritou Klitemnestra. – Não tenha medo. – Seu coração batia furioso.

Agamêmnon impedirá. A deusa a salvará.

O sacerdote havia pegado uma faca que estava ao lado do altar.

Klitemnestra virou-se para o marido, uma súplica silenciosa pronta em seus olhos lacrimosos. Mas ele tinha virado o rosto.

Covarde. Ele não suportava nem assistir. Ele deixaria a própria filha sofrer sozinha. Mas a mãe não a abandonaria.

Ela se virou.

A deusa a salvará. Algo vai acontecer. Ela não vai morrer. Ela não pode morrer.

A filha estava chorando.

O sacerdote ergueu a faca – *Agamêmnon impedirá, a deusa a salvará* – e levantou um pouco o véu de Ifigênia, o suficiente para expor sua garganta.

Estava acontecendo. O pai dela não impediria. A deusa não a salvaria.

Klitemnestra se atirou para a frente, mas Agamêmnon segurou-lhe o pulso.

– Não! – gritou ela.

A faca correu pelo pescoço de Ifigênia.

41

Klitemnestra

KLITEMNESTRA GRITOU.

Ela se soltou do aperto de Agamêmnon e correu para a frente, alcançando a filha enquanto ela caía.

– Não não não não não não não... – ela sussurrava.

Foi como se um cavalo a tivesse chutado no peito. Tanto sangue. A pele branca cobrindo-se de vermelho. Ela tirou o véu, mas os olhos fixos de sua filha estavam sem luz.

Ela colocou a mão trêmula no sangue, sem acreditar que fosse real. Pressionou a mão na ferida como se pudesse trazê-la de volta. Mas sabia que Ifigênia já havia partido. Apertou a filha contra o peito, embalando-a, enquanto chorava.

– Perdoe-me, perdoe-me – sussurrava entre soluços. – Eu falhei com você. Eu sinto muito.

Ela olhou para trás em busca do marido, mas ele ainda estava de costas.

☽

– Vocês não vão levá-la!

Klitemnestra golpeou selvagemente o sacerdote e seus auxiliares com um braço, o outro ainda segurando o corpo inerte de Ifigênia.

– Os ritos devem ser realizados, minha senhora – argumentou o sacerdote, dando um passo para trás.

– Eu não vou ver minha filha queimada como um boi! – ela gritou, lágrimas rolando sem sentir por suas faces entorpecidas. – Diga ao meu marido. Ela será enterrada em Micenas, onde ela pertence.

Ela encarou os homens que a cercavam, desafiando-os a contrariá-la.

– Muito bem, minha senhora – cedeu o sacerdote depois de um momento. – Vamos dizer a ele. – Eles se afastaram, de cabeça baixa.

Ela ainda estava ajoelhada na grama, no local onde aconteceu. Estava coberta do sangue de sua filha, nas mãos, nos braços, no peito. O ar fedia a sangue. De algo tão puro o fedor do mal fluía, e agora liberado, não podia ser contido.

O horror da situação se movia dentro de Klitemnestra, como uma fera selvagem presa em uma jaula. Ela gritou e soluçou, berrou e amaldiçoou, mas a fera permaneceu, atacando seu coração. Ela atacou também, arranhando as próprias bochechas frias até que gotas do próprio sangue escuro caíram para se misturar com o da filha. Ela mal sentiu.

☾

Agamêmnon devia ter concordado em renunciar à cremação, pois quando os servos voltaram, foi com uma carroça e uma mortalha.

Mesmo então, ela se agarrou à filha, ainda indisposta a se separar dela. Pacientes e cautelosas, as servas tiraram o corpo de suas mãos, e finalmente ela permitiu que lavassem o sangue dele e o envolvessem no tecido perfumado. Ela sabia que era dever dela fazer essas coisas, mas era como se seus pés estivessem enraizados na terra, seus braços pesados demais para levantar. Então ela assistiu em um silêncio perplexo, enquanto a filha cuja doce voz ouvira há menos de uma hora, cuja mão quente segurara, era erguida na parte de trás da carroça, um cadáver.

Klitemnestra seguiu a carroça de volta pelo acampamento, seus pés se arrastando um após o outro sem que ela mandasse. Ela mal viu os rostos que se viraram para olhar, mal ouviu os arquejos e orações murmuradas quando viam o sangue. Ela quase se chocou contra a carroça quando esta finalmente parou.

– Minha senhora – veio uma voz ao lado dela. Ela se virou e, depois de um segundo ou dois, registrou que estava vendo o rosto de Taltíbio.

– Deveria trocar de roupa, senhora – sugeriu ele em voz baixa. Sua calma de antes estava rompida agora, seu rosto estava pálido. Apenas quando ele levantou a aba da entrada, ela percebeu que estavam do lado de fora de sua tenda. – Depressa. Para dentro, agora. Muito bem, minha senhora.

Ela tropeçou pela abertura na lona e a aba se fechou atrás dela. Ela olhou para a frente e lá estava. A cama de Ifigênia.

Foi como se um véu tivesse sido retirado, e o vento da realidade soprasse a névoa do torpor para longe dela.

Sua filha estava morta. E ela deixou isso acontecer.

Deveria tê-la salvado, em vez de levá-la à morte como uma tola. Errara ao confiar na deusa. *Ela mesma* deveria ter feito alguma coisa. E agora... agora era tarde demais. E era tudo sua culpa.

Não. Não era.

Era de Agamêmnon. Agamêmnon dera a ordem. Agamêmnon fizera isso acontecer. Agamêmnon, cuja ambição era tão grande que era capaz de sacrificar a própria filha – a filha deles – para conseguir o que desejava. E era isso, não era? Toda a sua vida, desde que se mudou para Micenas, fora conduzida segundo o que *ele* queria. A esposa que ele queria que ela fosse, os filhos que ele queria que ela tivesse. Tudo o que ela sempre quis era uma família, e ela fez por merecer, não fez? Com sua responsabilidade, sua obediência, sua mansidão sufocante. Todas aquelas horas fiando e abaixando a cabeça, fechando a boca e abrindo as pernas. E ainda assim ele não permitira que ela guardasse apenas isso para si mesma. A injustiça disso rugia dentro dela, por si mesma, por sua filha, por aqueles olhos vazios que antes continham a luz de seu mundo.

E então ela se lembrou de seu juramento.

Irei matá-lo para vingá-la. Foi o que ela sussurrou na escuridão noite. Seus lábios rígidos murmuraram as palavras, lembrando-se da forma delas. Acaso ele não merecia? Sua filha jazia fria em uma mortalha. E para quê? Por bons ventos? Por uma chance de glória?

Suas bochechas estavam quentes agora; seu coração, acelerado. Quanto mais ela encarava aquela cama vazia, mais forte ele batia. E mais decidida ficava.

Ela não trocou de roupa. Caso se demorasse, poderia perder sua determinação. Em vez disso, virou-se e saiu da barraca.

A barraca de seu marido não estava longe, conseguia ver o topo dela de onde estava. Ela partiu a passos largos, ignorando os olhares e os sussurros.

Ao se aproximar da barraca, percebeu que não sabia o que faria quando chegasse lá.

Matá-lo, declarou a fera ainda enfurecida dentro de si.

Como?, veio sua própria voz mais fraca. Mas não havia tempo. Ela tinha chegado.

Nenhum guarda. Era como se a senhora Hera estivesse abrindo seu caminho. Sua mão tremia quando ela puxou a porta de lado.

Agamêmnon estava sentado do outro lado da tenda, as costas largas voltadas para a porta. Aparentemente não a ouviu entrar. Ela parou perto da porta.

Era de fato capaz de fazer isso? Ela ergueu as mãos diante de si mesma, ainda manchadas com o sangue da filha. Será que eram as mãos de uma assassina?

Ela seria capaz de fazer isso por Ifigênia.

Dando um passo silencioso, olhou ao redor da barraca.

Ali. Na mesa entre ela e o marido, uma adaga. O cabo dourado brilhava de forma encorajadora, como se tivesse sido colocada ali pela própria senhora Hera.

Ela a pegou e continuou em direção às costas largas e expostas do marido.

Quase lá. Suas pernas enrijeceram, mas ela continuou. Ergueu a adaga. Ele estava tão perto que ela podia ouvir sua respiração, sentir o cheiro de seu suor.

Ela hesitou, a adaga erguida no ar. Era como se algo a estivesse segurando ali.

Tinha que fazer isso. Fizera um juramento.

Ela ergueu a adaga mais alto e...

– Meu senhor.

Klitemnestra abaixou o braço ao lado do corpo e virou-se para a porta, de onde viera a voz. Conseguiu empurrar a pequena lâmina para dentro da manga no mesmo instante que Taltíbio entrou.

– Meu senh... senhora Klitemnestra – exclamou ele, surpreso. – Suas roupas... eu pensei que ia se trocar?

– Sim eu...

– O que você está fazendo aqui? – veio a voz do marido atrás dela.

Mas quando ela se virou para ele, seu olhar de confusão se transformou em preocupação, ou talvez fosse repulsa.

– Seu rosto… – falou ele. – Taltíbio, pensei que tinham lhe mandado cuidar da minha esposa? Por que ela ainda está coberta de sangue? Ela estava andando pelo acampamento nesse estado? E esses cortes…

– S-sim, meu senhor. Quero dizer, eu tentei…

– Mande uma criada vir aqui cuidar dela. Não a quero vagando pelo acampamento. E certifique-se de que tragam roupas limpas.

– Sim, senhor. Agora mesmo.

Taltíbio saiu correndo, deixando os dois sozinhos mais uma vez. Klitemnestra ainda estava atordoada com o que acontecera – com o que quase acontecera. Ela olhou para o marido, estupefata.

– Ifigênia será enterrada em Micenas, como você pediu – declarou Agamêmnon, rispidamente. Ele parecia incapaz de olhá-la de frente. – Que isso lhe traga conforto. Eu… você passou por um sofrimento terrível hoje. Sugiro que volte para casa o mais rápido possível.

Mesmo agora, ele era incapaz de se desculpar, era incapaz de assumir a responsabilidade pelo que havia feito. Ela ficou encarando-o, a mão tremendo enquanto ainda segurava o cabo da adaga. Só mais alguns segundos. Era tudo de que precisava. Aqueles poucos segundos de hesitação. Se ela não tivesse sido tão covarde.

– Vou mandar preparar sua carroça – disse ele. – Não a verei de novo antes de você ir embora. O vidente estava certo, os ventos já começaram a mudar. Devo preparar a partida do exército. – Ele se dirigiu para a porta.

– Marido – murmurou ela, e ele parou, olhando para trás. Mas nenhuma outra palavra veio. Ela apertou o punho da adaga.

– Adeus, esposa – disse ele. – Até meu retorno.

E então ele se fora, e a chance, junto a ele.

PARTE 4

42

Helena

DOIS ANOS DEPOIS

Vai e volta. Vai e volta. Helena enviava a lançadeira entre os fios. Depois de todos esses anos, havia uma familiaridade reconfortante no tear. O ritmo da lançadeira, o cheiro da lã, a solidez enraizada da estrutura de madeira. Se fechasse os olhos, quase podia imaginar que estava de volta a Esparta.

Do outro lado da câmara, Páris estava sentado arrumando o cabelo, penteando cada cacho com óleo de perfume doce e avaliando seu progresso com um espelho de prata. De vez em quando o metal polido captava a luz da janela e fulgurava até Helena através dos fios de seu tear.

Troia estava em guerra, mas em grande parte a vida continuou como de costume. Desde sua chegada, há dois anos, a força grega havia passado grande parte de seu tempo saqueando os assentamentos ao redor, engordando e enriquecendo com os extensos territórios de Troia. Páris havia dito a ela que eles tinham até invadido algumas das ilhas ao largo da costa. Ele os chamava de covardes.

– As muralhas de Troia não podem ser rompidas – ele a assegurou. – Seus gregos sabem disso e temem nossos homens. Deixe que eles matem fazendeiros. Jamais tomarão Troia.

A cidade certamente parecia bem defendida. A cidadela, onde ficavam os palácios reais, ficava no topo de uma acrópole rochosa, com muralhas tão altas e tão largas que Helena pensou que deviam ter sido construídas por gigantes. E lá embaixo na planície, como a carne ao redor de um caroço de oliva, ficava a cidade baixa, ela mesma delimitada por outra muralha, e além dela uma grande vala. As poucas escaramuças que aconteceram, todas nos primeiros meses após a chegada dos gregos, ocorreram fora da cidade, na planície entre as muralhas de Troia e a praia onde os navios gregos atracaram. Não fossem as restrições alimentares, seria difícil dizer que havia uma guerra acontecendo.

Os gregos alegaram que estavam aqui para levá-la de volta, mas por enquanto pareciam mais interessados em saquear a Trôade de todas as suas riquezas. Helena às vezes se perguntava qual roubo havia afligido mais seu marido: o dela ou o do tesouro real de Esparta.

Mas por que ela deveria se importar? Tinha uma nova vida agora, e um novo marido. Páris era bonito, rico e... ela tinha tudo o que precisava aqui em Troia.

Helena continuou com sua tecelagem. Vai e volta, vai e volta. Enquanto trabalhava, começou a cantarolar, uma melodia familiar que veio sem que ela precisasse pensar, uma melodia de sua infância, que costumava cantar enquanto ela e Nestra fiavam nos aposentos femininos...

As notas pararam em sua garganta, enquanto uma sensação horrível se espalhou por seu peito. *Ai, Nestra.*

Eles ficaram sabendo o que Agamêmnon havia feito para trazer seu exército para a costa troiana. *Pobre Nestra.* Pensar na irmã sempre acalentara Helena, mas agora apenas a fazia se sentir culpada. Nunca quis que algo assim acontecesse, nem com Nestra, nem com ninguém. Ela realmente não tinha intenção de que nada disso acontecesse. Apenas aconteceu.

– Por que parece tão triste? – Páris se virou para encará-la, seu cabelo arrumado a contento. – Você fica muito mais bonita quando sorri.

Helena enxugou a lágrima que estava prestes a cair e forçou um sorriso.

– Assim está melhor – disse Páris, e se levantou. – Estou indo até o arsenal. Minha espada precisa de uma bainha nova, esta é tão sem graça.

– Posso ir com você? – perguntou Helena, levantando-se depressa. Ela não gostava de ficar sozinha no quarto.

Páris riu.

– Você tem medo de que uma harpia venha pegar você enquanto eu estiver fora? – Ele atirou a pele de leopardo sobre os ombros. – O arsenal não é lugar para uma mulher. Vá ficar no salão com as outras mulheres se quer companhia.

Helena hesitou.

– Venha – chamou Páris, dando um passo em direção à porta. – Vou naquela direção de qualquer maneira. Eu a acompanho até lá.

Helena assentiu, sem querer admitir que o salão das mulheres a assustava tanto quanto a ideia de ficar sozinha.

Páris seguiu com ela pelo caminho mais curto rumo ao salão como havia prometido, passando entre os belos prédios que lotavam o terraço do meio enquanto Helena trotava logo atrás dele. Quando ela chegou, uma das portas do salão estava entreaberta e ela podia ouvir vozes vindas de dentro. Ela se virou para se despedir de Páris, mas ele já estava desaparecendo pelo portão do terraço inferior. Ela respirou fundo e deslizou pela abertura entre as grandes portas de madeira.

O silêncio percorreu o salão quando ela entrou. Helena evitou encontrar qualquer um dos olhares que sentiu sobre si e se dirigiu, de cabeça baixa, em direção ao canto desocupado mais próximo. Gradualmente, o burburinho generalizado recomeçou, embora Helena ainda sentisse um rosto reprovador se virar em sua direção às vezes, e sempre que ouvia mulheres falando na língua local, tinha certeza de que estavam falando sobre ela. Tentava escutar seu nome em meio à mistura de sons estrangeiros, mas elas falavam rápido demais.

Helena se amaldiçoou por não trazer seu fuso para o salão; com certeza a teria ajudado a parecer menos constrangida. Sentia-se tão tola, sentada ali em seu canto solitário, olhando para suas sandálias. Devia apenas ir embora. Aposentos vazios eram melhores do que isso. Era apenas seu medo bobo que a fazia se sentir vulnerável. Ninguém ousaria entrar no quarto, não quando Páris não estivesse lá.

Helena estava prestes a se levantar, quando uma saia azul apareceu diante de seus olhos. Ela ergueu o olhar para encontrar uma jovem observando-a.

– Olá – cumprimentou a garota, com um sorriso radiante. Ela era loura e magra, com cotovelos ossudos e olhos amigáveis. – Meu nome é Kassandra. Posso me sentar com você?

Helena ficou um pouco surpresa com a aparição repentina da garota, mas conseguiu responder.

– S-sim, creio eu. Sente-se, se quiser.

A garota sorriu, puxou um banquinho próximo e sentou com as mãos no colo, brincando com o tecido da saia.

– Eu sou Helena.

– Eu sei – replicou a garota. – Você é casada com meu irmão.

– Ah. Então você é uma das filhas do rei Príamo – respondeu Helena, quase para si mesma. Havia tantas mulheres em Troia, as esposas do rei, as filhas do rei, as esposas dos filhos do rei, que ela ficava perdida sobre quem todas eram.

– Seu cabelo é tão lindo – elogiou Kassandra, pronunciando cada palavra com cuidado. Ela falava grego perfeitamente, embora não fosse sua língua nativa. – Meu irmão Polites fica me provocando por causa do meu cabelo – continuou ela, desviando dos olhos de Helena para o próprio colo. – Ele diz que os deuses esqueceram de tingi-lo. Mas eu falei para ele que isso é ridículo. Os deuses não tingem o cabelo das pessoas.

Helena deu uma risadinha, surpresa com o quão à vontade se sentiu de repente.

– Bem, acho seu cabelo muito bonito – declarou ela, sorrindo cautelosamente.

– Por que está sentada aqui sozinha, em vez de com as outras senhoras? – perguntou Kassandra baixinho. – Você não gosta delas?

– Não é bem isso… – explicou Helena, olhando para as outras mulheres. – Elas… é só que eu não me encaixo muito com elas.

– Ah – disse Kassandra, assentindo com um ar de sabedoria com a cabeça loura. – Também não me encaixo com as outras garotas. Elas falam tanta bobagem. E nunca entendem quando eu tento… Algumas delas me xingam.

Helena não respondeu, mas ficou sentada observando o rosto da garota enquanto ela olhava os próprios joelhos.

Depois de algum tempo, Kassandra levantou o olhar.

– Se importa se eu ficar aqui com você por um tempo?

Helena assentiu.

– Se você quiser – respondeu ela casualmente e, em seu íntimo, agradeceu aos deuses por uma pessoa no salão das mulheres não tratá-la como se ela estivesse contaminada com a peste.

43

Klitemnestra

– AH, TEÓFILO. JÁ ESCOLHERAM UM TOURO PARA O sacrifício de amanhã? – perguntou Klitemnestra ao ver seu sacerdote-chefe cruzando o pátio em sua direção. – O último tinha um temperamento ruim. Não podemos ter outro incidente como da última vez.

O sacerdote fez uma reverência.

– Sim, senhora. Este com certeza agradará a senhora Hera. É um belo animal.

– Muito bem – ela respondeu, sem diminuir o passo. – Obrigada, Teófilo – respondeu, enquanto o sacerdote idoso se arrastava em direção ao santuário real.

Ao virar a cabeça, viu Damon, o administrador, esperando no portal à sua frente.

– Senhora Klitemnestra – chamou ele educadamente, seguindo ao lado dela conforme ela continuou pelo interior frio do palácio. – Já pensou no que devemos dizer a Argos? A senhora me disse que eu não deveria enviar nossa resposta até…

– Sim, Damon. Agradeço por me lembrar. Diga a eles que entendemos que a colheita não foi tão boa quanto a do ano passado, mas que eles estão em melhor situação do que a maioria. Diga-lhes que o reino precisa da contribuição deles – respondeu ela num tom incisivo. Então, parando, virou-se para ele e acrescentou: – Mas certifique-se de bajulá-los um pouco. Você sabe como são os argivos.

– Sim, senhora – respondeu Damon com um breve aceno de cabeça e virou para um corredor lateral, enquanto Klitemnestra continuava seu caminho até a entrada principal.

Atrás dela trotava Iante, uma jovem aia que recebera em seu serviço logo após retornar a Micenas. Pensara que a menina poderia ajudar Eudora com as crianças, enquanto ela própria sofria o pior de sua dor. Mas isso foi antes de decidir enviar Orestes para longe.

Sabia que precisava fazer isso. Sendo o herdeiro, ele era um alvo para aqueles que desejassem tomar Micenas na ausência de seu marido. E ainda assim tinha sido tão doloroso, tão cedo depois daquela outra perda. Sempre que começava a se arrepender de sua escolha e a pensar no filho crescendo sem conhecer o rosto da mãe, dizia a si mesma que em sua vida precisava tomar muitas decisões difíceis, como mãe e como rainha, e não podia deixar seu coração governar sua cabeça. Então agora seu lindo filho estava crescendo na Fócida, no palácio do rei Estrófio e de sua esposa Anaxíbia, irmã de Agamêmnon. Era mais longe do que ela gostaria, mas pelo menos ele estava com parentes. Ele estaria seguro lá, e isso era o mais importante.

Quando Klitemnestra saiu do palácio e começou a descer a grande escadaria, inspirou fundo o ar da manhã. Micenas parecia cada vez mais seu verdadeiro lar. Ela tinha o respeito dos habitantes do palácio, o amor do povo – os artesãos da cidadela sorriam e se curvavam quando ela passava –, mas apesar de todas as pessoas que a cercavam, ela sentia que a solidão ainda dava um jeito de se esgueirar entre elas.

A perda da mãe a afetou mais do que ela teria imaginado que afetaria. A notícia da morte da rainha Leda chegara a Micenas há pouco mais de um ano e ainda lhe doía, como uma ferida aberta em seu coração. Não conseguia deixar de pensar que se tivesse estado lá... A mãe devia ter se sentido tão sozinha depois que o pai morrera. E então com Helena tendo partido... A mãe havia dispensado todas as suas damas àquela altura e quase não era vista no palácio, era o que diziam. Encontraram-na depois de dois dias. A ideia de seu corpo inchado pendurado lá, sem ter quem o velasse, sem ter quem sentisse falta dela, assombrava os sonhos de Klitemnestra.

As pessoas diziam que ela fez isso por vergonha, por causa de Helena. Talvez estivessem certos, talvez o escândalo tivesse levado sua mãe ao limite, mas ela sempre fora frágil. Mesmo quando era criança, Klitemnestra notara a tristeza de sua mãe. Envolvia-a como uma nuvem. Mas então havia algumas brechas e a nuvem se elevava por um tempo, e sua mãe resplandecia – sua *verdadeira* mãe, com todo o seu calor, seu humor e…

Não via a mãe desde o dia em que deixou Esparta, mas mesmo assim sentia sua ausência. Era como se houvesse uma âncora a menos prendendo-a ao mundo, como quando o pai faleceu. Tantas pessoas a deixaram; sentia-se como se não houvesse o suficiente de si para remendar os buracos que eles deixaram para trás.

As filhas eram suas âncoras agora, e elas a renovavam todos os dias. Electra já era uma mocinha e Crisótemis estava correndo para alcançar a irmã mais velha. Era um conforto para Klitemnestra vê-las crescer, vê-las brincar e rir juntas. Mas havia também uma tristeza, quando ela pensava na irmã que devia estar ali com elas. Ela não havia contado às meninas toda a verdade sobre o que havia acontecido, como poderia? Sempre que perguntavam sobre o assunto, elas deviam ver como a incomodava e, depois de algum tempo, pararam de perguntar. Agora mal se falava o nome de Ifigênia, como se ela nunca tivesse existido.

Era por isso que Klitemnestra tinha que fazer sua jornada diária além das muralhas da cidadela. Alguém tinha que se lembrar. Ela tinha que manter a filha viva, mesmo que apenas na própria cabeça.

Ela havia passado pelo portão agora e havia quase chegado ao túmulo; podia vê-lo à sua frente, erguendo-se do solo como uma colmeia gigante. Ela parou diante da monumental porta de pedra. Estava selada, é claro, até que a tumba fosse reaberta para o próximo enterro. Ela fez uma oração silenciosa para que não fosse para outro de seus filhos e começou a fazer sua oferenda àqueles que já havia sepultado.

Fez um gesto para Iante, que se aproximou com o odre de vinho e a taça de prata. Klitemnestra encheu a taça até a borda e, derramando o líquido escuro sobre a terra empoeirada, fez sua oração.

– Por minha filha, Ifigênia. Que os Sedentos abençoem e protejam sua alma no lugar abaixo da terra.

Então ela voltou a encher a taça e derramou seu conteúdo mais uma vez.

– Por meus dois bebês, que nunca viram o sol com olhos vivos. Que os Sedentos os tratem com bondade.

Os dois bebês que ela havia perdido ao nascer jaziam na tumba ao lado da irmã, embrulhados amorosamente em folhas de ouro. Embora nunca tivessem se conhecido em vida, Klitemnestra sentia-se um pouco consolada pela ideia de que seus filhos estavam juntos na morte. Um dia ela também seria sepultada para descansar na quietude da tumba e esperava que suas almas pudessem se encontrar no além.

Ficou ali por um momento, lembrando-se das crianças que havia perdido. Buscou o rosto de Ifigênia em sua memória, embora estivesse embaçado e vacilasse e se tornasse menos distinto a cada dia que passava. Em vez disso, ela se recordava de sua bondade, de sua risada; sim, isso era mais difícil de esquecer. Mas também o era o medo dela naquela manhã, as lágrimas em sua voz enquanto gritava pela mãe...

Não. Algumas memórias eram dolorosas demais. Os mortos não sentiam medo, disse a si mesma.

Antes de deixar o túmulo, colocou no chão alguns bolos de mel, o favorito de Ifigênia. Então, endireitando-se, voltou por onde viera, com Iante seguindo logo atrás.

Ao aproximar-se do Portão do Leão, Klitemnestra olhou para aquelas duas feras poderosas que tanto a aterrorizaram naquela noite em que chegara à Micenas. Um sentimento estranho subiu em seu peito, parte diversão, parte tristeza, ao pensar em seu medo naquela época. Era um medo infantil, pois o que aquela garota sabia do verdadeiro terror? Agora ela tinha se acostumado com aqueles olhares de pedra, e sentia uma espécie de segurança quando passava sob elas, sendo guardada por aquelas leoas ferozes. Ela era uma delas agora, pensou enquanto caminhava pelas ruas enfumaçadas da cidadela. Tinha que ser, por seus filhos, por seu reino. Uma protetora, uma provedora, uma líder. Uma Leoa de Micenas.

Ela não estava longe da grande escadaria quando Damon apareceu na frente dela, um pouco sem fôlego.

– Minha senhora, eu estava vindo procurá-la – exclamou ele, com uma reverência rápida. – Um homem chegou ao palácio em busca de hospitalidade. Ele afirma que é de sangue nobre. Vamos recebê-lo ou deseja que eu o mande embora?

– Acaso somos bárbaros, Damon? – ela perguntou, embora sorrisse quando viu a seriedade da expressão do administrador. – É claro que vamos oferecer-lhe hospitalidade. Bem sabem os deuses que os convidados são poucos em tempos de guerra. Atrevo-me a dizer que seria bom vermos um novo rosto.

– Está certo, minha senhora – Damon assentiu com grave sinceridade. – Vou conduzi-lo a um dos aposentos.

Ele se virou para se afastar, mas Klitemnestra o chamou de volta.

– Espere, Damon. Vou acompanhá-lo até o palácio – declarou ela, começando a subir a rua inclinada. – Quero ver este visitante com meus próprios olhos.

44

Helena

HELENA ESTAVA SENTADA OBSERVANDO AS CHAMAS da lareira, embalando sua taça de vinho nos dedos finos. Havia entrado no Salão da Lareira de Troia em poucas ocasiões desde sua chegada à cidade. Era um local para homens importantes, para a família real, para rituais sagrados e assuntos de Estado. Era a joia no topo da cidadela, o coração ordenado da cidade; não era local a ser perturbado por esposas estrangeiras que trouxeram guerra e morte atrás de si.

Hoje, porém, todos os homens e mulheres nobres da cidadela foram admitidos em seu espaço sagrado; ou pelo menos no pátio externo, para aqueles que não eram nobres o bastante para garantir um lugar no salão lotado. Helena estava sentada lá dentro, ao lado do marido. Todos os outros príncipes estavam presentes acompanhados pelas esposas, então ela supôs que não podiam excluí-la.

À cabeceira do banquete, ao lado do rei Príamo em seu trono pintado, estava o irmão mais velho de Páris, Heitor, herdeiro de Troia. Ele era largo e bronzeado, com uma barba preta e olhos firmes. Ao lado dele estava sua esposa, Andrômaca, com cabelos pretos parecidos com os do marido e grandes olhos amendoados. Ela trazia nos braços uma trouxa de tecido que se remexia. A festa foi em comemoração pelo nascimento do filho de Heitor, herdeiro de Troia depois de seu pai. Mesmo com as rotas de abastecimento ameaçadas e os estoques de alimentos cuidadosamente guardados, uma ocasião como essa exigia um pouco de indulgência. Deram ao menino o nome de Astíanax,

"Senhor da Cidade". Era um nome grande para uma coisinha tão pequena; no entanto, Helena refletiu, todos nós nascemos para nossos destinos.

Páris estava à direita de Helena, embora ele mal tivesse falado com ela a noite toda. Não pretendia ignorá-la, ela tinha certeza, embora desejasse que ele percebesse o quão sozinha ela ficava sem ele. No momento, ele estava absorto em uma conversa com o primo Eneias, que estava sentado do outro lado dele.

– Hatusa enviará suas forças em breve, e tudo isso acabará – ela ouviu o marido declarar em um tom casual, enquanto ele bebia seu vinho. – Você se preocupa demais, primo!

– Mas eles têm seus próprios problemas – respondeu Eneias, enquanto Helena aguçava os ouvidos para escutar por cima do barulho do salão. – Na semana passada eles enviaram uma mensagem informando que os assírios haviam… – Mas Helena não conseguiu ouvir mais nada quando uma música estridente começou em algum lugar à sua esquerda.

Sentindo como se sua boca logo fosse selar por não falar, Helena se virou e colocou a mão no antebraço de Páris. Ele não respondeu, então ela deu um leve aperto e ergueu a voz fina em meio ao barulho.

– Gosta do meu vestido, marido? Acabei de terminar esta semana.

– Hmm? – foi a resposta dele, virando-se para ela. – Sim, é muito bonito – comentou ele, sem sequer olhar, e voltou-se para o primo, tomando um gole de vinho enquanto se virava.

Helena soltou um suspiro inaudível e empurrou as lentilhas em seu prato. Pensou em quando ela e Páris se conheceram, quando se sentia como se fosse tudo o que ele desejava no mundo inteiro, como ele conversava com ela a noite toda naqueles tons suaves e a beijava como se a pele dela fosse o próprio ar. Ele ainda a desejava, ou, pelo menos, ainda se deitava com ela, mas a vida dos dois não era exatamente como ela imaginara.

Ao levar algumas das lentilhas temperadas à boca, seu olhar se desviou para Heitor e Andrômaca, iluminados pelo brilho da lareira como se fossem feitos de ouro. Heitor estava encorajando o filho a agarrar seu dedo, fazendo cócegas na palma da mão do bebê e rindo baixinho, quando os dedos minúsculos se fechavam ao redor dos seus. Andrômaca sorria lindamente para ambos, radiante em sua maternidade. Helena ficou um pouco triste ao observar a cena e pensar na criança que ela mesma dera à luz, como tudo tinha sido diferente. Mas também estava contente. Ela raramente via o senhor

Heitor sorrir, e combinava com ele. Ele normalmente era tão sério, embora ela não o culpasse. Na verdade, admirava-o muito. A defesa de Troia era sua responsabilidade, e ele cumpria solenemente seu dever. Era um pouco mais velho que Páris e ela, e ainda assim era tão nobre, tão majestoso... Ele seria um grande rei um dia, Helena sabia.

Ela ainda estava observando o casal feliz, incapaz de desviar o olhar. A forma como olhavam para o filho, a forma como olhavam um para o outro... Heitor levou a mão gentilmente até a bochecha da esposa e era como se apenas eles existissem. Observá-los provocava uma estranha dor no coração de Helena, mas era como uma contusão que ela não conseguia deixar de pressionar.

Sua atenção foi interrompida por um súbito solavanco à sua esquerda. Deífobo, outro dos irmãos de Páris, tinha inclinado-se na direção dela, esbarrando em seu braço com a taça que tinha na mão.

– Perdoe-me, senhora – balbuciou ele, derramando vinho no prato dela. Então ele virou a cabeça e olhou atentamente para o rosto dela, os olhos um pouco vidrados. – Pelos deuses, como você é *linda* – exclamou como se a visse pela primeira vez, embora já tivessem se encontrado em muitas ocasiões. – Eu não culpo meu irmão por trazê-la para cá – continuou ele, enquanto seus olhos se desviavam para baixo.

De repente, havia um braço atrás de suas costas, uma mão em sua cintura. Helena olhou para a direita, mas Páris estava ocupado conversando com o primo. Deífobo a puxou para si.

– Talvez eu mesmo devesse ter roubado você.

Helena se afastou dele.

– Marido – chamou ela, um pouco trêmula, e a mão se retraiu. – Posso oferecer um presente ao seu sobrinho? – ela perguntou depressa.

– Hum? Sim, como queira – respondeu ele, antes de voltar à sua conversa.

Helena se levantou da cadeira e começou a atravessar o salão. Ela mal tinha dado cinco passos quando lá estava mais uma vez, o silêncio impregnado de significado que a seguia aonde quer que fosse. As músicas paravam, as taças eram deixadas de lado e todos os olhos pareciam pousar nela. Ela começou a se arrepender de deixar seu lugar.

Ela continuou, no entanto, colocando um pé tímido diante do outro, até que finalmente estava diante do casal real.

– Eu... eu queria dar meus parabéns – declarou ela, nervosa. – E minha bênção para a criança. Aqui – disse ela, tirando as argolas de ouro das orelhas, uma das poucas joias que trouxera de Esparta. – Um presente para o senhor Astíanax.

Helena estendeu a oferenda com a mão trêmula, mas Andrômaca virou o rosto para o lado, puxando o filho para perto como se pensasse que Helena poderia infectá-lo.

Helena estava prestes a recolher a mão quando Heitor falou.

– Obrigado, Helena – respondeu ele, pegando os brincos dela. – Você é muito gentil.

Ela respondeu com um sorriso débil e um aceno de cabeça, a gratidão crescendo dentro de si. Enquanto se afastava, o barulho do salão recomeçou, mas, em meio ao alarido, Helena pensou ter ouvido o tom de advertência de Andrômaca atrás de si. Virou a cabeça bem a tempo de ler os lábios de Heitor quando ele se inclinou para a esposa e disse: "Acalme-se, não é culpa dela. Ela é apenas uma garota tola".

Essas palavras ecoaram na cabeça de Helena pelo resto da noite.

45

Klitemnestra

KLITEMNESTRA ESTAVA SOZINHA NO SALÃO DA Lareira, bebendo vinho não diluído. Ela precisava de algo para acalmar seus nervos antes de ir para a cama, então viera ao salão para beber, pensar e ficar sozinha.

No dia anterior, chegara a Micenas um boato de que o rei Agamêmnon havia sido morto em uma escaramuça em Troia.

– Não daremos atenção a boatos – declarou Klitemnestra aos servos, mas, por dentro, seu coração se elevou com uma estranha esperança. Poderia ser verdade? Seu marido estava realmente morto? Ela imaginou o corpo imóvel dele jazendo na planície de Troia, e foi como se uma rocha tivesse sido retirada de seu peito. Alívio, ao mesmo tempo frio e quente, espalhou-se por ela. Ela realmente não precisaria enfrentá-lo?

Mas então hoje, apenas uma hora atrás, um mensageiro chegou da Trôade, solicitando mais suprimentos e afirmando que o rei estava de fato vivo e bem. E a esperança nascente de Klitemnestra morreu quase assim que nasceu.

À medida que a guerra se alongava, a pergunta dentro dela crescia. *O que ela faria quando o marido voltasse?* Ela fizera um voto à deusa, e tinha a intenção de cumpri-lo. Ela havia segurado a adaga na mão. Sangue por sangue. E, ainda assim… ela estava meio louca de dor, não estava? Ainda seria capaz de fazê-lo, quando chegasse a hora?

Mas a alternativa… como conseguiria encará-lo? Como conseguiria vê-lo todos os dias, servi-lo como esposa, compartilhar a cama com ele? Ela visitava o túmulo de Ifigênia todos os dias e continuaria a fazê-lo pelo resto da vida. Havia falhado com a filha na vida; não a abandonaria na morte. Mas como poderia lamentar a filha que perdera, enquanto bancava a esposa do homem que ordenara a morte dela? Que considerara sua gentil existência menos importante que a própria ambição ferrenha? O homem cujo nome fazia seu coração se contrair? Era um insulto à memória de Ifigênia. Era impensável. Era insuportável. Era… era…

De repente, houve um estalo. A haste fina da taça de vinho se partiu em sua mão, derramando vinho sobre sua saia. Foi só então que ela percebeu com quanta força a estivera segurando.

Ela suspirou, observando distraidamente enquanto o vinho escuro enso-pava suas roupas finas. *Talvez nunca chegue a isso*, disse a si mesma. Desta vez o boato estava errado, mas não tinha sido o primeiro e não seria o úl-timo. Por mais perversa e covarde que isso a fizesse se sentir, o melhor que podia fazer era esperar que um dia a notícia da morte de seu marido fosse verdadeira. Que ele morresse lá longe naquela costa estrangeira, e a terrível escolha lhe fosse tirada.

Estava prestes a se levantar e sair do salão quando uma das portas pesadas se abriu e o rosto de Damon apareceu.

– Minha senhora – chamou ele do outro lado do aposento. – Nosso hóspede pede para compartilhar de sua lareira. Devo admiti-lo?

Klitemnestra estava prestes a dizer não, mas mudou de ideia. O hóspede já estava ali há duas noites e ela ainda não o havia entretido. O que diriam da hospitalidade micênica? Além disso, sua companhia seria uma distração bem-vinda.

– Sim, claro – respondeu a Damon. – Diga-lhe que é bem-vindo para compartilhar minha lareira. E mande os escravos trazerem mais vinho. E algumas frutas, por favor.

– Claro, minha senhora – respondeu Damon, e sua cabeça desapareceu mais uma vez.

Momentos depois, outra apareceu no lugar da dele, e então um homem inteiro, caminhando humildemente para a luz do fogo da lareira.

– Meus agradecimentos, minha senhora – disse ele, fazendo uma vênia – por me conceder o prazer de sua companhia. Sei que deve estar ocupada.

– É mais que apropriado – respondeu ela com um sorriso, fazendo um gesto para que ele ocupasse o assento ao lado dela. – Afinal de contas, é nosso convidado.

O homem era mais alto do que a média, mas de aparência bem comum. Sua pele era envelhecida, embora ainda tivesse uma energia jovial, uma espécie de vigor robusto, como se via em fazendeiros e homens do tipo; esguio, mas forte. Ele era mais jovem que seu marido, porém, mais velho que ela, calculou. E os olhos em seu rosto bronzeado tinham um brilho amável.

Quando chegou ao palácio, ele usava uma capa leve de viajante e botas resistentes e simples. Se não fosse por sua maneira refinada de falar e a confiança digna com que movia seu corpo esguio, ela teria duvidado que ele fosse de sangue nobre. Agora, sentado ao lado dela numa túnica elegante, com os cabelos lavados e a pele perfumada com cardamomo, parecia um novo homem.

Damon seguiu o homem e estava sentado perto das portas. Mesmo como rainha governante de Micenas, seria impróprio que ela ficasse sozinha com um hóspede do sexo masculino; especialmente depois do que aconteceu com sua irmã. Ainda assim, ela não pôde deixar de se sentir um pouco insultada porque o administrador não confiava nela.

– Espero que sua estadia tenha sido confortável até agora – disse ela, servindo uma taça de vinho ao hóspede. – Tem sido bem cuidado?

– Ah, sim, minha senhora, muito bem – respondeu ele, aceitando a taça que ela lhe oferecia. – Embora eu esteja contente por finalmente conhecer minha anfitriã; apropriadamente, quero dizer.

– Sim, devo me desculpar por não entretê-lo antes. Para ser honesta, esqueci seu nome, tanto tempo se passou desde nosso primeiro, breve encontro.

– Pode ser perdoada, minha senhora, porque creio que eu não o informei. – Ele deu um sorriso gracioso, seus olhos observando os dela. – Egisto é como meu nobre pai me chamou.

– Egisto – ela repetiu, rolando o som do nome pela língua. – Muito incomum, não é? E, no entanto, tenho a impressão de que já o ouvi antes.

– É claro que você não precisa me lembrar do seu nome – continuou Egisto, segurando a taça de vinho com ambas as mãos. – Sua nobre reputação é conhecida até mesmo por aqueles que vivem tão longe quanto eu, rainha Klitemnestra.

Ela sorriu.

– E onde exatamente você mora, senhor Egisto?

– Ah, aqui e ali – respondeu ele com um sorriso brincalhão. – Mas minha família tem laços antigos com Micenas. Um lugar tão interessante, não é? Uma história tão rica.

Klitemnestra assentiu educadamente.

– Sim, suponho que sim. Embora eu confesse que não conheço muito da história de Micenas, não tendo nascido aqui.

– Hum – respondeu Egisto, colocando uma uva na boca. – Não, creio que não. – Ele pegou outra do caule e rolou-a entre os dedos antes de voltar os olhos para ela. – Seu marido alguma vez lhe contou a história de como ele se tornou rei de Micenas? – perguntou ele.

– Bem, sim, eu sei que meu pai o ajudou a depor o rei anterior; foi assim que me casei com o senhor Agamêmnon, sabe; mas... agora que pensei, isso é tudo o que sei. Meu marido... bem, ele não é muito de histórias. – Ela deu um pequeno sorriso, tentando esconder seu desconforto com a menção de Agamêmnon.

– Talvez você permita que eu conte o resto – sugeriu Egisto, inclinando-se ligeiramente para ela. – É uma história e tanto, se quiser ouvi-la. – Ele sorriu, mas não havia humor em seus olhos.

Embora Klitemnestra não tivesse interesse em ouvir histórias sobre o marido, estava curiosa. Que tipo de rainha não conhecia a história do próprio reino?

– Continue – pediu, pegando sua taça de vinho. – Estou ouvindo.

Egisto se ajeitou um pouco, pigarreou e começou.

– Bem, como em tantas histórias, tudo começou com dois irmãos. Um chamava-se Tiestes e o outro, o mais novo, Atreu. – Klitemnestra abriu a boca para interpor, mas ele se adiantou a ela.

– Sim, você deve conhecer esse nome, pois Atreu era o pai de seu nobre marido. Bem, os dois irmãos eram filhos do grande rei Pélope, mas foram exilados de seu reino natal quando, em seu desejo pelo trono, conspiraram para assassinar seu meio-irmão. Privados de seu reino, os irmãos vagaram por toda a Grécia até que finalmente foram acolhidos no coração de Micenas, pois o rei Euristeu, que governava esta terra naquela época, não tivera filhos e temia pela segurança de seu reino.

– Os irmãos passaram sua juventude felizes em Micenas por dois verões, e poderiam ter continuado a fazê-lo se não fosse o capricho das Moiras, pois, antes que o rei Eristeu pudesse escolher qual dos dois seria seu herdeiro, ele morreu.

– Tiestes e Atreu, como bons amigos e irmãos que eram, governaram o reino juntos por algum tempo. Mas, embora Tiestes tivesse mais direito como irmão mais velho e se tivesse provado um bom governante, Atreu era o mais ambicioso. Ele temia que as pessoas preferissem o irmão a ele e começou a realizar audiências sem Tiestes e a tomar medidas para diminuir o poder do irmão.

– E talvez Atreu se contentasse com sua maior fatia do trono. Mas um de seus espiões, que ele havia designado para vigiar o irmão por medo de ser usurpado, revelou a Atreu que tinha visto sua esposa, Aérope, visitando os aposentos de Tiestes em várias ocasiões, sozinha.

– Ardendo de ciúmes, Atreu confrontou a esposa e, temendo a ira do marido, contou tudo a ele. Ela implorou que ele não machucasse Tiestes, pois o amava de verdade, e que o mandasse embora em vez disso. Mas Atreu tinha outros planos.

– Ele convidou Tiestes para jantar, bancando o irmão amoroso enquanto o enchia de vinho e deliciosos ensopados de carne. Foi apenas depois que a barriga de seu irmão estava cheia que Atreu revelou o mal que havia feito. Perguntando a Tiestes se ele havia gostado de sua refeição, mandou trazer uma bandeja para o salão – exatamente este salão no qual estamos agora – e nela estavam as cabeças e as mãos dos filhos de Tiestes. E ele soube naquele momento o que o irmão havia feito e o que ele próprio havia feito sem saber.

Klitemnestra sentia-se enjoada. Ela agarrou o braço de seu trono para se firmar, mas depois tirou a mão. Era este o trono onde aquele homem monstruoso havia se sentado?

– Como os homens são capazes de fazer essas coisas? – perguntou ela com a voz embargada. – E contra o próprio sangue? – Seu estômago se revirou com um horror recordado que ela tentou afastar. – Eu… não tenho certeza se quero ouvir o resto da história.

– Mas precisa, minha senhora – insistiu Egisto. – Agora que começamos. É uma história repleta de maldade, é verdade, e violência e perda. Mas assim é a vida, não é? – Ele a encarou nos olhos.

Ela lhe devolveu o olhar. Ele sabia de sua própria perda?

– Assim é a vida, sim – replicou ela, tentando manter a voz firme. – Mas não aprecio ouvir falar em tais coisas.

Egisto assentiu com um ar de desculpas.

– Eu a entristeci, minha senhora. Mas, por favor, deixe-me terminar a história. O resto não é tão ruim.

Klitemnestra fez uma pausa, observando seu convidado com cautela.

– Muito bem – concordou ela. – Prossiga.

Egisto recostou-se em seu assento.

– Pelo crime de consumir carne humana, Tiestes foi exilado; não apenas de Micenas, mas de toda a sociedade civilizada. Ele não podia entrar em santuários, nem participar de ritos. Ele vagou por muitos meses, sendo recusado em todas as portas, até que um pastor de cabras e sua família tiveram pena dele. Deram-lhe trabalho e uma casa, tal como era a sua humilde morada. E com o tempo, Tiestes se adaptou à sua nova vida e até gerou outro filho, com a filha do bondoso pastor de cabras.

– Tiestes aceitara o destino que lhe fora traçado e assim seu filho cresceu sem saber nada sobre o próprio sangue real, nem da vida que poderia ter tido. Mas, quando o rapaz atingiu a maioridade e começou a fazer mais perguntas do que as respostas que o pai tinha, Tiestes entendeu que deveria contar ao filho a verdade de sua história. E quando ele soube o que seu pai havia sido, e o que seu tio cruel havia feito, o garoto ficou furioso; por seu pai, pelos irmãos que ele nunca conheceu, e por si mesmo, roubado de sua própria fortuna.

– Naquela noite, enquanto o pai dormia, o rapaz fugiu. Ele viajou para Micenas e encontrou o rei Atreu, seu tio, vulnerável na praia, realizando um sacrifício. O menino aproveitou a oportunidade e matou Atreu ali mesmo na areia, embora ele mesmo ainda mal fosse um homem. E Micenas, sofrendo sob anos de desgoverno, acolheu de volta Tiestes e seu filho como seus reis.

– Ora, Tiestes, sendo um homem mais bondoso do que o irmão, deixou os filhos de Atreu viverem e apenas os exilou de seu reino. Esse, porém, como tenho certeza de que consegue prever, foi o erro dele. Por cinco anos após a morte de Atreu, os filhos dele – seu nobre marido Agamêmnon, e o irmão Menelau – conseguiram reunir aliados suficientes para retornar a Micenas e tomá-la para si. Essa parte você conhece, é claro, pois seu pai era o mais importante desses aliados. Mesmo agora parece que o senhor Agamêmnon tem o dom de convocar exércitos. – Ele deu um sorriso triste e torto. – Eles mataram Tiestes e teriam matado o assassino de seu pai também, se os servos do palácio não o tivessem ajudado a fugir.

– E esta é... – suspirou Egisto. – A história de Micenas, tal como sou capaz de contar.

– Você narra bem – disse Klitemnestra graciosamente, embora houvesse uma sensação desconfortável na boca do seu estômago. – Na verdade, estou impressionada com o quanto você sabe.

– Ah, é de conhecimento público, para aqueles que o procuram.

– E quanto ao filho de Tiestes, aquele que escapou. O destino dele é conhecido? – Ela lançou a Egisto um olhar longo, mantendo o olhar dele no dela.

– Por alguns – respondeu ele, devagar. – E por você, creio eu.

A inquietação de Klitemnestra revirou seu estômago.

– Damon, chame os guardas – ordenou ela do outro lado do salão, mantendo os dois olhos em Egisto. Ele tinha uma lâmina? Ela não conseguia ver nenhuma.

– Damon! – Não o ouvira se mover. Virou a cabeça e o viu sentado exatamente onde estivera antes, olhando para ela, tranquilo. – Damon?

E daqueles olhos escuros a atingiu, como uma flecha atirada através do silêncio assustador do salão. Havia sido traída.

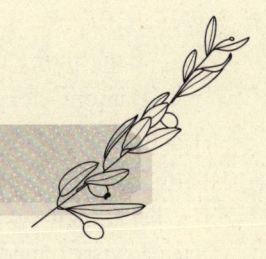

46

Klitemnestra

KLITEMNESTRA TENTOU GRITAR, MAS UMA MÃO cobriu sua boca.

– Por favor, minha senhora – disse Egisto, seus olhos a centímetros dos dela. – Não vim para lhe fazer mal. – Ele deve ter lido o verdadeiro medo nos olhos dela, pois acrescentou depressa: – Seus filhos estão seguros. Ninguém vai machucá-los. Eu só preciso que ouça o que eu tenho a dizer. Vai fazer isso?

Ela procurou a verdade nos olhos dele, desesperada. Mas não conhecia este homem. Suas filhas já poderiam estar mortas. Poderiam ter lâminas em suas gargantas naquele exato momento. Ela olhou para Damon, seus olhos faiscando para o homem que ela pensara ser seu aliado.

– Ele está dizendo a verdade, senhora – falou o administrador, retorcendo as mãos. – Eu sinto muito… Eu… suas filhas estão seguras, eu prometo.

Voltou a olhar para Egisto, a palma salgada da mão dele ainda pressionada contra os dentes dela. Ela o encarou, desafiando-o a estar mentindo. Mas os olhos pareciam honestos. Pareciam quase estar com medo.

Devagar e com cautela, ela assentiu.

A mão se retirou e ela não gritou. Mas seus olhos continuaram fixos nos de Egisto, espreitando-os, atentos ao perigo.

– É como você deduziu – disse ele. – Sou Egisto, filho de Tiestes. Assassino de Atreu e primo de seu marido. Mas não vim para vingar meu pai, nem para recuperar seu trono. Vim para lhe fazer uma oferta.

Klitemnestra sufocou uma risada incrédula.

– É mesmo? E essa pequena emboscada – ela lançou um olhar cortante para Damon: – foi planejada para me deixar mais receptiva, foi? – Ela respirou trêmula. – Não, eu... acho que você devia ir embora agora. Vocês dois. Antes que eu chame meus guardas.

Ela ergueu um pouco o queixo, o maxilar bem cerrado, esperando que ele não visse o medo por trás de seus olhos brilhantes.

De repente, a voz de Damon soou do outro lado do corredor.

– Aconselho que o ouça, minha senhora.

A mandíbula de Klitemnestra se apertou ainda mais. Ela havia confiado no administrador, até o considerara seu amigo. Não se virou para encará-lo.

– Minha senhora...

– Por que eu deveria? – disparou ela para Egisto. – Você se aproveitou da minha hospitalidade, esgueirou-se para dentro de *minha* casa, onde minhas filhas... – Ela se interrompeu, sentindo um aperto na garganta. – Você é senhor de lugar nenhum, rei de ninguém. O que poderia ter para me oferecer?

– Segurança – disse Egisto calmamente. – Para você e suas filhas. Para Micenas também. É isso que ofereço.

– Já ouvi o bastante – retrucou Klitemnestra, começando a se levantar. – Como acha que poderia...

– Tornando-se seu consorte.

Ela parou, boquiaberta de espanto.

– Antes que diga qualquer coisa, eu não esperaria nada de você. Pode tratar isso como... uma espécie de acordo comercial, suponho. Eu ganharia minha casa de direito e você teria minha proteção.

– Senhor Egisto – começou ela –, não preciso de um consorte. Eu tenho um marido. E estou me saindo muito bem no governo sem ele.

– Sim, Damon me contou. Tudo está indo bem por enquanto. Mas você está vulnerável. Sua autoridade deriva de seu marido. Os homens a seguem porque o temem. E, enquanto ele viver, talvez seus inimigos também se mantenham afastados. Mas se Agamêmnon morrer, e então? Micenas será tirada de você. Seja por dentro ou por fora. Suas filhas serão mortas imediatamente. E talvez você também seja, ou então seja mantida como um troféu, uma escrava em sua própria casa, para ser oferecida, violada e espancada como seu novo mestre achar melhor.

Klitemnestra estava com a boca entreaberta, mas calada.

– Você sabe que o que digo é verdade – continuou Egisto, com a voz calma. – Você mesma teme isso.

E ela temia. Ficou acordada com esses pensamentos durante muitas noites. Não importava quão bem governasse, não importava quanto respeito conquistasse, ela era rainha apenas porque Agamêmnon era rei. Sem um homem, uma mulher não era nada. Aqueles rostos sorridentes que a serviam agora desprezariam uma mulher que ousasse governar sozinha. Era uma verdade amarga, mas ela não podia negá-la. E Egisto nem sabia de toda a sua perturbação; que mesmo que Agamêmnon voltasse para casa em segurança, talvez ainda viesse a matá-lo ela mesma. Ela não temia o ato tanto quanto o perigo que ela traria sobre seus filhos sobreviventes, ao vingar a que havia perdido.

– Caso seu marido morra nesta guerra, você e seus filhos cairão com ele – disse Egisto gravemente. – Você está no fio da navalha. Estou lhe oferecendo outra alternativa. Alie-se a mim, e jurarei esta noite, com juramentos e sacrifícios sagrados, que nunca machucarei você ou seus filhos, que farei tudo que puder para protegê-los. Ainda tenho simpatizantes em Micenas e no interior, pessoas que eram leais a meu pai antes de seu exílio, pessoas indignadas com o que Atreu fez, pessoas que serviram a mim e a meu pai antes de sermos depostos. Damon é um deles. O pai dele serviu ao meu pai, ajudou a administrar seus negócios. Ele foi morto por isso, quando seu marido tomou Micenas. Damon teve que fingir que era um ajudante de cozinha para salvar a própria vida. E ele salvou a minha também – me ajudou a escapar do palácio. Ele é leal a mim, sim, mas não é menos leal a você por causa disso.

Ela olhou de relance para Damon, que encarava os próprios pés.

Egisto continuou.

– Minha senhora, se eu reclamar o trono de Micenas, poucos aqui ficarão contra mim. De fato, Damon me garante que muitos gostariam de meu retorno. Há muito ressentimento contra seu marido devido à sua guerra desnecessária e cara. Mas você, minha senhora, você é popular entre o povo. Se nós dois nos uníssemos, poderíamos liderar este reino com força e justiça. E eu juro que seus filhos serão como meus filhos. Suas filhas crescerão em segurança e felicidade. E seu filho, Orestes, ainda terá seu direito de primogenitura, caso retorne a Micenas para reivindicá-lo.

Ele parou de falar, e fez-se silêncio, enquanto aguardava a resposta de Klitemnestra.

– Você... está me pedindo para trair meu marido – disse ela por fim, embora fosse mais uma declaração do que um protesto. Que tipo de esposa seria, entregando o trono de seu marido a outro homem? Mas então, que tipo de esposa esperava que seu marido fosse morto, ou imaginava que ela mesma poderia matá-lo?

– Agamêmnon tirou de nós dois – disse Egisto baixinho. – Eu a vi no túmulo de sua filha. Eu ouvi a história de como ela foi parar lá. Você não deve nada a ele.

Klitemnestra endireitou-se na cadeira, tentando manter a expressão neutra. O que esse homem sabia sobre Ifigênia? Ele não a conhecera, não ouvira sua voz doce, nunca segurara sua mão suave na dele. Ele chegaria tão baixo a ponto de usar a memória dela em prol dos próprios objetivos? E, no entanto, quando ela estudou seus olhos, não encontrou nada além de empatia. E quando ele olhou de volta para ela, ela sentiu que ele entendia algo da dor que ela tentava esconder.

– Mas... não é possível – ela suspirou. – Você fala como se não fosse haver derramamento de sangue, mas... não consigo acreditar nisso. Meu marido vai querer notícias de seu reino. Quando souber que foi deposto, voltará para retomar o trono. Haverá guerra civil. Não posso trazer isso para o meu reino.

– Ele não vai ouvir falar disso – disse Egisto confiante. – Não se controlarmos as notícias que ele recebe. Você envia suprimentos regulares para a Trôade, não é? Então, enviaremos um relatório com cada navio, daremos as notícias antes que ele peça. Damon me disse que você tem a lealdade dos escribas. Aineiasão escrever o que você pedir. E enviamos nossos próprios homens para entregá-lo, homens de nossa confiança.

– E se ele enviar seu próprio mensageiro?

– Enviamos um dos nossos de volta. Ele está longe, e precisa confiar no que você manda para ele. Diga-lhe que está tudo bem, e ele acreditará, pois é o que ele quer ouvir. Nos dois anos desde o início desta guerra, quantas vezes Agamêmnon retornou ao reino? Nem sequer uma vez. Ele está preocupado com Troia, não com Micenas. Ele considera sua soberania aqui como certa, enquanto sua mão busca mais em outro lugar. Ele não está prestando atenção em nós.

– Mas não é tão simples assim – protestou Klitemnestra. – E os forasteiros? Os outros reinos? Eles saberão a verdade. Eles podem mandar uma mensagem para Agamêmnon.

– Vou evitar o público estrangeiro. Você continuará sendo a principal figura de Micenas, pelo menos até que Agamêmnon não seja mais uma ameaça. Mas hóspedes estrangeiros são poucos, em todo caso. Quantos você recebeu desde que seu marido foi embora? Eles estão todos lutando nos campos de Troia ou tentando manter os próprios reinos. – Ele fez uma pausa, inclinando-se mais para perto. – Confie em mim, minha senhora. Sei que lhe dei poucas razões até agora, mas para seu bem e o de seus filhos, precisa ver que esta é sua melhor alternativa. Quanto mais você espera, maior é a chance de seu marido morrer no campo de batalha. Ele pode já estar morto. E assim que a notícia chegar à Grécia, os lobos atacarão. E então você desejará ter um leão para detê-los, um amigo para defendê-la. É isso que ofereço.

Dito isso, Egisto recostou-se na cadeira, observando o rosto dela com atenção. Ele conhecia a situação dela, entendia-a tão bem quanto ela. Tudo o que ele precisara fazer era entrar para vê-la, colhê-la como se fosse uma fruta madura.

– Bem, vejo que você planejou tudo – declarou ela bruscamente. – Mas há coisas que você não sabe, coisas que... Você não me conhece. E eu não o conheço.

– Não – respondeu Egisto, inclinando-se mais uma vez, as mãos entrelaçadas. – Não, não sonho que a conheço, minha senhora. Embora eu espere que nos conheçamos, com o tempo. Damon me contou que é uma mulher notável, gentil, corajosa e inteligente. – Ele olhou para o administrador e ela seguiu seu olhar. Os olhos de Damon saltaram para os dela brevemente, e então baixaram de novo para os pés. Ela sentiu suas faces esquentarem.

– Mas acima de tudo – continuou Egisto –, sei que você é mãe e que uma mãe faria qualquer coisa para proteger seus filhos. Estou lhe dando essa chance.

Klitemnestra ficou em silêncio, considerando Egisto. Poderia confiar neste homem? Ainda confiava no marido? Poderia realmente confiar em alguém, além de si própria? E, ainda assim, ele estava certo. Ela estava vulnerável. Mesmo uma leoa não podia governar sozinha.

– Precisarei de tempo para considerar sua proposta, senhor Egisto – declarou ela, adotando um tom majestoso. – Enquanto isso, permanecerá aqui no palácio, sob guarda.

– Se assim o deseja – respondeu Egisto com um humilde aceno de cabeça.

– Desejo – determinou ela, cruzando as mãos sobre o colo. E, no entanto, era tudo fingimento. Ela já havia tomado sua decisão.

Egisto estava certo; ela faria o que fosse preciso para proteger os filhos, para garantir seu futuro. Apenas precisava reunir coragem para confiar nele e rezar para que os deuses não a destruíssem por se tornar o pior tipo de mulher: uma esposa traidora.

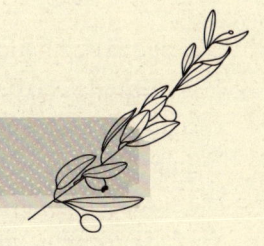

47

Helena

SETE ANOS DEPOIS

Enquanto estava tecendo em seu quarto, Helena podia ouvir o tinir do bronze pela janela. A batalha estava perto da cidade hoje; normalmente ela teria que se esforçar para ouvir, se conseguisse. Todavia, o som não a assustou como costumava. Havia batalhas quase todos os dias agora, fora dos muros da cidade, na planície, ou lá embaixo, perto do acampamento grego na praia. Os gregos haviam exaurido a pilhagem no campo há mais ou menos um ano, e os troianos se cansaram de ficar trancados dentro de suas muralhas, para não mencionar toda a riqueza vinda do comércio que estavam perdendo à medida que a guerra se arrastava. E então tudo o que havia a fazer agora era lutar, homem a homem, príncipe a príncipe, até que um lado vencesse.

Desde que os gregos voltaram sua atenção para a cidade, tornou-se cada vez mais difícil conseguir suprimentos. Os nobres da cidadela reclamavam da falta de vinho e de especiarias, do racionamento de carne e da proibição de banquetes, mas Helena sabia que eram as pessoas da cidade baixa que realmente sofriam. Kassandra saía com a mãe para cuidar dos doentes e levantar o moral – quando a luta estava longe das muralhas – e dissera a Helena que as pessoas viviam da ervilhaca amarga que costumavam dar para os animais.

Esta guerra havia tomado tanto dos ricos quanto dos pobres. Todos os dias as mulheres da cidadela esperavam no Portão Oeste que seus maridos e filhos voltassem da batalha. Helena costumava esperar com elas, mesmo quando Páris estava em segurança no quarto. Ela assistia a cada dia enquanto o sol se punha e a multidão diminuía, cada mulher gritando de alívio quando seu homem aparecia pelos portões. Mesmo aqueles que haviam sido feridos, que eram carregados por seus companheiros, sangrando ou inconscientes, eram uma visão bem-vinda para os olhos daquelas que esperavam. Mas no final de cada dia sempre havia algumas mulheres que continuavam esperando. E a cada dia mais mulheres tinham motivos para odiá-la.

Ela não ia mais para o Portão Oeste. Também não ia para o salão das mulheres. Ela não podia enfrentar os olhares e as maldições, mas também não culpava as mulheres. Ela sabia que a guerra era culpa sua, que a vida de tantos homens estava em suas mãos, e outras vidas também, a de sua mãe e a de Ifigênia. Se pudesse desfazer tudo isso, ela o faria. Mas do jeito que estava, tudo o que podia fazer era suportar seu castigo: o ódio delas e a própria culpa terrível.

Páris estava sentado do outro lado da câmara, polindo suas grevas enquanto o som da batalha continuava a entrar pela janela.

– Você não é necessário na planície? – perguntou ela, inocentemente. – A batalha está acontecendo há algum tempo, e ainda assim você está aqui.

Ele não ergueu o olhar.

– Mulheres não entendem nada de guerra – disse ele, mergulhando o pano em mais óleo. – Se entendessem, você saberia que é importante que alguns dos homens permaneçam descansados, para que possam aliviar seus irmãos exauridos.

Helena continuou tecendo seu fio.

– Parece que eles precisam de alívio agora – comentou ela num tom suave.

Ele não respondeu, mas seu rosto estava azedo, quando voltou sua atenção para o capacete, que já reluzia intensamente.

Enquanto ela observava o marido, com o cabelo cuidadosamente encaracolado e a túnica limpa, a bile do ressentimento se acumulava em seu estômago. E pensar que ela causara tanto conflito e horror por causa dele. Ela tivera tantas esperanças para sua nova vida, para o amor e a felicidade que encontraria em Troia, mas a realidade se mostrara bem diferente. A princípio foi intoxicante, mas logo aprendera que seu novo marido era como uma jarra de vinho: lindamente decorada e muito convidativa, mas uma vez que o vinho havia sido consumido, tudo o que restava era uma jarra vazia. Contudo, isso era tudo o que ela havia sido para ele, não era? Devagar, pouco a pouco, ao longo dos longos anos que passou nesta cidadela solitária, ela abandonou a mentira em que se permitiu acreditar e percebeu a verdade. Ela, Helena, a flor da Grécia, a joia de Esparta, era apenas mais um ornamento para decorar os aposentos dele.

E, no entanto, além da amizade de Kassandra, Páris era sua única âncora em Troia. Ela podia se ressentir dele, até mesmo odiá-lo, mas não podia abandoná-lo. E ele sabia disso.

No mesmo instante em que ela desviou os olhos do marido, ouviu-se um barulho à porta do quarto.

– Páris! – A voz de Heitor ecoou pelo piso de mármore do cômodo.

Ele apareceu por detrás das cortinas, sua pele morena brilhando de suor, seu peitoral salpicado de sangue. Helena temeu que ele tivesse se machucado, mas não conseguia ver nenhum ferimento.

– Páris – rosnou ele, o cenho franzido, a voz um pouco rouca da corrida. – Pensei não tê-lo visto no campo! O que está fazendo, se escondendo aqui? Seu covarde. Os homens lutam por você e você não está com eles!

Páris levantou-se, com o capacete brilhante na mão.

– Eu estava prestes a me juntar à luta, irmão – mentiu ele, mantendo o queixo erguido ao encontrar o olhar feroz de Heitor. – Venha, Helena. Pedi que me ajudasse com minha armadura.

O queixo de Helena caiu, mas era inútil discutir. Ela deixou seu banquinho e, obediente, foi até ele, seus lábios contraídos.

Os olhos de Heitor ainda estavam faiscando, mas também ele decidiu não desperdiçar palavras.

– Vá direto para os portões quando estiver pronto – ordenou ele, já se virando para sair. – Eu o encontro no campo.

E tão rápido quanto havia chegado, saiu de novo, correndo de volta para se juntar aos seus companheiros.

Helena ficou calada enquanto amarrava as alças da armadura de Páris, puxando o couro um pouco mais apertado do que precisava. Depois de terminar, ela se endireitou para que ficassem de frente um para o outro, seus olhos fixos nas patas de leopardo amarradas ao redor do pescoço dele. Quando se inclinou para ela, ela virou o rosto, antes de perceber que ele estava apenas pegando o escudo. Então ele partiu para o portão, sem que uma palavra fosse trocada entre os dois.

❋

A batalha continuava fora da cidade, enquanto Helena permanecia em seu quarto. No entanto, não ficou sozinha por muito tempo, Kassandra veio sentar-se com ela logo após a partida de Páris. Ela parecia ter um talento especial para saber quando Helena precisava de sua companhia.

Kassandra era uma jovem mulher agora, e a melhor – e única – amiga de Helena. Tinha sido estranho vê-la crescer, sabendo que a própria filha tinha quase a mesma idade. Ela às vezes pensava em Hermíone, do outro lado do mar, fiando lá nos salões de Esparta. Será que ela pensava na mãe? Será que ainda se lembrava dela?

Helena achou muito mais fácil ser amiga de Kassandra. As duas costumavam ficar juntas, fiando e conversando, embora apenas quando Páris estava em outro lugar. Ele não gostava da tagarelice das mulheres. Helena ficou surpresa que a rainha Hékuba tivesse permitido que ela e Kassandra se tornassem tão próximas. Sabia que a rainha não gostava dela, ou pelo menos não confiava nela; afinal de contas, ela era Helena, a Prostituta. No entanto, Kassandra não tinha muitas amigas entre as outras mulheres, então talvez sua mãe estivesse feliz por ela não estar sozinha.

Kassandra estava cantarolando para si mesma, como costumava fazer. Nunca parecia haver uma melodia, apenas sons encadeados, mas Helena achava estranhamente reconfortante.

– Você acha que os animais se casam, Helena? – perguntou ela, de repente, sem tirar os olhos do fuso. – É um pensamento estranho, não é?

Helena sorriu e assentiu. Estava acostumada a Kassandra fazendo tais perguntas e a não saber o que responder. Descobriu que era melhor simplesmente deixá-la conversar consigo mesma.

– Suponho que as pessoas façam isso porque outras pessoas fazem. Acham que devem fazê-lo – meditou Kassandra, desenganchando o fio acabado do fuso. – É engraçado como tantas coisas na vida funcionam desse modo.

Helena assentiu mais uma vez. Ficaram em silêncio por um tempo antes de sua amiga voltar a falar.

– Meu pai disse que vou me casar.

Ela contou isso de modo tão direto que Helena levou um momento para responder.

– Sério? Quando? Com quem?

– O nome dele é Otrioneu – revelou ela baixinho, como se fosse um segredo. – Ele chegou à cidade há quinze dias, vindo de Cabeso. Ele... não é um homem rico, mas prometeu a meu pai que ele e seus homens expulsarão os gregos de nosso litoral em troca da minha mão. Ele está lá fora lutando agora mesmo. – Sua jovem testa estava franzida de preocupação.

– Já o conheceu? – quis saber Helena.

– Ah, sim. Ele pediu para se encontrar comigo, quando chegou. Ele queria perguntar se eu consideraria me casar com ele.

– Perguntar a *você*? – perguntou Helena, surpresa. – Bem, *isso* é incomum. Decerto ele sabia que a decisão seria do seu pai.

– Bem, sim, mas ele disse que só me queria se eu o quisesse.

– E o que você respondeu?

– Bem, nós conversamos por um tempo. Ele confessou que não era tão rico quanto outros pretendentes, que não poderia oferecer um dote digno de meu nascimento, mas que faria tudo o que pudesse para me fazer feliz. E... acreditei nele. Gostei dele. Então respondi que se ele conseguisse convencer meu pai, eu me casaria com ele.

As bochechas de Kassandra estavam coradas, mas parecia haver uma excitação genuína por trás de sua timidez. Helena se perguntou há quanto tempo ela estivera esperando para contar.

– Então, quando vai se casar?

– Papai falou para ele que não poderia ter a mim até que cumprisse sua promessa e os gregos tivessem ido embora. Mas ainda podemos nos ver nesse meio-tempo, quando mamãe estiver presente e não houver batalhas para travar. Ele diz que sou diferente de todas as mulheres que ele já conheceu. – Seu rosto se abriu em um sorriso tímido, e Helena não pôde deixar de sorrir de volta. Ela estava feliz em ver a amiga tão feliz.

– Espero que a guerra termine logo – desejou ela, inclinando-se para apertar a mão de Kassandra.

Elas continuaram fiando por mais ou menos uma hora, tão confortáveis em seu silêncio como em sua conversa. Mas Kassandra nunca conseguia ficar parada por muito tempo.

– Vou descer até os portões – anunciou ela, pousando a roca. – Quero saber quais são as novidades.

Helena assentiu, mas não se levantou com ela.

– Vou ficar aqui – declarou ela. – Páris não gostaria que eu sujasse minhas saias. – Deu um sorriso fraco.

Kassandra assentiu em resposta. Ambas sabiam a verdadeira razão pela qual Helena não queria ir até os portões, mas estava grata por não ter que admitir isso. Só pensar naqueles olhares odiosos a fazia estremecer.

Sozinha mais uma vez, Helena voltou para seu tear. Examinar os fios era uma distração maior do que fiar. Dava a seu cérebro menos espaço para pensar, menos tempo para refletir.

Ela não tinha certeza de quanto tempo havia se passado, mas lentamente percebeu que o barulho lá fora havia diminuído um pouco, então talvez a batalha estivesse finalmente chegando ao fim. *Quantas mulheres vão ficar esperando hoje?*, ela se perguntou, mas rapidamente afastou o pensamento de sua mente. *Concentre-se nos fios,* disse a si mesma.

De repente, ouviu passos correndo, leves, mas urgentes, e segundos depois Kassandra reapareceu.

– Helena – engasgou ela. – Venha rápido. É Páris. – Ela parou para respirar. – Ele vai enfrentar Menelau.

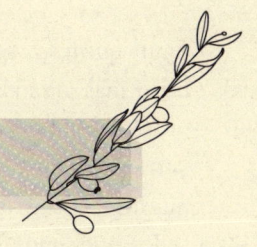

48

Helena

– VAMOS! ESTÃO APENAS ESPERANDO OS CARNEIROS.
– Kassandra começou a puxar Helena para a porta do quarto pelo pulso. –
Podemos assistir das muralhas.

Helena tropeçou atrás dela, ainda tentando entender o que Kassandra
havia dito. *Páris ia enfrentar Menelau? Por que agora? Depois de todos esses
anos?* Algumas horas atrás, ele não queria sequer participar da batalha.

Como se tivesse ouvido os pensamentos de Helena, Kassandra explicou
por cima do ombro.

– Menelau o desafiou, foi o que ouvi. E suponho que ele não poderia
recusar. Seria chamado de covarde… ou coisa pior.

Estavam nos degraus que levavam às ameias agora. Kassandra segurava
as saias com uma das mãos enquanto os subia de dois em dois. Helena a
seguia, suas pernas ficando mais trêmulas a cada passo.

Uma vez no topo, olharam por cima da muralha. Lá, fora da cidade, a
pouco mais do que um voo de flecha de onde estavam, os dois exércitos
estavam reunidos, frente a frente, com uma avenida clara aberta entre eles.
E naquela avenida estavam as figuras de quatro homens.

Mesmo a esta distância, Helena reconheceu três deles no mesmo instante. Lá estava Páris, a pele de leopardo em volta de seus ombros, o capacete
dourado cintilando ao sol. Sua crista de crina de cavalo balançava e oscilava
enquanto as botas dele remexiam a terra empoeirada. Atrás dele estava
Príamo, seu pai, o rei de Troia com seus cabelos brancos. E ali, diante deles, a

figura que fizera seu coração dar um salto: Menelau. Ele estava mais velho, é claro, mas sua constituição pouco mudara. Ainda um guerreiro, seus braços grossos amarrados com tiras de couro, seu peito coberto por um peitoral surrado. Seu cabelo cor de palha caía sob um capacete de presas de javali, que deixava seu rosto exposto; um rosto que ela soubera que estava tão perto todos esses anos, mas que não via desde que deixara Esparta. Seu peito se contraiu estranhamente ao vê-lo.

Ao lado de Menelau havia outro homem, mais largo, apoiado em um grosso cajado de madeira. Ela percebeu que devia ser Agamêmnon, embora estivesse de costas para ela. Dizia alguma coisa para o irmão, mas os olhos de Menelau pareciam estar fixos à sua frente, no local onde se encontrava Páris.

Se ele olhar para o alto da muralha, vai me ver?, pensou ela, de súbito. *Ele vai me reconhecer?* Será que o peito dele se contrairia igual ao dela? Ou ele sentiria outra coisa? Ódio? Raiva? Nojo? Ela abaixou a cabeça um pouco, puxando o véu mais apertado para cobrir seu cabelo flamejante.

– Não tema por Páris – veio a voz de Kassandra ao lado dela. – Meu irmão tem um talento para evitar se ferir. – Ela se virou e sorriu para Helena. – Os gregos terão que romper as muralhas de Troia antes que uma gota do sangue dele caia.

Sabia que a amiga estava tentando tranquilizá-la, mas Helena mal estava ouvindo. Ainda observava Menelau. A pequena figura de seu marido caminhava, impaciente, pela planície, tão distante que mal parecia real, e ainda assim tão real que era como se ele estivesse bem ali na frente dela, como se ela pudesse sentir o cheiro do suor e ouvir as batidas do coração dele.

O próprio coração batia na garganta, enquanto ela o observava, e se recordou daqueles anos que passaram juntos e de sua casa em Esparta. Era outra vida, e ainda assim, vendo-o ali, tão perto, tão palpável, ela sentiu como se pudesse estender a mão e pegar tudo de volta.

– Trouxeram os carneiros! – anunciou Kassandra, inclinando-se sobre as ameias para ver uma carruagem transportando dois carneiros de lã grossa, um branco e um preto, para fora dos portões da cidade. Um caminho foi aberto através das fileiras troianas, e a carruagem parou ao lado do rei Príamo.

– Para que vão usá-los? Um sacrifício? – Os carneiros estavam sendo tirados da carruagem agora.

– Fizeram um juramento – explicou Kassandra, sem tirar os olhos da cena na planície. – O sacrifício é para selá-lo. Meu pai não confia na honra dos gregos.

– Que juramento? – perguntou Helena, enquanto o rei Príamo cortava a garganta do carneiro preto.

Kassandra finalmente virou-se para olhá-la.

– Eles vão lutar por você, Helena! Eu deduzi… achei que você soubesse – sussurrou ela, o vento quase levando suas palavras. – Quem vencer levará você como esposa, e todo o tesouro espartano também. E a guerra chegará ao fim.

Helena agarrou a ameia, seu coração de repente batendo mais rápido. Tudo isso acabaria mesmo? Ela assistiu sem ver enquanto o sangue do carneiro branco se derramava na planície. Atrás dele, seu ex-marido agarrava sua lança, os músculos tensos, prontos para atacar. Enquanto isso, Páris falava ao ouvido do pai, sua expressão zangada, urgente. Mas o rei Príamo balançou a cabeça e virou-se de seu filho para subir na carruagem que trouxera os carneiros. Enquanto ela voltava para a cidade, Agamêmnon também se afastou do irmão e entrou nas fileiras gregas.

Restavam apenas duas figuras na avenida estéril, agora, com o sangue de carneiro derramado formando uma linha escura entre eles. E enquanto Helena os observava circularem, lanças na mão, viu-se desejando que Menelau vencesse.

Páris foi o primeiro a arremessar sua lança, avançando para atirá-la e depois recuando depressa. Ela voou direto, mas errou Menelau quando ele desviou, ágil apesar de seu tamanho. E ele não parou, mas correu em direção a Páris, o braço da lança erguido. Ele a atirou e continuou correndo, e quando a lança ficou presa no escudo de Páris, Menelau desembainhou a espada, o tempo todo avançando. Páris recuou como se repelido, mais e mais para trás, até que a multidão troiana estava às suas costas, sólida, inabalável. Por fim, desembainhou a espada, no momento em que Menelau o alcançou. O bronze cantou quando as duas lâminas se chocaram, o som alcançando Helena nas ameias. *Menelau vai vencer*, veio uma voz em sua cabeça. *Ele é o mais forte.*

Mas então a espada dele se quebrou, estilhaçada em pedaços, como se golpeada por Zeus. Menelau recuou, mas não estava acabado. Ele lançou um novo ataque, sacudindo seu escudo, como uma fera enfurecida. Páris hesitou, visivelmente perturbado por Menelau em sua fúria rodopiante, sem saber onde golpear. Ele aproveitou o momento, estendeu o braço da espada, mas o escudo oscilante a atirou para o lado, e a espada voou da mão dele, caindo inutilmente a vários metros de distância.

Páris saltou na direção dela, mas Menelau foi rápido demais. Ele avançou e agarrou Páris pela crina de seu elmo, arrancando-o do chão. Menelau começou a arrastá-lo, as mãos e os pés de Páris arranhando a terra.

Acabou. Helena sentia-se ao mesmo tempo enjoada e aliviada. As mãos de Páris se moveram para sua garganta, agarrando a alça sob seu queixo, e Helena percebeu que ele estava sufocando. Isso não estava certo. Menelau não tinha percebido? Apesar de tudo, Helena sentiu um aperto no coração ao ver Páris tão desesperado. Esta não era uma morte digna de um homem.

E então, de repente, o capacete saiu arrancado na mão de Menelau – a alça devia ter se partido. E Páris estava de pé, correndo, antes que Menelau percebesse o que acontecera. Ele se virou para persegui-lo, mas era tarde demais. Páris alcançara as fileiras troianas. E então se enfiara nelas. A pena de Helena se transformou em repulsa quando ela o perdeu de vista entre as centenas de cabeças. *O covarde.*

Menelau ficou sozinho na arena aberta, o peito arfando. Ele gritou algo que Helena não ouviu e atirou o capacete vazio na multidão troiana. Ele gritou mais uma vez, com os braços erguidos, mas as palavras foram abafadas pelo clamor que crescia dos dois lados, quando os homens perceberam o que havia acontecido.

Quando ficou claro que Páris não ressurgiria, Menelau voltou-se para os próprios homens, depois se virou para os troianos. Helena viu Heitor surgir da multidão e começar a conversar com Menelau. Mas ele mal o tinha alcançado quando Agamêmnon saiu das fileiras gregas e juntou-se aos dois homens no meio. Mesmo a esta distância, Helena podia ver que Menelau estava furioso. Ele andava de um lado para o outro, ainda com o escudo na mão. Parecia que Heitor estava tentando apaziguá-lo, mas era Agamêmnon quem estava respondendo, os braços cruzados sobre o peito largo.

O que estava acontecendo? O coração de Helena estava batendo forte, conforme ela se inclinava sobre as ameias. Desejava conseguir ouvir suas palavras. Menelau tinha vencido? Ela estava indo para casa? Mas ao ver Agamêmnon balançar a cabeça e voltar para os gregos com Menelau logo atrás, Helena pensou que sabia a resposta e ficou surpresa com o quanto seu coração ficou pesado.

Heitor ficou parado por um momento, observando as costas dos dois irmãos, antes de retornar às fileiras troianas. Pouco depois, os dois exércitos começaram a se separar, os gregos voltando para a praia, os troianos atravessando as portas Ceias rumo à cidade baixa. A batalha acabara por hoje, porém, a guerra não.

Ela e Kassandra permaneceram na muralha, caladas. Kassandra inclinou-se para ver os troianos passarem pelo portão, mas o olhar de Helena esticou-se ainda mais, tentando seguir a figura de Menelau que desaparecia na massa grega que se espalhava. Com uma dor que não teria pensado possível apenas algumas horas atrás, perguntou a si mesma se algum dia a veria de novo.

Quando seus compatriotas gregos não passavam de manchas pretas, Helena anunciou que estava voltando para seu quarto. Pela primeira vez, sentia que não podia suportar a companhia de Kassandra. Sentia-se abalada. Dividida. Como se estivesse sendo puxada em duas direções. Um momento atrás, havia pensado que estava indo para casa, mas agora via-se presa, ainda, atrás dessas muralhas, entre os troianos, mas sem ser um deles.

Sentia-se envergonhada, ainda mais do que de costume, enquanto andava pela cidadela voltando para seus aposentos. Ela apertou o véu mais uma vez, amaldiçoando o cabelo radiante que costumava deixá-la tão orgulhosa, e manteve os olhos nas pedras do calçamento enquanto atravessava a multidão. Em todos os lugares ela ouviu vozes discutindo o duelo.

– *O que aconteceu?*

– *Como Páris escapou?*

– *Ele está mantendo a vadia grega?*

Foi um alívio quando finalmente alcançou o silêncio do quarto. Mas ao passar pela cortina viu que não estava sozinha.

– Ah, é você – comentou Páris embotado. Ele estava reclinado em um sofá acolchoado, sem a armadura. – Eu pensei que era Heitor, vindo me dizer o quanto sou covarde. – Ele soltou um ruído zombeteiro, e pegou uma uva da tigela ao lado dele.

– Você é um covarde – declarou Helena, os braços rígidos ao lado do corpo. – Agora a guerra vai continuar por sua causa. Mais pessoas morrerão.

– Cuidado com a língua – Páris retrucou. Mas quando ele se levantou, sua expressão se suavizou. Ele deu um passo em direção a ela e colocou as mãos em sua cintura. – Lábios tão bonitos não deveriam falar palavras feias.

– Mas quando ele se inclinou para beijá-la, ela virou o rosto.

– Você me negaria? – perguntou ele, meio brincalhão, mas com um tom afiado na voz. – Depois que lutei por você?

– Você lutou porque não teve escolha – retrucou ela baixinho, mas claramente. – E mesmo assim não foi capaz de ir até o fim.

– Sua cadela ingrata – xingou ele, seu belo rosto contorcido de raiva. Ele a empurrou para longe e se virou para se servir de uma taça de vinho. – Sabe, todos esses anos meus irmãos, meu pai, minha mãe, todos eles me imploraram para desistir de você. Mande-a de volta, disseram, e talvez os gregos partam. E todas as vezes, sabe qual foi minha resposta?

Helena ficou em silêncio.

– Minha resposta foi não. – Ele a encarou. – E paguei presentes generosos aos meus amigos para que dissessem não também. Cada vez que o assunto é discutido. Deuses, acaso você sabe quanto amar você me custou?

Custou a *ele*?, pensou com amargura, dando um passo para longe dele. E o quanto custara a ela? O quanto custara à Grécia? Ou à Troia?

Ele se moveu em direção a ela.

– E seu marido, quando ele veio. Eu respondi não para ele também. Mesmo quando ele declarou que eu poderia ficar com os tesouros que roubei. Minha resposta foi não. E continuarei respondendo não. Porque você é *minha* mulher. Eu conquistei você e a tomei. A mulher mais bela do mundo é minha, e nenhum outro homem a terá enquanto eu viver.

Ele tomou outro gole, enquanto Helena permanecia imóvel. Houve um tempo em que essas palavras a teriam perturbado, mas já havia passado. Agora apenas confirmavam o que ela já sabia: ela era apenas um troféu para ele, como aquela pobre e bela criatura que ele usava sobre os ombros. Não, não foram essas palavras que chamaram sua atenção.

– Quando Menelau veio? – questionou ela, um estranho calor subindo por seu peito. – Você nunca me contou isso.

Mas era como se ela não tivesse falado. Páris tomou outro longo gole, um pouco do vinho tinto escorrendo pelo pescoço. Ele limpou a boca preguiçosamente, e Helena se perguntou como um dia o considerara bonito.

– Agora, já que paguei tão caro por você – disse ele, deixando a taça vazia cair no chão e se aproximando ainda mais. – Já que lutei por você e enfrentei a morte por você – ele colocou uma mão no ombro e afastou o véu dela com a outra – você não vai me confortar agora, como minha esposa?

Por você. Por você. As palavras arranharam seus ouvidos, e ela sentiu seus dentes se cerrarem. Acaso ele já fizera alguma coisa por alguém além de si mesmo?

Ele a puxou para si e pressionou os lábios contra os dela, o hálito cheirando a vinho enchendo as narinas dela. Mas desta vez ela não desviou. Não falou nada enquanto ele desamarrava seu cinto, não se encolheu quando a mão odiosa agarrou seu seio. Que diferença faria resistir? Ele estava certo; ela era sua mulher. A vida dela nunca lhe pertencera. Fora tola ao pensar que poderia pertencer. Que ele a tivesse. Que ele a usasse. Não fazia diferença.

49

Klitemnestra

KLITEMNESTRA CHEGOU UM POUCO ATRASADA ao túmulo de Ifigênia naquela manhã, embora tenha realizado os ritos com o cuidado habitual. Era a parte mais tranquila de seu dia, ali além das muralhas da cidadela, apenas ela, Iante e o vento.

Depois que as orações haviam sido ditas e o vinho derramado, era de volta ao palácio e a mais um dia agitado. Damon havia solicitado uma reunião para tratar dos depósitos de grãos, depois ela tinha uma audiência com o novo sacerdote-chefe de Argos, e em seguida tinha prometido a Crisótemis que a ajudaria com a escrita. Talvez Electra se juntasse a elas, Klitemnestra esperava que sim. Ela a via tão pouco nos últimos tempos.

Acabara de chegar ao topo dos degraus do palácio quando ouviu a voz de Eudora.

– Sim, aí está ela. Eu disse que ela voltaria em breve.

Klitemnestra sorriu quando Aletes se soltou da mão de Eudora e correu em sua direção. Ele estava ficando rápido agora, era uma sorte que Eudora tivesse Iante para ajudá-la.

Quando Aletes a alcançou, Klitemnestra o pegou no colo. Ele estava ficando pesado também.

– Sentiu minha falta? – quis saber ela, acariciando o nariz dele com o dela. Aletes deu uma risadinha. – Ele se comportou? – ela perguntou a Eudora, colocando-o no chão. – Importa-se de cuidar dele mais um pouco? Ainda tenho alguns negócios a tratar. Iante vai ajudá-la.

– Claro, minha senhora. – Eudora sorriu, mostrando as lacunas entre seus dentes. – Vamos achar algo divertido para o príncipe fazer, não é? – Ela sorriu para Aletes, cuja mãozinha estava de volta na dela. – Deixei Crisótemis com a irmã – explicou ela, voltando-se para Klitemnestra. – Espero que não tenha problema, minha senhora.

– Ah, nenhum – respondeu, curvando-se para dar um beijo de despedida em Aletes. – Elas são moças agora. Passarei no quarto delas assim que terminar meus negócios. Obrigada, Eudora.

A mulher mais velha assentiu e conduziu Aletes pelo palácio.

☾

A audiência com o sacerdote concluída, as pesadas portas do Salão da Lareira foram fechadas e ela ficou sozinha no aposento quadrado. O sol ainda estava alto, sua luz entrando pelo buraco acima do fogo da lareira, iluminando as tintas brilhantes que manchavam as paredes. Homens de vermelho e mulheres de branco circulavam pelo salão, conduzindo seus cavalos, carregando suas cestas, caminhando a passos largos por um mundo de azul e amarelo. Ela se recostou na cadeira, admirando as figuras elegantes que a cercavam. Há quanto tempo marchavam? Dando voltas e voltas em torno da lareira. Há quanto tempo essas paredes estavam de pé? Há quanto tempo o fogo ardia? Há mais tempo do que tinha de vida, de sua mãe antes de si, e da mãe dela antes disso. Havia um estranho conforto nisso, na permanência enraizada dessas paredes.

Ela inspirou fundo, a fumaça das chamas eternas enchendo suas narinas. Este fogo continuaria a arder depois que ela se fosse, e quem se lembraria dela então, depois que seus filhos também se fossem, e os filhos destes depois deles? Que vozes soariam aqui no salão ecoante? O nome de Klitemnestra algum dia seria falado diante da lareira crepitante? O que essas línguas sem rosto diriam? Quão sábia ela fora? Quão justa? Quão obediente?

Seus dedos agarraram os braços de seu trono, as palmas das mãos suadas, enquanto ela encarava as chamas. Seu rosto ficou quente à luz delas, e ela se inclinou para trás, forçando os dedos a relaxarem. Fechou os olhos como se as vozes pudessem chegar até ela pela fumaça da lareira. O que ela esperava ouvir?

O latido de um cão do palácio trouxe sua atenção de volta para o presente. Ela se lembrou de sua promessa a Crisótemis e se levantou da cadeira dourada.

Saindo do salão e atravessando o pátio, começara a atravessar o corredor até o quarto das filhas quando uma mão tocou seu braço. Ela se virou e sorriu.

– Eu não o esperava de volta até…

Mas Egisto a deteve com um beijo. Seus lábios eram quentes sobre os dela, a mão pressionada contra a parte inferior de suas costas.

– Bom dia para você também – cumprimentou ela, ofegante, inclinando-se um pouco para trás para ver o rosto dele. – Pegou alguma coisa?

– Algumas lebres – respondeu ele, dando de ombros. – O javali escapou. Decidimos que seria melhor voltarmos amanhã, com os cavalos descansados. – Ele estava corado de tanto cavalgar.

– Sim, provavelmente está certo. – Ela sorriu, feliz por vê-lo tão cheio de energia. – Crisótemis ficará satisfeita com as lebres de qualquer forma, ela anda querendo uma nova gola para sua capa de inverno.

Ele abriu um sorriso amplo.

– E ela a terá!

Klitemnestra riu.

– Aquela garota faz você comer na mão dela. Acho que você lhe daria o sol se ela pedisse.

– Eu com certeza tentaria o máximo que pudesse. – Ele sorriu e a beijou mais uma vez. – E para você, minha rainha, a lua e as estrelas!

– É uma bela oferta, mas acho que vamos deixá-las onde estão. Não preciso de nada além do que já tenho. – Ela sorriu, com a mão no ombro dele.

– Bem, ainda não terminamos – replicou ele, pousando a mão na barriga dela.

– Não faça isso – pediu ela, afastando-o gentilmente. – É apenas uma sensação… Não quero que fique decepcionado.

– Você nunca poderia me decepcionar – disse ele, movendo a mão para o rosto dela. Ele sorriu, e ela sorriu de volta.

Os dois ficaram ali por um momento, suas respirações se misturando.

– Eu deveria tomar banho – disse Egisto depois de algum tempo, afastando-se.

– Em nosso quarto não – determinou Klitemnestra. – Vou ajudar Crisótemis com a escrita. Venha nos encontrar quando terminar, poderá mostrar as lebres a ela.

Ele sorriu.

– Não vou demorar. – Então ele se apressou em direção aos quartos de hóspede.

Klitemnestra sorriu enquanto o observava se afastando e, assim que ele passou para outro corredor, ela mesma se virou e continuou até o quarto das meninas. Com um aceno de reconhecimento para o guarda do lado de fora, ela bateu e abriu a porta.

– Bom dia, meninas – saudou-as, alegremente. As filhas estavam fiando lã.

– Bom dia, mãe – respondeu Crisótemis com um sorriso. Electra não ergueu os olhos de seu fuso.

– Ainda quer que eu a ajude com suas letras? – perguntou à filha mais nova. – As tabuletas estão preparadas no meu quarto.

Crisótemis assentiu com entusiasmo, abandonando o fuso e atravessando o quarto em direção à porta.

– Gostaria de se juntar a nós, Electra? Há uma tabuleta para você também. Ou pode trazer sua roca.

Electra finalmente levantou o olhar.

– Ele estará lá?

Klitemnestra fez uma pausa.

– Sim.

– Então eu não vou.

Klitemnestra mordeu o lábio. Não gostava que a filha fosse tão desrespeitosa, mas temia que repreendê-la só serviria para afastá-la ainda mais.

– Se não se juntar a nós, terá que passar a tarde com Eudora e seu irmão.

– Ele não é meu irmão – retrucou Electra categoricamente, observando o fuso mais uma vez.

Klitemnestra mordeu o lábio de novo.

– Não posso deixá-la sozinha – argumentou.

– Tenho dezenove anos, mãe – respondeu Electra, sem se preocupar em esconder a impaciência em sua voz. – E tenho o guarda.

Klitemnestra abriu a boca para argumentar, mas pensou melhor. A filha estava certa. Ela já era uma mulher, mesmo que não fosse casada. Klitemnestra apenas temia que ela estivesse se isolando.

– Se mudar de ideia, peça para o guarda escoltá-la até meu quarto.

Electra não respondeu.

– Vamos – chamou Crisótemis, tentando reacender sua animação. – O senhor Egisto tem uma surpresa para você.

Os olhos da filha se iluminaram, e Klitemnestra sorriu, mas a felicidade que sentira minutos antes havia desaparecido.

50

Klitemnestra

KLITEMNESTRA ESTAVA DEITADA NA CAMA COM UMA lamparina ainda acesa na mesa ao lado. Egisto quis contar uma história para Aletes, antes de o menino dormir, e ela estava esperando que ele voltasse. Ele não demoraria muito, ela sabia, as pálpebras de Aletes sempre começavam a se fechar antes que a história chegasse à metade.

A nova vida de Klitemnestra ainda lhe parecia estranha às vezes. Na maioria dos dias ela apenas a vivia, ocupada demais para fazer qualquer outra coisa. Mas então ela se atentava, e era como se estivesse vivendo a vida de outra pessoa. Parecia frágil, como se um vento forte pudesse carregá-la, ou como se um dia ela fosse dormir e acordar para descobrir que tudo desaparecera. Mas na maior parte do tempo seus medos ficavam calados, e ela apenas aproveitava a vida.

Era estranho pensar naquela primeira noite, quando Egisto se revelou para ela. Se um vidente tivesse ido até ela naquela noite e lhe contado o que estava por vir, ela achava que não acreditaria. Por mais de um ano, quase dois, seu relacionamento com Egisto permaneceu estritamente formal. No início, ela nem mesmo o deixara conhecer suas filhas, e apenas se juntava a ele para jantar todas as noites antes de cada um se retirar para seus próprios aposentos, separados.

Mas com o tempo, apesar de sua cautela, ela começou a apreciar a companhia dele. Ele era caloroso e inteligente. Ele a fazia rir, rir de verdade, como ela não fazia há muito tempo, e, talvez acima de tudo, ele a fazia se sentir menos sozinha. Ele tinha sido um amigo e um parceiro para ela, e ainda era, aconselhando-a quando ela pedia, encorajando-a quando ela precisava. Ele a ajudava a governar, sem nunca tentar governá-la.

E ele tinha sido tão bom com as meninas. Crisótemis o adorou logo de cara, por causa das piadas e dos presentes. E embora Electra tivesse sido muito menos confiante, ele nunca parou de tentar ganhar sua aprovação.

Seu casamento atual, pois era isso que era, aos seus olhos pelo menos, era tão diferente do primeiro. Ela havia encontrado uma nova felicidade na companhia de Egisto, uma nova segurança que não achava ser possível. Foi apenas por estar com ele, por aprender a confiar nele, que ela percebeu o quanto sua vida anterior havia sido ditada pelo medo. Medo de falar ou fazer a coisa errada, medo de enfurecer Agamêmnon, medo de que ele a machucasse, ou pior, seus filhos. Ela ainda tinha medos, é claro, mas agora vinham de fora. Eles não rondavam sua casa, não se aninhavam em sua cama. Era como se ela pudesse finalmente se abrir e ser ela mesma.

Ela ouviu passos familiares no corredor do lado de fora e a porta do quarto se abriu. O rosto de Egisto apareceu, sorridente.

– Eu nem cheguei até a parte do banquete dos centauros hoje – contou ele, fechando a porta suavemente atrás de si. – Eudora deve tê-lo cansado. – Ele desamarrou as botas e deitou ao lado dela na cama. – Dei uma olhada nas meninas também, elas estão bem. Quero dizer, tão bem quanto Electra consegue estar.

Ele se inclinou e beijou a bochecha dela. Ela não virou a cabeça.

– O que há de errado? – perguntou ele. – Ainda está pensando nos depósitos de grãos? Acho que Damon está sendo mais cauteloso do que o necessário...

– Não, não é isso – respondeu ela, virando-se para olhá-lo. – É que... estou preocupada com Electra. Ela está tão infeliz. – A expressão de Egisto era cheia de compreensão. – Ela mal fala comigo. A princípio entendi por que ela estava cautelosa, mas esperava que com o tempo...

– Eu não sou o pai dela. Não espero que ela me ame – replicou ele.

– Mas ela odeia você. E se ressente de mim por amá-lo, por trair o pai dela. Ela ainda o ama. Com Crisótemis é diferente, ela mal se lembra dele. Mas Electra... temo que ela nunca aceitará.

Egisto não falou nada, mas pegou a mão dela e a apertou.

– Talvez eu devesse encontrar um marido para ela – continuou Klitemnestra. – Deixar que ela comece a própria vida, no próprio palácio. Se ela puder encontrar a própria felicidade, talvez me perdoe pela minha. Bem sabem os deuses que ela tem idade suficiente; até mesmo Crisótemis está na flor da idade agora. Elas cresceram tão depressa que faz com que eu me sinta velha.

Ela olhou para Egisto, querendo que ele lhe dissesse o que deveria fazer.

– Você não é velha – respondeu ele com um sorriso, acariciando sua bochecha. – E sim, é provável que qualquer outra garota da idade de Electra já estivesse casada, mas ela não é uma garota qualquer. Realmente acha que ela será governada por um homem? – Ele ergueu uma sobrancelha brincalhona. – Um marido não é a resposta. E eu sei que você não quer mandá-la para longe.

– Não – concordou ela baixinho. – Eu gostaria de nunca ter que mandar nenhuma delas embora. Quero apenas que sejam felizes.

– Eu sei – disse Egisto, e beijou a testa dela. – Dê um tempo a ela. Talvez as coisas mudem se Agamêmnon… – Mas calou-se.

Ela sabia o que ele ia dizer. *Se Agamêmnon morrer.* Ambos estiveram esperando por esse dia, e ano após ano ele não havia chegado. Seu marido estava na guerra há nove anos. Ela nunca pensara que isso duraria tanto tempo, e talvez nem ele. Mas tinha que acabar um dia, e o que aconteceria então?

– Ele ainda pode ser morto – comentou ela calmamente.

Egisto assentiu, mas estava absorto em pensamentos.

– Egisto?

– E se ele não for? – retrucou ele em voz baixa. – Ele sobreviveu até agora. Eu prometi mantê-la segura.

– E você tem mantido.

– Mas se Agamêmnon retornar… haverá guerra civil. Você sabe disso tanto quanto eu. E cada vida perdida será sangue em minhas mãos. – Ele desviou o olhar dela. O humor habitual de suas faces desaparecera.

Ambos ficaram em silêncio por um tempo.

– Uma vez jurei que eu mesma o mataria.

Era estranho pronunciar as palavras. Elas soaram ridículas quando saíram de sua boca, tanto que uma risada sem alegria escapou de sua garganta. Parecia ter sido há uma vida, e nunca contara isso para ninguém, nem mesmo para Egisto.

Ele levantou o olhar para ela, com uma expressão questionadora.

– Na noite anterior à morte de Ifigênia. Jurei à senhora Hera que, se Agamêmnon matasse minha filha, eu o mataria também. E quase consegui, eu estava com a adaga na mão. Eu...

O rosto de Egisto tinha uma expressão estranha. Terror? Nojo? Será que ele pensava menos dela, agora que ela lhe contara seu segredo mais sombrio? Ela desejou ter ficado em silêncio.

– Você deveria fazer isso – disse ele de repente. – Caso ele sobreviva, caso ele retorne a Micenas. Você deveria matá-lo.

O olhar dele era sincero. Ele estava segurando a mão dela, mas ela estava com medo.

– Eu só estava... não posso.

– Eu ajudo. Podemos fazer isso juntos. Pense em todas as vidas que poderíamos salvar. Uma guerra civil destruiria este reino. Melhor matar apenas ele. Deixe-o pensar que está tudo bem, deixe-o vir para o palácio, deixe-o acreditar que está seguro. E então... você sabe que é capaz de fazer isso... Você é a única que poderia.

Ela ficou em silêncio, encarando os olhos fervorosos dele, ainda com medo.

– Ele merece morrer – continuou Egisto, suas bochechas coradas de novo. – Pelo que ele fez com Ifigênia. Os deuses não vão culpá-la. Ele cometeu o crime maior.

– Um crime não justifica outro – argumentou ela. – Eu seria condenada pelos deuses e pelos homens! Já abandonei meu dever sagrado como esposa dele, mas profaná-lo tão completamente... Eu seria conhecida como a mulher mais maligna que já existiu.

Sua respiração soava instável. De alguma forma, a ideia era muito mais terrível do que tinha sido todos aqueles anos atrás. Naquela época, ela sentia que Agamêmnon tinha tirado tudo dela. Ela não se importara com o que aconteceria depois, com o que as pessoas diriam, com como seria sua vida. Ela não se importara se viveria ou morreria. Mas agora... agora ela era feliz. Havia muito mais em jogo, e a ideia de perder tudo a aterrorizava. Então, outro pensamento lhe ocorreu.

– E quanto a meus filhos? Não posso fazer isso com eles, saber que o pai foi morto pela própria mãe. Acabaria com Electra. Ela nunca me perdoaria.

– E quanto ao *nosso* filho? – Egisto retrucou, seus olhos tão temerosos quanto os dela. – Se Agamêmnon voltar, você não terá escolha a não ser mandar Aletes embora, fingir que ele nunca existiu… ou Agamêmnon certamente o matará. Você sabe disso.

Quando ela encarou os olhos dele, percebeu que ele estava certo; não eram apenas suas vidas em jogo. Ela não suportaria perder outro filho. Qualquer coisa era melhor do que isso. E, no entanto, pensar em Aletes trouxe outro rosto inocente à sua mente. Seu lindo Orestes, ainda um bebê quando o vira pela última vez e, no entanto, devia ter quase dez anos agora. Ao matar Agamêmnon, ela provavelmente perderia Orestes para sempre; por que Anaxíbia o devolveria para a assassina de seu irmão? Mas pelo menos ele estaria a salvo. Não foi por isso que o mandou embora? Ele ainda teria um lar, uma família e um futuro, Aletes porém… ela não podia condenar seu doce menino à vida de exilado.

Ela e Egisto se entreolharam, os olhos reluzindo, as expressões intensas. Klitemnestra desejou que não precisasse tomar uma decisão tão terrível, que sua nova vida pudesse continuar como se a antiga nunca tivesse existido. No entanto, no fundo de seu coração sabia a verdade, soubera todos esses anos. Havia tomado sua decisão no dia em que aceitou a proposta de Egisto.

– Eu farei – confirmou, sua voz pouco mais do que um sussurro. Sentiu Egisto apertar sua mão.

– Nós faremos.

51

Helena

ELAS ESTAVAM NO QUARTO DE KASSANDRA ESTA MANHÃ. Era menor do que o de Páris, porém, confortável e bem decorado. Kassandra era uma tecelã habilidosa e pendurava seus tecidos acabados nas paredes. Os padrões eram cheios de animais, flores e de toda a beleza da natureza, ao mesmo tempo delicados e vibrantes, como a própria Kassandra. Helena gostava de estudá-los enquanto se sentava girando.

Os sons da batalha ecoavam à distância, mais longe da cidade hoje. Muitos dos irmãos de Kassandra estavam na planície e, embora ela tentasse manter a sua leveza habitual, Helena percebeu que a amiga temia por eles. Ela olhava para a janela de tempos em tempos, como se notícias da batalha pudessem ser trazidas pela brisa.

– Acha que eu deveria descer até os portões? – perguntou ela, de repente, seu pé batendo nervosamente no chão coberto pelo tapete. – Pode haver novidades. Ou talvez eu possa fazer algo para ajudar.

Ela olhou para Helena, buscando orientação.

– Desça até os portões, se quiser. Eu posso ficar aqui.

Mas Kassandra hesitou.

– Não sei. Minha mãe pode querer que eu a ajude com as libações… – Ela olhou para a porta e para o lado de novo. – Ela diz que Apolo prefere os jovens. Se ela me chamar e eu não estiver aqui… não, eu devia ficar.

Ela acenou com a cabeça loura decisivamente, e ainda assim sua testa permaneceu franzida. Ambas ficaram quietos por um momento.

– E Otrioneu? – Helena perguntou com vivacidade, na esperança de fazer a amiga pensar em coisas mais felizes. – Ele ainda a visita? Talvez não demore muito até que vocês se casem.

Quando o rosto preocupado de Kassandra se abriu em um sorriso jovial, Helena soube que tinha funcionado.

– Sim, ele ainda visita. Às vezes mamãe deixa ele segurar minha mão. – O sorriso dela se alargou. – Mas, na maior parte do tempo, nós conversamos. Ele tem um grande coração. E sabe tantas coisas. Sabe, ele me contou que...

Ela foi cortada por uma batida na porta.

Kassandra levantou-se de um salto e em um instante estava diante dela, abrindo-a, para revelar o rosto pálido de seu irmão gêmeo, Heleno.

– Irmão! – ela gritou quando ele tropeçou soleira adentro. A mão esquerda dele era uma massa de lã encharcada de sangue, pendurada frouxamente ao seu lado.

– Minha mão – balbuciou ele. O suor escorria por sua testa. Ele parecia prestes a desmaiar.

Kassandra conduziu-o rapidamente até à cadeira que acabara de deixar e ele desabou nela.

– O que aconteceu? – ela perguntou, correndo para pegar uma jarra de água da mesa.

– Minha mão – gemeu o irmão mais uma vez, o rosto tenso de dor. – A lança atravessou ela. Eu... Agenor a enfaixou. Está arruinada, Kass. – Sua voz falhou, e ele olhou para ela, seu rosto jovem tão apavorado. – Você precisa me ajudar.

– Eu vou ajudá-lo, não se preocupe. Acalme-se.

Ela foi até a cama e pegou o véu de lã que estava ali, mergulhando a ponta no jarro de água e enxugando a testa do irmão.

– Vai ficar tudo bem. Você está comigo agora. Vou cuidar de você.

Helena estivera tão absorta com a entrada de Heleno que não notou a outra figura que estava na porta. Quando Deífobo entrou no quarto, Helena se virou e o viu. O braço direito dele estava coberto de sangue.

– Kassandra – disse Helena, dirigindo os olhos da amiga para ele.

– Deífobo! Você também? – Ainda acalmando Heleno, ela gesticulou para que seu irmão mais velho se sentasse na cama. – Helena, pode ajudá-lo?

Helena assentiu e atravessou o cômodo, embora com relutância. Deífobo a deixava desconfortável, o jeito que ele olhava para ela sempre que se encontravam. Ela sentia os olhos dele sobre ela, mesmo enquanto se afastava. Mas ele precisava da sua ajuda. E Kassandra também.

– O que devo fazer? – perguntou ela, sentando-se ao lado do cunhado. O sangue vinha de um corte longo na braço. Seu rosto estava rígido, mas ela podia dizer que ele estava com dor.

– Tente limpar um pouco do sangue – respondeu Kassandra, enquanto começava a desenrolar a lã da mão de seu gêmeo. Mas parou quando ele gritou com uma nova dor.

– Preciso pegar alguns suprimentos – declarou Kassandra, levantando-se. – Precisamos de mel e ervas para as feridas. E lã fresca para os curativos. Pode esperar aqui com eles até eu voltar? – Ela correu em direção à porta sem esperar por uma resposta. – Vou trazer um pouco de vinho forte para aplacar sua dor também – gritou ela para os irmãos enquanto desaparecia no corredor.

Como Kassandra sempre sabia exatamente o que fazer? Helena sentou-se na cama, sentindo-se inútil, enquanto o cheiro de sangue enchia o pequeno quarto. Ela podia sentir o gosto em sua língua. Heleno ficou em sua cadeira, choramingando, incoerente. Melhor não tocar nele, pensou. Kassandra lhe dissera para limpar o braço de Deífobo, mas estava com medo de tocá-lo. Sua mão pairou no ar, segurando o pano úmido. E se o machucasse?

– Apenas faça – mandou Deífobo, observando-a. – Prossiga.

Ela olhou para ele, respirou fundo e colocou o pano contra sua pele. O sangue mais antigo já tinha começado a secar, então ela teve que esfregar um pouco para remover. Ela viu Deífobo cerrar os dentes quando o pano se aproximou da ferida, mas ele não falou nada. Foi só quando a maior parte do braço estava limpa que ele falou novamente.

– Como se sente? – perguntou ele, baixinho. – Vendo homens sangrando por sua causa?

A pergunta a pegou desprevenida. Os lábios de Helena se abriram, mas nenhuma palavra veio a eles. *Eles não sangram por mim*, era o que ela queria dizer. Mas era verdade? Eles lutavam pela *ideia* dela, mas isso realmente fazia alguma diferença para os homens que jaziam mortos na areia? Para as viúvas esperando no portão? Seus lábios entorpecidos foram poupados de formar uma resposta quando Kassandra voltou trotando para a câmara, os braços cheios de vários potes e trouxas. Ela passou um odre para Helena.

– Dê um pouco a Deífobo enquanto preparo o cataplasma. Mas é melhor guardar a maior parte para Heleno – disse ela, olhando para seu gêmeo, preocupada. – Ele vai precisar.

☾

Demorou algum tempo até que ambas as feridas estivessem limpas e tratadas. Kassandra fazia a maior parte do trabalho, mas Helena ajudou onde pôde, trazendo água fresca, servindo mais vinho, segurando a mão boa do pobre Heleno durante o pior das dores. A mão esquerda dele estava tão mutilada que Helena se sentiu enjoada ao olhar para ela. Apesar dos esforços de Kassandra, ela duvidava que ele recuperaria o uso dela. Por enquanto, o melhor que podiam fazer era dar-lhe mais vinho e deixá-lo descansar.

Ele estava deitado na cama da irmã, mais quieto agora, mas ainda pálido. Deífobo, cujo ferimento era superficial em comparação, sentou-se ao lado de Helena e Kassandra, com o braço bem enfaixado com lã.

– A luta foi intensa hoje – disse ele, tomando um gole de vinho. – Muitos além de nós dois ficaram feridos. Alguns também morreram.

– E os gregos? – perguntou Helena. – Muitos deles foram mortos?

– Se é com aquele marido espartano que está preocupada, não precisa temer – disparou Deífobo. – Ele estava em boa forma. Provavelmente esperando encontrar nosso querido irmão Páris de novo.

– Foi ele que me acertou – veio uma voz fina da cama. – O de cabelo loiro. Acertou a lança dele na minha... – Ele estremeceu com a lembrança. – Partiu meu arco em dois também. Ele estava ensandecido, estava mesmo. Acho que matei um de seus companheiros. Deve ter sido isso que o fez vir para cima de mim.

– Quem? – perguntou Helena. – Quem você matou?

– Não sei. Seu cocheiro talvez. Ele era baixo, com cabelo preto.

Deipiros? A descrição parecia certa. Sentiu uma pontada de pena de Menelau. Eles haviam sido companheiros desde que eram meninos.

– Eu não desperdiçaria sequer uma lágrima com um pobre grego – Deífobo falou para ela bruscamente. – Homens estão morrendo todos os dias. E continuarão morrendo. Parece que os deuses decidiram que esta guerra continuará até que cada um de nós seja enviado para o Hades.

– Não acho que seja verdade – soou a voz suave de Kassandra. – A guerra está no auge agora. Acho que chegará ao fim antes do próximo inverno.

Deífobo riu amargamente.

– Você acha, não é? E o que sabe sobre tais coisas, irmã? Não lutou na planície. Não testemunhou o espírito dos gregos. Eles vão lutar até o último suspiro.

– Eu não falei que eles desistiriam – respondeu Kassandra, mas não disse mais nada. Os quatro ficaram sentados em silêncio por um tempo antes que ela voltasse a falar. – Quem mais foi ferido no combate? – quis saber ela. – Heitor ainda estava ileso quando vocês voltaram para a cidade? E Páris?

Helena percebeu que não havia pedido notícias do próprio marido.

– Sim, ambos ainda estavam entre as fileiras – respondeu Deífobo. – Acho que também vi Eneias.

– E Otrioneu? – perguntou Kassandra. – Também o viu?

– Eu não – respondeu ele lentamente. – Mas ele pode ter descido até a pra…

– Não.

O som veio da cama, e eles se viraram para ver Heleno se sentar.

– Kassandra, sinto muito. Eu ia te contar.

– Contar-me o quê? Ele foi ferido?

Heleno balançou a cabeça pesadamente.

– Ele pereceu na batalha. Eu vi.

– Mas você tem certeza? – questionou Kassandra, sua voz se elevando. – Ele pode ter sido apenas ferido.

O irmão balançou a cabeça novamente.

– Ele está morto, Kassandra. Foi atingido por uma lança grega no estômago. Atravessou a armadura dele.

A cabeça de Kassandra pendeu um pouco, como se assentisse. Até Helena sabia que não era possível sobreviver a tal ferimento. Os lábios de Kassandra estavam entreabertos, mas calados. Ela ficou sentada olhando para a frente, e Helena viu seus olhos começarem a lacrimejar. O coração de Helena era como uma pedra enquanto assistia à dor de sua amiga se espalhar silenciosamente por ela.

E quando Kassandra finalmente virou a cabeça e encarou Helena, seu coração de pedra afundou até o estômago. Ali, no rosto de sua amiga, estava o olhar que havia visto uma centena de vezes antes. O olhar que a seguia pela cidadela e a assombrava em seus portões. Continha tristeza, dor e perda. Mas, acima de tudo isso, culpando-a.

52

Helena

HELENA ESTAVA SENTADA NO CANTO DO SALÃO DAS mulheres, sozinha. Era a primeira vez que ia ao salão em meses, e ela teria continuado a evitá-lo se tivesse escolha. Mas não tinha para onde ir. Ela e Páris haviam discutido, e ele a expulsou do quarto. Ela não deveria tê-lo irritado, sabia disso, mas era tão difícil permanecer mansa quando toda sua infelicidade era culpa dele. Por que a vida dele devia permanecer sem perturbações e a dela se despedaçar?

Antes, ela teria se retirado para o quarto de Kassandra, mas aquela porta não era tão acolhedora quanto antes. Ainda via Kassandra às vezes, de passagem, ou se ela viesse aos aposentos de Páris em alguma missão; porém, sua proximidade havia sido rompida pela morte de Otrioneu, e a distância entre as duas se alargara ainda mais nas semanas seguintes. Agora, sempre que seus caminhos se cruzavam, a amiga sorria educadamente, e trocavam algumas palavras, mas a formalidade de seus encontros deixava Helena com o coração mais pesado do que se não a tivesse visto.

Parte dela estava furiosa. Que razão Kassandra tinha para culpá-la? Não fosse a guerra, Otrioneu poderia nunca ter vindo a Troia; eles nunca teriam ficado noivos se ele não tivesse a oportunidade de conquistar a mão dela com sua lança. Não era justo, disse Helena a si mesma, que a morte dele se somasse a todas as outras que já pesavam sobre ela. Não era justo que sua única amiga agora não suportasse sua companhia.

E, no entanto, suspeitava que Kassandra sabia disso. Se de fato culpasse Helena, ela a odiaria, insultaria, gritaria com ela. A verdade era que Helena, culpada ou não, trazia a morte atrás de si. Ela era como uma nuvem de pestilência, prejudicando tudo o que tocava, espalhando tristeza, miséria e decadência. Ela não culpava a amiga por fugir.

Kassandra estava no salão das mulheres esta tarde, sentada no centro misturando cataplasmas com algumas das outras moças. O salão havia se tornado um lugar para cuidar dos feridos, e uma fileira de colchões de palha havia sido colocada em um dos lados. Todos, exceto alguns poucos, estavam em uso.

Em um colchão, não muito longe de onde Helena estava sentada, estava o príncipe Heitor, sendo cuidado por sua esposa Andrômaca. Ele tinha sido trazido para o salão no dia anterior, pelo que ela entendera. Não tinha feridas abertas, ao contrário dos outros homens que jaziam no salão, mas havia sido atingido no peito por uma grande pedra, arremessada contra os guerreiros por um dos gregos. Ele estava deitado sem túnica, sua pele uma mistura de vermelho e roxo sob os pelos pretos do peito. Ele ficava dizendo para esposa não se preocupar com ele, e ainda assim Helena percebeu que ele estava com dor. Ele estremecia sempre que tinha que se sentar para tomar água, e ela o viu tossir coágulos de sangue. Ela estava preocupada e não podia deixar de olhar para a cama dele sempre que a cabeça de Andrômaca estava virada para o outro lado.

A luta havia sido árdua desde o início da manhã. Mesmo do salão podiam ouvir o choque de armas, os relinchos dos cavalos, os gritos de guerra ecoando. Os gregos tinham pressionado até as muralhas da cidade e enviado homens para o salão o dia todo, sangrando e quebrados. Era como se algum novo espírito tivesse entrado neles, uma ira renovada, uma sede por sangue, ou talvez apenas pelo fim da guerra.

Heitor ficara cada vez mais frustrado à medida que o dia avançava, à medida que mais e mais de seus irmãos e companheiros enchiam os colchões ao lado dele. Muitos mais, sem dúvida, jaziam mortos no campo. E, ainda assim, ele não podia fazer nada quanto a isso. Não podia defendê-los, nem vingá-los, preso como estava dentro das muralhas da cidadela.

Helena havia testemunhado várias tentativas de Heitor de sair da cama. Mas cada vez Andrômaca o repreendia.

– Não seja tolo! – repreendia ela. – Se você morrer, Troia estará perdida! E o que há de ser de seu filho? E de mim? Não poderá proteger ninguém se estiver morto.

O tom dela era severo, mas Helena podia ver medo genuíno em seu rosto. Ela tinha olheiras escuras sob os olhos por passar a noite em claro cuidando do marido. Estava claro que o que ela mais temia era perdê-lo.

No meio da tarde, uma escrava entrou no salão e foi direto para onde Heitor estava.

– Senhora Andrômaca – explicou ela com uma reverência. – O senhor Astíanax a quer, minha senhora. Ele está com um humor tão terrível.

– Ora, você não consegue acalmá-lo? – retrucou ela, irritada. – Preciso cuidar do meu marido.

– Sim, minha senhora, eu tentei. Só que ele diz que quer a senhora. Ele está tão agitado.

– Bem, por que você não o traz... não. Não o quero aqui – declarou ela, olhando para os homens ensanguentados. – Muito bem, eu irei.

Ela se levantou da almofada em que estivera ajoelhada e se inclinou para beijar a mão do marido.

– Não vou demorar muito – avisou ela, com a expressão angustiada. Agarrava-se à mão do marido e parecia relutante em soltá-la. – Ele só deve estar com medo. Você sabe como ele fica.

– Vá – respondeu Heitor. – Tenho certeza de que ele precisa mais de você do que eu. Estarei aqui quando você voltar. – Ele sorriu para ela de forma tranquilizadora e soltou sua mão.

Andrômaca saiu correndo do salão, com a escrava seguindo logo atrás.

Ela tinha saído há pouco tempo quando uma voz desviou a atenção de Helena de sua fiadura.

– Helena.

Ela olhou ao redor e viu Heitor olhando para ela.

– Você se importaria de compartilhar sua água? – Ela viu que o copo dele estava vazio e deu um aceno tímido. Ela pegou o jarro da mesa ao lado e caminhou em direção ao colchão dele. Ficou surpresa por ele ter pedido a ela entre todas as mulheres no salão, mas supôs que estava perto, e as outras estavam mais ocupadas. Quando chegou à cama, ajoelhou-se na almofada que Andrômaca estivera usando e começou a encher o copo de Heitor. Suas mãos tremiam um pouco quando ela inclinou o jarro, o que só a deixou mais constrangida. Ela admirava tanto Heitor e, embora parte dela estivesse satisfeita por ele ter pedido sua ajuda, sentia-se nervosa sob seu olhar.

De repente, enquanto servia e o silêncio se estendeu entre eles, Helena sentiu que precisava falar alguma coisa, enquanto tinha essa chance.

– Sinto muito, sabe – murmurou ela. – Por tudo o que aconteceu. – Seus olhos encontraram os dele e se afastaram de novo. – Nunca imaginei o que vir para cá significaria e… sei que me considera uma tola. Mas eu não queria que ninguém morresse por minha causa.

Ela podia sentir os olhos dele sobre ela, enquanto encarava os próprios joelhos, suas pequenas palavras afundando no silêncio.

– Se eu a considero uma tola, é por amar meu irmão – explicou ele.

Ela ergueu o olhar, cautelosa.

– Já pensei em tentar deixá-lo. Deixar a cidade – sussurrou. – Mesmo agora eu poderia me entregar aos gregos. Pensei que talvez…

– Não faria diferença – suspirou Heitor. – Não agora. Talvez nem no começo. Esta guerra é por mais do que você, Helena.

Ela não sabia se ele tinha a intenção de aliviar sua culpa ou diminuir sua arrogância. Mas ele não parecia zangado. Apenas triste. Seja qual fosse a intenção dele, ela sentiu algo mudar dentro de si, como se um enorme peso tivesse sido levantado um pouco.

Quando ela colocou o jarro no chão de pedra, uma sombra recaiu sobre ela, que olhou para cima encontrando o rosto carrancudo de Andrômaca.

Não foram necessárias palavras. Helena deixou o jarro e levantou depressa. Sem encontrar o olhar de Andrômaca novamente, correu de volta para sua cadeira no canto e pegou sua roca.

Quando se atreveu erguer o olhar, viu que Andrômaca havia retomado seu lugar na almofada e estava segurando a bochecha do marido em sua mão delicada. Eles estavam conversando em tons baixos que Helena não conseguia ouvir.

☾

Já era tarde quando o mensageiro chegou. Um jovem, saudável e em forma, mas seu rosto estava cinzento quando ele entrou no salão.

– Senhora Laótoe.

De algum modo, sua voz quebrada atravessou o salão, e um silêncio se formou.

– Senhora Laótoe – repetiu, quando ela saiu de um grupo de mulheres bem vestidas. Ela era a mais jovem das esposas do rei Príamo, mais jovem que Helena, com olhos grandes e pálidos.

– Trago notícias de que seus dois filhos foram mortos, minha senhora. – Ele inclinou a cabeça. – Os corpos estão sendo trazidos para a cidadela.

– M-meus filhos? – perguntou ela, seu rosto pálido confuso. – Não, você deve estar enganado. Eles não eram... eles não estavam lutando. O rei disse que eram jovens demais. Não pode ser eles. – Sua voz soou distante, e seus grandes olhos cintilaram.

– São eles, minha senhora. O senhor Polidoro estava levando lanças para os homens, e o senhor Licáon estava ajudando a trazer de volta os feridos. Ambos foram mortos por aquele que chamam de Aquiles. Muitos viram.

Sem aviso, um grito terrível saiu da boca de Laótoe. As mulheres perto dela correram para impedi-la de cair, quando soluços dolorosos começaram a sacudir seu corpo.

– Preciso vê-los – Helena a ouviu murmurar. – Eles não podem ficar sozinhos. Preciso estar com eles.

O peito de Helena se apertou ao observá-la, ao ouvir a dor em sua voz. Ela tinha visto os dois meninos correndo pela cidadela ao longo dos anos. Os caçulas dos irmãos de Páris eram crianças pequenas quando a guerra começou. Agora ela havia levado os dois, antes que suas primeiras barbas crescessem.

Quando estava calma o suficiente para andar, Laótoe foi conduzida para fora do salão com algumas de suas companheiras, sendo levadas para cuidar dos cadáveres de seus únicos filhos. Fez Helena sentir raiva e culpa ao mesmo tempo. Quantas vidas mais os deuses exigiriam como pagamento por seu erro? Ela apertou a roca até a madeira se partir. Mas então outro som a fez virar a cabeça.

– Não! Heitor, por favor!

Andrômaca estava agarrada ao braço de seu marido, enquanto ele estava de pé ao lado de seu colchão.

– Que tipo de homem mata garotinhos? – trovejou ele, levantando a voz para o salão. – Darei aos gregos um homem de verdade para enfrentar.

Seu peito machucado arfava de raiva, quando ele começou a prender sua armadura sobre ele.

– Por favor, Heitor – Andrômaca implorou mais uma vez, seus olhos arregalados com um medo desesperado. – Por favor. Não vá até lá.

De repente, outra voz soou pelo corredor.

– Ela está certa, irmão – disse Kassandra, suas palavras suaves, porém, claras. – Deveria temer Aquiles. Ele matou muitos homens hoje. Sua violência está no ápice. Deveria esperar até que ela diminua.

Mas era como se Heitor não pudesse ouvi-la. Ele se inclinou para colocar suas grevas, o rosto enrugando-se de dor ao fazê-lo. Andrômaca chorava, impotente, ao lado dele.

– A batalha de hoje já acabou, irmão – continuou Kassandra, dando um passo em direção a ele. – Guarde suas forças para outro dia.

Heitor colocou o capacete sobre a cabeça, como se quisesse bloquear as palavras.

– Por favor – implorou Andrômaca uma última vez, pressionando as mãos contra o rosto dele. – Por favor, marido.

Ele parou e olhou para ela, acariciando sua bochecha molhada.

– Luto por você e por Troia.

E com isso Heitor saiu do salão, Andrômaca correndo atrás dele.

O salão ficou em silêncio por algum tempo, como se Heitor tivesse levado o próprio ar com ele. Helena ficou imóvel, a roca abandonada no colo. Tinha ouvido coisas terríveis sobre Aquiles. Contavam que ele era o mais mortífero de todos os gregos. O mais veloz a pé, o mais habilidoso com a lança. Heitor era o maior dos troianos, entretanto, estava ferido. O medo cresceu no estômago de Helena, agarrando suas entranhas e retorcendo-as como uma corda.

Sentada ali, ela começou a sentir uma sensação familiar: olhos cravados nela, raiva e tristeza arremessadas contra ela como se fossem lanças afiadas. Desviou rapidamente os olhos de seu colo para ver rostos cheios de ódio, rostos desesperados e amedrontados, voltados para ela. Imaginou que todos os rostos no salão estavam voltados para ela, embora não ousasse olhar para cima por tempo suficiente para saber. Desejava encontrar o rosto de Kassandra entre eles. Encontrar um par de olhos amigáveis. Contudo, temia o que ela poderia ver neles em vez disso.

Então ela fugiu. Deixou sua lã e saiu apressada do salão, de cabeça baixa. Ia voltar para o quarto. Páris já a teria perdoado. Ele precisava ter perdoado. Ela não suportava estar tão sozinha.

Ela atravessou a cidadela, evitando o olhar daqueles por quem passava, o véu puxado sobre o rosto. Foi quando estava atravessando o pátio rumo aos aposentos de Páris que ouviu. Um grito pavoroso que a fez parar estática.

E enquanto estava ali ouvindo, o som se transformou em um uivo lamentoso. Como de um animal ferido, um som selvagem e sem forma. Pura emoção transbordando de uma garganta. E então se alastrou e começou a soar de outras direções. E logo foi como se toda a cidade estivesse pranteando, um corpo com mil vozes.

O coração de Helena se contraía dolorosamente enquanto ela voltava pelo caminho que viera. Em seguida, para cima, para cima, subindo as escadas até as ameias. Mal conseguia respirar enquanto cambaleava para se agarrar às ameias, olhando para a planície abaixo.

Levou um momento para entender o que estava vendo. Lá fora da cidade, à vista de ambas as muralhas, uma carruagem ia e voltava. E atrás dela, os tornozelos amarrados com uma corda, ia um corpo arrastado. A carne estava estraçalhada, o sangue escuro misturado com o pó, e a cabeça saltava contra o chão pedregoso.

Helena sabia que era Heitor. Assim como ela sabia que era Aquiles quem conduzia a carruagem. A cidade pranteava a morte de seu príncipe, a perda de seu protetor.

Um soluço repentino e doloroso subiu por sua garganta e ela desviou o olhar. Não suportava olhar para aquele corpo, tão desonrado e sem luz. Provocava-lhe náuseas. Fazia com que seu peito parecesse estar sendo esmagado.

Apoiou-se contra a parede para se equilibrar, inspirando dolorosamente fundo. E lá embaixo, na parede externa, acima da porta Ceia, a poucos passos de onde ela mesma estava, Helena viu a figura de Andrômaca. Seu cabelo preto esvoaçava ao vento, chicoteando ao redor, enquanto ela gritava e soluçava, arranhando o peito, a pele alva de seus braços nus. Helena entendeu que aquela tinha sido a pobre criatura a proferir o primeiro anúncio de morte lancinante, e ela assistiu enquanto a dor de Andrômaca se derramou em um fluxo interminável. Ao lado dela, estava a figura escura da rainha Hékuba, imóvel ao lado da tempestade de Andrômaca, embora Helena pudesse ver seus ombros envelhecidos tremendo, enquanto ela observava o cadáver devastado de seu primogênito sendo arrastado diante dela.

Ao redor de Helena, a cidade continuava a lamentar, o som aumentando à medida que a notícia se espalhava. As lágrimas dela caíam, silenciosas, escorrendo por suas faces, enquanto ela ficava ali sozinha com sua dor.

Heitor, o senhor de Troia, estava morto.

53

Helena

VÁRIOS MESES DEPOIS

Helena acordou de repente, emergindo de um sonho profundo que foi esquecido assim que ela o deixou. A câmara estava escura. Páris estava ao lado, imóvel. Então, o que a acordou?

Ela se virou para se enterrar na cama quente. E então ouviu. Um berro. E depois outro. E o grito de uma mulher.

– Páris.

Ela sacudiu o ombro dele, uma orelha ainda voltada para a janela aberta.

– Páris. Acorde.

Ele grunhiu, e ela o sacudiu com mais força.

– Você ouviu isso? Alguma coisa está acontecendo.

– Ouvir o que? Eu não ouço…

Mas então houve um estrondo de madeira, distante, mas não tão distante. E mais berros.

Páris estava sentado agora.

– Pode não ser nada – sugeriu ele. – Uma briga na cidade baixa. – E, no entanto, mesmo na escuridão, Helena podia ver que ele parecia assustado.

Ele saiu da cama e começou a colocar a túnica. Helena tateou em busca do vestido que descartara naquela noite e jogou-o, apressada, sobre o corpo, ajeitando os alfinetes dos ombros com as mãos desajeitadas.

Quando ambos tinham se vestido e calçado as sandálias, deixaram a câmara, entrando no pátio iluminado pela lua. Havia mais gritos agora, ou talvez pudessem ouvir melhor. Helena pensou ter ouvido o tinir de metal também.

– Primo! – De repente, Páris avançou correndo, tendo avistado Eneias do outro lado do pátio. – O que está acontecendo?

– Não sei – respondeu Eneias, parecendo ter acabado de acordar, assim como eles. – Ouvi os gritos e…

– Vou até a muralha – informou Páris, tocando o ombro do primo.

Eneias assentiu, olhando ao redor do pátio vazio.

– Eu devia acordar os outros.

Páris não mandou Helena segui-lo, mas ela o fez. Suas sandálias batiam nas pedras atrás dele, sua saia erguida com uma mão, enquanto a outra segurava uma lamparina a óleo. A lua estava cheia o suficiente para não precisar dela, mas estava grata por sua luz mesmo assim.

Eles estavam no nível mais baixo da cidadela agora. Os sons ficaram mais altos do que nunca. Páris seguiu direto para as escadas até as ameias, e Helena foi atrás. Quando finalmente chegaram ao topo e olharam por cima do muro, a respiração dela ficou presa na garganta.

A cidade baixa estava sob ataque. As portas Ceias estavam escancaradas, um fluxo de guerreiros gregos entrando. As ruas abaixo já estavam tomadas por seus escudos redondos. Ela assistiu enquanto valentes cidadãos eram mortos, enquanto outros fugiam de suas casas aterrorizados, com crianças nos braços. E o tempo todo os escudos se aproximavam da cidadela.

– Como conseguiram passar? – Helena perguntou à escuridão, perplexa com o que estava vendo. Ainda com a mente anuviada pelo sono, estreitou os olhos tentando ver o portão escuro. Parecia estraçalhado, como se tivesse sido rasgado pelas garras de alguma fera enorme. Ali, entre as portas danificadas, achou que podia ver o contorno de alguma grande e imponente estrutura, mas o que a assustou mais foram os intermináveis escudos que continuavam a fluir de ambos os lados.

– Temos que avisar…

Houve um som de asfixia próximo à sua orelha esquerda. Ela se virou.

Páris estava ao lado dela, como antes. Contudo, quando ergueu a lamparina, ela viu. Uma flecha negra, atravessada na garganta dele. O sangue borbulhava de sua boca, seus olhos estavam arregalados de choque. Um terrível som gorgolejante subiu e ele tombou, engasgando e cuspindo, arranhando o chão, segurando o pescoço. Helena assistiu, atônita, enquanto o corpo dele se contorcia e estremecia. E então ficou imóvel.

Era como se ela ainda estivesse na cama. Como se isso fosse o sonho e não o despertar. Ficou parada, atordoada, olhando para o corpo de Páris. O sangue começou a se acumular ao redor da cabeça, encharcando os cachos macios do cabelo dele. Os olhos brancos olhavam para o nada. A morte tinha rondado Helena por tanto tempo, ainda assim, ela nunca estivera tão próxima.

– Helena!

Ela afastou o olhar de Páris, sem saber por quanto tempo estivera observando-o. Levou um momento para reconhecer a figura de Polites, um dos irmãos mais novos de Páris, aproximando-se dela. Ele parou de súbito quando viu o corpo do irmão.

– Helena – repetiu ele, trêmulo. – O que está fazendo aqui em cima? – Ele estendeu a mão e derrubou a lamparina da mão dela, de modo que o óleo se derramou e a chama foi apagada. – Também quer levar uma flechada?

Ela o encarou sem expressão, com os lábios dormentes.

– Vá para o Salão da Lareira – disse ele, segurando o antebraço dela. Seu toque a fez recuperar um pouco o foco. – Algumas das mulheres já devem estar lá. Vocês devem se trancar até expulsarmos os gregos da cidade baixa. Entendeu?

Ela deu um pequeno aceno de cabeça, e ele pareceu satisfeito. Sem esperar que ela se movesse, ele correu escada abaixo.

Levou um momento para Helena recuperar o uso de suas pernas, mas uma vez tendo dado o primeiro passo, e o seguinte, ela continuou. Mesmo quando alcançou as escadas para descer das ameias, não olhou para trás.

Ela tropeçou pela cidadela, ombros roçando e esbarrando nela, enquanto ela andava. Havia homens correndo na direção do portão, com lanças e escudos na mão, e mulheres ultrapassando-a, empurrando-a, enquanto ela subia os degraus para o Salão da Lareira. Ela mal os notava. Enquanto seus pés a levavam pelas ruas tomadas pelo pânico, havia apenas um rosto que ela procurava.

Chegara ao terraço superior agora. O pátio do palácio se abriu diante dela, com o Grande Altar posicionado, estoico, no centro. O antigo loureiro que o abrigava oscilava à brisa noturna. Helena o observou enquanto passava, aguçando os ouvidos para o farfalhar das folhas. Os gritos da cidade baixa estavam tão distantes agora que quase conseguia ignorá-los.

Quando ela finalmente chegou ao Salão da Lareira, uma de suas grandes portas estava entreaberta; acabara de ver outra mulher entrar correndo, arrastando uma criança que chorava atrás de si. Helena se esgueirou pela abertura.

O salão estava ofuscante comparado ao exterior – a chama eterna da lareira queimando como sempre. Levou um momento para que seus olhos se ajustassem e para absorver os rostos assustados que a encararam, quando ela entrou. Alguns ela reconheceu, outros não. Mas ainda não havia sinal do rosto que estava procurando.

– Alguma de vocês viu Kassandra? – perguntou para o salão como um todo.

Fez-se silêncio enquanto sandálias se arrastavam e rostos se viravam para longe dela. Mas então uma jovem deu um passo à frente.

– Acho que ela estava entre as que se dirigiam ao santuário de Atena – disse a mulher baixinho. – Elas foram suplicar à deusa. A rainha Hékuba estava entre elas.

Helena deu um aceno silencioso em agradecimento. Na ausência de quaisquer outras respostas, tinha que supor que a mulher estava certa e se virou para sair. Se Kassandra estava no santuário, era para lá que iria.

Mas assim que deu um passo em direção à porta, um novo grupo de mulheres entrou. E no centro delas estava Andrômaca.

Helena se encolheu no canto do cômodo. Andrômaca usava seu véu preto de luto, tão longo que se arrastava pelo chão. Ao lado dela, com a mãozinha na dela, estava Astíanax, o herdeiro de Troia. A semelhança dele com o pai era impressionante.

Helena queria sair, agora mais do que nunca, mas o salão tinha apenas uma porta, e temia passar por Andrômaca. Enquanto ela estava em seu canto sombrio, o véu preto virou em sua direção e aqueles olhos escuros encontraram os dela antes de seguir adiante.

Ela não podia sair agora. Andrômaca pensaria que era por causa dela. Porque ela se sentia culpada, porque estava com medo, e estava mesmo. E se Andrômaca a desafiasse? E se todas elas o fizessem? E se pensassem que ela estava correndo para os gregos? Não, ela havia perdido a oportunidade de sair sem ser percebida. Com sorte, Kassandra viria para o Salão da Lareira assim que as orações tivessem sido ditas. Helena apenas queria saber que sua amiga estava em segurança.

Por enquanto, porém, ela permaneceu enraizada em seu canto, evitando os olhos das outras mulheres, enquanto esperavam juntas em silêncio e escutavam o distante ribombar da batalha.

54

Helena

OS SONS ESTAVAM SE APROXIMANDO. OS BERROS E os estrondos. Agora, havia chifres sendo soprados também. E dentro do Salão da Lareira a conversa nervosa crescia.

– *O que estava acontecendo?*

– *Estavam dentro da cidadela?*

– *Chegariam ao palácio?*

Helena tentou ignorá-las. Tentou ignorar os sons do lado de fora também, mas eles martelavam em sua cabeça – cada berro, cada grito. Era algum pobre troiano morrendo? Ou um grego? Menelau estava em algum lugar lá fora? Kassandra estava a salvo? E os escravos, não havia espaço para todas as escravas no Salão da Lareira, muito menos para os homens. Eram seus gritos que ela estava ouvindo? Cada um a golpeava como uma faca.

Páris havia dito que as muralhas não podiam ser rompidas, que os gregos nunca pisariam em Troia. Mas Páris estava morto. Acontecera tão de repente que Helena tinha que se lembrar de que era verdade. Ela fechou os olhos e viu seu rosto sem vida mais uma vez, congelado com uma expressão de surpresa como se ele não acreditasse na própria mortalidade. O que ela sentia, sabendo que ele se foi? Pesar? Libertação? Temor? Viera para Troia por ele. Deixou sua casa e família, atravessou mares e arriscou tudo o que tinha pelo amor que ele prometera. E agora? Agora ela estava sozinha, não mais uma grega e, no entanto, nunca uma troiana. Olhou para os rostos temerosos que a cercavam. Nenhuma amiga entre eles. Começou a chorar, por si mesma, por sua tolice e por Páris também. Pelo Páris pelo qual se apaixonara, pelo belo sonho que perseguira. Agora finalmente morto e acabado.

Os olhos de Helena se abriram ao som das grandes portas sendo destravadas. Era Kassandra vindo do templo? Mas enquanto observava a madeira sendo cautelosamente afastada, foi a forma desgrenhada da rainha Hékuba que emergiu.

Seu véu estava rasgado, seu rosto cinzento, e sangue escorria por sua bochecha envelhecida, saindo de um corte acima de sua sobrancelha. Ela cambaleava como se fosse cair, mas quando Andrômaca se adiantou para apoiá-la, a rainha acenou para que ela se afastasse.

– Eles invadiram a cidadela. Tomaram o santuário – disse ela, esforçando-se para respirar. – Tudo está perdido.

Houve silêncio enquanto as palavras pairavam no ar. E então veio o pânico. Algumas mulheres gritaram, outras choraram, outras berraram de raiva.

Mas, em meio a tudo, Helena abriu caminho até a porta.

– E Kassandra? – perguntou à rainha, agarrando-lhe a manga do vestido, para chamar sua atenção.

Hékuba se virou, seu rosto inexpressivo.

– Violada – grunhiu, com a boca rígida. O salão havia ficado em silêncio novamente, vendo Helena saindo de seu canto. Havia uma dor indescritível nos olhos de Hékuba, enquanto ela encarava Helena. – Bem ali no santuário. – Ela fechou os olhos e chupou os dentes, como se houvesse veneno em sua boca. – Sem o menor temor aos deuses... era uma fera, não um homem.

O horror tomou o rosto de Helena quando ela percebeu o que a rainha estava dizendo. Um grito silencioso brotou de sua garganta.

– Tentei trazê-la – continuou a rainha, com a voz distante. – Tentei tirá-la de lá. Mas ela não ficava de pé. Ela não se movia. Eu... – Ela engoliu dolorosamente. – Eu tive que deixá-la.

Helena estava chorando abertamente agora, as lágrimas escorrendo pelo seu rosto. Hékuba se afastou dela e afundou em um banquinho, seus olhos olhando fixamente para as chamas da lareira.

De repente, outra figura parou diante de Helena.

– Por que você chora? – perguntou a voz dura de Andrômaca.

Helena olhou para ela, confusa.

– Por que chorar por Kassandra, quando todas as mulheres em Troia terão o mesmo destino antes que a noite termine?

Suas palavras ecoaram pelo salão, a verdade contida nelas ondulando pelos rostos pálidos iluminados à luz da lareira.

– Você deve saber disso, Helena. – Andrômaca cuspiu seu nome como se fosse sujeira. – Deve saber o que sua vinda aqui nos custou. O que *vai* nos custar. Ou você é realmente tão tola?

Andrômaca deu um passo em direção a ela, e Helena se encolheu.

– Eu… eu…

– Por que não podia ter ficado na Grécia? O que era tão terrível para você ter que ir embora? Para você ter que vir para cá, arruinar todas as nossas vidas? – A raiva jorrou de Andrômaca como veneno. – Sua vida era fácil. Você sabe quantos anos eu tinha quando fui tirada de minha casa? Quando cheguei aqui, em Troia, sem ninguém? Eu construí uma vida para mim. Eu tinha uma casa, um marido e… – A voz dela estava embargada. – Mas agora… agora você tomou tudo isso.

Andrômaca se levantou, seu véu preto tremendo, e Helena encarou aqueles olhos escuros e terríveis. Poderia ser sua própria irmã pronunciando aquelas palavras.

As lágrimas continuavam a escorrer-lhe pelas faces, por Kassandra, por Nestra, por Andrômaca e por Heitor, por tudo o que acontecera, por toda a miséria que ela causara. Ela mal conseguia respirar. Precisava sair do salão. Precisava ficar longe daqueles olhos.

Abriu caminho até a porta e saiu para o pátio. O ar frio da noite quase a sufocou quando ela o puxou para seus pulmões. Ela ficou ali, o peito arfando, sem saber para onde deveria ir. O pátio estava vazio, mas ela podia ouvir homens lutando a oeste. Por um momento, pensou em correr para o santuário, para Kassandra, mas o medo a deteve. Aquele caminho a faria atravessar a luta. Então se virou e desceu os degraus ao leste – em direção ao próprio quarto.

☾

Quando Helena chegou ao quarto, estava tremendo. O frio havia atravessado seu vestido e seu coração estava acelerado. Ela fechou a porta atrás de si e acendeu algumas das tochas penduradas na parede. A luz e o calor a fizeram se sentir melhor, como se pudessem de alguma forma manter o perigo afastado.

Ela se sentou na beirada da cama, tentando controlar a respiração. Lágrimas ainda transbordavam em seus olhos, mas ela piscou para contê-las. Seus pensamentos estavam focados em Kassandra, imaginando-a sozinha no chão do santuário. Ela ainda estava lá? Ela sobreviveria à noite? As mulheres geralmente eram poupadas quando uma cidade era saqueada, mantidas como escravas ou vendidas, mas havia destinos piores que a morte. Helena sussurrou uma oração para Ártemis, por Kassandra e por si própria, mas não era de coração. Que bem os deuses haviam feito? Eles não se importavam com a vida dos mortais. Caso contrário, jamais teriam permitido que ela saísse de Esparta.

Lágrimas frescas brotaram, e ela soluçou pateticamente, o ódio contra si mesma e o arrependimento remoendo suas entranhas, até que ela sentisse como se fosse vomitar.

Estava tão absorvida que não ouviu a porta do quarto se abrir. Nem as botas sobre a pedra. Não até que estivessem a apenas alguns passos de distância.

– Deífobo – exclamou ela, sobressaltada. – Você me assustou. – Ela se levantou e rapidamente enxugou as lágrimas do rosto.

Ele não disse nada, mas deu outro passo em direção a ela. Havia um brilho estranho em seu olhar.

– Você está ferido? Os gregos foram rechaçados? Você viu Kassandra?

Contudo ele não respondeu. Ele tinha parado e estava observando-a.

– Deífobo?

– Tanta ruína – refletiu ele lentamente. – Por uma coisa tão ordinária.

O medo começou a agitar a barriga de Helena agora. Ela deu um passo para se afastar, mas a cama estava atrás dela.

– O mundo não está cheio de mulheres? – perguntou Deífobo, seus olhos escuros faiscando. – E ainda assim meu irmão tinha que ter você. – Ele deu um passo à frente, diminuindo a distância entre eles. – Por quê? O que a torna tão especial, Helena? O que faz você valer um reino? – Ele se aproximou e agarrou o queixo dela, inclinando um pouco sua cabeça para analisá-lo. –P arece injusto, não é? Que Páris era o único a saber a resposta, o único a desfrutar de você, quando todos nós pagamos seu dote.

E antes que Helena pudesse reagir, a mão dele passou para a parte de trás de seu pescoço, e a língua dele estava abrindo caminho pela boca dela.

Ela tentou se afastar, mas ele segurou sua cabeça, os dedos enterrados em seu cabelo. Ela mordeu a língua dele, que recuou por um segundo, tempo suficiente para ela se soltar de seu aperto.

– Cadela – cuspiu ele, e ela gritou.

– Acha que alguém vai ajudar você? – zombou ele. – Acha que alguém vai querer? – Ele se aproximou dela de novo. – Você não passa de uma prostituta.

O coração de Helena estava acelerado. Ela deu um passo para trás em direção à parede, seus olhos fixos em Deífobo. E quando ele avançou, ela esticou o braço e pegou uma tocha atrás de si.

– Fique longe de mim! – ela disse trêmula, sacudindo a tocha em um arco diante de si. – Páris vai voltar. Ele...

– Páris está morto.

Então ele sabia. Por mais falho que Páris fosse, vaidoso, egoísta e covarde como se revelara, ele fora seu escudo durante todos esses anos em Troia. Agora ela não tinha ninguém.

Ela disparou um olhar para a porta. Poderia fugir. Tentar a sorte na cidadela. Mas Deífobo era forte e rápido. Ele a alcançaria.

De repente, ele saltou para a frente, agarrando um pulso e depois o outro. Ele torceu, e ela deixou cair a tocha. Ela gritou mais uma vez, cuspindo e rosnando, retorcendo-se para se libertar, enquanto brigavam no meio do quarto. Ele era forte demais. Empurrou-a na mesa, ambos os pulsos presos em uma de suas mãos gigantescas, bem acima da cabeça dela. Ele enfiou a outra na gola do vestido dela, o alfinete do ombro quebrando quando ele puxou o tecido para o lado. Dedos duros se cavaram em seu seio. Ela virou o rosto, determinada a não olhar nos olhos dele. Ali no chão a tocha caída ainda ardia, e o tapete de lã com ela. Quando a mão de Deífobo se moveu até sua saia, ela apertou os olhos. Queria bloquear tudo, a violência, o fogo e a dor. Ela fingiria que não estava acontecendo. Fingiria que...

E então o aperto de Deífobo pareceu afrouxar. Ela abriu os olhos, e lá estavam os dele, encarando-a, confuso. Enquanto ele olhava, ela viu um fio de sangue escorrer do canto da boca dele.

Ela baixou o olhar e viu – algo afiado e sangrento saindo da túnica dele.

Deífobo a soltou, suas mãos movendo-se para tocar o sangue que se espalhava a partir de seu umbigo. Ouviu-se um som de metal atravessando carne e ele caiu pesadamente, os joelhos estalando contra a pedra. E conforme ele caía, ela viu o homem atrás dele.

Menelau.

Ela gritou de surpresa, um som de alívio animalesco que escapou de sua garganta antes que ela pudesse refletir sobre o que a presença dele ali significava. Ele olhou para ela, que olhou de volta. Nenhum dos dois se moveu. Nenhum dos dois falou. Ele ainda mantinha a espada erguida, o braço tenso, os olhos flamejantes.

Ele a mataria? Foi por isso que veio? Para que pudesse ser ele a fazê-lo? Ele enterraria aquela espada em seu seio exposto e odioso? Não era o que ela merecia?

Ambos arfaram na quietude.

No limite da visão, Helena viu chamas se elevando. O tapete em chamas havia incendiado uma das tapeçarias na parede.

– O fogo – disse ela com voz rouca. – Deveríamos apagá-lo.

Os olhos de Menelau não se moveram.

– Deixe Troia queimar. Não quero saber dela.

– E eu? – Helena deu um passo trêmulo na direção dele, contornando Deífobo sem tirar os olhos de Menelau. – Você quer saber de mim?

Mais um passo. O olhar de Menelau ainda era intenso, o braço da espada rijo. Ela estendeu a mão e pousou-a em cima da lâmina, com os olhos fixos nos dele. Ficaram assim por um momento, antes que a espada abaixasse lentamente.

Ao redor deles, o quarto começou a se encher de fumaça. Menelau tossiu.

– Precisamos ir – disse ele.

E, tomando Helena pela mão, saíram juntos do cômodo.

55

Helena

QUANDO HELENA ACORDOU NA MANHÃ SEGUINTE. levou um momento para se lembrar de onde estava. Em vez de teto, havia lona. E na cama ao lado dela... não havia ninguém. A palha estava solta e intocada, as peles estavam frias. Menelau não tinha voltado então. Ele a levara para sua tenda em silêncio, depois que deixaram a cidade, mas assim que ela desceu da carruagem e ele indicou qual era sua tenda, ele havia saído do acampamento novamente – voltando para Troia. Sabia que ele devia ter voltado para auxiliar seus homens, mas parte dela também se perguntava se ele havia voltado para ficar longe dela, para adiar a conversa que em algum momento os dois precisariam ter.

O acampamento não estava barulhento na noite anterior, mas agora havia um tipo diferente de quietude. Helena podia ouvir botas marchando e cavalos bufando. Ela ouviu o crepitar das fogueiras e cumprimentos sendo trocados. Mas nada disso lhe dizia qualquer coisa. Ela precisava ver.

Ela ainda estava usando o vestido da noite anterior. Calçou as sandálias e pegou uma das peles da cama para colocar ao redor dos ombros, como se isso pudesse torná-la invisível. Então foi até a porta da barraca e puxou a lona pesada.

Ela não precisava se preocupar em ser vista; ninguém estava olhando em sua direção. Cada homem estava ocupado com seu próprio trabalho. Perto, alguém estava preparando chouriço para o café da manhã – Helena podia sentir o cheiro, enquanto cuspia sua gordura nas chamas. Do lado de fora da barraca ao lado, um homem estava colocando um curativo em um ferimento na perna, enquanto outro limpava o sangue de sua armadura. Mas a atenção de Helena foi atraída por outro homem que carregava uma grande quantidade de taças e pratos de ouro, que acrescentou a uma pilha já enorme no centro do acampamento. Brilhava ao sol da manhã, elevando-se da terra como um grande monte tumular de ouro, prata e marfim.

Foi então que ela viu. No horizonte, erguendo-se atrás da montanha de pilhagem, havia uma grande coluna de fumaça. Troia ainda estava queimando.

Helena arquejou ao vê-la. Vira as chamas na noite anterior, elevando-se acima da cidadela como mãos que tentavam agarrar algo, enquanto a carruagem a levava pela planície. Mas mesmo assim, pensara que o fogo teria se apagado; Troia era grande demais para incendiar. Mas quando ela vislumbrou as pontas de sua silhueta escura acima dos topos das tendas, sabia que a cidade havia sido arrasada.

Foi um choque ver isso, pensar nos grandes terraços queimados, ene-grecidos, nos templos serenos saqueados, e ainda assim Helena percebeu que não lamentava por aqueles salões solitários que haviam sido seu lar por tantos anos. Seu próprio sonho de Troia havia se desvanecido há muito tempo. Mas eram as pessoas que a assombravam. As vidas perdidas na longa guerra, nomes que conhecia e nomes que desconhecia, rostos que vira e aqueles que imaginava. Pensou em Ifigênia, morta antes mesmo de a guerra começar. Em Heitor, seu corpo orgulhoso desonrado, assim como sua amada cidade estava sendo agora. E todos os novos mortos, aqueles que tombaram na batalha da noite passada. O sangue deles também estava em suas mãos? Poderia ela carregar o peso deles sobre seus ombros? Era demais para uma pessoa suportar. Seu peito ficou apertado, seus olhos arderam, enquanto ela observava a fumaça negra de Troia subir aos céus. Mas então ela se recordou daquilo que Heitor lhe dissera naquela tarde no salão, antes que saísse ao encontro da própria morte. A guerra não havia sido travada por ela. Não realmente. Ela sabia que era mais fácil acreditar nisso do que enfrentar a terrível alternativa, mas também parecia a verdade mais provável. Acaso os homens já tinham sacrificado alguma coisa por causa de uma mulher?

As mulheres, pensou Helena de súbito, lembrando-se daquele salão de rostos aterrorizados. *Será que elas escaparam?* Mas quando seus olhos voltaram para o acampamento, encontrou sua resposta.

Entre os homens e as tendas e os cavalos, mulheres estavam sendo empurradas e arrastadas, mãos amarradas, cabelos soltos. Helena reconheceu muitas delas da cidadela, embora suas roupas finas estivessem rasgadas e sujas. Quanto mais observava, mais delas via, amarradas a postes do lado de fora das tendas de seus captores, ajoelhadas na lama. Algumas estavam chorando. Outras, em silêncio, com os olhos vagos. Helena se perguntou se teria sido melhor para elas terem morrido no incêndio.

Helena viu uma mulher enterrando os calcanhares no chão, enquanto era conduzida pelo centro do acampamento, e percebeu com um sobressalto que era Andrômaca. Estava sem seu véu preto, seu cabelo escuro era uma massa emaranhada, seu olho direito estava horrivelmente inchado. Havia rastros claros através da sujeira fuliginosa de seu rosto, onde as lágrimas haviam escorrido.

Enquanto Helena olhava, a cabeça selvagem de Andrômaca se virou e o olho bom fixou-se nela.

– Cadela! – gritou ela, puxando suas amarras para se aproximar. – Vadia!

Helena se encolheu na porta, mas era tarde demais. Andrômaca estava berrando como um animal selvagem, puxando os pulsos contra a corda que a prendia.

– Eles jogaram meu menino das muralhas! Está me ouvindo, vadia? Que os deuses a amaldiçoem! Que você nunca...

Suas palavras foram cortadas quando o jovem príncipe que a conduzia deu uma cotovelada certeira em seu rosto. Ela caiu de joelhos, o sangue pingando, e arquejou quando o príncipe a puxou para frente.

Quando ela começou a se levantar, tremendo, da lama, Helena virou o rosto. Ela deu um passo para trás na tenda, não querendo ver mais nada. Mas quando estava prestes a dar as costas para o acampamento, outra figura chamou sua atenção. Recostada no batente de uma porta, os cabelos claros pendendo de uma cabeça caída, pulsos finos atados à madeira. Quanto mais olhava, mais certeza tinha.

Helena encheu um copo de água do jarro dentro da tenda rapidamente e atravessou correndo o caminho lamacento.

– Kassandra – sussurrou, agachando-se. – Kassandra. Sou eu, Helena.

Não houve resposta da cabeça caída. Ela estendeu uma mão hesitante para o ombro nu.

– Aqui. Trouxe-lhe um pouco de água. Você deveria beber.

Finalmente a cabeça se mexeu. Quando se levantou, o cabelo loiro caiu de lado para revelar um rosto.

Helena ofegou. Era sua amiga, sim, mas aquele rosto doce estava tão mudado. As bochechas jovens estavam encovadas, os lábios rosados, pálidos e rachados. Havia arranhões e hematomas, porém... foram os olhos dela que mais perturbaram Helena. Apagara-se o brilho que ela uma vez ansiava por ver mais do que qualquer outra coisa.

– Por favor. Você precisa beber. – Ela levou o copo aos lábios de Kassandra, sua voz embargada com as lágrimas nascentes.

Só então Kassandra pareceu vê-la.

– Helena – disse ela, um lampejo daquela velha luz retornando. Seus lábios se abriram em um sorriso estranho, mas isso só deixou Helena mais assustada.

– Sinto muito – sussurrou. – Por tudo. – Helena queria envolver a amiga em seus braços, abraçá-la, trazer vida de volta para dentro dela, mas tinha medo de quebrá-la.

– Vou ajudá-la – declarou. – Vou falar com Menelau. Você pode ir para Esparta e...

– Já fui reivindicada – interrompeu Kassandra, olhando para algo que Helena não conseguia ver. – O senhor Agamêmnon disse que me queria, então eu sou dele.

Lágrimas gordas rolaram pelas bochechas de Helena.

– Bem, talvez... talvez ele mude de ideia. Vou falar com Menelau e... Eu não posso simplesmente deixar que você...

– Está tudo bem. – Kassandra virou a cabeça de modo que estivesse olhando diretamente para Helena. – Não é sua culpa, Helena. É assim que o mundo funciona. A vontade dos deuses. – Ela fez uma pausa, seus olhos perdendo o foco por um momento antes de voltar a olhar para o copo de água que Helena ainda segurava. – Acho que não vou sofrer por muito tempo. Eu sinto, mesmo agora. A morte me espera em Micenas.

– Não – retrucou Helena, segurando o rosto da amiga. – Não deve dizer isso. O senhor Agamêmnon é marido de minha irmã, e ela é gentil. Ela vai tratá-la bem.

Kassandra olhou para ela.

– Eu me pergunto se ela ainda é a mesma irmã que você conheceu.

Helena abriu a boca, mas o olhar de Kassandra deslizou para longe dela mais uma vez.

– O retorno ao lar do senhor Agamêmnon pode não ser como ele espera – disse ela vagamente, como se falasse de coisas distantes de si mesma. Ela ficou em silêncio, seu olhar em outro lugar, e enquanto Helena observava o rosto vazio de sua amiga, os lábios curvados em algum lugar entre um sorriso e um esgar, tivera certeza que algo nela havia se quebrado. Era como se ela estivesse escapando do mundo, ou apenas tivesse deixado de se importar com o que acontecia nele.

Helena deixou a mão cair do rosto de Kassandra e colocou o copo de água na terra. Não sabia o que fazer. Não sabia como consertar as coisas, ou se um dia seria capaz de fazê-lo.

Lentamente, levantou-se e deu um passo para trás, afastando-se do corpo caído que fora sua amiga.

E enquanto se afastava, os olhos ainda pregados naquele rosto, ela sentiu uma mão firme segurar seu ombro.

– Helena.

Ela se virou e viu Menelau atrás dela.

– É hora de partir.

☾

Ele a conduziu até a areia sem que ela resistisse. Nenhum dos outros navios havia sido preparado; ainda havia saque para dividir, escravos para alocar. Menelau, porém, parecia ansioso para zarpar. Helena não conseguia sequer ver nenhum ouro a bordo.

– Você não vai perder os sacrifícios pela vitória? – perguntou ela, baixinho, enquanto eles pararam no convés, esperando que as âncoras fossem levantadas.

– A vitória é do meu irmão – foi a resposta brusca. – Que ele a comemore. Passei tempo suficiente da minha vida nestas praias e derramei sangue suficiente nessas areias.

Eles estavam lado a lado, olhando para o mar aberto. As entranhas de Helena se contorceram enquanto o silêncio se alargou entre eles. A culpa que sentia pela guerra era uma coisa, mas isso era outra bem diferente. Ela havia se convencido, todos aqueles anos atrás, que partir com Páris tinha sido a melhor coisa para todos. Que Menelau não se importava o bastante para sentir falta dela. Que ele tinha tudo o que precisava, e tudo o que ela estava disposta a lhe dar. Mas vendo-o agora, vendo como ele envelhecera, seu rosto bronzeado marcado pelo cansaço e pela perda, ela sabia que o magoara.

– Sinto muito – disse ela, embora o som mal saísse. Ela pensou ter sentido Menelau se mexer um pouco.

O silêncio se alargou novamente, um pouco mais estreito do que antes.

– Serei sua esposa de novo? – perguntou ela ao mar. – Quando estivermos de volta em Esparta?

As ondas se chocavam contra a lateral do navio.

– É isso que você quer? – perguntou Menelau por fim.

A pergunta a surpreendeu, e ela percebeu que ainda não havia se perguntado isso. Desde que vira Menelau das ameias, um sentimento estranho crescera dentro de si. Um anseio por seu lar, sua família, por sua antiga vida, ou partes dela. Mas ela poderia realmente voltar? Poderia voltar a ser Helena de Esparta? E Menelau, era isso que ela queria? Voltar a ser sua esposa?

– Eu não era uma esposa muito boa – foi tudo o que ela conseguiu pensar em dizer.

Ouviu um som ao seu lado, quase como uma risada. E, no entanto, não havia humor nele.

– Talvez merecêssemos um ao outro – comentou Menelau, em voz baixa.

Mais uma vez, Helena foi pega de surpresa. Esperara raiva, acusações, xingamentos; estava esperando, temerosa, desde que Menelau aparecera no quarto dela, em Troia. Parte dela queria ouvir, sentir as chicotadas em sua alma maculada. Estivera preparada para isso. Estivera disposta. Mas isso?

– Não justifica o que você fez – continuou ele, num tom calmo. – E eu não… não consigo… perdoar você. Ainda não. Mas sei que de alguma forma causei parte de sua infelicidade. E seu distanciamento.

Helena engoliu a emoção repentina que lhe subiu à garganta. Foi surpreendente ouvi-lo admitir sua parcela de responsabilidade e sentir o quanto era importante para ela própria ter um pouco da culpa que sentia retirada.

– Você era bom comigo, à sua maneira – sussurrou. – Você não merecia… Eu só estava tão solitária. Ele percebeu isso e… – Ela não podia suportar dizer o nome de Páris em voz alta. Não para ele.

– Uma esposa não deve se sentir solitária na própria casa – respondeu ele formalmente, ainda encarando o mar. As ondas continuavam a rolar, batendo contra a madeira abaixo deles. Depois de um momento, voltou a falar. – Eu nunca soube como agir com você – revelou ele, sua voz tão baixa que quase foi levada pelo vento. – Toda a Grécia desejara você como esposa. Você era minha, mas eu não a conquistara.

Ele nunca tinha falado assim antes. Helena ouviu cada palavra, não querendo interromper.

– Pensei que uma criança mudaria as coisas. Mas apenas piorou tudo. – Ele suspirou contra o vento. – Você parecia me detestar.

– Não – disse ela, estendendo a mão para cobrir a dele. – Eu nunca te detestei. Nem a Hermíone. – Ela engoliu em seco. Era a primeira vez que pronunciava o nome da filha em voz alta em muitos anos. – Eu apenas estava apavorada. Eu não queria outro filho e o afastei. Mas eu ainda me importava com você. Mesmo naquela época. Especialmente naquela época.

Parecia uma confissão, finalmente falar essa verdade antinatural e antifeminina em voz alta para ele depois de todo esse tempo. Virou-se para olhar para ele e viu sua testa franzida. Mas ele não parecia zangado, apenas pensativo e um pouco triste. Ambos ficaram calados, observando as ondas.

– Eu também me importava com você – disse ele por fim.

As palavras eram tão simples, tão poucas, e ainda assim atingiram Helena como uma rajada de vento.

– Não sou um homem de palavras – disse ele com a voz rouca. – Nem sempre é fácil para um homem confessar seus sentimentos.

– E quanto a Agatha?

As palavras saíram antes que Helena pudesse detê-las. E pela primeira vez Menelau voltou-se para ela.

– Eu vi você uma vez. Com ela – disse ela, a memória emergindo, borrada e nítida ao mesmo tempo. – Eu vi como você a tocou. Como você a beijou.

Menelau ficou olhando para ela, o rosto cansado.

– Aquilo era... diferente – suspirou ele. – Mais simples. Ela era uma escrava e eu era um rei. Ela não poderia me rejeitar ou desprezar, mas também não poderia haver amor verdadeiro.

Ele virou o rosto novamente, segurando a amurada do navio com suas mãos calejadas. Ele falou de modo tão direto, sem se desculpar, como se sua infidelidade não fosse nada. E o que doía a Helena era saber que era verdade. Ninguém o condenava por isso. Nenhum sangue foi derramado pela infidelidade dele. Nenhuma viúva amaldiçoava o nome dele.

As próprias mãos trêmulas de Helena agarraram a amurada, enquanto ele prosseguia.

– Agatha me dera o filho que eu precisava e eu era grato a ela. Mas os sentimentos de um homem por sua esposa são diferentes. – Ele inspirou devagar. – Eles são profundos, como raízes antigas. Retorcidos e confusos, difíceis de separar. Difíceis de desenterrar.

Helena o observava. Ele estava dizendo que a amara? Que parte dele ainda a amava? Ele havia voltado a olhar para as ondas, mas ela não o pressionou a falar mais nada. Ela sentia que tinham falado mais um para o outro nos últimos minutos do que durante todos os anos de seu casamento.

Algo havia mudado entre eles. Uma mudança quase imperceptível, nascida em algum lugar nas palavras que trocaram. O silêncio que se estendia entre eles agora era de uma textura diferente, cheio da consciência de ambos, e a parede invisível que antes estivera ali parecia ter sido erodida, pelo menos em parte. Helena inspirou fundo e expirou sobre o mar cintilante. Seus medos pareciam menores agora. Depois de tudo o que acontecera, depois de tudo o que ela fizera e dissera, Menelau não a desprezava. Ele tinha escutado, *realmente* escutado, e ela também. Ela sabia que o lar para o qual retornava não seria o mesmo que havia deixado. E Hermíone – aquela outra ferida cheia de culpa em seu coração – mal se lembraria dela. Talvez ela pudesse começar de novo. Faria o possível para ser uma mãe para ela, ou pelo menos uma amiga. Sua filha teria mais ou menos a idade de Kassandra. Sim, ela podia fazer isso, disse a si mesma. Podia ir para casa, tentar de novo, era capaz de reparar as coisas. Não como Helena de Esparta, talvez; esse nome parecia muito pesado agora, essa coroa apertada demais. Não, talvez desta vez, finalmente, ela pudesse ser apenas Helena.

Conforme o navio começou a se mover, e a água límpida preencheu o espaço entre eles e a praia, Helena e Menelau ficaram lado a lado, observando o horizonte.

56

Klitemnestra

FAZIA SEIS DIAS DESDE QUE O BOATO CHEGARA A Micenas. Troia incendiada. Os gregos vitoriosos. A princípio Klitemnestra não acreditara. Tantas histórias chegaram ao seus salões durante os últimos dez anos, e haviam se provado muito mais joio que trigo. Mas nos últimos dias um nervosismo borbulhante vinha crescendo em sua barriga. Será que essa história era verdade?

Os rumores não trouxeram notícias de Helena, a principal razão pela qual os gregos alegavam lutar. Se Troia realmente havia sido tomada, ela tinha que acreditar que a irmã estava viva. Que ela estava em um navio rumo a Esparta, ou que já estava naqueles salões decorados. Precisava acreditar que a guerra tinha sido por alguma coisa, que todas aquelas vidas – inclusive a de Ifigênia – haviam comprado algo além de ouro e glória.

Ela sabia que deveria ficar aliviada ao pensar na irmã sã e salva em Esparta, mas ao permitir-se acalentar essa verdade, precisava enfrentar outra possibilidade mais apavorante: que Agamêmnon estava neste exato momento voltando para Micenas.

Ela tinha feito preparativos, apenas por via das dúvidas. Havia homens postados da cidadela até a costa, cada um com um alto farol e instruções para incendiá-los caso os navios de Agamêmnon fossem avistados. Se o marido de fato retornasse, Klitemnestra saberia. Desde que os preparativos haviam sido feitos, ela passara a andar pelas muralhas da cidadela várias vezes ao dia.

Egisto caminhava com ela esta tarde, então ela estava tentando manter seu ritmo calmo, sua expressão despreocupada. Não estava funcionando.

– Gostaria que você parasse de se preocupar – comentou Egisto, apertando a mão dela.

Ela olhou para ele, fingindo ignorância.

– Posso vê-la examinando as colinas – contou ele. – Você é muitas coisas maravilhosas, minha esposa, mas não é tão sutil quanto acredita ser. – Ele deu um sorriso provocante, mas ela achou difícil retribuir.

– Estou apenas ansiosa – explicou ela baixinho, seus olhos voltando para o topo das colinas. – Parece que algo está se aproximando. Algo terrível.

– Bem, se a guerra realmente acabou, então seu nobre marido pode estar a caminho agora mesmo.

– Eu não quis dizer...

– Eu sei o que você quis dizer – replicou ele, sua voz ficando sóbria. Ele apertou a mão dela novamente. – Mas se ele vier, estaremos preparados para ele. Não há nada a temer.

Ela desejou conseguir acreditar nele.

– Prometa que vai me ajudar – pediu ela, virando-se para encará-lo. – Quando chegar a hora. Prometa que estará lá.

Ele parou de andar e colocou as mãos nos ombros dela.

– Claro que eu estarei.

Ela permitiu que o fantasma de um sorriso curvasse os cantos de seus lábios. Parecia que eram feitos de chumbo nos últimos dias.

– Aconteça o que acontecer, vamos encarar... – Mas os lábios de Egisto pararam de se mover, seus olhos capturados por algo acima do ombro dela.

Klitemnestra virou-se.

Um farol estava queimando.

O coração de Klitemnestra começou a disparar, sua pele de repente quente como se o fogo tivesse sido aceso em sua própria carne.

Ele está aqui.

Egisto ficou congelado ao lado dela.

– Encontre Eudora – mandou ela. – Faça com que ela tranque as crianças em seus aposentos. – Virou-se para ele, firmando-se naqueles olhos familiares. – Você sabe qual é o plano.

E, sem mais palavras, desceram apressados das muralhas para fazer seus preparativos.

☽

Klitemnestra estava no topo da Grande Escada, com o coração acelerado. Sentiu o suor escorrendo em sua testa e o enxugou. Sentia o gosto de sangue na boca.

Conseguiria realmente fazer isso? De pé lá naquela tenda, dez anos antes, com a adaga na mão, ela estivera pronta. Estivera disposta a tirar a vida dele. Mas agora? Tanto tempo havia passado. A raiva que ela sentira naquele dia, a dor dilacerante, o sofrimento ardente, eram como cicatrizes antigas agora. Profundas, tristes e silenciosas. Uma dor onde houvera agonia. Elas ainda a acordavam durante a noite, ainda reviravam suas entranhas todas as manhãs, enquanto ela fazia a jornada até o túmulo da filha. Mas se perguntou se seu marido também carregava as próprias cicatrizes. Que provações ele deve ter enfrentado durante essa guerra tão longa. Que dores, que perdas. Ele também deve ter sofrido por Ifigênia, pelo mal que fizera. Como o remorso deve tê-lo oprimido durante todos esses anos. Talvez o homem que retornava a este litoral não fosse o mesmo que a deixara.

Ainda havia tempo? Ela ainda poderia entrar e dizer a Egisto que mudara de ideia? Ele poderia fugir antes que Agamêmnon chegasse à cidadela. Ela poderia manter Aletes no palácio, fingir que ele era um bastardo de uma de suas servas. Ela podia vê-lo todos os dias e mantê-lo seguro. E Egisto… pelo menos estaria vivo.

Ela estivera se enganando, pensando que poderia criar uma nova vida para si. Sua vida havia sido escolhida para ela anos atrás. Por seu pai, por seu nascimento, por seu sexo. Quem era ela para protestar contra o destino? Para dar as costas ao dever?

Ela havia sido uma boa esposa. Não era isso que ela sempre se esforçou para ser? E poderia voltar a ser uma. Tudo isso havia sido uma loucura. Uma bela insanidade. Mas mesmo agora poderia corrigir tudo. Poderia ser leal ao marido pelo resto de seus dias. Mesmo que ela o odiasse, seria capaz de fazê-lo. Ela ainda teria seus filhos.

Enquanto estava ali parada, quase na ponta dos pés, pronta para dar a volta, porém, incapaz de se mover, ela ouviu. O tinido de metal, o raspar pesado de madeira sobre pedra. Os colossais portões da cidadela estavam se abrindo.

Tarde demais. Tarde demais. Com as pernas tremendo, ela começou a descer. A cada passo, o imaginava se aproximando. Através do Portão do Leão.

Subindo a rampa. Ela podia ouvir as rodas de sua carruagem? A respiração de seu cavalo? Ela o imaginou com o rosto grisalho, desgastado pela guerra.

E então ela o viu. E ele parecia… o mesmo de sempre. Alto e forte em cima de sua carruagem. Postura altiva, bochechas coradas. Ele ergueu a mão real para saudar os homens e mulheres por quem passava, e ele estava… sorridente.

E ao lado dele…

O coração de Klitemnestra parou por um momento quando ela viu a cabeça loira. Mas não era sua filha. A frágil criatura que estava atrás de seu marido, agarrada à lateral da carruagem e sacolejando, enquanto o veículo roncava sobre as pedras, lhe era desconhecida. Mesmo daquela distância era claro que a garota estava aterrorizada. Ela parecia mais jovem que Electra, seus olhos arregalados e selvagens. E quando a carruagem se aproximou, Klitemnestra avistou as amarras em torno de seus pulsos esfolados.

De repente, seu medo desapareceu, expulso por uma onda de raiva. Seu marido não mudara. Ele nunca mudaria. Continuaria a arruinar vidas, a tomar o que queria, a desperdiçar, gastar e abusar. Ela lutou para manter o rosto impassível enquanto descia os últimos degraus, seus punhos cerrados enquanto seguravam suas saias.

– Senhor Agamêmnon – cumprimentou, enquanto a carruagem e sua comitiva se aproximavam. – Marido. – Ela ficou surpresa com o quão firme sua voz soou. – Bem-vindo ao lar.

– É bom ver minhas próprias muralhas mais uma vez – respondeu ele, desembarcando da carruagem. Quando deu um passo em direção a ela, ela viu que ele ainda mancava, mas mantinha uma postura orgulhosa apesar disso. Ele olhou para os degraus vazios atrás dela. – Isso é tudo? Nenhuma multidão para cumprimentar e honrar seu senhor vitorioso? – Surgiu uma rachadura em seu sorriso. – Onde estão meus filhos?

– Eles estão lá dentro, marido. Todos sãos e salvos. – Ela forçou um sorriso. – Achei que você estaria cansado depois da viagem. Preparei alguns refrescos para você. E os escravos estão preparando um banho enquanto falamos.

Agamêmnon parou para refletir, mas depois de um momento deu um sorriso satisfeito.

– Claro. Teremos tempo bastante para comemorações mais tarde. E o ouro ainda não foi trazido dos navios… Sim, é melhor esperar. – Ele lançou um olhar para a carruagem. – Vou precisar que preparem dois banhos. Um para a garota.

A garota na carruagem se encolheu diante da menção a ela.

– Claro, marido – assentiu Klitemnestra, tão graciosamente quanto conseguiu. – Vou mandar abrir um dos aposentos de hóspedes...

– Não. A menina fica comigo. Mande outra banheira para os meus aposentos. Lado a lado.

Ele a encarou, como se a desafiasse a objetar.

– Sim, marido. Como quiser. – Ela inclinou a cabeça serenamente, embora dentro de si seus pensamentos estivessem disparados. Não esperava isso. Arruinaria o plano deles? Não. Não faria diferença. Ela não podia perder a coragem.

Ela liderou a subida, com Agamêmnon e a garota seguindo. O resto dos acompanhantes do rei ficou lá embaixo para guardar os cavalos no estábulo; então, pelo menos isso foi um alívio. Quanto menos pessoas no palácio, melhor. Ela poderia cuidar deles mais tarde. Ela os faria ver. Ou se não... ela não podia pensar nisso agora.

Eles estavam na entrada. Ao passarem para o átrio, Klitemnestra chamou os escravos que esperavam, numa voz mais alta do que o necessário.

– O rei precisa que dois banhos sejam preparados. Faça com que uma das banheiras de hóspedes seja levada para os aposentos dele. Depressa.

Esperava que Egisto estivesse perto o bastante para escutar. O que mais poderia fazer? Embora tivesse certeza de que a garota não representaria ameaça, ela era um fator que não haviam previsto.

– A água já foi aquecida – disse ela, voltando-se para Agamêmnon. – Não vai demorar.

Assim que ela terminou de falar, um escravo apareceu ao seu lado, com uma grande jarra de vinho e duas taças.

– Sua bebida, marido – disse ela, passando uma taça cheia para Agamêmnon.

– Não foi misturado – disse ele, olhando o líquido escuro com o cenho franzido.

– Este é um momento de celebração, não de moderação – disse ela com uma jovialidade convincente. Quando ele assentiu e começou a esvaziar a taça, ela esperou que seu alívio não transparecesse. O vinho faria pouco, mas ela aproveitaria todas as vantagens à sua disposição.

Ela encheu a segunda taça e a ofereceu para a garota.

– Aqui – disse ela gentilmente. – Você deve estar com sede.

Mas a garota simplesmente a encarou, com os olhos vidrados de sempre.

– Vai fazer você se sentir melhor – insistiu Klitemnestra, segurando a taça mais perto, mas a garota não se mexeu.

– Não vai conseguir nada com essa daí – grunhiu Agamêmnon, tirando os lábios da taça por um momento. – Não disse uma palavra desde que deixamos Troia.

Klitemnestra olhou para a garota, para os rastros de lágrimas em suas bochechas e o hematoma desaparecendo ao redor de seu olho. Desejou que ela tomasse um pouco de vinho, para seu próprio bem.

Enquanto Agamêmnon esvaziava o resto de sua taça, um escravo apareceu no saguão de entrada.

– Os banhos estão prontos, minha se… quero dizer, meu senhor. – Ele parecia incerto, enquanto seu olhar passara de um para o outro.

– Obrigada, Nikias – ela assentiu com a cabeça, e o rapaz se retirou depressa.

A boca de Klitemnestra ficou subitamente seca enquanto ela seguia com Agamêmnon pelo corredor, a garota atrás deles.

☽

O cômodo estava escuro e úmido, o vapor dos dois banhos se elevava à luz do lampião.

Klitemnestra insistiu em cuidar ela mesma de Agamêmnon, e ele não se opôs. Sem perder tempo, ele retirou a túnica e baixou seu corpo envelhecido na água quente.

– Venha, garota – ordenou ele, vendo que seu prêmio troiano ainda estava perto da porta. – O outro é para você. Tire seu vestido.

A garota não se mexeu.

– Gostaria que eu a ajudasse? – perguntou Klitemnestra, mas a garota se afastou de sua mão estendida.

Seus olhos selvagens oscilaram entre Agamêmnon e a água fumegante, e ela pareceu chegar a uma decisão, ou pelo menos a uma aceitação. Com as mãos ossudas, tirou o tecido que outrora fora elegante do corpo.

Klitemnestra teve que reprimir um arquejo. A carne pálida da garota estava coberta de hematomas. Alguns velhos e amarelos. Outros frescos e escuros. Eles salpicavam seus braços, sua cintura, a parte interna de suas coxas.

O estômago de Klitemnestra se revirou. A pobre menina. E quantas outras iguais a ela? Levadas para palácios gregos, com o ouro, o bronze e o marfim. Pelo menos o sofrimento desta terminaria em breve. Ela poderia protegê-la, deixá-la viver no palácio, onde ninguém jamais a machucaria novamente.

Ela se virou, percebendo que estivera encarando. Deixou que a garota entrasse na banheira vazia enquanto voltava sua atenção para Agamêmnon. Foi preciso um estômago de pedra para pôr as mãos naquele peito, esfregar aquela pele, lavar a sujeira daquele cabelo. Foi um milagre que suas mãos tremiam tão pouco.

E, durante todo o tempo, ela sentia o cabo da faca pressionar contra seu quadril, escondido entre as dobras de seu vestido.

Onde você está? Por que Egisto estava demorando tanto? Parecia que ela estava aqui há uma era.

E então a porta rangeu.

Ela soltou um suspiro silencioso. E ainda assim seu coração estava batendo mais rápido do que nunca. Ele estava aqui agora. Era chegada a hora.

– Um pouco de água fresca, minha senhora – anunciou ele com a voz abafada. Usava um capuz, mas não era necessário. Agamêmnon nem sequer virou a cabeça.

Com a mão esquerda ainda aninhada no cabelo dele, levou a direita ao próprio quadril. Egisto ajoelhou-se ao lado dela, mas ela não se virou. Ela viu os braços dele se erguerem e ergueu a mão também.

Uma respiração. Outra.

E então ela puxou. A cabeça de Agamêmnon foi para trás e sua faca desceu. Deslizando pelo pescoço e entrando no peito. E de novo e de novo. O sangue dele jorrou e a água espirrou, o corpo grande se contorcendo como uma fera marinha. Mas seus braços estavam presos. Sua força se derramou dele para dentro da água agitada, transbordando para o chão de mármore.

O cheiro era nauseante, mas Klitemnestra parecia uma mulher possuída. Como uma sacerdotisa durante um sacrifício. Enquanto a faca cortava aquela carne detestada, era como se ela estivesse cortando pedaços de si mesma. Os calos, as cicatrizes, as camadas de podridão fedorenta; o invólucro pesado que a revestiu por todos esses anos, inchado, endurecido, sufocante. Tudo foi removido no mergulho da faca.

À medida que seu braço se cansou e desacelerou, ela viu que a força de Agamêmnon havia se esgotado. Seu rosto voltado para o alto na banheira escura, seus braços flácidos, não mais presos nas garras de Egisto.

Ela virou a cabeça, procurando por aqueles olhos, por força, por alívio.

Ele havia se afastado, estava ajoelhado ao lado da outra banheira, com algo brilhando em sua mão.

– Não! – ela gritou, mas já estava feito.

A garota engasgou, mas não lutou, o sangue da vida escorrendo de sua garganta sem barreiras. Os joelhos de Klitemnestra chocaram-se contra o chão molhado, mas não havia nada a fazer além de olhar para a garganta branca e o sangue vermelho e o cabelo louro com manchas escuras, e berrar e berrar.

57

Klitemnestra

ERA UM DIA ESTRANHO PARA UM FUNERAL. OU TALVEZ apenas Klitemnestra achasse isso. O céu estava claro demais, a brisa agradável demais. Havia uma voz em sua mente, murmurando no limite de sua consciência, dizendo-lhe que deveria ser mais difícil, que ela deveria sentir mais. Mas tudo o que sentia era alívio.

A emoção já tinha ido e vindo, ontem à noite naquela câmara sangrenta. Como uma grande onda, ela a havia esmagado, partido e quebrado, como madeira contra as rochas. Agora tudo o que restava era a calma.

Ela e Egisto seguiam no final da procissão, Aletes com eles. Electra a liderava, sua canção gutural soando acima dos outros enlutados. Klitemnestra sabia que não seria apropriado que ela conduzisse a canção, que caminhasse ao lado do corpo do marido. E, no entanto, sabia que deveria estar aqui, para mostrar seu respeito, para cumprir seu dever.

– Ele deixou o corpo de meu pai para os cães – murmurou Egisto ao lado dela enquanto o cortejo passava pelo Portão do Leão. – Você o honra mais do que ele honrou outros.

– Ele era um rei – foi tudo o que ela disse em resposta.

Quando chegaram ao fundo da encosta, o passo de Klitemnestra enrijeceu. À esquerda da estrada, entre os túmulos mais antigos, havia um montículo de terra fresca. Ela apertou a mão de Egisto enquanto desviava os olhos.

Ele ficara tão arrependido. Segurou-a enquanto ela gritava, embalou-a enquanto ela tremia.

– *Mas você pediu dois banhos.* – Sua voz confusa voltou até ela. – *Achei que queria dizer...*

Ele estava apenas tentando ajudá-la. Foi o que ela disse a si mesma. Como ele poderia saber? Mas para fazer aquilo com tanta facilidade...

– *Ela era a prostituta dele.*

Não. Ela era uma garota. Apenas mais uma garota varrida pelo mundo. Com pais, um lar e o próprio espírito, uma vez. E isso doera mais do que qualquer coisa. Essa percepção pungente de que até mesmo seu doce e amoroso Egisto, até mesmo ele não entendia.

Mas ela o perdoara. Como não perdoaria? Este novo mundo era aterrorizante demais para enfrentar sozinha. E como ela poderia culpá-lo, depois do que ela fizera? Cada um deve carregar o próprio fardo.

A procissão parou, espalhando-se ao redor da tumba real enquanto a porta era aberta. Klitemnestra podia ver as filhas agora. A jovem cabeça de Crisótemis estava curvada, solene e pensativa. Mas Electra... seus olhos eram ferozes, ardendo em sua dor, as lágrimas correndo para dentro de sua boca, enquanto ela derramava sua canção lamentosa. Enquanto Klitemnestra observava, com o peito pesado, os olhos das duas se encontraram, e a música ficou mais alta, mais furiosa, as notas saindo da garganta de Electra como maldições. Pela primeira vez naquela manhã, lágrimas arderam nos olhos de Klitemnestra.

Sabia que a filha talvez nunca a perdoasse. Sentiu isso em seu coração retorcido. Mas o que deveria ter feito? O que mais *poderia* ter feito? Ela amava os filhos acima de tudo, mas cada um era como uma corda amarrada ao seu peito, puxando em sua própria direção. Ela não podia deixar a morte de Ifigênia sem vingança, mas a justiça para uma filha fizera com que perdesse a outra? Teria perdido um filho, o doce e inocente Aletes, se não o tivesse feito? Ainda perderia um filho se Orestes não lhe fosse devolvido?

Seu coração estava acelerado, sua cabeça leve de repente. Ela agarrou o braço de Egisto para impedir que seus joelhos cedessem e respirou fundo algumas vezes.

Ela sempre tentou fazer o que era melhor, não foi?

Sim, disse a si mesma. Tentara.

Com lábios silenciosos ela fez uma oração aos deuses. Para que tivesse feito a escolha certa. Para que o futuro fosse mais simples. Para que seus filhos ficassem seguros. Por fim, orou para que sua nova vida fosse abençoada e feliz, tanto quanto qualquer vida poderia ser.

NOTA DA AUTORA

A GUERRA DE TROIA TEM SIDO UM TEMA PERENE DA arte e da literatura ocidentais pelos últimos três milênios. A história era extraordinariamente popular entre os próprios gregos, desde Homero até as obras dos grandes trágicos, na cerâmica e na cultura visual, e mais tarde passando para seus sucessores culturais no Império Romano. O mundo antigo em grande parte tratava a Guerra de Troia como um evento histórico que realmente aconteceu, com alguns até tentando traçar sua linhagem até seus grandes heróis e, assim, reivindicar sua parcela de glória hereditária.

Os estudiosos modernos adotaram uma abordagem mais cética da guerra, ou pelo menos da versão dela apresentada nas antigas fontes literárias e artísticas. No entanto, existem algumas evidências arqueológicas que sugerem que uma guerra como a descrita por Homero pode de fato ter ocorrido. Documentos hititas antigos referem-se a um conflito entre o reino de Aiaua (Acaia, um nome antigo para a Grécia) e a cidade de Wilusa (Ílion, mais tarde conhecida como Troia). Arqueólogos também afirmam ter encontrado o local real de Troia em Hisarlik no norte da Turquia, bem como evidências de sua destruição pelo fogo por volta de 1180 a.C.

Para corresponder a essa linha do tempo arqueológica, *Filhas de Esparta* começa no final do século 13 a.C. e, portanto, é ambientado na civilização micênica do final da Idade do Bronze, assim chamada devido ao domínio da cultura micênica na Grécia neste período. No entanto, meu objetivo ao escrever este romance não foi defender a realidade histórica da Guerra de Troia. Tampouco foi uma tentativa de contar uma história que seja historicamente verdadeira, mas sim de contar uma que pudesse ser descrita como historicamente autêntica; ou seja, uma releitura do mito da Guerra de Troia que fosse consistente com a evidência material que temos para esse período da pré-história, além de ser uma releitura e uma resposta ao cânone da literatura antiga que foi construído sobre o mito. *Filhas de Esparta*, portanto, entrelaça a realidade arqueológica com a tradição mitológica, mas também imagina uma nova história para preencher as lacunas deixadas por cada uma dessas molduras. No fundo, o romance não é nem mesmo uma releitura da guerra em si, mas da vida privada de Helena e Klitemnestra, duas personagens que considero que são tratadas de forma inadequada ou injusta nas fontes antigas. O que essas mulheres estavam pensando? O que sentiam? O que as fez agir da forma que agiram? Se elas realmente tivessem vivido como mulheres reais na Grécia da Idade do Bronze, como teriam sido suas vidas? Estas são as perguntas que me peguei fazendo e que espero ter respondido em *Filhas de Esparta*.

Se você quiser saber mais sobre esse período da civilização grega, *The Cambridge Companion to the Aegean Bronze Age* (2008) é um bom lugar para começar. Recomendo também o maravilhoso livro de Bettany Hughes, *Helena of Troia* (2009), que foi uma grande fonte de informação e inspiração durante minha pesquisa. E para qualquer pessoa interessada em ler um material mais amplo sobre a experiência das mulheres no mundo antigo, recomendo *Goddesses, Whores, Wives and Slaves: Women in Classical Antiquity* (1975, edição revisada publicada em 1994) de Sarah B. Pomeroy, que oferece uma visão geral acessível e se tornou como um guia de viagem.

QUANTO AOS NOMES

COM A INTENÇÃO DE MANTER A AUTENTICIDADE histórica, decidi usar grafias gregas para os nomes de pessoas e lugares, em vez das grafias latinas posteriores com as quais podemos estar mais familiarizados. Por exemplo, escrevo Klitemnestra com um K, em vez do mais comum Clitemnestra, para deixá-lo mais próximo de sua grafia no alfabeto grego. Fiz exceções deliberadas a essa regra em alguns casos, como no uso de Micenas em vez de seguir o estilo grego com Mykene, quando a grafia latina é muito mais arraigada tanto academicamente quanto em termos de familiaridade do público. O caso mais extremo é o de Troia, que seria mais autenticamente referida como *"Wilusa"* ou, pelo menos, Ílios/Ílion, mas nesse caso a "autenticidade histórica" muito obviamente geraria problemas de reconhecimento.

AGRADECIMENTOS

HÁ MUITAS PESSOAS A QUEM QUERO AGRADECER PELO papel que desempenharam em tornar este livro possível.

Em primeiro lugar, agradeço aos meus primeiros leitores por suas opiniões e por seu incentivo: dr. Kathryn van de Wiel, Steph McCallum e, em especial, Ilona Taylor-Conway por ser minha primeira fã e por me convencer de que o que eu tinha escrito merecia ser lido.

Agradeço à minha agente Sara Keane por acreditar em meu manuscrito, por me introduzir ao mundo editorial e pelo seu apoio e conselhos contínuos. É claro que agradeço à equipe da Hodder por tornar este livro uma realidade, especialmente à minha fantástica editora Thorne Ryan por suas ideias, encorajamento e trabalho duro para fazer de *Filhas de Esparta* o melhor que poderia ser. Também gostaria de agradecer a Stephanie Kelly por recomendar meu livro do outro lado do oceano na Dutton e por suas valiosas contribuições editoriais.

Por fim, agradeço à minha família e amigos por todo o apoio. Começar a escrever o primeiro romance pode parecer um salto solitário rumo ao desconhecido, então muito obrigada a todos que se interessaram e torceram por mim. Agradeço aos meus pais, Juliette e Martin Heywood, por seu amor e apoio, por estimularem minha criatividade e meu amor pelos livros, e por manterem um teto sobre minha cabeça, enquanto eu escrevia grande parte do primeiro manuscrito. E, por fim, um agradecimento especial para o meu companheiro, Andrew, por seu incentivo, paciência e bom humor sem fim, por manter meu ânimo durante os momentos difíceis, por comemorar as pequenas vitórias comigo e por me apoiar na busca do meu sonho. Eu não poderia desejar um parceiro melhor com quem compartilhar a jornada.